원무를 추는 사람들

조병옥 지음

신아사

작가의 말

그림이나 소설을 창작하는데 아름다운 마음, 사랑, 갈등, 우울 이런 것들을 감성으로서 풀어나가는 것을 보여주려고 하는 것을 나의 작품의 중심에 두고 있다. 이 소설도 일상적 피할 수 없는 고통과 갈등, 불가능을 감성으로 녹여가는 아주 평범한 모습을 그리고 있다. 이 작품을 읽는 것이 피곤하고 슬픔에 지친 가슴과 몸을 풀어버리려고 안락 의지에 기대 앉아 음악을 들으며 쉴 때 완화된 기분에서 편안함과 행복감을 가져다 주는 것 같은 그 무엇이 되었으면 한다.

원무를 추는 사람들은 우리의 모습이다. 여기에 등장하는 인물들은 표면적으로 사회나 환경 그리고 관계를 맺고 있는 억압된 갈등에 몸부림치고 있는 사람들이 아니다. 여주인공은 자신만의 삶을 살려고 오랜 동안 고집한다. 그러나 그녀는 한 남자의 성실한 사랑의 성심에 끌려 긴 세월의 방랑자의 길을 접고 마침내 남자의 사랑의 바다에 기착한다. 이와 같이 이 소설은 흔한 사랑의 이야기다. 이야기 속에 죽음이 있으나 새 생명이, 사랑이 죽음을 넘어 이어가고 있어 그들의 삶은 아무 것도 일어나지 않았던 것처럼 계속된다. 그들의 삶에 슬픔이 있을 뿐이다. 그들은 감성으로 슬픔을 이겨나가고 있다. 그래서 그들의 삶도 그들이 사는 세상도 그저 여전히 흘러가고 있다.

원무(圓舞)는 시작도 끝도 없이 원을 똑같은 발걸음으로 되풀이하며 도는 춤이다. 우리가 사는 세계도 삶도 원무에 지나지 않는다고 본다. 시작도 끝도 없이 돌고 있는 원형의 세계다. 죽음이 있고 죽음을 잊어버리게 되는 새 생명의 환희가 있다.

그리고 사랑이 있고 사랑을 하면서도 사랑을 뒤로 하여야 하는 운명을 맞게 된다. 죽음이 생명을 이어주듯 아름다운 감성은 숨을 쉬게 하는 공기처럼 뒤로 하여야만 하는 사랑의 아픔을 잊게 하는 새로운 사랑을 안내한다. 원무를 추는 사람들은 이와 같은 아주 평범한 현상을 평면적으로 엮어 가고 있다.

圓舞는 같은 음과 같은 동작으로 되풀이 되는 지루한 춤이지만 춤이라는 성질의 생동이 있다. 그 생동은 삶의 과정이라고 하고 싶다. 피하지 못하는 인간의 조건인 죽음은 새로 이어지는 생명이 있어 만상은 계속 존재하고 있다. 즉 우리의 아픈 감성도 아픔을 잊게 해주는 새로운 감성이 인간이 생동할 수 있는 아름다운 인간조건을 향유할 수 있게 하기 때문이다.

현대인들은 소설보다 영화와 소통을 즐겨한다. 영화도 소설도 생각을 하게 하는 작품이 좋은 작품이라고 나는 여전히 주장하고 있다. 문학을 수 년 간 강단에서 가르쳤으면서도 생각을 하게 하는 작품을 만들 역량이 못된다. 그래서 그러한 작품을 빗겨갈 수 밖에 없다. 나는 옷으로 내가 원하는 옷을 입고 싶어 한다. 그러나 옷은 갓을 쓰고 도포를 갖추어 입어야 한다고 하면 이 소설은 의미가 없다. 표본을 생각하지 않는다. 표본은 새로운 진화를 방해하기 때문이다.

그림을 그리는데 있어서나 글을 쓰는데 있어서 작가가 만들어내는 세계는 비록 표현 언어가 다르지만 우리의 내면이 자연과 사물과 통합할 때 감각과 감성이 만들어 이미지가 되고 상징이 되어 작품이 된다. 이 때 만들어지는 그림이나 글은 서로 다를 바 없다. 다시 말해 대상에 대한 반응은 감각 즉 시각, 청각, 촉각, 후각이 심리적 정서를 환기 시켜고 있는 것을 글이나 그림으로 옮겨놓는 과정은 별 차이가 없는 것이다.

이 소설은 감각에 의한 심리적 정서를 이야기로 역어 나가려고 노력 한 것이다. 감각이 만들어 내는 시각적인 세계를 읽는 사람들이 느낄 수 있었으면 한다. 책을 읽고 난 다음 생각하게 하는 것이 없는 평범한 이야기이고 기법이기 때문이다. 혹 개인에 따라서 감성에 와 닿는 아름다움이 있다고 하는 독자가 있다면 작가로서 더 바랄 것이 없다.

목차 圓舞를 추는 사람들

안개 속에서 스쳐간 첫 만남

고요, 고요라기보다 적막이 방을 가득 채운다. 이러한 평화는 끌로에게는 상상의 방황의 농도를 더 해준다. 상상의 변화와 변화에 색깔을 입혀주는데 도움이 되는 것은 끌로에게는 음악도 한 몫을 한다고 생각하고 있다. 그녀는 상상의 여정의 변화를 위해 전축을 튼다. 파도가 없는 음악의 부드러운 소리는 방안의 적막을 바꾸어 채운다. 창 너머에는 무성하던 잎이 떨어신 나뭇가지 사이로 잿빛 하늘이 보인다. 그녀는 음악이 흐르고 있는 거실 벽 하나를 가득 채우고 있는 100호가 되는 유화그림을 보고 있다.

하늘을 날고 나뭇가지에 앉아지져 대는 잡새들의 소리도 이 순간 들리지 않는다. 고요가 그녀의 거처를 싸고 흐르고 있다. 무거운 고요를 즐기며 습관대로 그녀는 그림을 본다.

액자를 하지 않은 그림은 화려한 색채로 이야기를 하고 있다. 따리프가 그녀에게 준 그가 그린 2호짜리 연필화를 유화로 확대해 옮겨 놓은 것이다. 그녀는 프랑스에서 귀국해 100호의 화판에 유화로 옮겨 놓았다. 바로 그림 밑에 놓여 있는 탁자 위에는 며칠 전에 프랑스에서 보내온 따리프의 편지가 눈에 띤다. 문진이 닿지 않은 쪽에 편지들은 열어 논 창문을 통해 들어온 바람에 살랑살랑 흔들리며 소리를 내고 있다. 끌로는 뒷면 벽면을 가득 채운 또 하나의 다른 그림으로 시선을 돌린다.

고요, 고요는 그녀에게는 고독이고 평화이고 아픔을 동반한 생명이다. 그녀의 집을 방문한 친구 대부분이 어떻게 이런 고요 속에서 혼자 사느냐고 시내로 나오라고 한다. 하지만 이웃에 마음 맞는 화가들이 마을을 이루고 살고 있어 그들은 친구가 되고 있다. 친구라는 것은 서로 이해하고 서로 돕는 사이라야만 친구라고 부를 수 있다. 긴 세월 동안 사귄 사람들이 아니지만 친구가 된 것은 직업적 동류의식에서 쉽게 이루어진 것이다.

연인과 함께하지 못하는 열정 없는 세월의 흐름은 졸음의 상황을 가져다주기 시작하고 있다. 그러나 고요는 그녀에게는 견딜 수 있는 상황이며 졸음 속에서 이상하게도 고독을 벗어나게 하는 힘을 끌고 가는 든든한 밧줄이 되어 주고 있다. 그 힘은 무엇인가 생산할 수 있는 생활로 가게 하는 것이라고 할 수 있으리라. 전원에서 생활이 몸에 배서 고요를 사랑한다고 자기분석을 하고 있다. 출생이 전원이었고 프랑스에서 오랜 동안의 생활도 전원도시에서 생활이었다. 창문을 열면 사방에 초원이 펼쳐 있는, 귀국 후 마련한 시골의 거처, 창밖을 통해 보는 강가의 안개, 아침 또는 저녁에 안개가 하늘과 대지를 연결하고 한가운데 흰 띠를 두르고 구름처럼 피어 있는 곳이다. 지금 그녀가 있는 거처도 창문을 열면 전원이 전개 해 있다. 꿩이 노래하고 뻐꾸기, 티티새, 참새들, 이름 모르는 잡새들의 노래 소리를 듣는 곳이다. 아침 태양이 창살을 비추기도 전에 까치는 서재에 붙어 있는 은행나무에 올라 아침을 노래하며 그녀를 깨우는 곳이다. 자연을 마시고 숨 쉴 수 있는 이곳을 그녀는 사랑하고 있다.

뒷면 그림은 아라비아 숫자의 물리학 공식으로 화판을 메우고 있고 그 위에 두 남녀가 춤을 추고 있다. 두 남녀 위로 하늘을 향해 모형 비행기가 날고 있는 이중 화면이다. J의 논문에서 발견한 물리학 공식이 예술적이라고 생각한 끌로는 여러 장의 물리학 공식이 있는 면을 큰 활자로 복사해서 100호의 화판에 꼴라쥬하고 그 위에 하늘에서 날고 있는 두 대의 모형 비행기와 두 남녀가 춤을 추는 모습을 유화로 그린 비교적 단순한 화면이다.

끌로는 그림들을 바라본다. 그녀는 얼마 전부터 화면의 단편들을 끌어내고 조립하고 상상의 여로를 반복하고 보태며 이야기를 만들고 기록하고 있다. 따리프가 선물로 그려준 그림에는 제목이 없다. 그녀는 수년의 세월이 흘러감에도 시들지 않는 생각을 낳아주는 따리프의 그림을 옮겨

놓으면서 제목을 '빵쎄 (생각)'라고 부쳤다.

음악은 고요를 위로(慰勞)하고 멈춘다. 대신 고요의 빈 공간을 채우는 것은 시계소리다. 계절이 일찍 와 삭풍은 남은 이파리들을 강한 소리를 내며 휩쓸어 떨어뜨리고 있다. 훤히 드러난 잔가지들 사이에 자리를 잡고 참새 한 마리가 앉는다. 친구인지 짝인지 곧 쫓아와 옆에 다정히 앉는다. 그리고 그들은 몇 마디의 이야기를 내뱉고 날아가 버린다. 나목의 잔가지들 너머로 잿빛 구름이 흐르고 그 위로 새떼들이 마치 검은 색의 넓은 헝겊 조각처럼 구비치는 물결을 이루며 무리 지어 구름을 따라 같이 흐르고 있다.

자연은 기계처럼 정확히 계절의 변화를 되풀이 하고 있다. 곧 눈송이가 떨어질 것만 같다.

'빵쎄' 안에는 유난히 클로즈업 되어 있는 남자로 보이는 찡그린 커다란 얼굴이 중앙에 있고 오른쪽에는 두 남녀가 있는데 남자는 슬픈 얼굴을 하고 여인을 안고 춤을 추고 있다. 여인은 옷을 벗은 뒷모습이고 남자는 슬픈 표정을 하고 있다. 남자의 슬퍼 보이는 표정은 두 입술의 표정에서 그리고 눈의 선에서 느낄 수 있는데 숙련 된 화가가 아니면 슬픔을 두 입술로, 눈의 선으로 표현하지 못했으리라.

여러 단편들이 혼재해 있는 화판에 유독 찡그리고 슬퍼 보이는 두 남자의 얼굴이 크게 클로즈업 되어 있다. 이 두 얼굴은 한 남자의 얼굴 같다. 끌로는 한 번도 그림에 대한 단편들에 대해서 그 후 따리프에게 의미를 물어보지 않았다. 그림은 보는 사람의 상상을 불러일으키면 되는 것이고 각자 느끼는 것이 그림의 의미라고 생각하고 있었기 때문이다. 그림의 의미를 작가에게 묻지 않았기 때문에 지금도 추측과, 가정, 변질을 만들어내는 즐거움을 그녀는 갖고 있다.

혼재해 있는 사람들의 얼굴에는 눈이 강조되어 있다. 기하학적 모자이크의 터번을 쓴 남자들의 얼굴에서도 눈이 강조 되어 있다. 아라비아 건축에서 볼 수 있는 기하학적 모자이크 문양이 새겨진 기둥 벽의 단편. 오른쪽 위에는 가슴만 보이는 나상의 여인이 팔에 꽃이 담긴 바구니를 들고 있다. 그리고 그 밑에는 얼굴이 잘리고 허벅지까지만 있는 여인의 앞면을 보여주는 나상이 있다. 무수한 사람들의 얼굴 위에는 초생 달의 모형이 있고 그 옆에는 영성체 모양의 둥근 동전만한 흰 원형이 있다. 이 형상들을 감싸고, 돌고 있는 것 같은 흰 줄이 엉켜고, 설키어 마치 돌고 있는 동작을 상상할 수 있게 하고 있다.

어느 봄날 끌로는 샹파뉴가에 있는 숙소의 계단을 내려와 아파트 현관문을 연다. 안개가 온 샹파뉴에 내려 앉아 물체의 윤곽을 분간할 수 없다. 몇 거름 걷자 안개는 얼굴에 차갑게 와 닿는다. 안개는 촉촉이 끌로의 가슴 깊숙이 스며드는 느낌마저 갖게 한다. 아침 일터로, 학교로 가기위해 집을 나서는 사람들의 윤곽도 정확히 보이지 않는다. 이른 탓일까. 샹파뉴에 내려 앉은 짙은 안개는 하늘과 땅을 뽀얀 잿빛 세계를 만들고 있다. 여기저기 켜있는 불빛은 블라인드 살이 벌어진 틈을 통해 짙은 안개의 커튼을 뚫고 깜박인다.

언제나 그렇듯이 모든 윤곽을 가려주고 마음속 깊이 쌓여 있는 모든 상념을 잊게 하는 짙은 안개는 그녀를 편안하게, 평화롭게, 마음을 텅 비게 하는 자유를 맛보게 하고 있다. 마치 몸이 중력 없이 운무 위에라도 떠 있는 기분마저 느끼게 하고 있다. 모든 것을 잊게 하고 있다.

끌로는 늦가을 처음 이 곳 브장송에 도착했을 때 자신의 몸속, 머릿속까지 텅 비어있게 하는 자유는 이 안개라고 생각하고 있다. 그녀는 이 자유를 향유하기 위해 안개가 짙게 깔리는 날은 몽유병자처럼 이 곳 거리를, 그리고 '두'강 가에 나 있는 길을 따라 방황한다. 이런 그녀의 자유를 만끽하려는 산책은 벌써 3년째 계속 되고 있다. 오늘 호텔에서 일이 없다면 그대로 안개 속을 걷다가 아침 햇빛이 떠오르면 얼굴에 내려앉은 안개가 물방울이 되어 흐를 때까지 걷고 싶어 한다. 그리고 카페에 들러 아침을 하는 여유를 부리고 싶은 생각이지만 생각을 고치고 일상대로 버스정거장으로 향한다.

그녀는 안개 속에서 가방을 든 한 남자의 윤곽이 앞으로 다가오는 것을 본다. 그 윤곽은 그가 그리던 한 남자의 윤곽으로 바뀌었다. 그녀는 달려간다. 앞에 윤곽만으로 나타났던 그 남자도 그녀 앞으로 달려온다. 두 사람은 가까이서 안개의 방해를 받지 않고 동시에 발걸음을 멈추고 상대의 얼굴을 쳐다보며 놀라고 있다. 그녀가 먼저 미안한 듯이 "아는 사람인 줄 알았어요."

남자는 자신도 앞으로 달려왔던 이유를 말하지 않고 자연스럽게 웃으며, 봉주르! 하며 그의 눈이 끌로의 눈에 잠깐 멈추어 있는 것을 끌로는 느낀다. 남자는 가던 걸음을 계속한다. 끌로도 가던 길을 걷는다. 그러나 그녀는 자신이 그리던 J가 미국에서 자기를 찾아오는 것이라고 믿고 뛰어갔던 것에 허망한 마음을 뿌리치지 못하고 있다. 그녀는 뒤돌아서서 그 남자를 바라본다. 꽤 무거워 보이는 여행 가방을 들고 뒤를 돌아보지 않고 학생 기숙사인 건너편 아파트로 들어간다. 그녀는 이곳에 새로 오는 유학생일 것이라고 생각한다.

그러나 끌로는 가슴이 쿵쿵거리는 것을 억제하지 못한 채 버스에 오른다. 안개가 그 남자의 윤곽을 희미하게 해 정확한 모습을 그려보려고 애쓰는 끌로에게 늘 가슴 속에서 살고 있는 J의 얼굴이 겹쳐지고 있다. 그리고 그 남자의 눈이 그녀의 눈에 와 닿아 멈추었던 것에 가슴이 뛰는 것을 느끼고 있다.

두 연인들의 가을 하늘에서의 2인무(二人舞)

9월의 햇빛이 슬픈 사람에게는 푸른빛으로 느끼게 하고 있다. 물결위에 내려 비치는 햇빛은 더욱 푸르다. 끌로는 맨발로 모래사장을 걷고 있다. 발가락 밑에서 움직이는 모래는 싸늘한 느낌을 준다. 그녀는 물가로 가까이 가 물위를 걷는다.

한여름 그녀가 바로 이곳에서 수영을 할 때 심연이 고르지 않은 곳을 만난 아이들은 빠져서 나오지 못하고 익사하는 일이 많았다. 아이들을 데리고 온 가족들의 울음이 여기저기서 들려왔고 걱정에서, 호기심에서 몰려온 수영객들은 하나같이 어두운 표정을 하고 구조하는 상황을 보고 있었다. 수영 안전요원의 도움으로 비극은 강물처럼 멀리 흘러가버리고 곧 언제 비극이 있었냐는 듯 사람들은 수영을 즐기고 있었다. 끌로도 그중 한 사람이었다.

수영의 계절이 지난 지금 강과 강변은 황량하고 잔물결만 강한 바람에 일고 그 위로 열을 잃은 햇빛이 비추며 반짝이고 있다. 강물색도 힘없는 햇빛에 여름의 강물색보다 훨씬 짙은 푸른빛을 띠고 있다.

J는 아직도 기계를 고치는 중이다. 그는 풀리지 않는 수학 한 문제를 토요일부터 매달려 8시간 만에 풀고 나왔다고 한다. 그는 주말이면 수학을 푸는 작업을 하고 있다. 작업이 끝나면 기분을 바꾸기 위해 밖으로 나온다. 그를 동행하는 산책은 끌로도 주말의 행사가 되고 가슴 설레는 기다림이다

강둑 먼 거리에서 앞으로 걸어오며 무엇인가를 주어서 그가 메고 있는

자루에다 담고 있는 것이 보인다. 그는 노인이다. 강둑에 걸려 떠내려가지 못한 깡통과 병을 줍고 있는 것이다. 매년 그러 하듯이 9월에 한번씩 홍수가 왔다. 홍수에 떠내려 온 쓰레기들이 강가 여기저기에 남아 있다. 그는 이 강가 변두리에 사는 사람일 것이다. 나이든 사람이 시내에서 이곳까지 왔을 것 같지 않기 때문이다.

강가 언덕 위에 세워진 외국 사람을 위한 호텔 이름은 영어 이름이다. 서울에 몇 개 되지 않은 호텔은 모두가 영어 이름이다. 6.25 한국전에 참전했던 장군의 이름을 따서 지어진 호텔이다. 그 장군은 한국인에게 은인으로 한국 전쟁이 일어나자 일본에 있던 미군을 이끌고 와 낙동강 전선을 지키는 역할을 했고 이것이 그해 가을 맥아더 장군이 인천 상륙작전을 성공시키게 하는 역할을 했다고 한다. 그러나 겨울 중공군의 침략으로 북진하는 중 그가 탄 지프차와 한국군의 트럭이 의정부에서 충돌하여 사망을 한다. 끌로는 전쟁이 끝나고 철이 들어서 이런 사실을 알았다. 지금은 저 호텔이 전쟁에 대한 아픔과 우리를 구원했던 것에 대한 환희를 다 품고 있는 곳이라는 것을 알고 있다.

저 호텔이 힐이라는 말이 붙지 않았다넌 일미나 딱딱한 감을 주었을까! 한국말로 언덕이란 말도 영어의 언덕이란 힐은 낭만으로 감성에 와 닿는 말이다. 언덕에 대한 색색의 추억을 사람들이 갖게 하는 것도 사실이다.

끌로는 아롱지게 가슴 속에서 피어 오는 유년에 존재하는 언덕을 언제까지나 기억하고 있다. 그것은 순회 치과의사가 끌로네 집에 머물며 동네 사람들을 치료하는 것을 끝내고 다른 고장으로 떠날 때 정이 든 세 살배기 의사네 아이와 헤어지기 싫은 아쉬움에서 멀리 떨어진 언덕까지 올라가 떠나가는 뒷모습을 내려다보며 헤어짐을 슬퍼했던 곳, 그 언덕을 잊지 못하고 있다. 그 언덕은 아쉬움과 그리움을 함께 담고 있는 곳이다. 그리고 그 언덕은 어머니에게도 슬픔의 언덕이다. 38선을 넘기 위해 달빛이 환한 밤 안내자를 따라 떠나는 두 어린 딸들이 언덕 밑에서 바라보고 있는 어머니를 마지막으로 뒤돌아보고 언덕을 내려가 사라져 버려 어머니에게 안타까움을 안겨준 언덕이다.

한 번도 저 앞에 있는 호텔에 가본 일이 없다. 이름이 난 호텔과 넝마주위가 같은 지역에서 존재하고 있는 것에 끌로는 언짢은 감정을 느끼며 모래에 박힌 병 하나를 주어서 노인에게로 다가간다.

전쟁이 끝나고 기둥만 남기고 검게 타버린 중앙청을 지나가며 끌로는 얼마나 상한 기분을 매번 가져야 했던가. 어느 날 군인이 세상을 지배한 다음 흉물이 되어 마음 상하게 하고 있던 중앙청 건물이 하야케 닦아지고 예전과 같은 모습을 찾았을 때, 그리고 한강 둑에 세워졌던 학고방들이 사라졌을 때 얼마나 그녀를 기쁘게 했던가. 한강 둑에 학고방을 헐기 위해 그곳 사람들을 시외로 내보냈다. 사회 문제에 열열한 사람들은 정부의 태도를 비난했다. 그녀는 사회문제 같은 것을 생각하기에는 너무 어렸다. 전쟁이 남긴 보기 흉한 모습이 없어지기만 바라고 있었다.

아름다운 환경에 예민하고 유난히 마음을 쓰는 것은 끌로의 천성이라고 할 수 있다. 시골 고향 집에서 봄이면 어머니를 따라 언니와 함께 꽃밭을 만드는 것은 매년 전통이 된 가족 행사였다. 끌로는 집에 일을 돕는 일손이 있었지만 넓은 마당이 깨끗하지 않다고 생각이 되면 빗자루를 들고 어릴 때부터 마당을 쓰는 것이 습관이 되었다. 고향 집은 사람 키보다 높은 돌담으로 된 축대위에 세워졌다. 돌담을 비집고 나온 풀잎들이 아름답다고 생각한 끌로는 돌담 사이에 나팔꽃과 채송화를 옮겨 심어놓기도 했다. 가끔 부엌 한 쪽 벽에 붙여 놓은 넓은 탁상 크기의 선반 위에 양념 단지들이 더러워진 것을 보면 끌로는 어머니가 시키지 않아도 행주로 닦아 놓는 일이 있었다.

저 호텔에 묵고 있는 여객(旅客)들이 창문을 통해 이곳을 바라본다면 넝마주위 대신 우리가 비행기를 띄우며 모래사장에 서 있는 것이 눈에 띨 것이다. 그들 중 망원경을 가진 사람이 있다면 더 자세히 하늘에서 날고 있는 비행기들을 보려고 할지도 모른다.

J는 아직도 기계를 고치느라고 정신이 없는 것 같다. 강가에 바람이 일

고 바람은 점점 강해지고 있다. 계절을 개의치 않고 항상 오후 3시, 4시가 되면 잔잔하던 대지도, 산도, 강도, 바다에서도 바람이 일고 그 바람은 사나워지는 것을 그녀는 알고 있다. 야외에서 스케치 할 때 늘 경험하는 자연의 성질이다.

오늘 비행기를 띄우러 나온 것이 마지막이라고 생각하는 끌로는 예전과는 달리 즐겁기보다 복잡한 상념에 잠겨 모래사장을 혼자 걷고 있다. 그녀는 떠나야하는 J도 슬픈 감정을 가졌을까 하는 생각을 해본다. 그러나 떠나보내는 사람보다 덜 할 것이라는 것을 알고 있다. 그는 꿈꾸고 있던 유학을 떠나는 입장이니까 그녀의 마음과는 차이가 있을 것이라는 것을 느끼며 쓸쓸한 감정을 물리 칠 수 없어 한다. 내년 여름 다시 와서 홀로 이곳을 걷는다면 수영객이 들끓는 여름일지라도 친구를 떠나보낸 끌로의 마음은 강가의 모래사장도, 물결도, 언덕의 호텔도 들판도 쓸쓸하게 비칠 것이리라.

바람이 불고 열기를 잃은 햇빛은 신발을 신어야만 하게 한다. 끌로는 강가 둔덕에 올라와 J가 있는 쪽으로 걷기 시작한다. 9월의 초원은 아직도 푸른빛을 띠고 있고 씨앗이 바람에 날려 떨어진 코스모스는 드문드문 피어 가을을 말하고 있다. 코스모스들은 같은 색깔이 아니다. 자주색, 핑크색, 흰색, 연분홍색, 어떻게 바람은 색을 골고루 조화 있게 실어왔을까! 사람이 초록색 옷과 분홍색 옷을 같이 입었다면 색감은 혐오스러울 것이다. 자연은 그렇지 않다. 오히려 푸른 숲은 코스모스의 색깔을 돋보이게 하고 있다. 자연은 자연 그대로 최상의 미를 발하고 감성 까지도 움직이게 하고 있다. 코스모스는 어려서부터 고향의 들에서 길가에서 보아오며 좋아하는 꽃이다. 여름 내내 자기들의 존재를 감추고 있다가 자신들의 계절이 되면 그들을 억누르고 있던 풀숲을 헤치고 나와 길가를 환하게 비추며 그들의 존재를 확인 시켜고 길을 가는 사람들을 즐겁게 하고 있다.

하늘에 파란색 비행기가 날고 있다. J가 리모컨 모터를 고친 모양이다. 끌로는 J쪽으로 뛰어간다. 가까이 갈수록 기계소리가 들린다. 비행기도 이제는 하나의 점으로 하늘 높이에서 보이고 있다. J는 비행기의 방향을 조정하는데 골몰하고 있다. 파란색 비행기는 하늘 높이 그리고 수평선 위에 어떤 물체라도 찾는 것처럼 낮게 날아 천천히 기어가는 것 같다.

끌로는 J를 위해 가져온 과자와 사이다를 그녀가 만든 작은 야외용 식탁보 위에 놓고 J 옆으로 가서 끝나기만 기다린다. 오늘은 비행기를 띄울 기분이 나지 않아 그만두려고 하는 참이다. 비행기를 띄울 생각을 하지 않는 그녀를 보고 J는 끌로에게 다가와서 왼손을 끌로의 왼쪽 어깨에 놓고 리모트 콘트롤기를 같이 잡는다. 비행이 끝나고 다시 J는 또 하나의 콘트롤 모터를 꺼내서 빨간색의 비행기를 끌로에게 띄우게 한다. 파란색과 빨간색의 비행기는 하늘을 난다. 두 대의 비행기는 하늘에서 가까이 만났다 다시 떨어져 각기 다른 방향으로 날고 때로는 땅이 닿도록 낮게 날다가는 높이 오르기도 하고 다시 둘은 하늘에서 만나 나란히 하늘을 같은 방향으로 날고 있다. 끌로는 리모트 콘트롤을 조정하느라고 슬픈 감정을 잊고 있다.

더 높이! 더 높이! 아주 사라지자.

이런 말을 J가 했을 때, 끌로는 가끔 그가 하늘에서 산화하는 것이 멋진 일이라고 하던 것을 떠올리며 언짢은 생각을 한다. 그는 비행사가 되고 싶었다고 했다. 그러나 야맹성이 있어 밤에 안경이 없이는 사물을 보는데 지장을 받는다고 했다. 그래서 조정사의 꿈을 접어야만 했다. 그는 항상 하늘을 날고 싶은 생각을 중단하지 못하고 있다. 그는 연구실에도 집에도 많은 모형 비행기를 만들어 진열하고 있다. J가 준 비행기가 끌로의 책상 위에도 몇 개 놓여 있다.

바람은 점점 강하게 불어 오고 있으나 햇빛은 강물 위에서, 들판에서, 하늘에 남아서 두 사람의 비행기가 춤추며 노래하는 합주(合奏)를 계속하게 하고 있다. 그들의 비행은 마치 하늘을 지배하고 있는 두 사람의 세상 같이 느끼게 한다. 두 비행기는 함께 같은 방향으로 날아가는가 하면 다시 저공비행, 그리고 속도를 빠르게, 그리고 느린 속도로 착륙하는가 하면 급히 하늘로 솟아오르고 있다. 두개의 비행기가 움직이는 것은 음악에 맞추어 춤이라도 추는 것 같기도 하다. 그들의 비행은 같은 방향으로, 그리고 비행속도의 리듬을 타며 움직이고 있다.

끌로는 비행기 띄우는 놀이를 오랜 동안 J와 같이하는 동안 J가 비행의 높이와 저공에 변화에만 집중을 하지만 그녀는 하늘 높이 날리고 땅에 닿을 듯 저공비행을 시도하면서도 속도에 변화, 방향의 변화를 짧게 시도하는데 흥미가 있어 한다. 그래서 그런 변화를 즐기고 있다. 즉 방향을 급히 바꾸고 비행의 높낮이의 변화를 시도 해보는 것에 즐겁고 흥미있어 하고 있다.

J에게 자기같이 해보라고 권유하지 않는다. 그림이니, 문학이니 하는 것은 그에게 거리가 먼 것이기 때문에 같은 기분을 나누자고 하는 것은 아주 어리석은 일이라고 생각한다. 둘이 같이 있는 것, 둘이 이야기하는 것, 둘이 행동하는 것, 그것으로 더할 나위 없는 것인데 자신의 의사를 강요할 필요가 없다고 생각하고 있다.

이성의 끌림에 빠진다는 것은 각자 이성에 대해서 신비의 유혹을 필연직으로 받고 유혹하게 하는 것이 신에게 받은 축복이고 근본이라고 생각하고 있다. 그래서 J에게 빠져 있는 자신을 돌아 볼 생각조차 하지 않는다. 자연 발생적인 알아차리지 못하는 유혹이 서로 와 닿는 것은 자연적인 사랑의 시작이다. 사랑은 이성이나 정신을 넘어서 나오는 무조건의 순수의 유혹이다.

상대는 어떤지 모르지만 끌로는 무조건 자기감정의 유혹에 빨려들고 있다. J의 모든 것을 좋아하고 있다. 그녀는 무조건 사랑하는 자신의 감정을 확인하고 지키는 것이 그녀에게는 행복이라고 생각하고 있으며 같이 있다는 것만으로 행복을 느끼고 있다.

끌로는 같이 리모트 콘트롤로 비행기의 비행을 조정하면서 옆에서 가끔 왼손을 어깨에 놓거나 감싼 채 두 손을 모아 균형을 잃지 않고 비행기를 띄울 때 편안함을 느낀다. 모든 의심도, 궁금증도 날라버리게 하는 감미로운 것이고 사랑의 표증을 느끼게 하고 있다. 그녀의 어깨에 그의 손을 얹거나 감싸주는 것은 세상의 두려움을 없애주는 안도의 힘이라고 생각하고 있다. 지금, 그녀는 언제 다시 만날지 모른다는 감정에 그의 숨결, 감싼 품안이 영원했으면 하는 감정에 젖어 있다.

마지막 비행기의 춤을 그들은 끝내야 한다. 두 사람은 각기 파란색 비행기와 빨간색 비행기를 각자의 앞으로 방향을 바꾸어 저공을 시도하며 끌어당긴다.

모래 위에서 J는 끌로의 손을 잡고 허리를 살며시 잡는다. 손을 잡힌 끌로는 그의 어깨에 한손을 얹고 그가 이끄는 대로 스텝을 밟아 모래사장에 발자국의 선을 길게 만들며 빈 모래사장 한가운데 까지 나간다. 언덕 위로 넘어간 해는 마지막 붉은 빛을 나란히 서서 석양을 바라보고 있는 두 댄서들의 얼굴을 붉은 빛으로 물들이고 있다.

따리프, 증조부가 밟았던 땅에 오다

따리프는 지난밤에 내린 빗물이 보도에 남아 아침 햇살에 반짝이는 것을 버스 안에서 내다보고 있다. 4, 5층의 석조건물들을 볼 때마다 마치 자신의 연필화처럼 짙은 검은색을 띠고 있다고 생각한다. 고국의 밝은 베이지색 건물들이 작열하는 태양 아래서 더 밝은 빛을 내고 있고 땅도 베이지색인 것을 생각하고 있다. 다마스크는 오랜 프랑스의 영향으로 프랑스식 건물, 시리아를 침략했던 나라들의 건축 양식이 혼합되어 있다. 말하자면 다마스크는 유럽풍의 건물, 로마, 프렌치식, 아랍식 건물들, 고유의 시리아식 건물들이 혼재 해 있는 도시다.

따리프는 프랑스에 자기보다 몇 대 위인 증조모의 나라, 증조부가 밟았던 나라에 와 있다는 것을 새롭게 느끼고 있다.

프랑스가 시리아를 통치할 때 그리고 그 이후도 프랑스 고고학자들이 시리아에 와 탐사연구를 많이 하게 된다. 고고학 연구여행을 시리아로 왔던 프랑스 사람인 한 고고학자는 증조부를 연구 보조원으로 고용하고 프랑스로 데리고 가 연구실에서 근무하게 한다. 증조부는 주로 프랑스 고고학자가 우가리트 유적지와 4천 년이나 훨씬 넘은 다마스크의 역사의 흔적을 탐사하는 것이었는데 할아버지의 임무는 아랍어와, 아르메니아어로 된 연구서적을 불어로 번역하는 것이었다. 그 중에는 대부분이 이라크의 서적이 많았다고 한다. 증조할아버지가 이라크의 앞선 기하학 서적도 번역하여 프랑스 학계 및 예술 분야에 공헌하는 일을 한 일도 있는 것으로 가문의 자랑이라고 따리프의 아버지는 가족들에게 이야기를 했다. 증조부는 아르메니아어, 프랑스어, 아랍어에 능통했으며 중학교에서 역사를 가르치고 계시던 선생님이시다. 증조부는 프랑스에서 이십 여 년 간의 연구 생활을 끝내고 프랑스인 아내와 같이 아들들을 데리고 시리아로 귀국한다. 프랑스 여자에게서 난 할아버지들은 시리아에서 고등학교를 마치고 프랑스로 가서 대학을 나왔으며 프랑스 여자들과 결혼을 했기 때문에 따리프의 아버지도 프랑스인 어머니에게서 낳았다. 따리프의 아버지는 프랑스에서 대학을 마치고 시리아로 돌아와 시리아 여인과 결혼을 하고 시리아 건축예술에 전념하며 건축가의 삶을 살아가고 있다.

따리프는 프랑스에 도착하자 어디에 가든지 눈에 띠는 것들을 전부 눈에 넣고 싶어하고 있다. 우중충하고 비가 계속되는 날씨가 그에게는 유쾌한 기분이 아니다.

차창 밖으로 보이는 그랑벨 공원에 세운 조각상을 검은 우산을 씌워 놓은 것이 그의 눈에 띤다. 그는 비가 맞을까봐 씌워 놓은 것이라고 생각하지 않으며 웃음을 짓는다. 지나치는 짧은 순간에도 그는 프랑스 인들의 장난기에서도 창의적인 행동과 그들의 자유를 감지하고 있다.

그 동상은 빅토르 위고의 동상인데 그의 아버지가 장군이었을 때 잠깐 브장송에 부임해 빅토르 위고를 브장송에서 난 것을 기념하기 위해 그의 동상을 브장송 시에서 그랑벨 공원에 세운 것이다. 그런데 장난기 있는 사람이 동상이 마치 우산을 들고 있는 것같이 해 놓은 것이다. 이러한 장난기는 공원을 지나는 사람이나 이곳을 지나는 차안에서도 보는 사람들을 웃게 하는 즐거움을 갖게 하고 있다. 우산을 씌워 놓은 지 오래 되었지만 누구하나 나무라는 사람이 없다. 오히려 여전히 그것을 보고 웃으며 즐거워하고 있다. 나무들이 우거져 울창한 공원 안에 높은 흰 좌대 위에 역시 하얀 대리석의 큰 동상은 아주 돋보이고 있다. 따리프는 저 검은 우산이 없다면 울창한 푸른 나무들 사이에서 색이 대비되어 하얀 모습이 아름다울 것이라고 생각한다.

따리프는 쌩 삐에르 광장에 있는 카페에서 아가타와의 약속이 있어 나왔다. 쌩 삐에르 광장은 시위를 하는 무리들과 그것을 구경하는 사람들로 광장은 차도까지 꽉 차 있다. 이 작은 도시에 가끔 공장 노동자들이 구호를 외치는 조용한 시위를 외곽에서 목격하는 것은 쉽다. 하물며 시위자들은 대통령을 비난하는 글로 된 플래카드를 들고 걸어가는 모습도 볼 수 있다. 이들은 대개 시내에서가 아니라 외곽에 나 있는 길을 가며 시위를 하고 있으며 시내 한가운데서 시위는 거의 없다. 시내 한 가운데서 시위를 하는 것은 극히 드문 일인데 오늘 시내 중심가 한 복판에서 시위를 하고 있다.

따리프는 프랑스에서 처음 목격하는 시위여서 아직 약속 시간도 남아 있어 구경꾼들 속으로 들어간다. 시위대들은 브장송에 이란 유학생들로 이란의 샤왕을 규탄하는 시위다. 이란학생들은 자기나라의 정보원들의 눈이 무서워 얼굴에 누런 종이 봉지를 쓰고 눈만 내놓고 있다. 그들이 쓴 누런색 종이봉지가 흰 색이라면 KK단들처럼 보일 것 같다. 그들은 원을 그리고 빙빙 돌며 '샤는 하야하라'고 외치고 있다. 브장송에 온 이란 학생들이 대부분 참가한 것인데 합쳐서 20여 명 가운데는 후원을 하는 공산주의 하생 단체에서 나온 학생도 몇 명 있다. 공산주의 단체학생 임원인 듯한 청년이 구경하는 사람들에 섞여 주시하고 있는 모습도 있다. 시위대를 둘러싸고 구경하는 사람들의 모습은 다양하다. 특히 따리프의 눈을 끌게 하는 것은 사람들 속에 주말 남편과 같이 나온 젊은 여인들의 세련된 옷차림이다. 따리프는 파리에 내려서도 세련된 파리 여인들에 눈이 갔지만 이곳 소도시에서도 프랑스 여자들은 어디서고 흐트러짐 없는 세련된 옷차림을 늘 하고 있는 것에 놀란다.

따리프는 2주 전에 프랑스와 외교 관계로 방문하는 시리아 하싸드 대통령을 환영하기 위해 프랑스 유학생들이 파리주재 시리아 대사관에 가야했다. 하싸드 대통령은 자기가 비행기를 몰고 파리에 왔다. 젊은 대통령이 직접 비행기를 몰고 파리에 내린 모습을 신문에서 본 학생들 사이에서는 식당에서 이야깃거리가 되기도 했다. 십자군 시대부터 십자군의 요새가 되어 전쟁의 경험을 일찍이 하고 수 세기를 거쳐서 이웃나라의 침략을 당한 고난의 세기를 갖고 난 후 지금 독립 국가가 된 일국의 대통령을 환영한다는 것은 시리아 유학생들에게도 자긍심을 갖게 하는 일이다.

따리프는 파리에서 며칠을 보내면서 씨떼에 있는 이란관에 묵게 된다. 거기서 알게 된 일은 이란관에 이란 학생들이 들어갈 수 없다는 것이다. 팔레비가 파리에서 학생시절 숙소 때문에 고생을 한 경험이 있어 그녀가 이란의 왕비가 된 후로 왕에게 씨떼(Cité Universitaire)에 다른 나라들처럼 이란 학생들이 거처할 수 있도록 이란관을 세울 것을 왕에게 건의 한다. 그래서 이란관을 지었는데 이란 학생들이 이란관에서 반정부 시위만을 해서 이란정부는 이란 학생을 받지 못하게 한다. 씨떼라고 부르는 것은 국제 대학생 기숙사 단지를 일컫는 말이다. 학생들은 줄여서 씨떼라고 하고 있다. 이란관은 세운지 얼마 되지 않아 깨끗한 것은 물론 최신식으로 값이 비싸 가끔 빈 방이 남아 여행하는 학생들이나 외국 교수들이 쉽게 들어갈 수 있다고 하는 이야기를 들었다.

바로 얼마 전에 파리에서 이란 학생들의 시위에 대한 정보를 대했는데 브장송에 돌아오자 공교롭게도 직접 이란 학생들의 반정부 시위를 눈앞에서 목격하게 된 것이다. 따리프는 자기가 아는 이란학생인 알리가 있나 하고 유심히 찾는다. 알리는 다리를 약간 절기 때문에 쉽게 발견할 수 있다. 그는 습관대로 가방에 넣었던 작은 스케치 북을 꺼내서 몇 개의 장면을 스케치한다. 마치 카메라맨이 카메라 셔터를 눌러 대듯이 빠른 속도로 연필을 놀려 몇 커트 재빨리 그려낸다.

그는 늘 이렇게 스케치 북을 넣고 다니면서 그리고 싶은 순간에 사물들을 카메라 대신에 연필로 그린다. 따리프가 연필화를 그리는 것은 집안의 역사에서 끌어내 올 수 있다. 따리프의 집안에서는 가족이나 친척들이 모이는 생일날이나 결혼식 날에 사진을 찍는다. 사진을 찍는것은 다마스크 시외에서 떨어진 곳에 사는 아지스 외삼촌이다. 인화도 아지스 삼촌이 한다. 나중에 따리프가 커서 삼촌은 시리아에서 유명한 사진가라는 것을 알게 된다. 따리프는 6살 때 사진 속에 나온 아버지, 어머니, 식구들 모두가 종이 위에 있는 것이 신기했다.

아버지의 카메라는 늘 아버지의 사무실에 있어서 따리프는 삼촌의 카메라를 들여다보고 만지고 싶었지만 그렇게 하는 것은 엄두도 내지 못했다. 삼촌이 없는 틈을 타서 만져 보려고 하지만 카메라는 애들이 만지지 못하도록 숨겨져 있었다. 그리고 삼촌이 돌아 갈 때는 어디서 꺼냈는지 어깨에 메고 당당한 모습으로 나갔다.

시리아에 석유가 나오고 서부지역은 비옥한 농지여서 비교적 생활이 풍요로우나 카메라를 가진 집이 드물었다. 건축을 전문으로 하는 아버지는 카메라를 가지고 있었지만 가족들의 사진을 찍지 않았다.

따리프는 자기도 삼촌이 찍은 사진이 연필 색처럼 검은 색이라는 것을 보고 연필로 그림을 그리기 시작한다. 그는 학교에 들어가기 전부터 연필화를 그렸다. 대개 어린애들이 크레용으로 그림을 그리는데 따리프는 연필로 그림을 그리고 있어 아버지는 특별히 눈여겨보며 그림을 잘 그리고 있어 더 잘 그리라고 칭찬을 아끼지 않는다. 학교에서도 선생님이 잘 그렸다고 칭찬을 했는데 교실 벽에다 선생님이 붙이어 놓고 있었다. 따리프의 그림이 부쳐진 벽에는 따리프의 그림만 있는 것이 아니라 다른 애들의 그림도 있었는데 늘 선생님은 따리프의 그림을 처 들고 학생들에게 칭찬을 했다.

삼촌이 찍은 사진 속의 사람들이 모두 검은색과 흰색 옷으로 되었고 사람들의 피부도 흑백으로 되어 있어 인물들을 사실대로 연필로 옮겨 놓는 것은 따리프에게 문제가 없었다. 자기의 그림도 실제인물과 닮았고 삼촌이 찍은 사진과 똑같아서 자신도 놀란다.

중학교에 올라오면서 새로 발견한 것은 삼촌이 찍는 사진들은 배경의 각도와 인물의 각도와의 관계를 중요시하는 것이라는 것을 발견한다. 그래서 자신도 배경을 자기 나름대로 그려 넣고 인물을 배치하는 시도를 한다. 실제 사물을 그대로 그리는 것이 아니라 배경을 설정하고 그리는 연습이다. 역사적 인물을 사진에서 보고 옮길 때 그 인물의 시대적 사물을 배경으로 설정하고 그렸다. 그런데 삼촌의 사진들이 흑백이 아니라 어느 날 사진이 전부 현실 그대로의 색채를 갖고 있으며 인물들의 옷도 현실 그대로라는 것을 발견한다.

그는 고등학교 때는 연필화의 한계를 느낀다. 한때는 실망에 차 있기도 했다. 말하자면 빛을 매개로 하는 시각적인 창출이 검은 연필로는 불가능하다는 것을 깨닫게 된다. 그는 사물이나 인물의 생명의 효과는 빛이라는 것을 자각할 만큼 사물에 대한 생각이 발전한다. 좀 더 진전해보고자 수채화 물감으로, 유화물감으로 그림을 그리기를 시도한다. 그의 연필 스케치는 의대에서 의학공부를 하는 시기에도 장소와 때를 가리지 않고 계속된다. 이렇게 어린 시절부터 성인이 되어서도 연필화가 생활이 된다.

쌩 삐에르 광장은 구경꾼들로 점점 많아진다. 어제부터 내리던 비가 그쳐 햇살이 비친 거리를 산책하러 나온 사람들, 그리고 학기가 시작된 계절을 만나 새로 외국에서 온 외국 학생들로 꽉 차 있다. 광장은 이렇게 시위대를 구경하려는 사람들로 점점 불어난다. 그러자 시위대들도 힘이 났는지 구호를 더 강하게 외친다.

샤는 물러나라! 샤는 물러나라!

라는 말이 따리프의 귀에 고함으로 느껴지며 그의 귀를 자극한다. 따리프는 아가타를 만나기 위해 스케치를 중단하고 돌아서려는데 시위대 맞은편 너머에서 그를 발견하고 손짓하는 아가타를 발견한다.

아가타는 하싸드 대통령의 환영식에 가기위해 예비모임에서 처음 만나게 되었다. 시험을 앞둔 의대생으로서는 파리에 모국의 대통령을 환영하기 위해 간다는 것은 무리다. 의대생들은 읽고 외워야 하는 것들을 산더미처럼 쌓아 놓고 있다. 아가타는 아르바이트로 장 자크 병원에서 일을 하기 때문에 어떤 때는 5분을 쪼개어 써야 하는 때도 있다고 했다.

따리프는 아가타의 긴 머리에 시선을 보낸다. 시리아여학생이 아가타 혼자여서 모임에서 눈에 띄었지만 오늘처럼 긴 머리가 눈에 띠지 않았었다. 그녀는 항상 일을 할 때 머리를 묶거나 땋고 있는데 오늘은 외출을 위해서 머리를 풀고 나왔다. 아가타의 숱 많은 검은 머리가 그녀가 몸을 움직일 때마다 움직이며 햇빛에 윤이 나는 것이 따리프의 눈을 끌고 있다.

보기 드문 화창한 날씨다. 어젯밤의 비로 나무와 건물들이 신선해 보인다. 아가타는 약속한 카페에 다다르자 카페대신 산책을 하자고 제의한다. 외국학생들이 많이 새로 오는 때여서 카페 안에도, 카운터에도, 밖에 놓여 있는 테이블에도 사람들이 차 있고 빈자리가 없다. 밖을 내다보며 차를 마시는 사람들의 얼굴에는 호기심과 기쁨을 띤 얼굴을 하고 있다. 모두가 새롭고 생소한 땅에 와 있다는 것이 그들에게는 즐거운 것이다. 아직 학기가 시작하려면 많은 시간이 남아 있기 때문에 그들은 여유가 있어 더 즐거운 것이다.

오래간만에 화창한 날씨를 즐기기 위해 파스퇴르 광장 분수대 가장자리에 앉아 있는 사람들도 많다.

어디로 가든지 아가타가 안내해요.

그래요, 안내는 내가 할게요.

그들은 모국어인 아랍어를 하고 있다. 아가타는 시리아에서 프랑스인이 다니는 유치원에서 공부를 했고 고등학교부터는 프랑스에서 공부를 했기 때문에 프랑스어가 모국어 같지만 모국어로 소통을 한다는 것은 무한한 자유와 설명할 수 없는 해방감을 느끼고 있다. 아가타는 오랫동안 조여들었던 몸이 튕겨 나가며 풀리는 것 같은 기분을 느낀다.

파스퇴르 광장을 지나 양 쪽으로 잿빛 건물이 들어선 길을 나서면 두강을 가로지르는 뽕 까노가 있다. 그들은 가던 길을 멈추고 뽕 까노 난간에 기대어 흐르는 강물을 내려다본다. 강물은 햇살이 비추고 있는데도 수박색의 혼탁한 빛을 띠고 있다. 어제 내린 비 때문일 것이다. 강 한가운데 구름이 떠있다. 하늘이 개이고 나서 구름도 환하게 뭉실뭉실 떠 있다. 강가 산책로에는 주말을 즐기고 있는 낚시꾼들이 한가하게 여기저기서 낚시를 하고 있다. 그들 옆에는 주인들이 데리고 나온 강아지 두 마리가 서로 장난을 하며 뛰놀고 있는 모습이 보인다. 힘이 없는 햇살은 강물도 졸게 하고 강변의 풍경을 생기없이 고요하게 덮어 놓고 있다. 그 순간 따리프는 스케치북을 꺼내 우안(右岸)에 길게 펼쳐 있는 스트라스부르 부두 건물을 그린다. 그곳은 우편엽서에 나올 만큼 브장송을 상징하는 아름다운 건물이다.

아가타는 따리프가 그림을 그리는 것을 이제 처음 본다. 아직도 그들은 자기들 소개가 없어 낯선 사람들이다. 다만 관례로 꽁빠뜨리오트(동포)가 새로오면 자진해서 서로 도와주는 습관으로 아가타가 먼저 약속을 청한 것이다. 뽕 까노를 걷는 사람들도 많아졌다. 햇볕이 그들을 밖으로 끌어내고 있다. 아가타는 따리프의 직업이 궁금해, 고국에서는 어디에서 일을 했느냐고 묻는다.

대학에서요.

미술과 교수예요?

그래요, 그런데 나도 의사가 될 뻔했지요.

어떻게요?

의과대학을 다니다 중단 했지요.

나중에 이야기할 기회가 있을 때 이야기하기로 해요.

따리프는 긴 설명을 해야 해서 더 이상 이야기하고 싶지 않아한다. 11월부터 다음 해 2월까지 흐리고 간헐적으로 비가 내리는 고장에서 언제고 햇빛은 사람들을 밖으로 나오게 한다. 특히 이 고장은 여름과 가을 맑은 날씨는 사람들을 미치게 하고 있다.

비가 오는 계절에 해는 잠깐씩 나와 모습만 드러내고 비를 뿌리는 변덕스러운 날씨다. 그래서 외국학생들은 프랑스사람이 싫어 질 때는 날씨를 닮아서 사람들이 변덕스럽고 차다고 험담을 하기도 한다. 따리프는 증조모를 비롯해 큰할머니, 작은할머니가 프랑스 사람이여서인지 프랑스인이 변덕스럽다고 뒤에서 하는 가족들의 말을 듣지 못하고 자랐다.

아가타는 따리프가 그린 것을 바라보며 놀란다. 스트라스부르 부두가 아름답다는 것은 이곳을 지날 때마다 멀리서 바라보며 항상 느끼고 있다. 따리프의 그림은 어떤가. 순간에 그려놓은 것이 놀랍게도 아름답다. 그리고 그녀는 처음으로 따리프의 얼굴을 유심히 쳐다 본다.

가끔 시리아학생들이 어학연수로 브장송에 왔을 때 만난 청년들이 있지만 따리프는 어딘가 그들에 비해 다르다고 생각한다. 특히 피부색이 흰 것에 눈이 끌렸고 옷차림도 유럽에 오래 있었던 사람 같다고 생각한다. 그녀는 속으로 미술을 해서 풍기는 모습이 다르다고 생각하며 따리프가 유럽인과 같은 모습에 그를 유심히 쳐다보고 있다.

다리를 걷는 사람들은 부부, 그리고 연인들로 보이는 남녀들이 많이 있다. 아가타와 따리프도 연인들 사이라고 생각할 것이리라. 유모차에 어린 애를 태우고 부부가 나란히 산책하는 모습은 고향을 떠나온 사람에게는 뒤에 두고 온 가족을 생각나게 한다.

아가타와 따리프는 뽕 까노를 건너서 좌안 강가로 걸어 내려간다. 길에는 비둘기들이 길에 내려 와 굴, 굴 거리며 먹이를 찾고 있다. 건너편 우안의 스트라스부르 부두가 마주보이는 난간에 걸터앉자 이야기를 계속하고 있다. 아가타는 따리프에 대한 관심을 억누르며 그가 묻는 것에만 이야기하고 있는 중이다. 따리프가 이곳에서 어학연수가 끝나면 파리로 간다는 말에 아가타는 서운함을 느끼지만 내심을 표현하지 않고 있다. 아가타는 불어를 프랑스 사람같이 하는 그를 왜 프랑스 학무성은 그를 불어 연수를 시키는 것인지 의아해 하고 있다. 시간 낭비 같다.

아가타는 고등학교에서 이민 이주로 온 알제리 부모를 둔 남자애들이 있어도 자기고국의 남학생을 고등학교에서 만나지 못했다. 따리프는 아가타가 처음 고등학교에서 힘들게 공부를 하여야 했던 이야기 지금 의대에서도 힘든 학업을 하고 있는 이야기를 듣고 있다.

아가타의 이야기를 들으며 따리프는 고향에 있는 한나를 생각하고 있다. 한나도 검은색 긴 머리를 하고 있다. 따리프는 한나와 특별한 사이가 아니었건만 아가타의 길고 검은 머리를 보자 한나를 떠올리게 한다.

태양은 오후에 화창하게 사람들을 즐겁게 하더니 이제는 구름사이로 들어갔다 나왔다 한다. 정면으로 보이는 스트라스부르 부두에 똑같은 양식으로 건축된 건물들이 일렬로 늘어서 있는데 높이가 같고 그 건축물들은 부두가 전체를 따라 지어졌다. 따리프는 아가타의 이야기를 들으면서도 부두에 있는 건축물들을 바라보고 있다.

이 강 이름이 '두'라는 이름을 갖게 된 것을 아가타는 설명 해준다. '두'는 둘러 있다는 뜻으로 '두'강이라고 부르며 강은 브장송 시내 한가운데에 작은 섬을 원으로 둘러싸고 흐르고 있다. 그래서 이 도시는 '두'강이 둘러 싼 작은 섬을 가운데로 하고 도시가 사방으로 퍼져 나 있다.

아가타는 자기에 열중해 있는 그를 보며 태어나서 16년을 살아온 고향이 아득하다고 생각하고 잊고 있었는데 따리프 옆에서 시리아가 바로 가까이 있는 것 같은 느낌을 갖는다. 긴 이야기를 하는 사이에 해도 강물 뒤로 사라졌다. 그들은 이야기를 중단하고 강 건너편에 있는 스트라스부르 부두의 건물에서 나온 불빛이 강물에서 반짝이고 있는 것을 보는 동안 어둠도 점점 짙어져 가고 있다.

길에 내려와서 굴, 굴 거리며 먹을 것을 찾던 비둘기의 소리도 어두워지자 들리지 않고 산책하는 사람들의 발걸음 소리도, 그들의 이야기 소리도 멈춘 주위에, 강물에 비친 불빛은 흐르는 물결 위에서 더욱 선명하게 빤짝이며 흔들리고 있다. 어둠 속에 고요도 길게 흘러가고 있다. 이들 두 사람의 머리에도 각기 다른 색의 생각이 침묵에 묻혀 흘러간다.

아가타는 국적을 바꾸고 10여 년 동안 프랑스 사람들과 묻혀 살면서 자신도 프랑스사람이라고 생각하고 있으며 어머님이 돌아가셔 안계시는 시리아를 그리워하지 않고 살았다. 그러나 왜 오늘 따리프 옆에서 그 불빛은 낯설게 느껴지는 것일까. 아가타의 침묵은 자신을 오랜만에 생각해 보는 여유의 침묵이다.

돌아오는 길은 뽕 바땅을 건너서 그들은 그랑벨로 온다. 저녁을 먹으려고 따리프는 카페 레스토랑으로 아가타를 안내해 들어간다.

낯선 유혹을 갈망하다

따리프는 쎄엘아(CLA)에서 수업이 없을 때는 도서관에 묻혀서 영상학에 관한 책을 조사한다. 사실 따리프는 어학연수를 하지 않아도 된다. 그는 유치원부터 중학교까지 프랑스인 학교에서 공부를 했다. 프랑스 정부에서 프로그램을 짜서 할 수 없이 어학 코스를 따르고 있는데 캐나다 불어과 학생들이 이곳에서 필수로 학점을 따는 높은 코스에서 공부를 하고 있다. 프랑스 학무성은 프랑스 정부 장학생의 서류에 학력 과정을 대학부터 기입하게 되어있기 때문에 실수로 그렇게 배치를 한 것이라고 밖에 생각할 수 없다.

따리프는 어학 코스가 끝나면 파리로 가서 파리 8대학에서 미술 계통의 강의를 듣기로 되어있다. 그는 고국의 미술대학 학생들이 새로 관심을 갖고 있는 영상학을 이해하려는데 목적이 있다. 미술과 학생들이 평면화보다 새로 등장하는 수많은 새로운 미술 형식에 관심을 기우리는 추세에 직면하고 있다. 짧은 체류기간이나마 새로운 미술의 흐름을 이해하는데 주력하려고 프랑스에 온 것이다. 미국에서 공부를 하고 돌아온 동료교수인 한 젊은 교수가 가르치고 있는 강의가 '미술과 과학의 접목'이다. 그는 그에게서 자극을 받고 그와 많은 토론을 같이한다. 그는 의대 4년을 마치고 미술전공을 미술 대학원에서 하고 미술대학에서 가르치고 있다. 그는 전문성을 기르기 위해 많은 연구와 작업을 하고 있다. 미술 잡지를 통해서 백남준을 알게 되고 영상학이란 새로운 학문에 관심을 그도 갖는다. 그리고 백남준의 비디오 아트에 대한 이해를 위해 프랑스 체류 중에 연구를 주로 하려고 하고 있다.

따리프도 자신의 재능을 믿고 있었지만 평면화에 대한 한계를 새로운 미술의 물결에서 느끼고 있다. 그는 구상화로 시작했지만 반추상화에도 전념하고 있다. 지금은 구상 표현주의를 시도하고 있다. 그의 아버지가 고전 건축학에서 현대 건축에 흥미를 느끼며 새로 연구하듯이 자신도 새로운 자신만의 형식을 평면화에 도입해 보는 노력을 오래 전부터 해오고 있다.

그는 점심식사 후 학생들이 많이 모이는 그랑벨 카페에 앉아서 밖을 내다보며 브장송 도착 첫 날 우연히 마주쳤던 여자를 만났으면 하는 호기심을 참지 못하고 지나가는 여학생들을 유심히 내다보고 있다.

학교 식당에서도 혹 만날까 하고 아세아 여학생들을 눈여겨보고 있다. 만나더라도 얼굴을 기억하지 못하기 때문에 말을 건다는 것도 어려운 일 같다. 그리고 학생 기숙사 단지에서 만났지만 그녀가 학생인지도 모르는 일이다. 아가타와 만나서 학교 식당에서 식사를 같이하면서도 물어보고 싶지만 말을 꺼내지 못하고 있다. 보이시 스타일의 짧은 머리를 하고 있는 아세아 여자라는 것만 기억하고 있다. 그리고 사람을 잘못 보고 미안해하며 웃는 얼굴에서 안개 속에서도 유난히 눈이 끌리었다. 안개 속인데 어떻게 그렇게 눈이 빛났었을까? 착각인 것 같기도 한 생각이 들기도 한다. 그녀의 눈이 자신을 사로잡고 있는 것을 느낀다. 순간의 만남이지만 운명에 예정된 사람 같기만 한 생각은 왜 일어나는 것일까. 그 날 이후 고향에 두고 온 사람들보다 길에서 만났던 낯선 동양 여자가 머릿속에 떠나지 않고 있다.

아침 안개는 사물의 윤곽을 분간 할 수 없을 만큼 짙게 깔려 있었다. 그 여자는 내 앞으로 달려와서 "아는 사람인 줄 알았어요."하고 말을 했다.

길 건너 문학 도서관으로 들어가는 사람이 짧은 머리의 여학생인데 아세아 여자가 아니라 프랑스 여자 같다. 곧 나오는 사람은 짧은 머리를 하고 있으나 들어가던 여자의 옷과는 다른 옷을 입고 있는 다른 여자다. 밖에는 부슬비가 내리고 있다. 그랑벨 공원의 빅토르 위고 동상은 여전히 우산을 쓴 채로 앉아 있다.

도서관에 가서 찾아 놓은 책의 중요 부분을 복사하려고 다시 도서관에 가야겠다고 생각을 했으나 아가타가 개강이 되기 전에 방문할 만한 곳을 지적해 준 것을 기억하고 있다. 아가타가 이야기한 것은 대부분 브장송의 미술관과 역사적 기념물 아니면 유적지에 속한 것 들이다. 따리프는 건축에 대해 어려서부터 관심을 가지고 있다. 아버지가 건축가로서 건축을 실업대학에서 가르치고 있기 때문이다. 아버지의 전공은 이슬람 건축 양식, 로마네스크 건축 양식, 고딕 건축 양식인데 특히 지붕에 대한 건축 공학이다. 이집트의 피라미드 건축을 연구하기위해서 수십 번이나 이집트를 방문한 적도 있다. 룩소에는 왕의 계곡과 귀족의 계곡이 있어 따로 따로 왕들과 귀족들의 무덤이 있다는 이야기도 아버지로부터 들었다.

그의 아버지는 왕의 무덤인 피라미드도 연구 대상으로 자주 룩소를 방문한다. 따리프는 아버지와 친구처럼 다정한 시간을 보낼 때가 많았으며 아버지가 현대건축에 대해 말할 때 르 꼬르비쥐에 관한 말을 많이 하셨다. 그의 아버지는 르 꼬르비쥐에의 건축에서 발견한 것은 르 꼬르비쥐에가 중동 지역의 단순한 전통적 건축과 가옥에서 암시를 받은 것이라고 주장하고 있으며 그 점에 대해 논문도 발표한다. 그는 중동 건축에 대해 자긍심을 가지고 있다.

아버지로부터 르 꼬르비쥐에의 건축은 실용성을 주요시하고 자연을 건축물에 이용하려는 노력이 강하다고 했다. '롱샹의 교회'건물을 가장 아름답고 단순미의 절정이라고 하는 것을 들었으며 건축가 르 꼬르비쥐에의 건축이 프랑스 여러 곳에 있다고 하시며 브장송에 있을 때 많이 보라고 하셨다. 따리프는 브장송의 문화 홍보지를 통해 브장송 미술관이 르 꼬르비쥐에가 건축한 건물은 아니지만 그의 제자가 보수 건축 했다는 것을 그는 알고 있다. 또 제자는 그의 스승의 영향을 받아 건축한 것이라는 것도 홍보지에서 읽고 알고 있다. 그는 직접 눈으로 학인하기 위해 도서관으로 다시 가는 것을 단념하고 미술관으로 가기로 계획을 바꾼다.

따리프는 미술관이 있는 마르쉐 광장으로 발을 옮긴다. 사실은 아버지가 아름다운 현대적 교회건물이라고 주장하셨기 때문에 롱샹의 교회를 보고 싶은 마음이 더 간절하다. 그는 르 꼬르비쥐에 작품집에서 사진으로만 보았다. 아버지는 그가 중동의 가옥건물을 모방한 것이라고 주장하는 편견에서 나온 감탄일 것이라고도 생각하지만 아버지가 극구 감탄하고 있는 작품을 실제로 본다는 것이 의미가 있다고 믿고 있다. 그래서 흥분되는 것이기도 하다. 롱샹까지는 거리가 멀어서 차로 가지 않으면 안 된다. 아직은 교통편도 모르고 승용차를 이용하려면 알리의 차를 빌리든가 알리에게 같이 가자고 하는 수 밖에 없다. 만난 지 오래되지 않지만 그들은 서로 친하게 지내는 사이다.

알리는 테헤란에서 아버지가 카펫 무역을 하는 중상인이다. 장남인 알리에게 언젠가는 가업을 물려주려고 하는데 아버지는 그가 장애인이여서 공부를 많이 시켜고 싶어 프랑스유학을 시키며 다리를 저는 아들을 외국에서 남의 눈에 띄게 걸어 다니게 하고 싶지 않아 차를 사 준다.

따리프는 미술관으로 들어서자 진열장으로 내려가는 통로가 계단으로 된 것이 아니라 평면 경사로 되어 있고 진열장까지는 꽤 긴 거리로 건축물의 특이함을 입구에서부터 감지한다. 왜 진열 장소를 지면 보다 아래로 했는지 궁금했다.

남자처럼 머리를 짧게 한 여자 큐레이터는 관람객들을 한군데로 모이게 하고 미술관의 역사와 소장품 그리고 화재로 인해 보수할 때 르 꼬르비쥐에의 제자인 건축가에 의해서 미술관 외부와 다르게 내부는 현대식으로 지었다는 설명을 하고 있다. 특징은 자연 광선을 통해 전시실을 조명하게 된 것이라고 한다. 그러나 흐린 날이나 비가 오는 날은 전기불로 조명을 할 수 밖에 없다는 말도 한다. 미술관 건축양식은 19세기의 고전양식의 건물인데 내부를 현대식으로 바꾼 것은 바로 르 꼬르비쥐에의 제자, 루이 미겔이 개조한 것이라고 거듭 큐레이터는 미술관에 대한 설명을 이어가고 있다.

보뱅 광장 구역에서 일어난 화재로 미술관도 화재를 당해서 개조를 몇 년 전에 한 것으로 소장품은 18세기 작품들인데 추기경이었던 그랑벨 집안의 소장품을 위주로 몇몇 수집가가 기증한 작품들로 구성되어 있다. 따리프는 소장된 작품들에 흥미를 잃고 있다. 고대 도자기들에도 흥미를 갖지 못하고 있다. 내부의 도자기 진열 공간이 나선형으로 된 것이 새롭다. 일반적으로 현대에 와서는 새로 짓는 미술관들이 각 층으로 올라가는 통로도 계단식에서 나선형으로 건축하고 있다는 것을 아버지로부터 통해 들었다.

미술관에는 관람객이 여러 명 있는데 새로 도착한 유학생들이 대부분이고 관광객처럼 보이는 동양인으로 두 남자가 보인다. 그들은 학생은 아닌 것 같고 기자처럼 보인다. 그들 주머니에 삐져나온 관광 안내지가 오르낭을 홍보하는 것을 보니 촬영차 다니는 기자 같기도 하다. 촬영 카메라를 한 사람이 갖고 있다. 촬영이 금지 된 것을 몰랐을 것 같지 않는데 그는 무거운 카메라를 전시실까지 들고 온 것이 이해가 가지 않는다. 허락을 받고 가지고 온 것 같다.

따리프는 파리에서도 경험한 것이지만 지방에도 동양인이 많이 있다는 것에 놀란다. 자기는 중국의 마오찡, 문화혁명, 일본의 발전, 한국의 군사독재 정도다. 그러나 한국에 대해서는 중동지역의 놀라운 건설을 한국인들이 건설하고 있다는 것 이외에 아는 것이 없다. 중국에 관해서는 상상을 불허하는 역사와 깊은 문화는 알고 있으나 역시 거기에 대한 깊은 지식과 전문적 지식은 없다.

미술관 밖에는 비가 계속 내리고 있다. 따리프는 비 때문에 우울한 기분을 피할 수 없어 한다. 작열하는 고국의 하늘을 벌써 그리워하고 있다. 100여 년 전에 증조할아버지께서 이 땅에 왔을 때 계속 비가 내리는 날씨를 어떻게 적응했을까. 얼마나 외롭고 고국을 그리워하셨을까 하는 생각이 불현듯 솟아오른다.

따리프는 카메라를 가지고 있던 동양인들이 파리 번호를 단 자동차를 타고 사라지는 것을 보고 있다. 그리고 그는 새벽안개 속에서 자기를 향해서 뛰어오던 낯선 여자의 희미한 윤곽만 남아 있는 그 여자가 더 궁금해진다. 아가타는 바쁜 것일까? 저녁을 먹어야 하는 시간이라 식당에 같이 가자고 해도 부담되는 일이 아닐 것이다.

까노에 있는 대학 식당을 향해 가는 학생들로 어두워지는 시내는 꽉 차 있다. 그들은 즐거운 얼굴로 떠들며 몰려서 간다. 저녁이 되자 비가 더 강하게 내린다. 하늘도, 땅도, 건물도, 내리는 비도, 공기도, 바람도 잿빛인 이 도시에 그들이 떠들며 이야기하는 소리가 없다면 이 거리는 우울만이 가득 차 있을 것 같다. 우울이 몸을 조여 온다.

세계 각처에서 몰려 온 학생들의 호기심으로 즐거워하며 떠드는 소리는 이 고장 젊은이들이 대도시로 떠난 자리를 채워 이 도시에 활기를 넣어 주고 있다. 도시 사방으로 달리고 있는 가라앉은 차분한 오렌지색의 저 버스가 잿빛의 우울한 도시를 좀 바꾸어 놓고 있다. 버스의 색깔이 아름답다. 저 색을 만들려면 노란색에 약간의 어둔 색을 혼합해야 저런 색이 나올 것 같다. 참 멋진 색이다. 흐린 날씨가 많아서일까 대체로 프랑스인들이 눈이 부시도록 화려한 원색의 옷을 입은 사람들이 눈에 띠지 않는다. 검은 회색 건물과 흐린 날씨에 어울리는 가라앉은 색의 옷들을 입고 있다. 베이지색이 유행하고 있는 색인지 베이지색 옷을 입은 사람들이 많아서 그나마 우울을 덜어주고 있다.

따리프는 이 고장이 주는 풍경을 생각하며 까노로 향하는 학생들의 무리들 속으로 끼어들며 그는 낯선 유혹을 받고 싶어 한다. 그가 찾는 안개 속의 여인이 또 그에게로 달려오지나 않을까 하는 우연을 오늘도 기대하고 있다. 우연은 그에게 있어서 경이이고 신비다. 그가 우연을 좋아하는 까닭은 그림을 그리면서 터득한 우연의 효과이다. 그림의 색채가 불시에 나오는 우연의 효과는 의도적인 작업으로서는 재현할 수 없는 것이다. 그 효과는 신비적이다. 우연의 만남도 신비적인 사건이 아닌가!

우연히 안개 속에서 만난 미지의 여인이 그를 유혹하기를 바라는 그의 마음은 온통 잿빛 어둠속에 비가 내리는 우울한 하늘을 뒤 덮고 있다.

새벽안개는 사람의 윤곽을 분간할 수 없을 만큼 짙게 깔려있다. 앞으로 달려온 여자는 "아는 사람인 줄 알았어요."라고 말한다.

빗발은 제법 굵어지고 있다. 따리프는 비를 맞으며 옷깃을 여미고 발걸음을 식당을 향해서 재촉하고 있다.

엇갈린 길 위에서

끌로는 엑스의 명물 거리인 꾸르미라보 거리에 나와 있다. 양 길가에 심은 나무들이 자라서 마주 엉키어 터널을 이루어 하늘을 완전히 가리고 있다. 그러니 이 터널 아래서 지나는 사람도 오픈 카페에 앉아있는 사람도 시원한 여름을 즐길 수밖에 없다.

엑스-마르세의 대학에서 행하는 여름연수회에 참가하기 위해 엑스에 와 있다. 참가하고 있는 문화강좌는 흥미 있는 강좌다. 오전에 강의를 듣고 오후는 단체로 하는 근처 여행에 참가 하든가 아니면 자유로 시간을 보내면 된다.

끌로는 지난 주말에는 생 쇠베르 성당을 찾았고 오늘은 오픈 카페에 나와 있다. 서울은 오픈카페가 없다. 그리고 혼자서 카페에 앉아 시간을 즐긴다는 것은 자유스럽지 못한 일이었다. 유럽에 와서 혼자 여행을 하고 카페나 레스토랑에서 혼자 시간을 즐긴다는 것은 극히 자연스럽고 쉬운 일이다. 오후 카페에서 나이든 여자 혼자 앉아서 책을 읽는 모습을 흔히 볼 수 있다. 아름답게 느껴진다.

끌로는 지금 주말 강의가 없어 책방에 들러 세잔느의 책을 한 권 사서 뒤적이며 앉아있다. 카페에도 거리에도, 레스토랑에도 모두가 즐거워하는 얼굴들이다. 겉으로 보이는 그들의 얼굴에서 고통, 슬픔, 근심이라는 기색은 찾아 볼 수 없다. 그들은 즐거움을 만끽하고 있는 것 같다.

끌로는 모두가 즐거워하는 무리들 속에 자신만이 홀로인 것 같이 느낀다. 오늘 따라 특히 홀로인 것 같다. 읽고 있던 책을 덮고 사람들을 살펴보고 있다. 그리고 두고 온 가족들과 J를 생각하고 있다. 왜 그는 답장을 보내지 않고 있을까. 그로부터 답을 받았다면 지금 아틀란타에 함께 있을 터인데.

끌로는 논문에 들어가기 전 여름 방학을 미국에 있는 그를 만나러 가려고 그에게 편지를 보냈다. 답을 받지 못해서 프랑스에 남아있어야 해서 계획을 바꾸고 엑스대학 여름 연수에 참가하고 있는 것이다.

사람들을 살펴보는 것도 기분 전환이라고 생각하고 꾸르 미라보로 나왔다. 한 반에서 강의를 같이 듣고 있는 독일 애가 지나가다가 끌로를 보고 손짓하며 들어온다. 끌로는 테이블에 앉으라고 하고 한국에서처럼 자기가 먼저 독일 애에게 무엇을 마시겠느냐고 물어본다. 둘은 만난지 2주가 되었지만 서로 이름을 모른다. 독일 애가 먼저 자기이름을 말하고 자신에 대해서 소개를 하고 있다.

슈코바는 차를 몰고 독일 프랑크푸르트에서 엑스까지 왔다. 그녀는 유치원 교사다. 여름휴가를 프랑스남부인 엑스로 와서 부족한 불어를 보충할 겸 강의를 듣고 있다. 세 살 난 애가 있는데 엄마와 아버지가 돌보는데 부모는 손녀에게 푹 빠져있고 행복해한다고 한다.

고등학교 때 사고로서 애기를 갖게 되고 애기를 날 때까지 1년 간 학교를 중단하고 집에 있으며 애기를 낳고 엄마에게 맡기고 다시 고등학교를 계속해 졸업을 했다는 이야기도 솔직하게 한다. 슈코바는 사고로 애기를 낳게 되었다는 이야기는 사랑이라든가, 미래를 약속하는 사이가 아니라 아무 것도 모를 때 이성에 끌려서 둘이 좋아했고 같이 만나는 날이 많아지게 되었고 떨어지기 싫어서 함께 지내는 시간이 많아지는 동안 애를 갖는 사고를 낸 것이라는 것이다. 그렇다고 결혼을 하여야 된다는 것은 아니었다. 각자 자신의 미래를 위해서 길을 찾아 걸어가는 것이 현명한 일이라고 생각했다는 것이 자신들의 결정이라고 했다.

끌로는 만나서 처음 솔직한 자기를 밝히는데 대한 자신의 소개를 해야 한다고 생각한다.

한국에서 왔다는 것을 밝히고 그녀는 프랑스정부 장학생으로 왔다고 간단히 소개를 한다. 추운 브장송에서 겨울을 났기 때문에 여름을 남프랑스로 왔다는 것을 말한다. 그리고 솔직한 상대에 대한 보답으로 결혼을 하지 않았다는 신상에 대해 밝힌다. 그래야 솔직한 상대에게 하는 순수한 마음인 것 같다고 생각했기 때문이다.

이들이 자기소개를 하고 이런 저런 이야기를 묻고 대답하고 하는 동안 꾸르 미라보의 가로수 길가 양옆에 있는 카페는 사람들로 꽉 차 있다. 모두가 여름을 즐기고 인생을 즐기는 사람들 같이 보인다. 그들 중에는 무엇인가 잊으려고 여행을 온 사람들도 있을 것이다. 꾸르 미라보 가로수 밑을 걷는 사람들의 모습들은 인종 전시장 같이 다양한 사람들이다. 갑자기 슈코바는,

저 여자 봐요, 끌로! 하며 놀란다.

끌로는 슈코바가 가리켜고 있는 앞을 지나가고 있는 여자의 뒤를 본다. 여자는 남편으로 보이는 남자와 다정하게 걸어가고 있다. 그 여자는 훤히 비치는 하얀색의 치마를 입고 있는데 치마 속에 까만 삼각팬티를 입은 것이 또렷이 보인다.

끌로는 의외로 슈코바가 그 여자를 보고 웃는 것을 이상하게 느낀다. 햇빛을 찾아, 푸른 지중해로 세계에서 몰려오는 사람들은 하늘과 바다의 푸른색이 주는 자유에 유혹되어 오는 것이다. 투명한 햇빛, 푸른 바다, 나도 너도 다 모르는 사람, 이방인이라는 해방감, 그리고 하늘과 바다의 푸른색으로 넘치는 공간이 모두에게 자유를 준다. 자유를 만끽하는 해방감에서 옷을 입는데 남을 생각할 필요도 격식을 따를 필요도 없다. 격식도, 윤리도, 주저도 개의치 않아도 되는, 어쩌면 몸과 마음을 묶었던 사슬을 풀어 헤치고 누구와도 함께 할 수 있는 곳, 햇볕이 내려 쪼이는 바로 이곳이 아닌가. 저 여자도 아무 것에도 방해받지 않고 싶은 심정에 있을 것이다. 바로 옆 니스에는 나체촌이 있다. 나체촌의 사람들도 이러한 자유 때문에 태초에 창조주가 준비해 준 에덴동산을 그곳에 만들고 있는 것일 것

이리라. 그들은 인간이 만들어 놓은 속박에서 벗어나는 것이 원초적 자연으로 돌아가는 길이라고 생각하는지도 모른다. 그들의 모습은 자연으로 돌아간다는 것에 앞서 순수의 정신으로 돌아가자는 것이다.

끌로는 저 여자의 옷차림도 거리낌 없는 자유를 구가하며 활보 하는 것이라고 생각하며 독일 사람들의 성향을 조금 알고 있는 그녀는 슈코바에게,

독일에서는 저런 차림을 볼 수 없지요? 하고 끌로는 단언적인 질문을 한다.

저런 차림은 용기가 필요하지요, 독일에서는 보지 못했어요.

남을 생각하지 않는 자기만의 자유를 주장하며 사는 프랑스사람 같이 용감한 사람이라야 그러지요

그러나 끌로는 슈코바도 내심으로는 자신도 무엇인가 속박에서 벗어나 이런 자유를 즐기려고 이곳에 왔을 것이라고 짐작한다.

책을 읽는 것을 방해한 것 같네요

아니어요, 세잔느 아시지요,

내주에 연수생을 위해서 세잔느가 그리던 쌩 빅트와르에 단체여행을 가는 프로그램이 있잖아요.

그래서 세잔느에 대해서 읽으려고 샀어요. 거기에 갈 건가요?

나도 가려고 참가자 등록을 했어요.

잘 되었네요

끌로는 가슴을 열어놓고 말을 하고 가까이 다가갈 수 있는 것이 여행이 주는 것이라는 것을 재삼 느끼고 있다. 외국 사람들은 나이를 상관하지 않고 대할 수 있고 대해주는 것에 편안함을 느끼게 되는 것을 좋아하고 있다. 슈코바도 20대 초반일 것 같은데 다가와 함께하는 것이 얼마나 즐거운가. 끌로는 25세를 넘으면서 나이를 밝히는 것을 꺼리고 있다. 나이를 누가 물을 때면 25세 이후로는 내 나이를 기억하지 못해요 라는 농담으로 넘어가곤 한다. 그러나 오늘은 슈코바가 처음 만난 사람에게 자기의 삶을 솔직하게 말하는 것을 보며 자기는 솔직하지 못하게 살아온 것은 아닌가

하는 마음을 돌아보며 자기의 나이를 밝힐지 망설인다.

슈코바는 자기 딸의 사진을 지갑에서 꺼내 보여준다. 딸은 할머니 손을 잡고 웃고 있는 사진이다.

엄마는 폴란드 출신이고, 아버지는 러시아 출신인데 할아버지가 반 스탈린 시를 쓴 반체제 작가로서 해외로 추방당할 때 독일로 왔어요.

할아버지를 한 번도 본적이 없어요.

슈코바는 아버지와 같이 찍은 사진을 꺼내 끌로에게 보여준다. 러시아 사람이라는 것을 분간할 수 없다. 대개 여자들은 러시아인이라는 특색이 있는데 남자들은 분간이 잘 안 된다. 많은 민족으로 구성된 것이 러시아지만 전형적인 러시아여자의 표본은 영화, '죄와 벌'에 소니아 역으로 나온 배우 마리나 불라디가 전형적인 러시아 여자의 얼굴 모습이다. 슈코바는 프랑스 여자 같은 인상을 준다. 짧은 그녀의 가족에 대한 이야기 중에 많은 곡절의 가족사를 가지고 있다고 느끼고 있다. 끌로 자신도 북한에서 나서 서울로 와 지금 프랑스 유학을 하며 세계에서 휴가를 즐기러 오는 세계인들 중에 끼어 있다. 자신의 지금 환경에 감개하고 있다. 그리고 그녀는 슈코바와 공통적인 이념적 사건을 갖고 있어 어쩌면 서로 통하는 공감대를 가질 수 있을 것 같은 느낌을 갖기도 한다.

슈코바의 할아버지나 끌로의 가족들은 모두 공산주의라는 이념에서 기인한 피해자들이다. 끌로도 자신의 가족사 이야기를 한다. 슈코바는 끌로의 이야기가 끝나자 궁금한 것이 있는지 어린애가 있나요? 하고 질문을 한다.

끌로는 속으로 내 나이가 있어 보여 아이가 있을 것으로 생각하고 이런 질문을 하는가 생각하며 나이를 밝히고 싶어하지 않는 그녀의 마음을 찌른다고 생각한다.

없어요.

결혼을 하지 않았다는 것을 이야기했는데 미혼모가 많이 있는 유럽에서 자연스러운 질문 같다고 끌로는 속으로 생각하고 있다.

꾸르 미라보 거리에는 저녁에 있을 아비뇽 연극 페스티발의 공연을 알리는 한 무리의 홍보팀이 길놀이를 하며 걸어가고 있다. 연극을 알리는 간판을 든 샌드위치맨도 있고 그들 중에는 분장을 하고 익살을 부리고 있는 사람도 있다. 그러나 조용한 홍보를 하고 있어 이곳에서 조용히 오픈카페에서 시간을 즐기고 있는 사람들을 방해하지 않고 있다. 사람들은 또 하나의 구경거리가 있다고 생각하며 그들을 바라보고 있다.

아비뇽의 연극을 보러 가는 프로가 있는 것 알지요?

하고 슈코바는 끌로에게 말한다.

네, 알고 있어요.

지난주에는 오셀로를 보고 왔어요.

다음 주에 또 가려고 해요. 갈 건 가요?

생각중인데, 끌로가 가면 같이 가고 싶어요,

우리어머니가 연극 배우였지요.

지금까지도 연극할 때 입던 옷을 궤짝에다 넣어 지하 창고에다 보관하고 있어요.

차가 있으니까 토요일 낮에 가서 아비뇽을 둘러보고 저녁에 하는 연극을 보면 돼요.

그곳에도 여름이면 세계에서 연극인들이나 연극을 보러 모여들지요.

옛 교황청 자리에서 '오셀로' 공연을 했는데 마침 달이 밝아서 옥외공연이 아주 분위기가 낭만적이었지요.

연극이 낭만적이라는 것이 아니라. 건물의 아트리움에서 하는 공연이어서 분위기가 낭만적이었다는 것이지요.

하늘에 달이 떠 있는 것을 보며 연극을 볼 수 있었어요 그런데 지나간 유행을 탄 것 같아서 마음에 들지 않았어요.

어떤 점에서요?

셰익스피어 극은 고전극인데 유행을 가미 했어요. 그것도 50년대 미국 연극계에서 유행하던 것을 20여 년이 지나서 프랑스에서 모방한 것 같아서요.

어떤 점인데요?

오셀로가 화가 나서 데스데모나의 옷을 찢어 앞가슴이 다 나오게 해요.

나체로 연극을 하는 것은 50년대 말부터 60년대 미국에서 대 유행이었어요.

지난 1월에 브장송에서 본 연극도 남자주인공이 나체로 버버리를 입고 나와서 연기를 하다가 이야기의 절정 단계에서 무대 아래로 걸어 나와 관객석 중앙에 사다리형 바침판으로 올라가 버버리를 벗어 버려요.

관객들은 박수를 열정적으로 쳐대요.

연기에 감동해서 박수를 치는지 분간을 할 수가 없었어요.

연극을 전공하셨나요?

아니어요,

어려서부터 연극과 관련된 생활을 했어요.

북한은 공산주의가 된 후에 연극을 많이 했어요.

일종의 정치 선전 연극이지요.

일반인도, 초등학교에서도 연극을 많이 했어요.

그래서 연극을 어려서 했어요.

그리고 관심을 갖게 되어 연극 공연을 보는 것이 취미가 되었지요.

특히 슈코바처럼 우리 가족 중 오빠 한 분이 연극연출을 하는 것을 보고 자랐어요.

우리어머니도 폴란드에서 초등학교 때부터 연극을 하셨다는 것을 들었어요.

정치적인 영향 때문인지 모르지만요.

어머님보다 할머님이 할아버지에 대한 이야기를 늘 샹송처럼 이야기를 하셨다고 해요.

할아버지께서는 외국으로 추방까지 당하셨으니 유명하신 것으로 생각이 되네요.

인기 작가였다고 해요.

러시아에서는 가장 인기 있는 직업은 시인이고 시인을 존경한다고 해요.

그러니까 시인의 영향이 큰가 봐요.

정말 러시아 사람들은 일반적으로 시를 좋아하고 자기가 좋아하는 시를 외우는 사람이 많다고 해요.

알렉산드르 푸시킨은 국민 시인으로 추앙을 받는다고 하지요? 하고 끌로는 슈코바에게 물어본다.

네 우리 어머니가 말하기를 푸시킨은 인기 있는 시인이고 사랑을 받는 시인인데 그의 시 '삶이 그대를 속이더라도' 라는 시, 첫 구절에 '슬퍼하거나 노하지 말라' 라는 시 구절이 있는데 자신은 아내가 바람을 피워 분노로서 아내의 연인과 결투 끝에 총에 맞아 37세에 죽었대요.

어머니는 푸시킨이 좀 더 오래 살았으면 그 시인의 시를 많이 읽을 수 있었을 것인데 하고 아쉬워해요.

슈코바도 자연히 집안의 내력을 받아서 뭔가 예술을 할 것 같은데...

어려서부터 발레를 하다가 고등학교 때 연애 사고를 겪으면서 중단을 했어요.

거리에는 정오를 넘으면서 점심을 즐기려는 사람들로 불어나 더 활기가 차 있다. 끌로와 슈코바도 점심을 같이하고 오후는 르 꽁드광장으로 가자고 결정을 하고 꾸르 미라보 끝에서 끝까지 걸으며 점심을 할 만한 식당을 찾고 있다. 스낵 식당 안에서 한 남자가 그들을 바라보며 손짓을 한다. 슈코바와 같은 숙소에 들어있는 스페인 사람이라고 하며 안으로 들어가자고 슈코바는 말한다. 식당은 많은 사람들로 가득 차 있다. 카페 레스토랑으로 독일 사람이 경영하는 일종의 스낵식당이다. 스페인 남자는 부스트와 맥주 한 잔을 청해 놓고 먹는 중이다. 우연도 이런 우연이 있을까. 슈코바와 독일 식당이라니. 슈코바의 얼굴에 금방 활기가 도는 것을 끌로는 감지하고 있다.

끌로! 독일의 명물 부스트를 맛볼래요?

셋은 부스트를 청해서 먹고 있다. 식탁에 앉아 있는 모든 사람들이 즐겁게 얼굴에는 웃음을 띠고 있다. 그리고 생기 없던 말도 생기가 나게 하고 있다. 고급 레스토랑도 아닌 관광객들의 요기를 해결 할 수 있는 스낵식당이니 남을 의식해 숨죽여 속삭일 필요도 없는 곳이다. 관광지에서 식당은 특히 스낵식당은 서로 못 알아듣는 이방인들의 말소리로 식당의 활기를 북돋고 있다. 그 것은 자유를 누릴 수 있는 순간이고 공간이기 때문이다. 손짓 했던 그 남자는 그들이 자리를 같이하자

펠릭스입니다, 스페인에 있는 알마리아에서 왔어요.

알마리아에서요? 끌로는 반가운 듯이 알마리아냐고 되묻는다.

알마리아에 내 친구가 있어요.

같이 공부하던 캄보디아친구인데 공부가 끝나자 스페인 남자와 결혼을 해서 알마리아에 있어요.

그래요. 나중에 만날 기회가 있으면 좋겠네요.

슈코바와 끌로가 각자 자기이름을 소개하고 난 후 펠릭스는 끌로에게 '끌로'는 끌로딜드를 줄인 말인데 혹시 맞나요? 하고 묻는다. 펠릭스는 동양 여자가 프랑스 이름을 하고 있어 묻는다.

맞아요.

내 세례명이 글로딜드인데 프랑스 사람이나 다른 외국 친구들이 동양인의 이름을 부르는 것이 쉽지 않아서 인도 친구가 끌로라고 부르기 시작했어요.

그 후 브장송에서 나를 아는 친구들이나 아는 사람들은 모두 나를 끌로로 부르고 있어요.

슈코바! 부스트는 나도 아주 좋아해요.

독일 여행을 볼리비아 친구와 같이 여행하면서 그것으로 하루에 두 끼를 연속 먹어도 물리지 않았어요."

끌로의 말이 끝나자 펠릭스는

프랑스에 온지 오래되었나요?

3년이 넘었어요.

펠릭스는 동양 사람을 만난 경험이 없기 때문에 호기심이 있어 한다. 그러나 그는 가까이 다가가기에는 동양 사람은 쉽지 않을 것 같은 선입관을 갖고 있다. 슈코바가 옆에 있다는 것이 용기를 주는 것 같아 개인적인 호기심을 겉으로 내놓고 있다. 그들이 자리를 같이하기 전 맥주를 시켜 마시고 있던 그는 마실 것을 주문한다. 슈코바가 얼른 끌로에게 무엇을 원하는지 물어보고 일어나 마실 것을 시킨다. 모르는 사이라도 만나서 말을 걸고 질문을 하고 답을 하고 이야기를 이어나가는 것은 외국 생활에서 자연스러운 일이라는 것을 끌로는 3년 간 살면서 느끼고 있다.

펠릭스는 아내와의 이별 이후 직업을 그만두고 고향을 떠나고 싶었고 프랑스에서 직업을 찾든지 다시 공부를 더 할까 하는 생각이 있어 엑스대학에서 행하는 여름 강좌에 참가하고 있는 중이다. 강의보다는 아내와의 상처를 잊기 위해 온 여행이기도하다. 그러나 그는 실제로 잊기 위해 온 것이 아니라 아내의 모습을 기억하려고 온 것이다. 끌로는 펠릭스가 유머를 많이 써서 웃게 하고 있어 편안하게 느끼고 있다. 끌로는 펠릭스의 슬픈 이야기를 듣고서, 펠릭스만 아니고 많은 사람들이 슬픈 사연, 고통을 지중해에 던져 버리려고 여행을 온 것일 겁니다. 이번에 선생님도 푸른 지중해에 모든 슬픈 마음을 던져 멀리 흘러가게 하세요.

이 작은 미지의 여자가 하는 위로의 말에 펠릭스는 야릇한 기분을 느낀다. 아내를 잃고 다른 여자들에게 의식적으로 시선을 보내지 않고 있었다. 위로의 말도 아주 시적이지 않는가! 프랑스어도 유창하다. 위로를 하는 여자는 백인에 못지 않은 하얀 피부를 갖고 있고 거기다 목소리는 사람의 마음을 자극하고 있다. 세련되고 멋진 옷차림은 더욱 눈을 끌고 있다. 식당에 앉아서 밖을 내다보는 동안 동양 여자의 멋진 옷차림이 눈을 끌고 있어 바라보고 있던 중이다. 그 옆에 슈코바가 있어 불현 듯 손짓을 했다.

세 사람은 같은 연수회에 참가하는 사람이라는 동류의식 때문에 마치 오래 사귄 사람들 같이 서먹한 기분이 들지 않는다. 독일의 명물 부스트 이야기를 슈코바가 시작하자 다른 두 사람도 각자 자기나라에서, 거리에서 쉽게 즐겨 사 먹을 수 있는 음식을 말한다. 상대에 대한 호기심이 일어나지만 화제를 듣는 강의가 어떠냐는 등 가벼운 화제로 그들은 시간을 보내고 있다.

카운터 바에도 서서 먹는 사람들이 꽉 들어차자 펠릭스는 너무 자리를 차지하고 오래 있는 것이 미안한지 차가 있다고 하며 밖으로 나가자고 한다. 펠릭스는 주위에 산책할만 한 곳이 있으면 차로 함께 할 수 있다고 의견을 물어본다. 두 여자는 엑스가 초행이고 이곳에 온지 2주 동안 꾸르미라보 주위 밖에는 모르고 있다. 팰릭스는 아내와 같이 왔던 엑스, 모나코, 니스, 앙띠브가 떠올라 다시 그곳에서 아내의 모습을 찾고 싶지만 너무 이기적인 생각 같아서 두 여자에게 맡기는 것이 좋을 것이라고 생각하고 재차 어디에 가고 싶은 지를 묻는다. 끌로는,

나는 두 사람의 의견에 따르겠어요. 하고 자신의 의사를 먼저 이야기한다. 그러자 슈코바는,

나도 두 분의 뜻에 따르겠어요.

라고 다른 사람에게 결정을 돌린다. 펠릭스는 더 난감한 기분이다. 끌로는 엑스에 오기 전부터 세잔느의 자취 그리고 마티스가 그렸던 니스해변 ,피카소미술관, 장콕토가 2차 대전 니스에 와서 숨어살면서 숨겨 주었던 집 전체의 벽면을 그림을 그려서 장식했던 집을 가보고 싶어했다. 그렇다고 이들이 미술에 관심을 가졌는지도 모르고 그곳으로 가자고 할 수 없는 일이다. 차를 가진 사람에게 일임할 수밖에 없다고 자기의 의사를 말하지 못하고 있다. 펠릭스는 결정이 되었는지

니스를 거쳐서 앙띠브로 가지요. 하고 단언을 한다. 펠릭스는 여름날이 길지만 엑스에서도 앙띠브까지 꽤 먼길이여서 드라이브하는 것으로만 정한 것이다. 가는 길이 아름답고 니스의 해변도 차로 지나면서 볼 수 있는 곳이기 때문이다. 그는 아내의 영상을 잊으려고 와서 도리어 영상을 찾아가고 싶어하는 심정은 무엇이 그를 그렇게 유혹하는 것일까.

아내와 밟았던 길을 혼자 가려고 계획 했었지만 이들과 함께 하면 떠오

르게 하는 추억의 슬픔을 참을 수가 있으리라고 생각하고 결단을 내린다. 마음 한 구석에 이기적인 결정이라고 생각하면서도 목적지를 자기가 결정한 것이다.

꾸르 미라보를 벗어나 도로변 가에 늘어선 단독 주택의 담장에 피어 있는 꽃들은 지나는 사람들을 즐겁게 하고 있다. 발코니 난간에 테라코타 화분에 심어진 색색의 꽃들도 아름다운 집들을 더 아름답게 해주고 있다. 햇살은 스페인이나 프랑스 남부 이곳이나 매한가지 여름이면 더 눈부시다.

펠릭스가 아내와 이곳을 찾았을 때도 여름이었다. 니스에 들어서자 3년 전 주말에 보았던 그대로의 풍경이다. 펠릭스는 슬픈 풍경이 가슴을 메어오는 것을 참고 기색을 하지 않고 있다. 아름다운 풍경이 있는 곳을 안내한다는 것을 잊고 무의식은 자기의 가슴 깊이 숨어 있던 과거를 추억하고 싶은 심정이 그를 이곳으로 끌고 온 것이다. 이 길을 피해야 될 것을 잊었다고 느꼈을 때는 이미 늦은 것을 알고 미안한 기분을 가졌다. 그때도 니스 시내를 걸으면서 니스는 짜임새가 없이 허 벌리어 있는 도시라고 느끼었다. 여자들의 옷차림도 스페인의 마드리드의 여자들이나, 파리여자들에 비해 개성이 없는 차림이라고 펠릭스의 아내는 말했다. 펠릭스의 아내 사비나는 패션 디자인 스쿨에서 일러스트레이터로 일러스트레이션을 가르치고 있었다.

알제리가 가까워서인지 아니면 프랑스 식민지 때 이주한 알제리 노동자 이민의 후손인지 주말을 즐기러 갈 수 없는 알제리 노동자들이 시내에 나와서 오고 가는 사람들을 물끄러미 바라보고 있다. 그들의 옷차림은 남루하고 얼굴들은 찌든 기색이 있는 고달픈 얼굴들을 하고 있다. 그 때도 펠릭스의 아내는 그들을 보는 것이 마음이 언짢다고 했다. 그들은 처량해 보인다. 그는 아내가 이야기했던 것을 잊고 이들을 이곳으로 데리고 온 것이다. 알제리인들을 보자 아내가 했던 말을 생생히 기억하면서 거리를 지나고 있다.

저 알제리 노동자들은 프랑스 사람들이 싫어하는 업종을 대신하기 위해 프랑스를 찾아와 일을 하는 것이다. 프랑스정부는 아프리카식민지에서 프랑스인들이 싫어하는 일을 시키기 위해 식민지 사람들을 데려다가 교육을 시켜고 일을 하도록 하고 있다. 2차 대전 수복 후 경제가 회복한 60년대 후반부터 정부가 이런 사회정책을 하고 있다. 펠릭스는 슈코바에게,

독일도 외국 노동자들이 있어요? 하고 물어본다. 슈코바는

터키 노동자들이 있어요. 노동자들은 아니지만 한국의 간호사들이 많아요. 이에 끌로는

간호사가 아니라 간호 보조사로 일한다고 들었어요.

한국에서는 간호사인데 독일에서 간호 보조사로 일한다고 신문에서 읽었어요.

슈코바는 미안한지,

간호 보조사도 간호사나 마찬가지이요.

끌로는 간호사로 일하는 것이 아니라 간호보조사로 일한다는 말에 적의가 숨어 있다고 슈코바가 느끼고 변명을 하는 것 같아 속으로 미안해하며 내 뱉은 말에 후회를 한다.

사실 끌로는 한국 간호보조사는 시체를 닦고 대소변을 치우는 일을 한다고 하는 말까지도 하고 싶었지만 독일에 불만을 하는 뜻 같아서 말을 입 밖으로 내놓지 않았다. 보조사의 일이라는 것이 그런 것으로 당연한 것을 말한다는 것이 오히려 무식을 들어내는 것이라고 생각한다. 끌로는 간호보조사가 무슨 일을 하는지 알지 못했으나 프랑스에 와서 간호보조사라고 하는 불어로 에드스와냥뜨라는 말도 알게 되고 그들이 하는 일도 정확하게 알게 되었다.

펠릭스는 알제리의 노동자들이 무리지어 있는 것을 보며 이런 곳을 지나가게 해 미안해서 그런 질문을 한 것 같다. 토요일 오후 이들은 가족들과 나들이를 간다는 것은 생각지도 못하는 사람들이다. 대부분 알제리 노동자들은 알제리에 가족들이 있다. 가족의 생계를 위해 이국에서 노동을

하며 천대를 받고 있다. 여기저기 행인들을 물끄러미 바라보고 있는 사람들도 있다. 프랑스 식민지 때도 이들 조상이 그랬고 독립이 되어서도 뒤를 이어 자손들이 같은 길을 밟고 있는 것이다.

알제리노동자들은 마르세이유와 니스에 많이 와 있다. 그들은 부유해진 마르세이유가 프랑스가 알제리를 정복한 후 수에즈 운하 개통과 맞물려 발전되었고 따라서 알제리 노동자들을 많이 필요했기 때문에 그들이 이곳에 오게 되었다는 것도 모르고 있으리라.

끌로는 알제리가 빨리 부강한 나라가 되었으면 하고 염원해 본다. 한국도 부강하지 못해서 대학을 나온 사람들이 독일로 광부로 일하러 가지 않았나? 그리고 독일 병원에서 간호보조사로 일하는 사람들은 한국에서 간호사 자격을 딴 사람들이 대부분이라고 하지 않는가?

끌로는 차창으로 내다보는 시내가 나이든 여자로 가득 차 있는 것을 바라보며 이곳이 늙은이 도시라고 하는 말을 브장송에서 이미 듣고 있었다. 주중에 손자들을 봐주고 토요일 외출을 나와 산책이나 번 용돈으로 물건을 사는 나이든 여자들이다, 니스, 모나코, 말세이의, 깐느가 따뜻한 곳이라 은퇴자가 많이 이주해 있기 때문에 늙은이 도시라는 것이다. 정말 활기가 없는 도시이다. 마티스도 늙어서 니스가 따뜻해서 니스로 내려 온 것이었을까? 젊어서는 파리의 근교 이씨 레 물리노에서 활동한 것인데... 바로 이런 생각을 하고 있는데 펠릭스는 니스해변에 도착하면서,

메담! 니스 바닷가가 보여요. 하고 말한다.

해변 가에 세워진 건물들은 수십 년 전 마티스가 그린 '니스의 해변'과 똑같다. 끌로는 무한히 감개하고 있다. 그래서 처음으로 두 사람에게 마티스를 아느냐고 물었다. 펠릭스는,

물론 알지요.

미술을 하시나요?

아니요. 저는 소설을 몇 권 발표를 했어요. 널리 알려진 작가는 아닙니다.

끌로는 소설가라는 말에 관심을 갖고 있다. 속으로 소설을 쓰는 사람

을 쉽게 만나다니 행운이라 생각하고 있다. 널리 알려지든 아니든 작품을 발표한 작가를 만난다는 것이 행운이라고 생각하고 있다. 펠릭스는,

앙띠브에, 피카소 미술관이 있어요.

그런데 우리가 그곳에 도착하면 늦어서 문을 닫은 후라 들어가지 못해요.

니스에서 나서 활동을 하는 작가가 있어요.

르 클레지오 말인가요? 하고 끌로가 묻는다.

르 클레지오를 끌로도 알고 있군요.

앙띠브 바닷가에 도착하자 펠릭스는 차에서 나와 두 손을 들어 기지개를 편다. 그리고 문을 닫으며 휘파람을 불고 있다. 그는 가슴 속에 가득 담고 온 아내에 대한 생각을 휘파람으로 쏟아내 보내는 것일까? 그는 머리를 숙이고 몇 걸음 걸어가면서도 휘파람을 분다. 옆에 두 여자가 있다는 것도 의식하지 않는다. 끌로가 아내에 대한 슬픈 생각을 지중해에 던져 흘러가게 하라고 한 것처럼 가슴에 있는 슬픔을 휘파람으로 밀어 내는 것일까? 휘파람은 기분이 좋을 때 부는 것인데 지금 그는 두 여인이 그를 위로하고 있어서 슬픔이 희색 된 것일까? 그가 불고 있는 휘파람은 두 여인이 옆에 있어 아픔을 겉으로 숨기려는 행동일 것이다. 그는 잊기 위해 여행을 떠나왔는데 지워 지지 않는 기억이 그를 괴롭히고 있다.

항구에는 흰 요트들로 가득히 정박해 있다. 바다는 파랗다 못해 흰 연두색이다. 그리고 바다 위에는 수많은 물새들이 떼를 지어 나르고 있다. 그들만의 언어로 말을 하는지 노래를 하는지 소리 내며 그들은 마치 춤을 추듯 낮게 내렸다 하늘로 올라갔다가 또는 원을 그리기도 하며 율동을 하고 있다. 이런 동작을 되풀이해 움직이고 있다. 세 사람은 방파제를 걸어가고 있다. 앙띠브는 항구인데 상선이 들어오는 것을 막고 있대요, 도시의 미관상.

펠릭스는 두 여자에게 알려주고 있다. 항구는 하얀 배들과 하얀 색의 물새로 조화되어 하늘의 푸른빛이 더 아름답다. 캐나다 친구가 고물차를 몰고 스위스를 가는데 국경에서 그런 차는 들어올 수 없다고 스위스 국경

에서 막아 되돌아 왔다는 이야기를 들었어요.

앙띠브의 시 정책과 마찬가지로 미관상 이유지요.

끌로는 펠릭스의 말에 스위스의 이야기를 한다.

아침에 떠났으면 니스에 있는 친구 동생을 만날 수 있었을 터인데 아쉽네요.

내 친구 파트리씨아 라는 애는 알제리 남녀 쌍둥이 중 하나인데 아버지는 알제리 전쟁에서 전사하고 어머니는 자기들을 낳고 죽어 4살 때까지 병원에서 자랐다고 해요.

입양은 프랑스인에게만 허용돼서 지금 양부모인 프랑스인에게 입양 될 때까지 병원에서 자랐다고 해요.

남동생은 대학 1학년 때 집을 나가서 살다가 지금은 니스에서 아프리카 나무 조각에 심취되어 아프리카 조각을 아프리카 친구와 만들고 파는 일을 하고 있다고 만나보라고 주소를 주었어요.

끌로의 말이 끝나자 슈코바는,

끌로, 언제 내 차로 와요, 니스는 여름 휴양지라 오래전부터 한번 오고 싶었으니까 또 와요, 그러자 펠릭스도

나도 낄 수 있었으면 해요 ?

하고 농담인지 진담인지 말을 이어받는다. 방파제를 걷는 동안 바다색은 변하고 있다. 멀리 넘어가고 있는 햇빛에 가려져 바다는 검푸른 색을 띄고 있다. 바다 냄새도 바람에 실려와 코를 자극하고 있다. 저녁을 찾아 밀려오는 파도는 방파제에 부딪치며 고요를 깨뜨리고 있어 상념에 잠겨 있는 세 사람을 흔들고 다라난다.

세워 놓은 차가 있는 데까지 그들이 돌아 왔을 때 해는 지평선 넘어 노란 빛을 길게 바다위에 그려놓으며 하늘과 땅을 맞닿게 하고 넘어가고 있다. 그들은 방파제 난간에 걸터앉는다. 그들의 침묵은 계속 흘러가고 있다. 펠릭스는 다시 혼자임을 느끼며 잊고 싶었던 기억이 가슴에서 솟아오름을 억누르고 있다. 햇빛이 사라진 뿌연 우주가 슬픈 표정을 하고 있는

펠릭스의 모습을 낯 설은 두 여인이 눈치채지 못하도록 감추어 주고 있다. 끌로에게도, 슈코바, 펠릭스에게도 햇빛이 사라진 어스름이 짙어 올 무렵 외로움이 몸을 휘감아 버리고 표현할 수 없는 각자의 색이 다른 고독은 녹아지지 않는 아픔으로 그들 가슴 속에서 점점 더 커지고 있다.

대낮 작열하는 황홀한 햇빛에 끌려 달려온 여행길은 그들의 가슴 속에 있는 아픔을 잊을 수 있게 해주었다. 그들 가슴을 내보이지 않는 얼굴은 연기(演技)로 웃음과 일부러 소리 내어 떠들었던 것이다. 태양이 사라진 어둠 속에서 돌아가는 길은 세 사람들 각자가 잊을 수 없어 그리워하는 사람의 그림자를 제각기 찾아가고 있다. 그리고 세 사람은 서로가 다 이방인이라는 감정을 새롭게 느끼게 하고만 있다.

어둠은 길 위에 짙게 내려 앉아 그들이 갈망하는 그리운 사람의 부드러운 손길을 모르는 체하고 보도 위에, 대지 위에, 하늘 위에 차갑게 널리 펴져가고 있다.

알메리아에서 보내온 펠릭스의 작업 중인 소설 이야기

J로부터는 소식이 10월이 돼도 끌로에게 오지 않았다. 끌로는 자신의 우울은 그로부터 소식이 끊어진 연유라는 것을 잘 알고 있다. 영 소식을 주지 않는다면 앞으로 계획도 수정해 변화의 길을 가는 수밖에 없다고 생각하고 있다. 엑스 여행은 기분을 전환할 수 있는 좋은 방법이었지만 잠시 동안의 변화일 뿐 우울은 계속 이어져 끌로는 우울에서 벗어나려고 애를 쓰고 있다. 주말 학생들이 여러 구실을 찾아내 붐을 여는 곳에 초대받으면 참석해 떠들고 춤추고 하는 것을 즐기려고도 해본다. 그에게 더 이상 자신도 소식을 알릴 필요가 없다고 마음을 돌리는 연습을 한다.

그들은 몇 년간을 사귀면서도 같이 할 미래에 대한 이야기를 하지 않았다. 각자가 자신들이 나갈 미래를 상대에게 밝힐 뿐이었다. 서로 우정 이상의 감정을 확인 했다고 해도 상대를 옭아매고 싶은 구속적 관계는 의식적으로 피하려고 했다. 어떻게 보면 끌로보다 그가 더 강했다. 이러한 양상에서 사랑이 싹텄다고 하면 일종의 괴리 아니면 장난이라고 못을 박을런지도 모른다.

그들이 중요시하는 지성이라는 간판을 또한 사람들은 뒤에서 숙덕거릴지 모른다. 그러나 이러한 생각을 사람들이, 가족들이, 친구들이 이해하건 말건 상관을 하고 있지 않다. 현실생활에 약하고 연구에만 열중하는 J가 성취하여야만 할 학문적 조건을 더 중요시하는 것을 끌로가 이해하는 데서 사랑은 지속되었고 사회에 때가 묻지 않은 J는 맑은 마음과 순수한 영혼을 힘써 그녀에게 바치고 있었다.

지금 한가한 순간을 의식해서 그녀는 J에 대한 망상을 지우려고 한다. 엑스에서 펠릭스와 좋은 감정이 일고 있었던 순간이 떠오를 때마다 그 순간의 추억을 억제하려고 노력하고 있다. 서로 끌리고 있는 순간을 느끼면서도 어렵게 피하려고 애쓰는 일도 힘든 일이었다. 엑스에서 연수 겸 휴가가 끝난 후 학기가 10월이어서 슈코바와 끌로는 펠릭스의 초대를 받아 알메리아에서 보내고 돌아온다.

펠릭스는 자기가 변해 간다고 느끼고 있다. 그의 가슴에 새로운 변화가 일어나는 것을 느끼면서도 그는 아내와 같이 살던 거처를 옮기지 않고 있다. 여행을 하고 돌아와서 그리고 2주간 이방인인 두 여자들과 보내고 난 후 더 공허감이 밀려오는 것을 느끼며 아내의 영상을 찾아서 헤매고 있던 자신을 정리하고 싶었다. 아내의 빈자리가 더 공허해지는 것을 느끼는 순간 아내의 영상을 지우고 싶어 헤맨다. 집 가득히 차 있던 아내의 사진을 비롯해 그녀의 흔적들을 모두 치워버린다.

홀로 있는 그가 안타가워 부모님 목장이 있는 곳에서 좀 떨어진 언덕에 언젠가 부모님이 더 늙으면 옆에 같이 살게 하려고 부모님이 지어준 집으로 오라고 하지만 그는 마다하고 소설을 쓰는데 고독한 자유가 더 날 것 같다고 아내와 같이 살던 집에 머물고 있다.

펠릭스에게 주려고 지어진 언덕 위의 집은 손님이 묵는 것으로 사용하고 있다. 멀리서 오는 친척이나 친구들이 오면 그곳에 묵는 손님 집으로 사용된다. 슈코바와 끌로가 알메리아에 갔을 때도 그 집에서 묵는다. 경사진 언덕에 지어진 집 주위는 아름다우며 과일나무가 있고 꽃나무로 정원은 가득 차 있다. 끌로는 뒷마당에 빨래 줄에 수십 개의 하얀 침대보가 여러 줄로 널려 있고 쨍쨍하게 비치는 햇빛에 흰 색이 더 빛나 보이는 것을 보았다. 또한 그것은 육감적이기도 하다고 느낀다. 새 하얀 침대보가 바람에 날리며 춤을 추는 그 속에서 들키면 안 되는 상황에 있는 연인들이 숨어서 밀애를 하는 영화 속의 장면을 연상케도 하고 있었다. 많은 손님을 맞아서 그렇게 침대보가 많이 있는 것인가 그녀는 궁금해 했다.

프랑스에도 까치보다는 까마귀가 많은데 이곳에도 바로 집 근처 몇 그루가 몸통이 잘린 등가지에 까마귀가 앉아 있는 풍경도 프랑스의 전원에서 보는 풍경과 같다. 정원의 나무들이 다듬어지지 않고 그대로 두고 있는 것이 프랑스 정원이 인위적으로 만들어 놓은 것과는 비교가 된다. 집 앞에 두 줄로 심어져 밖과 경계를 나타내는 백여 미터나 멀리 되는 곳에 나무들도 사람의 손이 가지 않은 그대로다. 프랑스 같으면 가위 손질로 기하학적인 모양으로 해 놨을 터인데 자연 그대로인 것이 마치 영국의 정원처럼 보인다. 정원 안에 백년도 돼 보이는 큰 나무도 그대로 둔 채 집이 지어져 있다.

끌로와 슈코바도 낮에는 시내에서 보내고 잠은 이 집에서 자며 부모님과 식사를 같이 하는 2주는 참으로 달콤한 전원생활을 즐기는 시간이었다. 알메리아의 펠릭스 부모님의 목장이 있는 곳에 치즈 공장을 들러 보는 것도 처음 경험하는 것이었다. 끌로는 프랑스에 도착 첫 해 근방에 있는 치즈공장을 방문 했을 때 치즈이름은 잊었으나 치즈를 만드는데 쌀이 들어가는 것을 보고 놀랐다. 쌀은 아세아인들이나 먹는 것으로 알고 있었기 때문이다. 이곳에서 만드는 치즈와 같은 모양으로 둥근 것이었다. 치즈는 바로 이 고장 이름을 딴 알메리아이다. 치즈를 높은 천정까지 닿도록 만들어진 양쪽 선반에 놓아두고 하얀 가운을 입은 일군이 사다리에 서서 흰 수건으로 두께가 둥근 호박보다 좀 얇은 치즈를 돌리며 닦고 있었다. 치즈를 깨끗하게 해줘야하며 닦고 난 다음은 소금물에 행주를 적셔서 닦아준다고 한다. 일군은 모르는 여자들이 자기를 쳐다보고 있어 놀란 기색이다. 더구나 동양여자가 서서 자기를 쳐다 보는 것에 놀라고 있다.

펠릭스의 조상이 목장을 경영했던 것이고 그 때는 소를 사기 위해 유럽 각처를 다니면서 소를 구매하고 파는 사업을 했다고 한다. 육식류소와 젖소를 기르기만 하는 목장이었으나 이제는 젖소와 염소를 기르며 치즈를 만들고 있는 것이다.

펠릭스와 아내 사비나는 어려서부터 친구였고 커서는 부부가 된 것이다. 그들의 생활은 다른 사람들처럼 불협화음도 겪었고 일찍 상대에게서 흥미를 잃는 시기를 맞는다. 유년기, 소년기, 청년기, 결혼으로 이어진 순탄한 결혼이 일찍 흥미를 잃게 했는지 모른다. 혹 로미오와 줄리엣 같은 어려운 사랑이라면 의미가 더 컸고 어렵게 쟁취한 상황에 열과 애정이 그들을 묶어놓았을지도 모른다. 그리고 둘은 흡인력 속에서 살아가지 않았을까.

유년기부터 연결된 긴 동행 그리고 청년기까지 길을 같이 걸어가다가 비가 오는데 우리 우산을 같이 쓰자 하는 식이었다. 서로가 상대에서 느꼈던 매력도 시간은 느끼지 못하게 감각을 둔하게 하고 있었다. 그들은 남프랑스의 도시를 신혼여행으로 긴 시간을 가졌다. 이 시기가 결혼 후 갖는 그들에게는 행복 그리고 환희의 축제의 시간이었다. 서로가 행복을 만들고 서로가 기댈 수 있을 것이라는 생각에 들떠 있는 계절이기도 했다.

일찍 찾아 온 서로의 매력이 사라지는 시기를 그들은 맞는다. 그래서 서로가 멀어지는 것인 것도 느끼고 있다. 사비나는 직업상 유행을 중요시한다. 그러나 언제나 데님 진에다 티셔츠차림을 즐겨 입고 있다. 더욱 아름다운 몸매가 들어나서 아름다움을 자랑할 수 있는 여자이다. 그럼에도 펠릭스는 이런 아내의 매력을 느끼지 못하는 무딘 감각에 빠져 들어가고 있다.

직장인 패션 디자인 학교에서 돌아오자 집안은 세상에 그녀 혼자인 것 같은 냉기루가 흐르고 긴장이 풀리고 무력증이 그녀를 엄습하는 시간이 많이 계속된다. 무력증에서 빠져 나와야 되겠다는 생각으로 탈출구를 찾기도 한다. 어린애를 유별나게 좋아하는 사비나는 만약 집에 아이라도 있다면 집안은 따뜻하고 집은 어린아이의 소리로 가득 차고 사비나의 의욕은 활발히 아이를 위해서도 새로운 활동 영역을 찾으려고 할 것이다. 그리고 냉냉한 펠릭스의 행동에 예민하지 않을런지 모른다. 사비나는 아이가 없어서 펠릭스가 영원히 자신을 보호해주고 둘을 이어줄 끈을 바랄 수 없어 결혼 때의 믿음이 무너지는 불안을 느낀다.

펠릭스도 아내가 먼저 퇴근해서 집에 있을 것을 알면서도 시내를 배회하고 싶어 이 책방 저 책방에 들르며 시간을 보내기도 하고 카페에서 책을 읽는 것으로 새로운 탈출구를 찾는 시간이 많아진다. 그들은 그들에게 잠깐 휘몰아쳐 지나가는 바람을 함께 막으려 하지 않고 각자가 따로 밖으로 탈출하려고 한다. 더구나 상대에게 새로운 유혹을 얻지 못하는 이유를 무언으로 덮어버리기 때문이다. 유혹의 연기는 시들어가는 열정, 감정을 부활시키는 마술이라는 것을 모두가 그렇듯이 이들도 모르거나 또는 의식적으로 연기를 하려고 하지 않고 있다.

사비나는 어느 날 퇴근을 하자 집을 나와 혼자 자전거를 타고 산책을 하러 나간다. 지평선까지 황금 밀밭이 바다처럼 펼쳐져 있는 들판 한 가운데 나 있는 길을 달린다. 갑자기 비는 바람과 함께 밀밭을 성난 춤으로 바꾸고 사비나의 얼굴도, 가슴도 두드린다. 그리고 비와 바람은 무기력한 생활에서 벗어나는 일순간이나마 환희를 가져다준다. 내리뿌리고 있는 비와 세차게 스치는 바람은 사비나의 생기 없는 가슴에 펌프질을 하는 것 같다. 그녀는 비가 더 퍼 붓기를 바라며 되돌아서지 않고 비바람이 가슴 속까지 시원하게 스며드는 것을 즐기며 달린다. 산모퉁이를 돌아 경사를 내려오다 바위에 부딪치어 낭떠러지로 미끄러져 떨어진다. 지나가던 차가 떨어지는 것을 발견하고 낭떠러지를 시간이 걸려 내려갔을 때는 이미 그녀는 숨을 거두었다.

펠릭스는 상대에게 서로 멀어져 가는 시기에 아내를 잃은 후로는 슬픔은 그를 혼란스럽게 했다. 그리고 결혼 생활에 지루한 시기를 가졌던 것이 마치 자신 때문인 것 같은 죄의식에 사로잡히게 된다. 뿌리칠 수 없는 아내의 영상이 그를 괴롭히고 있어 알메리아를 떠나 파리에서 변화를 찾을까도 하지만 소설을 쓰는데 전념하는 것이 고통을 잊는 최적의 편한 방법이라고 결정한다.

이러한 결정은 그가 엑스에서 여름을 보내고 돌아와 변해가는 모습이다. 위대한 예술가들의 작품도 곤경, 고통, 빈궁, 슬픔 속에서 일종의 도피의 방법을 삼아 예술을 탄생시켜고 있다는 것을 잘 알고 있다. 그는 변화된 결정에서 평화를 찾은 듯 힘을 얻고 있다. 누구와 만나도 즐겁지 않았다. 그는 자기가 모르는 미지의 세계에 존재하고 있는 무엇에 끌려 마음이 변화했다고 생각하고 있다.

그는 끌로에게 편지를 쓰고 싶었다. 어떤 소식을 알릴까. 소설도 그러하듯이 계획대로 쓰려고 하지만 쓰다보면 다른 길로 빠지는 때가 있다. 그리고 물 흐르듯이 생각이 나와서 쓸 때가 많다. 이와 같이 그냥 그녀에게 편지를 써 내려가려고 그는 작정 한다. 그의 마음속에서 밖으로 밀어내는 무엇이 있다. 그것은 끌로가 문학을 하고 있고 시를 쓰고 그림을 하고 있으니 자신이 쓰고 있는 소설 이야기를 해도 이해가 가능할 것이라고 확신 해본다. 그는 쓰고 있는 소설 이야기를 하고 싶은 심정이 강해진다. 솔직히 말하면 그녀에게 들어내 보이고 싶은 자신의 일면을 전하고 싶은 마음이 그를 움직이게 하고 있다. 그녀가 프랑스로 돌아간 후 깊이 자리하고 있는 그녀의 모습이 강하게 작용하고 있는 것을 의식하고 있다.

펠릭스는 결혼을 하기 전 프랑스 친구가 있는 뚜렌느에 초대되어 부인을 먼저 보내고 혼자 살고 있는 친구의 할아버지 집에서 머문다. 그 마을에서 일어나고 있는 일상적인 생활에서 영감을 받아 소설을 쓰고 있는 중이다. 그는 지금 쓰고 있던 소설을 마무리하고 있다.

끌로! 엑스에서는 슈코바의 차로 브장송까지 갔는지요? 내가 전할 소식이라면 끌로가 알메리아를 떠난 후 거처를 옮기려고 하던 계획을 포기하고 아내와 같이 살던 집에 여전히 살고 있습니다. 동생 으게니아는 끌로의 이야기를 많이 하고 있습니다. 끌로와 슈코바 덕분에 아버님 생일 파티가 빛났다고 하고 무척 즐거웠다고 해요. 이 말을 꼭 끌로와 슈코바에게 전해 달라고 합니다. 프란치스코와 깜이 집으로 초대를 해서 만났어요.
이곳은 여전히 맑은 날이 계속 됩니다. 그곳은 우기의 계절이 곧 시작되리라고 생각돼요.
쓰고 있는 소설의 내용을 엑스에서 이야기하고 싶었지만 꺼내지 않았습니다. 이번 작품도 전통적인 구성에서 벗어난 것입니다. 끌로는 누보로망을 전공하니까 충분히 나의 작품을 이해할 줄 압니다. 전통 소설 형식에서 벗어나고 있기 때문에 전통소설에 습관이 된 일반 독자들은 나의 소설을 난해하다고 합니다. 그래서 많은 독자들을 갖고 있지 못하고 있습니다.
뚜렌느에서 경험한 일에서 영감을 얻어서 쓰고 있는 소설입니다. 친구의 할아버지가 사는 뚜렌느에 초대되어 여름휴가를 보내고 있을 때 어느 날 마을 들판에 있는 두엄 더미 위에 버려진 허수아비를 어린애가 학교에서 저녁 무렵 집으로 돌아오는 길에 발견하고 그것을 사람의 시체로 알고 시체를 보았다고 하는 것에서 이야기가 시작됩니다. 밤이 되어 시체의 주인공이 누구일까 하는 이웃들은 상상을 합니다. 병약한 마을의 배달부의 시체일 것이라는 등 친구의 할아버지일 것이라는 상상을 하고 있는 일이 일어나지요.
모든 것이 느리고 죽음과 같은 고요한 이 마을에 오직 마을 사람들의 상상에 대한 추측은 마을 사람들에게 활력을 주는 화제꺼리가 되고 있었지요. 그들의 느린 생활은 반복되고 죽음과 같은 마을의 현상은 오히려 장중하게 느끼게 했습니다. 마치 샤콘느 곡을 연상하게 했지요. 그래서 마을에서 일어났던 죽음과 마을 사람들의 상상을 주제로 소설 제목을 '샤콘느 곡'이라고 했습니다.
끌로, 오늘은 내 소설에 대해 이만 이야기합니다.
으게니아가 끌로가 급조해서 생일에 입고 나온 옷에 대해서도 이야기를 하더군요. 슈코바에게도 편지를 쓸 예정입니다.

알메리아에서 펠릭스

끌로는 펠릭스의 뜻밖에 긴 이야기, 개인적인 자세한 이야기에 마치 오랜 친구같이 느껴진다. 펠릭스의 아버지의 생일은 마드리드에 살고 있는 동생 으게니아 부부와 친척들, 치즈공장 직원들, 지인들, 특별히 펠릭스 아버지의 친구들이 부인을 동반하고 온 사람들이 많았다. 프랑스인들과 마찬가지로 스페인 사람들도 잘 산다는 것은 손님을 자주식사에 초대해 즐기는 것이 잘 산다는 의미를 지니고 있다.

끌로의 친구인 브장송에서 사귄 스페인 친구 프란치스코와 아내 깜도 초대되었다. 깜은 끌로의 친구로 첫해 같이 공부하면서 끌로는 깜으로부터 많은 도움을 받는다. 깜은 유치원에서부터 프랑스어로 교육을 받아서 프랑스 말이 프랑스 사람처럼 유창해 끌로는 깜에게서 도움을 받는다.

생일 파티에 초대 된 사람들은 아세아 여자가 둘이나 있어 모두 호기심에 차 있다. 옷 입는데 유난이 신경을 쓰는 끌로는 여행 중이지만 파티에 참석하는 것이어서 옷 때문에 마음이 편치 않았다. 가져온 옷은 늘 입고 있는 몇 벌 안되는 옷으로 작업복 스타일이어서 생일 초대에 입기에 적당치 않다고 생각한다. 슈코바는 다행히 자동차로 오면서 옷을 여러 벌 가지고 와서 파티에 입을 만한 옷이 있었다. 끌로는 펠릭스의 부모님 집을 처음 구석, 구석 보여줄 때 부엌 옆에 조그만 창고 형 칸막이 공간에 옛날 재봉틀을 보고 놀란다. 그것은 어머니가 쓰시던 재봉틀과 똑같은 '싱거미싱' 이었다. 게다가 재봉틀을 현재도 쓰고 있는 흔적을 보고 놀란다. 재봉틀에 실 토래가 꽂아 있고 곱게 개어 있는 침대보가 놓여 있어 혹시 찢어진 침대보가 있어 수선을 한 것인가도 상상을 했다. 왜냐하면 여름 방학 프랑스에서 별이 4개 있는 호텔 프런트 데스크에서 일을 할 때 지붕 밑 방은 싸며 그곳에 사용되는 침대보는 해진 것을 수선한 침대보가 쓰이는 알뜰한 것을 보았기 때문이다. 더구나 호텔 여자 주인이 지붕 밑 방 세탁소가 있는 작은 칸 마기 방에서 헌 재봉틀을 놓고 해진 침대보를 직접 수선하는 알뜰하고 검소한 생활을 하는 프랑스인의 모습을 보고 감탄한 일이 있다.

생일 파티가 있다는 이야기를 듣고 끌로는 점심식사를 한 설거지를 슈코바와 함께 끝내고 펠릭스에게 포목전에 데려다 달라고 해서 천을 샀다.

그녀는 집에 재봉틀이 있는 것을 알기 때문에 옷을 만들 수 있기 때문이다. 아주 간단히 만들 수 있는 민소매의 쌕 드레스를 만들려고 한다. 흰색 천과 검은 색 그리고 빨간 색 천을 사서 그녀는 몽드리앙의 기하학적 그림을 패치로 원피스 앞면에다 표현 해 만들었다. 두 시간여 만에 만든 것이다. 생일파티는 정원에서 있었다. 끌로가 입은 옷은 눈에 띠었다.

아세아 여자가 나타나고 거기에다 프란치스코가 아세아 여자를 동반한 것을 보고 손님들은 의아해 하는 눈치가 역역했다. 펠릭스의 아버지는 아주 유쾌한 사람이다. 프랑스사람보다 스페인 사람들이 유모가 많고 밝은 면이 더 많다. 그것은 늘 맑은 날의 기후 덕분에 스페인 사람이 밝은지도 모른다. 술을 하고 반가운 사람들을 만나서 분위기가 들 떠 있을 때 펠릭스가 슈코바와 끌로 그리고 프란치스코와 깜을 소개한 후 펠릭스의 아버지는 아들의 유쾌한 모습을 오랜만에 바라보면서 그도 유쾌해서 한손에 와인 잔을 든 채 한손을 높이 들면서

끌로는 한국에서 왔는데 지금 입고 있는 옷은 자기 집에서 그녀가 만든 것입니다. 라고 크게 설명을 했다. 사람들은 손뼉을 치며

브라보! 브라보! 하며 와인 잔을 인사로 쳐들었다. 끌로는 일어나서 그라시아스! 그라시아스! 하고 연달아 인사말을 한다. 어스름이 깔린 잿빛 공간은 끌로의 흰색 드레스로 사람들의 눈을 끌기에 도움을 주고 있었다. 으게니아는 음악을 아버지를 위해서 틀어놓고 아버지에게 춤을 추자고 일으키어 손을 끌고 잔디밭 정원으로 나와 춤을 추기 시작한다. 그리고 그녀는 아버지를 이끌고 어머니에게로 다가가서 아버지를 넘긴다.

해는 아직도 많이 남아 더위가 가시지 않아 춤을 추기에는 적당한 시간이 아니다. 펠릭스 아버지와 어머니는 곧 추던 춤을 멈추고 천막안에 있는 자리로 들어간다. 정원에 아름드리 나무들이 그늘을 만들고 있지만 더위는 아직도 식지 않아 사람들을 선풍기가 돌고 있는 천막에서 잔디밭으로 끌어 내오지 못하고 있다. 나이든 손님들은 천막 안에서 떠들며 이야기하는 것을 더 즐기고 있고 따라온 애들이 두 마리의 강아지를 따라다니며 잔디 위에서 소리를 치며 깔깔 거리고 있다. 펠릭스는 프란치스코와 죽이 맞는지 나무그늘 아래 있는 벤치에서 이야기하며 유쾌하게 웃는 소리가 잔디 밭 반대쪽에서도 크게 들린다. 프란치스코가 펠릭스보다 유머가 더 많다. 그는 사람들을 웃기고 즐겁게 하는 재주가 뛰어나다. 그는 브장송대학에서 깜이 캄보디아가 크메르 루주의 정권으로 바뀌자 캄보디아로 귀국을 하지 못해 슬퍼하고 있을 때 위로가 되어 주었고 학위가 끝나자

깜과 결혼을 한다. 깜은 캄보디아가 크메르루주에 함락된 이후 가족에 대한 소식을 듣지 못해 오로지 프란치스코가 그녀에게는 전부였다.

해는 넘어가고 바람도 일어서 정원은 한결 서늘한 분위기를 만들고있다. 으게니아는 젊은 사람들을 위해 이번에는 템포가 빠른 곡으로 틀어놓았다. 한 두 사람이 잔디밭으로 나와서 짝을 지어 춤을 춘다. 대개가 지터버그를 추고 있다. 프란치스코와 이야기를 하던 펠릭스는 끌로를 바라보고 춤을 추자고 다가오는 것 같아서 그녀는 슈코바를 가리키며 춤을 청하라는 신호를 주는 것으로 사양을 하고 있다. 사실 끌로는 지터버그를 좋아 하지 않기 때문이다. 그리고 슈코바가 벤치에서 자기보다 아래로 보이는 여자와 이야기에 열중하고 파티에 흥미가 없어하는 것 같아서 슈코바에게 춤을 청하도록 한다. 슈코바는 어른들을 따라온 어린애들을 보며 딸 생각이 나서 침울한 것이었을 것이다.

지난밤에 슈코바는 끌로에게 딸이 무척 보고 싶다고 했다. 엑스까지 올 때는 즐거웠는데 갈 때는 그럴 것 같지 않을 것 같다고 했다. 펠릭스가 춤을 청하자 슈코바는 얼른 응하며 즐거운 웃음을 지며 펠릭스의 손을 잡고 그늘에서 나왔다. 두 사람은 아름답다. 슈코바는 20대인데 예쁘고 아직도 십대후반의 젊은 아가씨의 모습을 하고 있다. 마치 체조선수 같이 튈 것 같은 젊음이 발산하는 모습을 하고 있다. 펠릭스의 부모는 아들의 모습을 바라보며 흐뭇해하고 있다. 그들은 잠시도 쉬지 않고 그들이 춤을 추고 있는 것을 쳐다보고 있다. 한편 끌로도 둘의 모습이 아름다워 이들이 영원한 짝이 되었으면 하고 바라보고 있다. 슈코바가 알메리아를 떠날 때는 올 때처럼 즐겁지 않을 것 같다는 이야기가 혹 펠릭스에게 마음을 뺏긴 것이 아닌가하며 좋은 일이라고 짐작해보기도 한다.

어두워지자 등불은 자동적으로 정원을 훤히 밝혀주고 있다. 텐트 안은 여전히 나이든 펠릭스의 아버지 친구들과 동반한 여자들의 웃음소리와 떠드는 이야기가 섞여서 혼잡한 분위기다. 젊은이들은 벤치에서 이야기를 즐기고 음악이 끊긴 잔디밭은 어린 애들이 불빛 아래서 뛰어 놀고 있다.

강아지들은 이번에는 애들을 졸졸 따라다니느라 바쁘다.

프란치스코와 깜과 이야기를 계속하던 펠릭스는 음악을 다시 틀고 정원 한가운데로 나오는데 여자 어린애가 펠릭스의 다리를 잡고 다리 아래로 들어가 두 다리를 잡아 댕긴다. 펠릭스는 춤을 추자는 것으로 알고 어린애를 붙잡고 어린애 발을 자기의 발등 위에다 놓게 하고 스텝을 밟는다. 그 모습을 바라보던 사람들은 환호를 하며 박수를 친다. 펠릭스는 어린애와 같이 스텝을 얼마간 계속한 후 끌로에게로 온다. 끌로는 미안해서 인사로 자기에게 춤을 청하는 것으로 얼른 눈치를 채고 어린애와 계속 추라고 먼저 펠릭스에게 신호를 보내고 있다. 그러나 그는 어린애를 살그머니 떼어놓고 끌로에게 춤을 청한다.

두 남녀만이 춤을 추는 무대는 어둠 속에 등불이 밝히고 있다. 사람들은 취기에 그리고 풍성한 음식으로 포만감을 자족하고 친구와 가족들을 만난 즐거움에서 떠드는 소리는 어둠을 뚫고 정원을 가득 채우고 있다.

독무대를 차지하고 춤을 추는 펠릭스와 끌로는 마냥 자기들만의 소우주를 즐기고 있는 것일까. 어둠은 그들의 얼굴을 감추고 있다. 다만 끌로의 힌 옷이 불빛에 뚜렷이 비쳐지고 있다. 끌로의 원피스는 몸을 돌릴 때마다 흰 바탕에 검은 선과 큰 사각형 공간을 빨간색으로 채운 패치가 눈을 끈다.

펠릭스는 아내가 창작한 패션 작품을 보여줄 때가 있었다. 어떤 때는 패션 잡지에 자기 작품이 선정 되어 출간된 것을 사가지고 와서 자랑스러워하며 보여주기도 했다. 그는 지금 끌로의 옷을 보며 아내를 생각한다고 끌로는 냉정한 생각을 하고 있다. 마치 사비나의 대리 역을 하는 것이라고 생각하고 있다. 그러나 펠릭스의 슬픔을 덜어주는 일이라면 무엇이나 할 것 같은 감정이 솟아 오른 것을 느끼고 어둠 속에서 얼굴을 붉힌다.

음악의 리듬에 맞추어 발만 움직이는 율동을 오래 지속하면서 끌로는 상대의 육체에 끌리고 있는 설명할 수 없는 감정을 얻고 있다. 끌로는 춤추는 상대에 대해 느끼는 감정을 잘 알고 있다. 춤의 상대와 손을 잡고 가슴과 가슴을 가까이 했을 때 끌리는 감정을 느끼게 된다. 그것을 어떻게 설명할까? 끌로는 친구들과 결혼을 하려면 춤을 추어 보라고 진담이 섞인 농담을 하면 어떤 친구는 불순하다고 책망을 하고 어떻게 네가 그런 말을 하느냐고 야단까지 하는 애들이 있었다. 남이 느끼지 못하는 것도 느끼고 감정에 예민해서 그런 것인지 모른다고 끌로 자신이 분석 해보기도 한다. 심지어 친한 친구들과는 남성에 대해 육체적 매력을 이야기 하는 중에 남자의 목 뒤 부분 그리고 셔츠 차림일 때 혁대를 맨 부분에서 남성적인 매력을 느낀다고 주장을 한다. 심지어 그녀는 예를 들며 대학 1학년 때 본 영화 '전원 교향곡'에서 목사의 아들이 피아노를 칠 때 그의 뒤 목에서 매력을 느꼈다고 주장을 했다. 끌로는 이후 몇 번을 그 영화를 보면서 아들 역을 한 배우의 이름을 알아내고 싶었다. 배우는 프랑스배우 장 도사이다.

끌로는 사비나의 대리 역을 한다고 생각하면서도 펠릭스와의 춤에서 남자에 끌리는 감정을 느끼고 있다. 그리고 춤을 오래 추고 싶은 마음이 이어진다. 그러나 펠릭스가 떨고 있는 것을 느끼며 멈추어야 한다고 생각하는데 음악이 멈추었다. 음악은 멈추었지만 펠릭스는 끌로의 손을 잡고 계속 서있다. 불빛이 환해 펠릭스가 손을 잡고 있는 것을 사람들이 바라보리라는 것도 개의치 않고 그는 끌로의 손을 놓지 않은 채 떨고 있다.

연필화의 광고문

순환의 계절은 어김없이 찾아들고 있다. 학기가 시작되어 브장송은 학생들로 가득 차 있다. 여름에 잠자고 있던 고요한 도시를 젊은이들이 깨워 고도에 생기를 불어넣고 있는 것은 학기가 시작되는 시기에 역역하게 재현되고 재현된다. 며칠간 계속 오던 비도 그치고 하늘은 푸르고 가을 햇빛도 학생들의 마음을 더욱 들뜨게 하고 있다. 방학 동안 헤어졌던 학우들을 만나고 타국으로부터 새로 오는 학생들로 작은 도시는 마치 인종 전시장으로 변하는 계절이다.

끌로는 주 프랑스 한국대사관으로부터 브장송의 한국 학생들과 대화를 하고 식사를 함께 하기 위해 브장송에 온다는 소식을 받는다. 그래서 이왕 오는 김에 한국에 관한 홍보물이나 영화를 가지고 와 달라고 부탁을 한다. 왜냐하면 한국은 군사독재 국가이며 미국식민지, 가난한 나라로만 알려져 있기 때문이다. 3년 전만 해도 시내 중심가에 공산주의 학생들이 천으로 된 광고 걸개를 걸어놓고 거기에는 김지하의 감옥 생활을 알리는 문구를 써 놓고 있었다. 이렇게 나쁜 면만 사람들이 알고 있다. 그래서 한국의 문화를 알려야 되겠다고 생각한다. 선명회 어린이 합창단의 공연물을 가지고 오라고 했다. 외국학생들 중에는 선명회 어린이 합창단의 세계 순회공연을 프랑스가 아닌 다른 나라에서 보았는데 감탄을 했다는 이야기를 듣고 있었기 때문이다.

프랑스는 선명회어린합창단의 공연을 허락하지 않았다. 이유는 공연연습과정이 순수한 예술 정신에서 하는 것이 아니라 독재국가에서 나 일어나는 전형인 강압적 연습을 하고 있다는 것을 비난하고 파리의 공연을 허락하지 않았다. 그러면서도 북한의 곡예단 공연은 파리 한가운데서 하도록 허락 했다. 북한의 곡예단 연습이야말로 가혹한 것이고 기교적이라는 것이 알려졌음에도 허락한 것은 일반인들이 알고 있는 프랑스답지 않은 이율배반적인 행동이었다.

대사관에서 학생들을 만나고 식사대접을 하는 순회행사는 독일에 있는 한국학생들이 반정부 데모를 하고 있기 때문에 만나서 대화를 하는 친교를 가짐으로서 미리 예방하려는 입장에서다. 소문에는 외무장관이 주관하는 것이라는 소문도 나돌았다. 브장송에 있는 한국학생 일곱명은 '한국의 밤을' 개최하기로 하고 광고를 만들어서 시내 곳곳에, 대학건물에, 대학 식당에 부치기로 한다.

광고는 '한국의 진면목'이라는 제목 하에 한국의 밤을 개최한다는 요지였다. 까노의 대학식당 출입문에다 끌로는 팀과 같이 홍보지를 부치려고 할 때 그녀는 길에서 마주 서 있는 두 남녀가 있는 모습을 연필화로 그린 그림을 보고 놀란다. 남자는 여행 가방을 옆에 놓고 있다. 사람의 실루엣을 감싸고 있는 뿌연 운무 같은 것이 나타나 있다. 아마 그것은 안개를 표현한 것이라고 직관적으로 끌로의 머리에 와 닿는다. 그리고 '당신은 누구지요?' 라는 제목을 써 논 것을 발견한다.

끌로는 그것을 보자 지난 봄 샹파뉴에서 안개 속에서 만났던 사람이라는 것을 추측한다. 끌로는 자신도 그 사람을 만났을 당시 그에 대한 궁금증을 가졌지만 곧 잊고 있었고 시간을 절약하기 위해 대학식당에서 식사를 하지 않았다. 그리고 여름 방학이 되자 남 프랑스로 떠났던 것이다. 돌아와서는 몽부꽁으로 거처를 임시로 바꾸게 된다. 그러니까 몇 달이나 대학 식당에 간 일이 없었다. 그 연필화에는 '바로 나라는 이름을 써놓은' 낙서도 있고 어떤 학생은 주소와 이름도 써 놓았다. 모두가 장난을 한 것이다. 끌로는 몽부꽁의 주소와 전화번호를 써 놓을까 하다가 확실치 않아서 단념한다. 의심을 갖게 되는 것은 안개 속에서 만난 사람이 끌로를 찾고 있다면 여자를 가리키는 표시를 써 놓을만한데 그런 표시가 없다. 그림으로만 보면 두 사람이 그려져 있고 문장은 두 사람 또는 한 사람을 가리키는 의미가 다 포함 되어 있고 제삼자가 두 사람을 찾는 것으로 이해될 수도 있는 문구이다.

그래서 끌로는 확신이 없어 주소를 써놓는 것을 더 주저한다. 한편 학생들은 이런 광고를 많이 하고 있어 그런 종류의 일종일 것이라고 생각하기도 한다. 심지어 어떤 남학생은 방을 같이 쓸 여학생을 찾는다는 구인광고를 하는 것도 있다.

끌로는 남자 옆에 놓인 여행 가방을 든 사람이 찾고자 하는 사람이 자신일 것이라는 확신도 가져 본다.

얼마 후 한국학생들이 부친 홍보지에 '한국의 진면모'라고 쓴 글자 밑에 '그렇지 않다'라는 낙서가 쓰인 것을 발견한다. 끌로는 이 낙서가 온전히 장난기만이 아닌 것 같아서 기분이 좋지 않았다. 왜냐하면 한국의 정치에 대해서 외국에서는 맹비난을 하고 있던 때라 한국의 진면모라는 것을 백안시한데서 나온 이념적인 학생의 행동으로 생각되었기 때문이다.

끌로가 까노 대학식당에 가지 않게 되는 것은 몽부꽁이 시내중심과 떨어진 시외에 있기 때문이다. 블루와에 있는 대학식당은 끌로가 있는 곳에서 꽤 걸어야 하는 거리에 있다. 몽부꽁에 있는 끌로의 거처에서 블루와 식당이 훤히 내려다보인다. 그러나 논문 쓰는데 시간을 아낀다는 핑계로 가까운 블루와 식당에도 가지 않고 있다. 끌로는 거처에서 내려다보이는 대학식당을 바라보며 저기에 친구들도 왔겠지 하는 생각만 하고 있다. 블루와 식당은 언덕진 넓은 대지에 세워져 있어 식사를 한 후는 잔디밭에 앉아서 이야기를 나누거나 햇빛을 즐기는 학생들이 많다. 여름 방학이 되면 브장송을 떠나는 학생들이 많아서 시내 중심가에 있는 까노 식당은 문을 닫고 블루와 식당만 열린다. 바로 식당 옆에는 대학기숙사가 있는데 기숙사에 남아 있는 학생들과 각처에서 그리고 외국에서 오는 어학 연수생들이 묵게 되어 이곳은 방학 중에도 기숙사가 열리고 식당이 열린다. 지금은 방학이 끝나고 학기가 시작 되어서 식당 잔디밭에도 많은 학생들이 앉아 있는 것이 보인다.

몇 달 전 만났던 안개 속의 미지의 남자의 광고라면 개학이 되어 까노의 식당을 다니는 것 같다. 사람을 찾는 것 같은 연필화가 그곳에 부쳐 있으니 말이다. 혹 '한국의 밤'을 보러 올지도 모르는 일이다. 블루와 식당에도 사람을 찾는 그림이 있지 않을까? 끌로는 궁금증이 강해진다.

'한국의 밤'은 영화 상영을 하기 전 일곱 명이 노래와 춤을 보여주기로 하고 계획한다. 홍보물 제작은 샹파뉴 기숙사에서 만들었지만 몇 번 연습을 해보는 것은 몽부꽁에서 하는 것이 좋을 것 같아서 그 곳에서 하기로 한다. 더구나 몽부꽁 거처는 여류 작가 꼴레뜨의 집이였기 때문에 끌로가 보여주고 싶어서 몽부꽁에서 연습을 하자고 권유를 한 것이다.

꼴레뜨는 프랑스 소설가이다. 그녀는 여성 운동을 한 작가로 널리 알려져 있다. 노르웨이인 피를 받은 프랑스작가로 남편이 브장송에 저택을 짓고 살아서 한때 이곳에서 활동한 작가다. 여성해방을 주제로 한 <인형의 집>의 작가 입센도 노르웨이 작가인 것처럼 꼴레뜨가 여성 해방 운동가인 것은 우연한 일치처럼 보이지만 노르웨이 사람들의 피에 선각자의 DNA가 흐르는 것 같다고 끌로는 생각하고 있다. 꼴레뜨가 활동하던 시기는 작가들이 광범위하게 주제를 다루는 시기였다. 끌로는 지금도 인구가 적은 나라인데 그 당시는 인구가 더 적었을 노르웨이가 어떻게 두 명의 여성 해방에 대한 작가가 작은 나라에서 나왔나 신기해한다.

꼴레뜨는 프랑스문학에 있어서 빛나는 남성 작가들 틈에 솟아난 유일한 여류작가이다. 18세기 프랑스문학에 마담 스탈이 여성의 권위를 주장한 유일한 여류 작가로 활동한 이후 2세기 만에 나타나 여성 해방 운동까지 한 소설가이다. 그런데 끌로는 이 작가가 살던 집에 살아 본다는 것은 행운이라고 생각하고 있다.

후배들인 한국여학생들은 끌로가 브장송에 오자 이구동성으로 그녀가 꼴레뜨를 닮았다고 했다. 후배들은 브장송에서 공부하게 되면서 꼴레뜨가 브장송에서 활동 했다는 것에 관심을 갖고 있었다. 꼴레뜨를 닮았다는 이야기를 들은 후 끌로는 꼴레뜨의 탄생 주기를 맞아 꼴레뜨의 문학이나 여성 운동에 대한 그녀의 기사를 읽으며 스크랩을 하는 일이 많아진다. 그 전까지는 꼴레뜨의 존재를 프랑스문학사를 읽으면서도 관심을 가지지 않아서 지나쳤다. 꼴레뜨를 닮았다는 것은 얼굴이 닮았다는 것이지 여성운동가로서 활동가라는 뜻이 아니다.

끌로가 몽부꽁에 살게 되는 것은 어느 날 가깝게 지내던 시리아 태생 의대 여학생인 아가타가 끌로에게 아는 의사가 집을 비우게 돼서 비우는 동안 기르는 개를 돌보고 거기서 논문을 쓰면 된다는 것이다. 블루와 식당도 가까우니까 식사는 식당에서 하든가 집에서 해먹어도 된다고 했다. 그리고 자신도 병원에서 아르바이트를 하지 않는 날은 같이 있을 것이라고 한다. 의사가 그렇게 하기를 바라고 있다는 것이다.

넓은 경사진 대지를 정원으로 하고 언덕에 지어진 의사네 집에서 노래 연습을 한다면 이웃을 방해할 아무것도 없다. 이웃이라야 넓은 대지의 정원 멀리 산자락에 드문, 드문 지어진 집이다. 본래 끌레뜨의 남편이 이곳에 저택을 지을 때는 이곳이 산과 숲이였다. 꼴레뜨가 세상을 떠나고 후손이 관리하면서 꼴레뜨에 속했던 산과 대지를 쪼개 팔아서 다른 집이 생겼다. 그러나 집들은 꼴레뜨의 저택 경계 넘어 있다.

의사가 살고 있는 집은 원래 꼴레뜨의 저택의 한 별채로 2층 돌집으로 된 집이다. 집 내부를 현대식으로 편하게 개조해서 사는 것이다. 나무로 된 대문도 작은 출입문도 덧문도 백여 년 전 모습 그대로 두고 있다. 헛간도 바닥을 지을 때 흙으로 된 채 그대로 두고 의사는 차고로 쓰고 있다.

꼴레뜨가 거처하던 저택은 바로 이 별채 뒤편에서 아직도 멋진 위용을 드러내고 있다.

끌로는 이곳으로 온 이후 전날 새벽까지 작업을 하고 자리에 들어도 아침 일찍 일어나게 된다. 2층 동향으로 난 방에 있기 때문 아침 해가 뜨자마자 햇빛이 그녀를 깨우고 있기 때문이다.

끌로는 일어나자 창문을 열면 정원과 숲에 드리운 안개는 마치 운무 같다. 안개가 만든 띠는 햇살에 너울거리며 반짝이고 있다. 두강에서 벗어나 시내에서 멀리 떨어진 외곽이지만 안개가 끼게 하는 데는 강과는 아무상관이 없는 것 같다. 산과 숲에 둘러싸인 곳이라 안개는 여전히 아침과 저녁에 자욱하다.

정원 오른쪽 넘어 대지에는 방목된 말 두 마리가 이른 아침 어슬렁거리고 있다. 방목이 아닐지 모른다. 그 말 두 마리는 벌판에서 모습을 보이지 않을 때가 많다. 그 말의 주인일까 두 남녀가 말을 타고 산책을 할 때면 2층 끌로의 방까지 말굽 소리가 들려온다. 경사진 동쪽 넘어 큰길을 지나 언덕 위에 수 천 명을 수용할 수 있는 대학 식당 옆에는 학교 기숙사와 몇 개의 대학 부속 건물이 있어 그곳을 깡뿌스(캠퍼스)라고 하고 있다.

어느 날 오후 맑은 날씨 푸른 하늘아래 경사져 있는 잔디정원을 아래쪽까지 굴러 내려가고 싶은 마음이 간절했다. 그러나 그렇게 할 수가 없어서 비치용 타월을 깔고 누었다. 프랑스문학에 자리를 차지한 한 여류작가가 살던 집에 살아 본다는 자만은 사라지고 갑자기 외롭고 낯 설은 생각이 엄습한다. 새소리조차 들리지 않는 적막한 고요의 순간이다. 날씨가 서늘해 졌는데 아직 죽지 않은 파리 한 마리가 소리를 내며 그녀의 얼굴에 와 닿는다. 그 소리는 슬픔을 느끼게 하는 소리다. 여름날 고요한 공간에서 오직 파리가 사람과 부딪치며 내는 소리는 처량하다. 왜 끌로는 어렸을 때부터 파리가 내는 소리가 슬프다고 생각했는지 모른다. 그 감정은 홀로 고독을 느낄 때 더하다. 파리소리는 시간을 초월해 공간이 바뀌어도 똑같은 감정을 불러온다. 고향의 가족이 그리워진다. 프로스페는 홀로 있는 끌로 옆에서 잠을 자고 있다. 프로스페를 돌보는 일을 결정하고 닥터 떼브네를 만났을 때 붉은 쇠고기를 늘 주식으로 주고 일주일에 두 번씩 밥을 해 주라고 했다. 의사는 전기밥솥이 부엌에 있다고 하며 살이 찌니까 밥을 많이 주지 말라는 당부도 곁들였다. 해결할 일은 제가 알아서 숲속에 가서 해결하고 작은 것도 사람이 보는 곳에서는 하지 않는 신사라고 웃으며 끌로에게 설명했다.

정말 프로스페는 사냥개로 잘 생겼다. 키도 훤칠하고 미끈한 놈이다. 그런데 끌로를 이방인으로 보고 싫어하는 것 같았다. 자기 집에 나타난 끌로도 낯이 선데 웬 동양 사람이 자기 집에 와서 떠들고 노래를 부르는 것인지 프로스페는 못 마땅해 하는 것 같았다. 끌로는 프로스페가 말은 하지 못하지만 행동으로 저항을 한다고 생각한다. 뒤 쪽 양지에 있는 빨래 걸이에 걸어 놓은 끌로의 옷을 하나 물어다 잔디밭에서 뛰면서 찢으며 놀고 있었다. 끌로는 화가 나서 읽고 있던 책으로 엉덩이를 세게 때렸다. 개는 문을 박차고 멀리 뒷산 밑에 있는 인가로 뛰어 달아나자 끌로는 뒤 따라가며 프로페! 프로스페! 하고 불러도 달아났다.

프로스페는 얼마 후에 돌아왔으나 그도 매를 맞아 기분이 나쁜지 흥분한 모습을 하고 자기 집으로 들어가 나오지 않았다.

끌로도 기분을 풀려고 대학식당에 가려고 하는데 문을 두드리는 소리가 나서 나가보니 한 여자가 산 밑에 사는 사람이라고 하면서 자기네 오리를 프로스페가 물어서 죽였다고 한다. 그러니 오리 값을 청구하겠다는 이야기를 했다. 주인이 여행 중이라는 말을 듣고 일단 청구서를 놓고 간다고 하면서 전화번호도 놓고 갔다.

끌로는 대학 식당에서 저녁을 먹으려고 하던 것을 그만 두고 자기 방으로 들어간다. 일순간 피로가 몰려오고 '한국의 밤'을 하겠다고 한 것도 후회하게 된다. 모든 것이 귀찮아졌다. 프로스페를 돌본다는 것은 더 싫어졌다. 끌로는 창문을 열고 정원 넘어 블루와의 대학식당을 쳐다 보고 있다. 블루와 식당 위 하늘에는 뭉게구름이 떠 흘러가고 있다. 그 구름 위에는 어린 시절 그리고 가족들을 싣고 흘러가고 있다.

밖은 고요하다. 낮 동안 한 마리 새도 없었던 나뭇가지에 어디서 몰려왔는지 까마귀 떼들이 날아와 큰 나무를 점령하고 있다. 뒤에 떨어져 있던 까마귀들도 한 마리씩 늦게 도착을 하고 있다. 수십 마리나 되는 많은 무리의 까마귀 떼를 본 일이 없다. 그런데 그들 중 한 마리도 울지 않고 있어 마치 적을 공격하기 위해 숨을 죽이고 있는 것 같이 느껴지고 적막은 계속 이어졌다. 나무를 뒤덮은 새떼들은 끌로밖에 없는 집에 마치 끌로를 침공하러 날아든 것 같이 공포감마저 느끼게 하고 있었다.

집도 낯설기만 하다. 돌연 누가 옆에 있었으면 하는 외로움이 몸을 조여 오는 느낌에 사로잡힌다. '갸르드쉬엥'(개 돌봄이)이라니 하는 모멸감까지 느낀다. 프로스페 덕분에 아가타가 안 오는 날도 넓고 외딴 집에 안심하고 있다. 그런데 오늘은 프로스페와 싸움을 했으니 피로와 외로움이 엄습한 것이다. 끌로는 아가타에게 하소연을 하면 기분이 나질 것 같아서 전화를 한다. 아가타는 끌로의 이야기를 듣더니 사냥개는 매를 맞으면 나가서 아무 짐승이나, 집에서 기르는 새를 잡히는 대로 죽인다고 한다. 아가타를 찾은 것은 위로를 받을까 하고 전화를 했는데 오히려 자신의 실책이라는 것을 알고 마음이 더 무거워진다.

논문도 되지 않을 것이 뻔해서 일찍 잠이나 자려고 자리에 들었지만 잠이 오지 않는다. 거실로 내려가 늘 위안을 받던 몬테 베르디의 '주님을 찬양 하여라'를 턴테이블에 놓는다. 음악은 거실 공간을 가득 채우고 있어 마음도 한결 완화되는 기분이다. 닥터 떼브네는 프로스페와 정원에서 놀아 주고, 거실에 같이 있거나 때로는 침실 옆에서 자도록 할 때가 있다. 그렇게 사랑을 하던 주인은 어디로 가고 난데없는 동양 여자가 나타나서 자기 집에서만 자게 하는 것도 불만일 것이다. 끌로는 밖으로 나가 프로스페를 부른다. 한참 만에 나와서 그녀에게로 온다. 끌로는 안으로 들어오게 해 처음으로 목을 쓰다듬어 준다. 그녀도 의사와 마찬가지로 거실에서 자도록 하고 아무 때나 나가고 싶으면 나가라고 헛간으로 통하는 작은 문을 잠그지 않고 2층 자기 방으로 올라간다. 닥터 떼브네가 사랑하는 개를 때렸다는 죄의식 때문에 미안한 생각도 들어서 오리 값도 자신이 물어야 하는 것이 옳다고 결정을 한다. 그리고 평화로이 잠자리에 든다.

끌로는 다음 날 아침 종전대로 창문을 연다. 아침 태양은 떠올라 강렬한 햇빛을 발한다. 햇빛이 비추고 있는 것이 아니라 마치 파도처럼 창문을 넘어와 햇빛을 쏟아 붓는 것 같다. 눈이 부시다. 시월의 맑은 날이 계속 되고 있다. 햇빛을 얼굴에, 가슴에, 온 몸으로 안는다. 알메리아에서, 화창했던 풍경과 즐거웠던 날들을 본다. 어제 하루 종일 혼란 했던 일도 햇빛은 사라져버리게 한다. 맑은 하늘, 찬란한 태양은 알메리아에서 눈이 시리도록 빛나는 태양의 하늘아래 미지의 사람을 떠 올리게 하고 있다. 그 사람은 브장송의 비가 오는 흐린 날 구름 속에 가려있었다. 즐거웠던 시간의 그리움이 밀려오는 것을 그녀는 밀어내고 있다.

프로스페는 정원 끝 숲에서 일을 보고 나와 집을 향해 올라오고 있다. 정말 그는 의사 말대로 신사다.

헬가가 아침 이곳에 와서 청소를 도와준다고 전화를 한다. 일주일에 한 번 청소를 해야 하는데 도아 주겠다고 한다. 끌로는 앞으로 헬가를 몽부꽁에 와서 같이 있으며 논문을 쓰자고 하면 덜 적적할 것 같아서 헬가에게 이야기를 하려고 한다. 프로스페를 돌보겠다고 결정을 하고 의사를 만나러 왔을 때 아가타가 동행을 하지 못한다고 해서 헬가와 동행 했다. 끌로는 비엔나에서 헬가 부모가 의사라는 것을 강조하고 싶어 부모님이 의사라고 소개한다.

끌로의 우울을 풀어주는 것은 예외의 햇빛을 만끽 할 수 있는 날씨다. 밖에서 말발굽 소리가 들린다. 말을 타고 언덕을 넘어 산책길에 오르는 이웃부부가 탄 말발굽 소리를 아침에 듣는데 오늘은 예외로 저녁에 들려오고 있다.

관객 속에 미지의 남자

공연시작을 기다리고 있는 공연장에 밝게 비치던 불이 몇 초 동안 꺼진다. 그리고 왼쪽 무대에서 장구춤을 추려고 장구를 두드리기 시작하자 불이 켜진다. 구석에서 장구춤을 추러 무대로 나오는 무희는 빨간 치마에 초록색 저고리를 입고 빨간색 장구를 메고 나와 장구를 힘차게 양손으로 속도를 내서 두드리며 무대로 전진해 나온다. 장구를 두드리는 속도와 소리가 장치해 놓은 확성기 덕분에 점점 강해지자 극장안의 관중은 조용히 긴장하며 무대로 모두 시선을 집중한다. 무희는 관중들의 시선을 집중시키기 위해 기선을 잡으려고 하얀 버선발을 내보이며 빠른 속도의 발걸음으로 무대 주위를 원으로 돈다. 치마를 휘감아 중띠로 매서 몸의 윤곽이 들어나고 치마는 위로 올라가서 하얀 버선이 확연하게 나타나 시선을 끄는데 한몫을 한다. 무희는 손을 위로 아래로 옆으로 뻗는 변화를 속도를 내며 움직여서 장구를 친다. 관중도 무희의 움직임에 따라 시선을 돌리고 있다. 특히 반원의 둥근 소매가 아름답다. 열채를 들고 하늘로 높이 쳐들 때 반원으로 된 소매 안에서 열채는 하얗게 빛나고 있다. 그리고 활발한 춤동작을 하는 동시에 북도 발걸음의 속도를 가해서 무대는 활기차게 보인다. 원으로, 수평으로, 사선으로 향하면서 춤을 출 때는 양발을 벌려서 횡으로 전후의 직선으로 움직이며 발걸음을 활발하게 빨리 밟아나가고 있다. 배경음악은 꽹가리의 단조로운 소리를 계속 이어가도록 되풀이 녹음한 단순음이지만 장구소리를 보조해 활력을 낳게 한다. 몇 분간에 관중들의 눈과 귀의 집중을 흡수하고 있다. 배경음이 끊어지자 무희도 춤을 멈추고 무대 뒤로 사라진다. 곧 이어서 남자가 나와서 '보리밭'을 부른다. '보리밭'이 끝나자 한 남자가 합류해서 둘은 '칠갑산'을 같이 합창한다. 이 노래를 끝내고 두 남자가 들어가고 화려하게 한복을 입은 여자들이 나와서 '노란 샤스'를 부르는 것을 끝내자마자 남자들이 나와 '아리랑'을 함께 부르고 마지막으로 '가고파'를 부른다. 특히 이들의 공연은 쉴 사이 없이 계속해 끝냄으로서 관중들의 호기심과 시선을 여지없이 흐트러지지 않게 흡수하게 했다. 이런 진행을 이들은 나름대로 머리를 짜내서 공연을 한 것이다. '노란 샤스'는 템포가 빠르기 때문에 선정한 것이다. 그리고 장구춤을 춘 것도 춤의 동작이 빠르기 때문이다. 곧 이어서 '리틀 엔젤스'공연 필름을 돌린다. '리틀엔젤스' 공연을 끝내고 출연자 전원이 나와서 인사를 하고 한 남자가 공연에 온 것에 대한 감사를 한다. 관중들은 참았던 박수의 기회가 온 듯 요란하게 쳤다.

따리프는 여자출연자들 모두가 짧은 머리를 하고 있어 안개 속에서 만났던 짧은 머리의 여자가 혹시 한국여자일지 모른다고 유심히 봤으나 확인이 안 돼 서운해 하고 있다. 그는 처음 보는 여자들의 화려한 의상에 매혹되고 있다. 아래 위를 다른 색으로 입은 사람들 속에서 단색으로 입은 한 여자가 눈에 띠어 유심히 바라본다. 그러나 안개 속의 여자는 아닌 것 같다. 따리프가 찾고 있는 안개 속의 여자는 확인하지 못했지만 그는 한국의 장구춤에 매혹된다. 그는 벨리댄스도 발레도 잘 알고 있다. 벨리댄스가 노골적으로 선정성을 표출하는 춤이라면 발레는 몸의 율동을 아름답게 표현해 감성에 영향을 준다. 그러나 한국의 장구춤은 벨리 댄스처럼 노골적 표현을 하는 것과 달리 경쾌하고 춤의 동작은 은은한 선정성으로 매혹을 하고 있다는 것을 발견한다.

'한국의 밤'은 관객이 많이 와서 성공했다고 할 수 있다. 날씨도 비가 오지 않아 유쾌한 밤이었다. 행사가 끝나고 한국학생들은 출입문에 서서 일일이 손님들에게 감사하다고 인사를 한다. 대학생을 담당하는 학생부장, 샤날씨는 오히려 감사는 자기가해야 한다고 한국학생들에게 감사를 한다. 끌로는 어려운 의학 공부에 헤매고 몽부꽁에 있는 닥터 떼브네의 집도 관리해야하는 아가타가 시간을 내서 그녀가 모르는 프랑스남자와 함께 와 끌로에게 인사를 하려고 출입문에서 기다리고 있다. 끌로는 그 남자에게 먼저 감사하다고 인사를 한다. 이 남자가 축하 한다는 말을 했을 때 끌로는 어디서 들었던 목소리 같다고 끌로는 그를 쳐다 본다. 그도 끌로를 보고 무엇인가 놀란 듯이 말을 하려고 하다 만다.

공부를 제처 놓고 2주간 공연 연습, 홍보물 제작, 공연 장소를 마련하기 위한 교섭과 시간 조정 등으로 피곤한 학생들은 성황리에 끝난 행사에 흥분을 하고 피로를 잊고서 대사관직원들이 자축 파티를 열어주어 새벽까지 환담으로 보낸다.

닥터 떼브네의 주위에는 많은 외국 학생들이 있다. 그는 외국 선호 주의자다. 위 전문 의사로 외국학생들이 병으로 찾아 올 때도 아주 친절해서 외국 학생들에게 소문이 나 있다. 대개 의사들이 국적을 막론하고 도도한 면이 있는데 닥터 떼브네는 예외이다. 그는 영어도 능통하고 아프리카의 언어인 스왈리어도 개인 교수를 받아서 소통하고 있다. 헬가는 오늘 낮 동안 몽부꽁에 있고 저녁 '한국의 밤' 행사에 와 있다. 행사가 끝나면 끌로를 차로 데리고 올라가야 해서 파티에도 함께한다. 몽부꽁으로 돌아가는 길 차안에서 헬가는,

끌로! 너희들 옷과 노래가 멋있었어.

모두들 그렇게 생각하는 것 같더라.

우리들의 노래와 춤은?

이색적이어서 좋았어.

'리틀 엔젤스'에 대해서는 너도 그들의 연습에 대해서 프랑스 신문에 실린 비판적인 기사에 동의하고 있잖아?

그건 그래, 그런데 공연만 보면 비판하는 뒷이야기를 생각하지 않게 돼.

리틀엔젤스의 공연은 다 놀라워해.

비엔나에서도 프랑스와 같은 이유로 '리틀엔젤스'의 공연을 허락하지

않아서 비엔나 사람들도 전혀 리틀엔젤스를 모르고 있어.

'비엔나 소년 합창단'이 있어도 그들은 학교공부를 다 충실히 하고 그렇게 군인 같은 훈련을 하고 있지 않아.

음악의 나라 사람답게 수준이 높은 음악상식에서 하는 소리로 들리지만 그들은 빈국, 독재국가의 예술단이라는 것 자체를 무시하고 있기 때문이라고 끌로는 생각하고 있다. 이런 이야기를 헬가에게 하고 싶지만 아무리 친한 사이라도 자기가 생각해도 열등의식의 소견 같아서 참고 있다.

집에 다 왔을 때 프로스페는 차고로 와 차에서 내리는 두 여자들을 기다리며 이리 저리 제자리를 왔다 갔다 한다. 얼마 전 매 맞은 것도 다 잊은 것 같다. 끌로는 측은한 마음으로 프로스페를 거실로 데리고 들어온다. 긴장이 풀리자 피로와 말할 수 없는 공허가 밀려오는 것을 느끼고 있다. 그 공허감은 어디에서 오는지 이유를 알 수 없다. 끌로는 공허감과 피로를 덜어 볼가하고 띠잔 팩을 먼저 헬가의 잔에 넣고 소파에 푹 파묻힌다. 그리고 눈을 감는다. 헬가는 심심했던지

끌로, 의사는 결혼을 하지 않았니?

결혼 했다 이혼한 것밖에는 몰라.

스트라스부르 의대를 졸업 했대.

왜 스트라스부르 의대야?

프랑스에서 스트라스부르 의대가 최고야 그래서 각처에서 머리 좋은 학생들이 모여든대.

여자 친구는?

많은 것 같아.

흑인 미인, 나발로가 알지?

나발로가도 의사의 친구였는데 지금은 파리 유네스코에서 일하고 있어.

의사는 아프리카에 대한 애정을 가지고 있어.

그는 위마니스트야. 슈바이쳐 같은 일을 하고 있어.

그가 지금 아프리카에 가는 것도 위마니즘에서 기인한 거야.

나발로가를 모르는 사람이 어디 있어, 남자들은 정말 나발로가를 보기만 해도 빠져든다고 하는데.

나는 파리에 도착한 첫날 미인은 흑인이란 것을 알았어, 고혹적인 것은 물론 꼬께뜨 하잖니.

닥터 떼브네는 친구들과 아프리카 여행을 한다. 아프리카의 다양한 색깔을 가진 수만 가지의 아프리카의 풍경에 취해 정기적으로 아프리카여행을 한다. 해와 달, 바람, 공기도 표현 할 수 없는 풍경이라고 하고 있다. 사막을 넘으면 울창한 숲이 있는 나라, 태양이 작열하고 갈증에 허덕이는 곳이 있고, 기근에 죽어 가는 곳이 있고, 남아프리카공화국 같이 땅이 비옥하고 자원이 있는 나라가 있는 다양한 나라가 있다. 산 밑은 작열하는 견디기 힘든 기후에 시달리는가 하면 산꼭대기에는 눈이 쌓여 있는 곳 아프리카, 아침에 뜨는 해, 저녁에 지는 해도 아프리카에서 보는 것은 말로 설명이 안 되는 경이로움과 마음을 움직이게 하는 경험을 매번 하고 있다. 그런 풍경이 그들을 매혹시켜 아프리카로 데려가곤 한다.

그러나 태양 아래 메마른 사막이 있는가하면 정글 속에 사나운 짐승이 우글거리는 곳 식인종이 아직도 생존해 있다는 소문이 있지만 그들은 마법에라도 걸린 듯 돈이 모이면 아프리카여행을 정기적으로 떠난다. 이들 가슴 한구석에는 문명인으로서 미개한 나라에 간다는 일종 우월감도 있었으리라. 그러나 의사들은 지금부터 2백만 년 전 생존했던 인간의 화석이 남아프리카 공화국 요하네스버그 근처에서 발견되면서 그들은 아프리카가 인류의 본향이라고 생각할 때 그들의 우월감은 사라지게 된다.

그들은 여러 번의 여행 중 태양이 만들어 내는 경이로운 풍경을 떠나서 하늘 아래 그들이 즐기기만 했던 땅을 다른 시선으로 보기 시작하게 된다. 갈증에 아프리카인들이 타 들어가고 있다는 것을 의식한다. 아프리카 나라 중에서도 가난과 질병의 나라에 눈과 마음을 돌리게 된다.

갈증에 허덕대는 사람들은 물을 구하기 위해 몇 킬로미터를 가서 웅덩

이의 흙탕 물, 개울에 오염된 물을 깃는 것을 목격하고 신이여 여기 좀 오소서 하고 외친다. 그들의 마음속에 생소한 무엇이 일렁이는 것을 느낀다. 아름다운 경치에 신을 보고 신이 창조한 것을 감탄하게 되며 신의 모순도 의식하는 과학도들이 된다. 그들은 돌아오는 비행기 안에서 그들에게 우물을 만들어 주는 운동을 결정하고 그 운동을 실천한다. 비위생적인 물로 인한 질병을 해결해 줄 것도 모색한다.

탄자니아 젊은이들에게 의학을 가르치는 일도 하고 있다. 병원을 짓고 의사들의 지원을 받아서 파견해 직접 환자들을 치료하는 사업을 하고 있다. 닥터 떼브네와 의대 동창들, 그리고 동창 아닌 의사들도 함께하며 몇 명은 더 나이 들기 전에 직접 현지에 가서 치료하는 일을 하고자 떠나 있는 것이다. 장래 병원에서 일할 학생들도 가르치고 있다. 닥터떼브네의 병원은 안식년에 있는 의대교수가 맡고 있다. 간호사는 그대로 일을 하고 있지만 아가타도 필요할 때 들러서 의사를 돕는 일을 하고 있다.

끌로는 잠자리에 들어가자 아가타와 같이 있었던 미지의 남자를 상상한다. 축하한다고 한 다음에 계속 말을 이어갈 것 같이하다가 마는 것 같았다. 그 때는 많은 사람들과 인사를 하는 것에 방해가 되어 머뭇거리는 것 같다고 생각했다. 지금 그녀는 혹 그 사람이 안개 속에서 스쳐갔던 사람은 아닐까 하는 비약된 생각이 든다. 그리고 그녀는 곧 아닐 것이라고 부정한다. 안개 속에서 만난 사람은 프랑스인이 아니라고 생각하고 있었기 때문이다.

폭풍우를 기다리는 따리프

따리프는 10월 아직도 푸른 초원에 누어 하늘을 바라보고 있다. 오르낭의 꾸루베 생가와 작업실을 방문하고 아가타가 그를 데리러 올 때까지 기다리며 그림 같은 마을을 산책한다. 지금 그는 마을 옆에 나있는 초원을 가로질러 층층이 암벽으로 된 산 밑까지 갔다 되돌아와 넓은 들판에 누어 있다. 그리고 다시 멀리서 암벽의 산을 바라본다. 암석은 아름답다. 베이지색, 흰색, 갈색의 암벽이다. 입체화처럼 암벽은 다양한 색으로 구별되어 입체성을 들어내고 있다. 고향의 색이다. 브장송에서는 볼 수없는 암벽의 산을 이곳에서 볼 수 있다. 멀리서 보면 냇물가에 세워진 집들은 마치 수중에 세워진 것 같이 보인다. 지붕들은 세월에, 바람에 희색 된 듯 저마다 다른 빛을 띠고 있다. 세월의 두터운 겹을 오래도록 보전한 프랑스인들의 의식에 감탄하고 있다. 그 집들 뒤에 보이는 바위산 자락도 조화를 이루어 아름답다.

따리프는 초원으로 오기 전 투명한 맑은 물이 흐르는 꾸르베의 생가를 냇물 둑 쪽에 피어 있는 빨간 제라니움을 넣고 스케치를 한다. 생가 너머로 보이는 암벽의 산을 배경으로 한 스케치도 몇 장 그렸다. 그는 지금 누어서 암벽 산을 바라보고 있다. 습관대로 스케치가 갖고 있는 본래의 색을 일일이 색으로 옮길 때 참조하기 위해 색을 적어 놓는다. 아침 안개는 사람의 윤곽을 분간할 수 없을 정도로 짙게 깔려 있었다. 여자는 그에게로 달려와서 멈춘다. 그리고 " 아는 사람인줄 알았어요." 라고 말한다.

초원의 잡초는 미풍에 춤을 추고 새들이 지저귀고 있다. 누어있는 따리프의 얼굴까지 날아온 벌은 가을인데도 살아서 윙윙 소리를 내며 왔다 갔다 하고 있다. 벌은 가만히 있어야 공격을 하지 않아 따리프는 움직이지 않고 있다. 벌이 물러간 뒤 주위는 아무소리도 들리지 않는다.

바람소리도, 물소리도, 새소리도 들리지 않는 고요 속에 지금 그는 고향에서 양들이 무리지어 가며 내는 방울 소리를 듣고 있다. 그는 그 소리를 잘 알고 있다. 어릴 때 외삼촌이 사는 서부 지역에 올리브 나무 밭이 광활하게 우거진 언덕을 방울을 달랑 거리며 무리지어 올라가는 양떼를 보며 그들이 내는 소리를 듣고 있는 것이다. 그는 꾸르베를 생각한다. 어떻게 그렇게 용감하고 파렴치한 화가였을까. 친구 시슬레의 모델을 유혹해서 그녀를 자기 모델로 해 누드를 그리고 더군다나 '잠'이라는 그림은 시슬레의 모델이 다른 여자와 벌거벗고 누워 있는 모습을 그린 그림은 레스비안을 떠올리는 그림이라니. 아직 이 그림이 세상에 알려지지 않았지만 미술 사가들은 이 사실을 밝히고 있지 않나. 꾸르베는 용감하다고 해야 할까. 꾸르베 시대까지도 누드는 신화 속의 여자를 모델로한 것 밖에 없는데 그는 실제인물의 누드를 그렸다니 용감하다고 할 수 밖에 없지 않나.

따리프의 눈에는 암벽의 산은 곧 고향의 알레포의 성채와 알레포 성으로 변한다. 지금도 그곳에는 많은 관광객으로 붐비고 있겠지.

따리프는 오랜 만에 두고 온 고향을 떠올리며 보고 있다. 가끔 고요가 몸을 엄습 할 때 그는 왜 프랑스에 와 있는지조차 의미를 찾지 못하고 있다. 쎄엘리 (C.L.A)의 수업도 지루하게 느낀 지가 오래다. 1년 후에 파리에 가면 욕망이 일어날 것이 아닌가도 자문해 본다. 그는 우선 미술과 과학의 접목에 대한 영상학의 발전을 알고 싶지만 브장송에서는 영상학에 대한 몇 권의 자료 이외에 영상학을 미술대학에서도 다루는 과가 없다. 영상학을 전공한 교수도 전무다. 이곳에서 공부를 중단하고 미국으로 발길을 돌려 그곳에 가서 둘러보는 것이 좋을 것이라고 생각도 해본다. 그는 파리에서 본 비디오아트와 설치미술, 이름도 새로운 수많은 미술을 통해 자신의 평면화에 대한 절망은 더 심하다.

네시가 넘자 미풍은 바뀌어 바람이 일기 시작한다. 그는 벗었던 재킷을 걸치고 냇물이 흐르는 물줄기를 따라 걷는다. 발걸음을 옮길 때마다 발밑에서 나는 자갈 소리에 귀를 기우린다. 자갈 소리 밖에 나지 않는 고요는 그를 더 초조하게 한다. 그리고 고향도 더 아득하게 느껴진다. 그는 자갈길을 걸으면서 자신의 새로운 그림의 변화에 대해 고민하고 있다. 그의 고민은 길을 찾지 못하는 일종의 좌절이다. 그는 지난달도 파리에 전시를 보러 뽕삐두 센터에 다녀왔다. 이곳 장점은 개인전도 있지만 종합전으로 한 자리에서 볼 수 있고 세계작가들을 만날 수 있어서 좋았다.

따리프는 브장송 대학이 예술과는 무관해서 애초부터 브장송에 1년을 있고 파리로 옮기기로 했는데 1년이 너무 긴 것 같이 느껴지고 있다. 그는 변화를 찾아 파리여행을 몇 번 하면서 파리 8대학의 미술과도 찾아가서 미술대학의 동향을 직접 조사하고 왔다. 영상학을 다루고 있는 과목이 있는데 영상학과라는 독립된 과목은 아직 없고 앞으로 독립된 백남준의 비디오 아트가 생길 것이라는 정보를 들었다. 독립된 백남준의 비디오 아트 과목이 생긴들 자기가 전문적으로 할 것은 아니다. 프랑스와 미국의 미술계를 둘러보는 것으로 생각을 바꾸는 중이다. 그는 백남준의 비디오아트 전시를 뽕삐두 센터에서 보고 미술의 진화 속도가 날로 빠르게 진행되는 것을 느낀다. 비디오 아트란 하나의 기술이라는 것을 재확인한다.

비디오 아트는 우선 물리학과 공학에 대한 지식이 있어야하는 것이다. 그러니 자기전공의 변화를 시도하려는 것은 비디오 아트와는 거리가 멀다. 다만 하루가 멀다 하고 변하고 있는 새로운 분야의 흐름에 대해 이해를 하려는 것이 목적이다. 학생들은 평면화보다 점점 새로운 미술을 추구하기 때문에 가르치는 입장에서 미술의 흐름에 민감해야하고 흐름의 변화를 빨리 터득해야 한다, 평면화에 대한 좌절감을 자신의 구상화에 대한 새로운 표현 방식을 시도하는 편이 깊은 우물을 파는 길이라고 자족 해보기도 한다. 즉 구상 표현주의를 계속 깊이 시도하려는 것이다. 이렇게 마음을 고쳐먹고 그는 편안한 마음을 갖는다. 마침내 그는 프랑스와 미국을 거처 많은 전시를 보는 것으로 프랑스에 온 목적을 둔다.

백남준의 전시를 보고 브장송으로 돌아가는 기차 안에서 백남준이 한국인이라는 것을 생각하며 브장송에 도착한 첫날 안개 속에서 자기에게 달려왔던 여자가 혹시 한국여자가 아닐까 하는 엉뚱한 상상이 다시 든다. 그 여자는 간절하게 기다리는 사람이 있는 것으로 추측된다. 자기를 기다리고 있는 사람인 줄 알고 달려 왔으니 말이다. 그는 첫날에 있었던 만남의 사건을 잊을 수 없는 사건이라고 생각하고 있으며 가끔 만났던 장면을 떠 올리곤 한다. 혹 그 여자에게 자기가 어떤 위로가 될지 모른다는 생각마저도 하고 있다. 그는 그녀를 만나고 싶은 마음이 간절했다. 그래서 만났던 장면을 그려서 까노의 식당 출입문에 부쳐 놓았던 것이다.

새벽안개는 윤곽을 분간할 수 없을 만큼 짙게 깔려 있었다. "아는 사람인 줄 알았어요."

그 후 그는 까노에 부친 '한국의 밤'을 알리는 홍보물을 보고서 그 여자가 한국인이 아닐까 하는 상상은 확신으로 번진다. 조급한 마음까지 가지게 된다. 그래서 아가타에게 '한국의 밤'에 동행해 달라고 부탁을 했다. 그러나 무대에 있는 한국 여학생들 중에서 찾지 못했다. 무대에 있는 한국 학생들 중에는 안개 속에서 만났던 사람이 없는 것 같았다.

그는 시계를 보고 아가타와 약속한 오르낭 카페로 걸음을 재촉한다. 태양은 암벽으로 싸인 산 봉오리 뒤에서 빛을 발하고 있다. 그 붉은 빛은 시냇물 위에 잔잔히 뿌려져 있다. 따리프의 가슴에도 모험의 붉은 정열이 뿌려지고 있다.

몇 개월 간에 방황에서 따리프는 벗어난다. 프랑스에 있는 2년 간 미술여행 이외에 영상학에 대한 승진을 위한 논문주제를 계획하는 것으로 한정하니 평온은 마음을 더욱 안정시킬 수 있다.

따리프는 뽕삐두 센터에서 열리고 있는 백남준의 '비디오 정원'을 보며 많은 각도에서 촬영을 한다. 그리고 기획전인 '파리-뉴욕전'과 현대미술전시를 두루 살필 예정이다. 파리에서 그는 해방감을 느끼게 된다. 브장송이 잠들어 있는 늙은 도시여서 자신도 방향을 설정하지 못하고 방황을 했는데 역시 파리는 곳곳에서 영감을 얻을 수 있어 하루 빨리 파리로 가야한다고 생각하고 있다. 그리고 그 곳에서 독일로 미술여행을 가끔 할 계획을 세운다.

파리방문에서 그는 자기가 이방인이 아닌 것 같은 느낌마저 드는데 어떤 이유에서인지 자신도 설명이 되지 않는다. 시리아에서 잠들어 있던 어떤 기질이 폭발하는 기분마저 들고 있다.

비는 파리 시내를 촉촉이 적시고 있다. 그러나 늘 그러하듯이 우산이 없이도 걸을만한 안개비다. 그는 뽕삐두 센터를 나와 세느강 변을 따라 걷는다. 강물엔 잔물결도 보이지 않는다. 그리고 비는 여전히 안개비에 그치고 있다. 따리프는 폭풍우가 와서 강물도 홍수로 변하고 자신도 폭풍우에 세례를 받는 순간을 갈망하고 있다. 잠자고 있던 자신의 몸에 내려 퍼붓는 폭풍우가 그의 몸 안의 열정을 힘찬 홍수로 변화시키기를 갈망하고 있다.

그는 예술을 찾아서 프랑스로 온 이전 언제부턴가 그는 프랑스인의 피가 섞여 있다는 정체를 느끼고 있었고 아버지가 프랑스에 대한 애정을 언제나 품고 사는 모습에서 그도 자신의 정체성을 프랑스에서 확인하고 싶어 한다.

그는 어려서부터 거실에 조상들의 사진이 벽에 대의 순서대로 걸어 놓여 있는 것을 보고 자랐다. 그 사진들은 할아버지와 프랑스태생인 할머니들과 함께 세로로 걸어 놓고 있었다. 그 가운데 두 할머니가 여느 할머니와 차이가 있는 것을 알고 물어보면 멀리서 시집 온 할머니라고만 했다. 어려서 설명이 어려워서 그랬던 것일 것이다. 여자들의 사진을 걸어 놓는 법이 다른 집에는 없는데다 자기 집에는 할머니 사진이 할아버지와 같이 있는 것에 의아해 했다. 사진 밑 탁자 위에는 작은 성모상이 있고 증조부로부터 내려오는 유물인 불어로 된 성경과 기도문, 묵주가 놓여 있었다. 성경은 가족이 선조 때부터 가톨릭 신자였기 때문에 이상할 것이 없었다.

따리프는 초등학생이 되어서 증조할아버지에 대한 이야기를 자세히 알게 된다. 그리고 아버지는 마치 프랑스와 시리아 사이에서 생활하는 것 같이 생각되었던 것을 이해하게 된다. 아버지의 연구실에 프랑스에 관한 서적이 쌓여있었던 이유도 짐작하게 된다.

따리프는 학생들을 가르치는 것에 만족하고 있었다. 그리고 사는 데 가정의 전통적인 법도와 모태신앙에서 오는 종교적 생활 역시 사는데 생활의 방도로 여기고 살아오고 있다. 자신보다도 오히려 아버지가 자신의 예술에 새로운 창조를 모색하려는 모습을 보며 자극을 받는다.

아가타가 그를 데리러 오기로 한 시간이 넘어서도 오지 않아 따리프는 창문을 통해서 그녀가 오는가를 보려고 밖을 내다보고 있다. 그의 머리와 가슴에는 그를 붙들고 있는 영상이 다시 떠오르고 있다.

새벽안개는 윤곽을 분간할 수 없을 만큼 짙게 깔려있었다. 그 여자는 앞으로 달려와서 "아는 사람인 줄 알았어요."

그를 붙들고 있는 이 영상이 폭풍우라도 되어 그를 더 강하게 몰아치기라도 해주기를 짙게 바라고 있다.

따리프와 끌로의 만남 그리고 떠도는 방랑자

따리프는 한국 학생들의 '한국의 밤'이 끝나고 다음날 어학원에 수업이 끝나자 이젤과 유화 물감과 아크릴, 캔버스를 몇 개 사기 위해 알리 차를 타고 미술재료상으로 간다. 그는 이젤을 하나 사는 것이 아니라 몇 개를 산다. 작은 스튜디오를 이용하려면 몇 개의 이젤을 세워 놓고 사용하는 것이 더 편할 것 같아서이다.

그는 자신의 변화를 가져오고 싶은 욕망이 파리여행 후에 그리고 자신의 정체성을 명상하면서 무엇인가 몸속에 알 수 없는 것이 솟아나고 있음을 느끼고 있다. 프랑스가 이국으로만 느껴지지 않게 되는 감정이 그의 내부에서 일어나고 있다. 따리프 아버지는 가끔 자신은 이중의 정체성에 혼란할 때가 있다고 했다. 그것은 의식해서가 아니라 무의식의 발로로 자인할 때에 느끼는 것이라고 하고 있었다. 알리는 몇 년이나 이곳에 머무르려고 미술 도구를 사드리느냐고 핀잔을 하고 있는데 자신도 확실한 대답을 하지 못하고 있다. 그에게는 지금이 중요한 것이라고 생각이 되어 지금을 위해 살려고 한다. 그가 확실한 계획을 가지고 이곳에 왔지만 그것도 확실한 것이 못된다고 생각하고 불안해하고 있다.

따리프는 영감을 얻을 때마다 캔버스에 옮기려는 목적으로 미술도구를 사드린다. 그러나 우선 '한국의 밤'에 서 몇 장 스케치한 것과 사진으로 찍은 것을 캔버스에 옮긴다. 노래를 부르던 학생들의 옷이 환상적이었다. 가운데 서서 노래를 하던 여자는 다른 사람보다 아주 짧은 머리를 하고 있었다. 그리고 다른 여자들은 아래 위가 다른 화려한 색의 옷을 입었는데 그 여자는 밝은 그린색 옷을 입고 한가운데 있어 돋보이고 있어 주의 깊게 보았다. 그 여자가 안개 속에서 만난 여자인 것 같아 스튜디오로 돌아와서는 불확실한 생각을 오히려 확실하다고 자인해본다. 그가 확신하려고하는 점은 출입문에서 인사를 할 때 가까이 보고서 확신을 원하는 심정이 들었다.

그가 스케치한 것은 연필화다. 한국 여자들의 옷이 아주 화려했다. 연필화는 색이 주는 생명감을 도저히 표현 할 수 없다는 것을 이번에도 느끼고 있다.

따리프는 다섯 명의 여자가 합창을 하던 모습을 사진으로 찍은 것을 참조해 캔버스에 옮긴다. 그리고 뒤 배경은 색과 선으로 입체성을 드러낸다. 그리고 한가운데 인물들의 모습을 나타냈다. 인물들의 옷차림을 환상적으로 표현해야 배경의 입체성이 들어나서 서로 개성이 살아난다. 개별적이지만 특성을 살릴 수 있고 동시에 통합적인 조화가 만들어진다.

그림은 영감을 순간적으로 표현했을 때 성격이 잘 들어나 그림의 생명감이 진하게 나타난다고 생각하고 있다. 숙고해서 그린 그림일수록 어색할 때가 있다. 그는 단숨에 표현한 그의 그림에 만족하고 있다. 스튜디오도 한결 생기를 발하고 있는 듯하다. 그는 침대에 누어서 그림을 감상하면서 그림의 주인공을 생각하고 있다. 새벽안개는 윤곽을 분간할 수 없을 만큼 짙게 깔려 있었다. "아는 사람인 줄 알았어요."

따리프는 '한국의 밤'이 있은 후 어느 날 아침 그랑벨에서 자기가 탄 버스를 타는 아세아 여자가 브장송에 도착한 날 아침 만난 여자라는 생각에 쌩 삐에르 정거장에서 내리지 않고 그 여자가 가는 곳까지 가려고 내릴 정거장을 지나친다. 그 여자는 철도역에서 내리고 있어 자기도 거기서 내린다. 여자는 정거장으로 급히 가고 있다. 뒤에서 따리프는,

마담! 마담! 연거푸 부르며 쫓아간다. 끌로는 뒤를 돌아보고 선다. 그 때 끌로는 아가타와 함께 '한국의 밤' 에 왔던 사람을 기억하고

봉 주르. 하고 인사를 한다. 그도

봉주르. 한다.

끌로는 왜 이 사람이 이곳까지 와서 자기를 부르는 것일까 하고 의아해 하고 있다.

우리 만난 적이 있지요?라고 해서 끌로는

'한국의 밤 축제'에 오셨던 것 기억해요, 아가타와 함께 오셨었지요.

네, 그건 그렇고, 그전, 그러니까 몇 달 전에 저를 아는 사람인 줄 알고 저에게 달려오셨잖아요?

그 때 그 사람은 다가가서 봤을 때 머리가 길고 양옆수염을 기르고 있었던 것으로 기억하는데 지금 이 사람은 머리를 짧게 자르고 수염도 기르지 않아서 분간이 되지 않는다.

어떻게 저를 알아보셨나요?

끌로는 시간을 보니 기차가 떠날 시간이 얼마 남지 않았다.

저는 지금 기차를 타야하는데 .

어디를 가시나요?

끌로는 단순히 파리에 간다고 하지 않고 동포의 전시를 보러 간다고 대답한다. 따리프는 자기 말고도 브장송에서 파리까지 전시를 보러 가는 사람이 또 있구나하고 생각하면서 무슨 전시를 보러 가느냐고 자세히 묻는다. 끌로는 좀 귀찮다고 생각을 하고 있다.

백남준 전시입니다.

파리에 오는 동포 한 사람이 파리에서 만나자고해서 가는 김에 보려고 벼르기만 하던 전시를 보려고 합니다.

파리행 기차가 도착해서 끌로는 뛰어 들어가며 나중에 만나자고 하며 기차에 오른다.

끌로는 혼란해 있다. 서울에 있는 친구가 중동에 건설을 하고 있는 사람이 파리에 가는데 파리에 머무는 동안 자기를 만나라고 했다는 것이다. 그러니까 파리에 와서 만나라고 했다. 끌로는 그렇다고 해도 모르는 사람을 일부러 만나러 파리까지 간다는 것이 내키지 않아 하던 중 계속 되는 화창한 날씨가 그녀를 자극했는지 모른다. 아니면 그녀의 우울하고 변덕스러운 감정이 중첩 되어 구실을 내 돌연 길을 떠나는지도 모른다.

끌로는 차 안에서 왜 그 사람에게 파리에 전시를 보러 간다고 했는지 후회를 하고 있다. 한편 티를 낸 것 같아 자신을 자책해 본다. 브장송에 몇몇 다른 나라의 미술대 교수들이 와 있어 만나서 대화를 하는 것이 즐거움 중의 하나이고 가끔 여유 있을 때 파리로 가서 책방을 들르고 전시회를 보는 것이 논문에서 벗어나고 싶은 해방의 산책이기도 하다. 그녀의 갈증을 채워 주는 책들을 파리에서 살 수 있다는 것을 행복으로 생각하며 책들을 사드린다. 책속에서 혼자 갈증을 해소하고 있다. 미술서적과 영화서적 문학평론이 그의 작은 방을 채우고 있다. 그녀의 연구 분야의 작가들이 대부분 미술과 영화를 한 작가들이여서 자연히 그녀가 사들이는 책들은 미술과 영화에 관계된 것이 많다. 이렇게 그녀의 갈증을 채워 줄 책이 많다는 것이 파리의 매력이기도 하다.

처음 보는 사람에게 전시 이야기를 내세울 필요는 없었다고 생각하고 있다. 까노 식당에 부친 광고가 그 사람일 것이라는 추축을 하기 시작한 다음부터 그녀의 머리에는 화가일 것이라고 단언을 하고 있다. 그래서 은연중에 전시라는 말이 튀어나왔을 것이리라.

마들렌느가에 있는 대한항공사 로비에서 한국에서 오는 사람을 만나자고 했다. 그가 파리의 지리를 모를 것으로 알고 그렇게 약속을 했다. 끌로는 그를 알아볼 수 있었다. 끌로가 들어가자 자기를 만나러 오는 사람으로 알고 끌로에게 시선을 향하고 자리에서 일어나고 있었기 때문이다.

남자는 끌로에게서 느끼는 첫 인상이 강열하다는 것에 긴장을 한다. 서구화된 여성임에 틀림없어 보인다. 처음부터 당당하게 리드를 하려는 모습도 보이고 있다. 그리고 자기 앞에 성을 탄탄히 쌓아놓고 내다보는 것 같아 어떻게 대하여야 할지 생각을 하고 있다.

남자는 오래 로비에 앉아 있을 수 없다고 생각하고 자신이 먼저 여자를 안내해야 되겠다고 생각하고 어디 카페라도 가지요? 우선 나갑시다하며 자리에서 일어선다.

거리에는 10월인데도 부인들은 겨울옷을 입었는가하면 어떤 부인은 밍크코트를 입고 나온 사람이 있다. 이런 모습이 파리의 여인들의 티를 자유롭게 남을 의식하지 않고 표현하는 모습이다. 며칠 전 비가 내린 후 바람이 심하게 불긴 했다. 서울에서 온 남자는 파리가 처음은 아닌 것 같다. 그는 앞장서서 카페를 찾아 문을 열어 주며 끌로를 안내한다. 자리에 앉자 그는 먼 데서 올라와 고맙다는 인사를 깍듯이 하고 있다. 무슨 커피를 마시겠느냐고 묻는다. 더구나 웨이터에게 불어로 주문을 하고 있다. 끌로는 도대체 이 사람의 정체는 무엇일까? 왜 이 사람을 만나라는 것일까? 그녀는 몹시 궁금해 한다. 웨이터가 커피를 가지고 오기 전 그는 친구로부터 받은 편지를 끌로에게 전해 준다.

끌로는 편지를 읽고 나서 친구가 이런 편지를 보낸 것을 충분히 이해한다. 친구는 지금 만나는 사람이 결혼을 하지 않은 사람이니 만나서 사귀어 보라는 내용이다. 친구는 대학에서 만나서 대학원까지 같이 공부하며 친해진 친구다. 친구는 결혼을 하고 대학원에서 공부를 하고 있을 때이다.

어느 추운 겨울 전화로 친구야, 나는 남편과 같이 자니까 따뜻이 자는데 너는 혼자 자느라 추울 것 생각하니 마음이 안되어서 전화한다고 했다. 끌로는 그 순간 혼자 있으니 얼마나 좋은가, 자유롭고, 이런 생각을 하고 있었다. 친구는 외롭게 독신으로 생을 보낼 까 봐 짝을 찾아 주려고 애를 쓰는 친구다.

끌로는 파리에 있는 시간 동안 유쾌하게 이 남자와 보내는 것 이상의 일은 만들고 싶지 않아 한다. 남자는 내일 밤에 중동으로 간다는 것이다. 그러니 파리에서 빈 시간 데이트를 하는 것으로 친구의 편지를 배달한 보상은 된다고 생각하고 있다. 그는 프랑스 담배 골르와즈 쌍필트르를 꺼내며,

담배를 피워도 될까요? 한다.

그리고 그는 담배를 끌로에게 권한다. 끌로는 가끔 담배를 피지만 담배를 피우지 않는다고 한다. 왜 거짓말을 하고 있는지 그녀는 자기도 의심

을 하고 있다. 끌로는 단순히 파리에 처음 오는 사람으로 알고 친구가 안내라도 부탁하는 줄로만 생각하고 있었다.

파리를 알고 계시지요?

잘은 모르지만, 모로코에 몇 년 있으면서 가끔 들르곤 했습니다.

그리고 중동으로 가고 오는 동안 파리에 내리기도합니다.

친구들과 들를 때는 관광객이 들르는 곳을 주로 가곤 했지요.

끌로는 대개 관광객들이 들르는 곳을 짐작하고 있기 때문에 더 이상 말을 이어가려고 하지 않는다. 그리고 남은 시간을 그와 같이 보내야 할 것인지도 몰라서

제가 좀 더 파리를 알 것 같으니까 제가 도와 드릴 것이 있으면 말씀하세요.

네, 감사 합니다.

불어를 아주 잘 하시는데 ....?

회사에 취직하고 오랫동안 불어를 배웠습니다.

그리고 모로코에서는 직원들이 불어를 해서 좀 늘었어요.

끌로는 모로코에 있다고 했으니 화제를 모로코로 돌리는 것이 좋겠다고 모로코에 대해 말을 한다.

모로코에 오래 계셨으면 따진을 드셔 보셨겠네요?

네, 따진을 좋아하기 때문에 자주 먹습니다.

모로코에 가신 적 있나요?

네, 학생들을 위한 단체 여행이 있어서 갔었어요.

특히 모로코와 튀니지에 대한 이야기를 제가 연구하는 작가가 많이 쓰고 있어요.

그래서 가보고 싶었지요.

스페인 지배하에 있던 지역은 집을 모두 하늘색으로 칠했더군요.

참 아름다웠어요.

그 색 물감도 천연 자료로 만든 인디고라는 것이라고 해요.

유화물감 중에 인디고라는 이름이 있어요.

아마 그 물감에서 유래한 것 같아요.

그런데 프랑스가 지배하고 있던 지역은 모로코식 그대로라고 하더군요.

그래서 역사물의 고유한 것을 존중하는 프랑스답구나 했어요.

남의 나라를 통치하면서도 남의 나라 문화를 존중하는구나 했어요.

제가 불문학을 해서가 아니라 프랑스인들은 독특한 면이 있어요.

그래서 콧대가 높은 것 같아요.

흔들리지 않는 그 콧대가 가치가 있는 것이라고 존중하고 있어요.

저보다 더 많이 모로코에 대해서 알고 계시네요.

저는 역사적인 측면에서 모로코에 대해서 알려고 하지 않았지요.

어떻게 해야 투자를 할까, 어떻게 해야 무역이 가능할까, 이런 것을 현지 조사하는 것, 일종의 답사자지요.

건설도 마찬가지지요, 건설하기 전, 건설 중, 건설이 끝났을 때, 감찰이라고 할까요, 뒤처리하는 그런 것입니다.

관심을 갖게 되는 것은 극히 개인문제이기 때문이지요, 저의 관심은 모로코만의 독특한 공예품, 그리고 가장 관심 있는 가죽 제품이 눈에 들어오고 갖고 싶은 물품들이 많더군요.

가죽 제품 공정과정을 견학 했어요.

1,300년이나 되는 전통적인 공정을 지금까지 유지한다고 하더군요.

물감도 천연 물감이라고 해요. 냄새가 역해서 염색장 위 높은 발코니에서 내려다 봤지요.

안내자가 냄새 때문에 박하 잎을 주면서 코에다 대고 내려다보라고 했어요.

주택도 옛날 그대로이더군요.

실내조명을 창문을 통해 들어오는 햇빛을 이용한 것은 현대건축가 르 꼬르비주에가 거기서 영감을 얻었다고 해요.

남자는 끌로의 끊임없는 대화에 재미를 느끼고 있다. 어떤 대화에도 참여 할 수 있는 여자 같다. 강단에 있는 여자라 남을 지배하려는 성격이 나타나는 것이라고도 생각하고 있다. 그런데 그녀의 목소리와 이야기가 마음을 끌어당기고 있다.

우선 저녁을 들며 이야기를 계속하지요.

웬만한 레스토랑은 저녁 예약을 해야 하니까.

오페라 하우스 뒤편으로 가면 들어갈 곳이 있을 것 같네요.

그리고 이곳에서 가깝기도 하고.

끌로는 식당도 잘 알고 안내하고 있어 부담을 덜게 되었다고 안심한다. 자기 생각이 완전히 빗나간 것을 알고 긴장이 풀리고 자신이 안내를 받아서 따르면 된다고 생각하니 피로가 풀리는 기분이다.

결혼을 생각하고 사귀려고 한다면 화제를 개인에 관한 화제로 연결하고 싶지만 끌로에게는 결혼자체를 생각하고 있지 않은 입장에서 호기심을 가질 필요가 없는 것이다.

상대 남자도 일절 끌로에 대한 개인적 이야기는 하지 않고 있다. 화제가 빈곤한 사람들이 신상에 관한 질문을 하게 되는데 그렇다고 상대에 대해 아무것도 모르는 입장에서 화제를 어떻게 이어 나갈지 두 사람은 처음 어색해 있다. 그런데 그런 문제는 이제 벗어났다. 서로 상대를 짐작하게 된다.

두 사람은 마들렌느에 있는 카페에서 나와 오페라하우스 쪽을 향해 걷는다. 그녀는 화제를 상대의 말에 대응해서 나오는 대로 응하면 대화가 자연스럽게 흘러갈 것을 알고 있기 때문이다. 밖은 아직 저녁때라 어둡지 않다.

밤이 되면 파리고 어디고 캄캄한 죽은 도시가 돼요.

파리는 샹젤리제나 피갈 쪽 이외에 거리는 암흑세계지요.

브장송도 마찬가지입니다.

어떤 때는 밤에 나오면 마치 까뮈의 작품 '페스트'에 나오는 오랑시를 연상 시켜요.

저는 다 잊었어요, 까뮈의 소설 내용을.

불문학을 하셨나요?

아니어요, 영문학을 했습니다.

한 때 실존주의 문학에 빠져서 아무것도 모르면서 사르트르와 까뮈를 열심히 읽었어요.

우리가 대학 다닐 때는 실존주의를 모르면 문학이야기를 할 때 끼지도 못하는 시대가 있었어요.

끌로는 이제 더 안심을 한다. 아무 이야기나 화제로 삼아도 될 것 같아 안심을 한다. 왜 친구는 좀 이 사람에 대한 정보를 알려주지 않았을까? 원망이 들었다. 오페라하우스 양 옆 뒤 골목에는 이른 저녁이라 카페 레스토랑들이 사람들로 활기차 있는 곳이 많다. 그는 기웃거리며 적당한 곳을 들여다보다가 찾았는지 끌로의 어깨를 감싸고 안내하며 들어간다. 그 순간 끌로는 이 사람은 여자를 다루는 것도 능숙하구나 하고 그 사람을 생각한다. 그는 빈자리를 찾아서 끌로를 안내하고 끌로가 앉도록 의자를 빼서 기다린다. 끌로는 한국 사람이 이렇게까지 할 필요는 없는데 하며 의자에 앉는다. 오히려 한국 사람들 사이에서 그런 습관이 되어있지 않은 끌로는 어색한 감을 갖는다. 미국에서도 서부에서는 이런 남자들의 습관을 환영하지 않는다는 이야기를 들었다.

웨이터가 주문을 받으러 올 때까지 기다리는 동안 끌로는 카운터에 서서 즐거운 모습으로 대화를 하고 있는 두 중년 남녀를 바라본다. 여자는 까만 드레스에 어깨 한 쪽에 큰 진분홍색의 스카프를 반으로 접어서 한쪽 어깨에 길게 걸치고 있다. 그 여자는 남자의 볼에 수없이 뽀뽀를 하며 남자가 응하도록 유도한다. 두 사람은 참 아름답고 보는 사람에게도 즐거움을 주고 있다. 마치 한 쌍의 새들이 서로 쪽쪽거리며 주둥이를 맞대며 애정 표현을 하는 것 같은 아름다운 모습이다. 이런 아름다운 모습을 보는 즐거움도 프랑스가 주고 있다. 남자는 세계를 방랑하며 비스트로에서도 레스토랑에서도 혼자였다. 혼자이기 때문에 신문이나 잡지를 들고 들어갔을 때를 제외하고 늘 카운터에서 술을 마시거나 커피를 마신다.

웨이터가 메뉴판을 가져 왔을 때 남자는 웨이터에게 음료 메뉴판을 달라고 한다. 만난 것을 자축하기 위해 샴페인을 마시자고 한다. 우선 먼저 끌로에게 원하는 것을 선택하라고 한다. 끌로는 그가 내민 음료 메뉴판을 받아 읽으며,

재미있는 이름이 아주 많아요.

벌써 노엘을 위해 특별 메뉴 판을 내놓는 것 같아요.

메뉴판에 노엘 페스텡 (축하연)이라고 써 놓은 것을 보면요.

며칠 있으면 11월이 되니까 그런 것 같아요.

값은 500프랑이 넘는 것도 많고 블랙 라벨로 질을 강조하는 것도 있어요.

250프랑 이상으로 이름이 멋진 것으로 고르지요

그렇게 하세요.

아니, 같이 골라야지요.

'핑크빛의 과부' 라는 것도 있어요.

그리고 여기 어울리는 이름이 있어요.

' 모르는 유명한 사람' (un inconnu celevre), 엥꼬뉴로 하지요.

우리 서로 모르는 사람이라는 뜻에서 그걸 선택하지요.

유명한 사람이라는 것은 맞지 않지만.

끌로는 와인 잔에 대한 그녀가 아는 예법을 따라 와인 잔 베이스에다 손을 놓고 남자가 와인을 따르기를 기다리고 있다. 남자는 샴페인을 끌로의 잔에 따르고 자기 잔에다 따른다. 두 사람은 와인 잔 스템을 쥐고 와인 잔 립을 살짝 부딪치며 "엉샹떼 "를 하고 있다. 그녀는 다시 술 라벨에 대해서 이야기를 계속한다.

과부는 과부가 된 것만으로도 억울한데 왜 사람들은 과부에 대해서 조롱을 하는지 모르겠어요.

하기는 '즐거운 과부' 라는 오페레타도 있으니 술 이름을 과부라는 이

름을 만든다고 해서 놀랄 것 없지요.

그것은 과부를 조롱하는 것이 아니라는 것이지요.

과부가 갖는 자유를 찬양하는 것이지요.

그리고 남자들의 관심의 한계를 깨고 싶어하는 마음이 들어 있지요.

남자들 마음대로지요.

그것 자체가 과부를 존경하는 것은 아니지요.

끌로는 주식 메뉴판에서 토마토 파르시를 고른다. 그리고 남자에게 권한다. 남자는 의외로,

같은 것을 하겠습니다. 라고 한다.

남자는 유별나게 다른 것을 먹겠다고 하지 않는다. 처음 만난 사람에게 유별스러운 면을 보이고 싶지 않아하는 한국인의 겸양을 지키는 것일 것이다.

그러나 대개 남자들이 토마토 파르시를 좋아하지 않는 것을 알기 때문에 끌로는 양고기나 쇠고기 필레를 시키는 것이 좋지 않느냐고 권한다. 필레는 저민 것이어서 여러 개가 나오기 때문에 질리면 서로 나누어먹어도 되는 것이기 때문이다. 토마토 파르시도 두개가 나오기 때문에 나누어 맛을 볼 수 있는 것이다. 마침내 남자는 양고기 필레를 하겠다고 한다.

서먹한 사이에 음식을 앞에 놓고 보면 계속하던 화제도 더 서먹해지는 것이 일수다. 그리고 남자도 끌로도 무슨 말로 대화를 이어가야 할지 생각하고 있다. 마침 남자는 그녀가 살고 있다는 브장송에 대해서 물어 봐야겠다는 생각이 떠오른다. 그러나 그는 브장송에 대한 이야기를 하지 않는다. 주문한 음식을 기다리며 끌로는 이야기를 이어간다.

토마토파르시는 드시기에 괜찮을 겁니다.

제 것을 맛보세요.

그러나 남자들은 토마토를 좋아하지 않은 사람들이 많아요.

토마토의 살을 빼내고 그 안에 다진 고기를 후추와 버터에 버무려서 넣고 오븐에 찐 것이지요.

빵은 으레 나오고요.

그리고 토마토 같은 두껍게 해서 먹도록 한 것이니까 야채처럼 먹는 격이지요.

요리를 잘 하십니까?

남자들이 대개 여자를 만나서 할 말이 없으면 쉽게 물어 보는 이야기다. 그녀는 이 남자도 뜻 없이 이야기를 이어가기 위해서 하는 말이라는 것을 안다. 그녀는

요리를 잘 하지 못해요.

아직은 요리는 시간 낭비라고 생각하고 있어요.

그러나 요리를 해서 멋지게 식탁을 꾸며놓고 사람을 초대하는 것을 바라고 있어요.

내가 있는 직장이 지방이라 지루한 기분이 들 때 구실을 만들어 집이나 연구실에서 파티를 자주해요.

연구실이 아주 커요.

언젠가는 여유가 있을 때 집에 식탁을 멋지게 꾸미고 초대 손님을 맞게 되겠지요.

그래서 요리 책도 열심히 사 모아 놓고 있어요.

테이블 세팅도 눈 여겨 보고 요리책을 통해 생활불어를 배우고 있지요.

침묵은 어색한 기분을 더하니까 아무렇게나 이야기를 계속 하려고 그녀는 작정을 한다. 끌로는 한국 신문에서 읽은 남자의 건설회사 이야기를 꺼낸다.

중동에서 건설공사가 힘들지 않나요?

사장이 아직 젊은 사람인데 건축 기간을 줄이기 위해 급한 건축 자재를 한국에서 화물항공기로 운반한다는 이야기를 들었어요.

친구편지에 선생님이 바로 그 회사에서 근무를 한다고 편지에 적었네요.

어떻게 그런 일을 다 아시지요?

한국 신문에서 읽었어요.

한국 신문을 다 읽으세요?

파리 한국대사관에서 보내줘요, 일주일 분의 신문을 보내줘요.

한 달에 네 번 받아 읽고 있어요.

그래요? 호강들 하시네요.

두바이에 있는 젯다 항에 접안을 하려면 배에 싣고 와서도 몇 주를 기다려야 하는데 항공 화물로 싣고 와서 두바이 항공을 나르며 내는 배행기 소리가 요란하게 자주 나서 왕은 왜 그러느냐고 묻지요. 한국건축회사가 건축기간을 단축하기 위해 항공화물로 건축 자재를 싣고 나르는 소리라는 것을 들은 왕은 무조건 건축은 한국회사에 맡기라고 하지요.

미국에서 제가 공부 할 때는 고국 소식을 편지로나 알게 되었어요.

공부에 헤매느라고 고국 소식에 관심을 가질만한 시간도 없었습니다.

미국에서도 영문학을 하셨나요?

아니어요. 경영학을 했어요.

남자는 사업 이야기에서 벗어나고 싶은 것인지 아니면 그것보다 끌로에게 대한 호기심이 있어서인지 화제를 돌리고 있다. 그는 모로코에 갔을 때 사하라사막을 다녀왔는지 묻는다. 자신은 모로코에 있었지만 사하라사막을 가지 못했다고 했다. 그리고 옛날 영화인 '카사블랑카'를 봤느냐고 묻는다.

끌로는 영화 이야기를 하고 있어 속으로 반가워하고 있다. 편지에 중동에서 건설회사에 있다고만 말해줘서 실제와는 다른 선입관을 갖고 있었다.

영문과를 나왔다고 했을 때 자기의 생각이 그르다는 것을 알았다. 그런데 영화 이야기를 하니 더 반가운 일이다.

그 영화를 봤을 때는 모로코에 대해서 생소한 나라로만 생각했어요.

나치를 다룬 영화라서 좋았지요.

후에 알게 되었지만 모로코에서 찍은 것이 아니라 미국에서 찍은 영화라는 것을 알았지요.

그리고 카사불랑카가 도시 이름인가 했는데 화이트 하우스라는 뜻이라고 해요.

프랑스를 알아가면서 자연히 모로코에 대한 지식도 좀 갖게 되었어요.

여행에서 느낀 것이지만 모로코사람들은 세상이 편이주의로 바뀌었어도 전통의상을 그대로입고 있더군요.

특히 모로코 여행으로 그들의 고유문화를 간직해 내려오는 것에 존경을 하게 되었고 부러운 생각도 했어요.

우리는 전쟁이라는 구실도 있었지만 서양 문물에 빠져서 무조건 우리의 것을 버리고 새로운 것을 갖는 것이 현대적이고 문화적인 것이라고 여겨서 우리의 관습이나 우리의 고유한 것을 버린 것 같아요.

그런 점이 있지요.

끌로는 남자의 짧은 말로 대꾸를 하는 것을 보고 대화에 흥미를 갖고 있지 않다는 것을 느끼고 이야기를 할 수 있게 유도해야겠다고 생각한다. 그리고 자기의 이야기가 연설 같았다고 생각하기도 한다. 남자들은 여자의 연설 같은 것에 흥미를 느끼지 않는다. 침묵이 싫어서 이야기를 계속하는 것이다. 상대가 있을 때 침묵은 실례라고 생각한다. 선생님, 사르트르에 심취했을 때가 있었다고 하셨지요?

그는 일평생 토마토를 먹지 않았다고 썼어요.

생긴 것이 싫어서 그랬대요.

맛이 없어서가 아니라.

내가 아는 프랑스 의사는 감자를 먹지 않는데 그도 생긴 것이 싫어서라고 해요.

프랑스 남자들은 둥글게 생긴 것은 먹지 않는 사람이 많은 것 같아요.끌로는 웃으며 이야기를 계속한다.

프랑스 사람들은 시각적 감각에 예민한 사람들인 것 같아요.

남자는 끌로의 말에 웃는다. 처음 웃는 모습을 본다. 끌로는 다시 사르트르의 이야기를 한다.

선생님, 사르트르가 차를 마시고 책을 읽고 글을 쓰면서 시간을 보냈던 커피 집에 가보시겠어요?

생 제르멩에 있어요.

아직 어둡지 않으니 그곳에서도 시간을 보낼 수 있겠어요.

내가 묵는 곳도 그 생 제르멩에서 메트로로 얼마 안가서 있어요.

남자는 반응을 하지 않고 술잔을 비우려고 하는지 술잔을 들고 있다. 그리고 담배까지 꺼낸다. 끌로는 담배를 보고

선생님, 프랑스 서민들이 피는 담배를 피우시는데 맛 때문에 피세요? 하고 처음 신상에 관한 것을 묻는다. 그는 골로와즈 쌍필트르를 모로코에 있을 때 맛을 알았다고 한다.

우리나라에 있던 아리랑 담배 맛이 나는데 아주 더 구수해요.

어려울 때 즐기던 담배라 향수에서지요.

청년 때 향수 같은 것 말입니다.

한번 피워 봤더니 그것만 피우게 돼요

남자는 이 여자가 예민한 관찰을 하고 있다고 생각하며 어려운 여자 일 것이라는 추측이 더 강해지는 것을 피할 수가 없다. 끌로는 남자의 대답을 듣지 않아서 사르트르가 즐겨 드나들던 카페, 레 마고를 다시 언급한다.

선생님, 레 마고에는 사르트르와 시몬 드 보부아르가 앉았던 의자가 있는 벽에다 '이 자리는 사르트르가 앉았던 자리입니다' 라고 표시를 해 놨어요.

사람들은 서로 그 자리에 앉아 보려고 하지요.

끌로가 대답을 얻으려고 해도 아무 말을 하지 않았던 남자는

다음 기회에 가지요. 한다.

남자는 다시 끌로를 만나고 싶어서 미련을 두고 하는 말인지, 끌로는 의아해 한다. 그러나 끌로는 교양있게 하는 사양이라고 단정하고 있다. 사르트르에 대해 심취했던 일이 있었더라도 사르트르가 드나들던 카페까지 갈만한 열정이 식은 나이 먹은 사람일 뿐인 것 같다. 남자는 술을 많이

마시지 않겠다고 결심을 하고 식당에 앉았지만 남은 샴페인을 계속 잔에 따른다. 홀로 살며 습관이 된 술을 오늘 낯선 여자 앞에서 주의한다고 결심을 했으나 낙으로 또 생활로 굳어진 것을 순간적 의식이 당할 길이 없을 것이다.

그는 일어나서 걷고 싶은 마음도 있지만 끌로의 수다를 듣는 것이 더 편안하다고 생각한다. 마침내 그는 다시 다음 기회에 만나서 가지요.

하고 자신의 내심을 들어낸다. 그는 이 여자와 다시 만났으면 하고 속으로 갈망하고 독단적인 의사를 전한다. 취기 때문일까 처음 만나는 여자의 마음도 알지 못하면서 다음을 이야기 하는 것은 어쩌면 자신 있는 남자의 언행일지도 모른다. 그는 지성인들의 단순한 만남이라고 생각을 한다면 자존심이라는 가면을 쓸 필요가 없는 것이다.

밖에서 떠돌다 서울에 가서 얼마 있으면 나오고 싶어 자청해서 나와 떠도는 그는 많은 여자들과의 만남이 있다. 그리고 상품으로 선택한 여자와 시간을 보내는 기회도 갖고 있다. 이 때 공허를 알면서도 유혹의 포로가 되는 것을 피하지 못하고 있다. 그런데 이 여자의 수다가 그를 동여매고 있는 것이 싫은 것은 아니다.

그는 다시 말을 한다.

이곳에서 이야기를 더하다 나가지요.

재미있는 이야기를 하니까 듣기만하겠습니다.

그는 취기를 일단 가라앉히려고 한다. 끌로는 지루함을 느끼고 있다. 침묵을 깨기 위해 수다를 떨고 있는데 수다를 혼자 계속하라니 난감하다. 그만 일어서서 가겠다고 할까 망설인다. 그러나 친구의 계획에 따르고 있는 순한 이 남자는 파리에 일부러 들른 것을 생각하면 봉사를 해야 한다고 마음을 돌린다. 지금에 성실하고 지금 만나는 사람에게 성실하고 지금 하는 일에 성실하라는 누군가가 한 말이 기억나 지금 이 사람에게 좋은 일을 하고 헤어지는 것이라고 다짐한다. 남자는 피로가 가신 듯 한 얼굴이다. 끌로는 샹젤리제로 가고 싶지 않으세요?

어제 그곳에서 사람을 만나느라고 늦게까지 거기서 보냈는데 원하시면 가지요.

샹젤리제를 밤에 걷는다는 것은 별로 재미가 없다. 샹젤리제는 엔터테인멘트홀이나 멋진 레스토랑에서 파리지앙들을 구경하며 그들과 끼어서 식사를 한다면 모르지만 서먹한 사이의 사람과 산책은 부담이 간다.

끌로는 샹젤리제에 개선문이 있고 그곳이 배경인 레마르크의 소설 이야기를 꺼낸다.

선생님, 개선문을 읽으셨나요?

소설은 읽지 못하고 오래전에 영화만 봤습니다.

내용도 다 잊어버렸어요.

배경이 샹젤리제인데 샹젤리제에 가면 '푸쉬케'라는 카페가 있는데 그 소설에 등장하지요.

소설의 주인공들이 만나던 곳이 아직도 존재해요.

지금까지 내용을 전부 기억하고 있나요?

줄거리만 대강 기억하고 있어요.

유태계 독일 의사인 래빅이 나치를 피해 파리로 와서 떠돌며 불법으로 병원에서 일을 하며 늘 불안해하지요

사람들이 점점 많아진다. 카운터에서 아름다운 사랑의 행동으로 보는 사람에게도 즐거움을 주던 두 중년 남녀도 카운터에 사람들이 많아지자 나간다. 오래 자리를 차지하고 있는 것이 미안한지 남자는 일어서자고 한다.

거리의 상점은 문을 닫은 채 환하게 불이 켜 있다. 시내 중심가인데도 오고가는 사람이 줄어들어서 쓸쓸한 기분이다. 어제 온 비로 낙엽이 바람에 휘날리고 있다. 날씨도 쌀쌀해졌다. 한 무리의 일본인 관광객으로 보이는 사람들이 일식집을 찾는지 두리번거리며 길에 서 있다. 오페라가에는 늘 낮에도 일본관광객들이 많다. 일본 관광객들 중에는 시골에서 온 사람들도 있다. 끌로는 그들을 볼 때마다 한국은 언제 시골 사람들도 외국 여

행을 가게 될까 하는 부러움을 가진다. 남자는 오페라하우스 옆 골목에 있는 가끔 들르는 식당을 겸한 비스트로에 가자고 제의를 한다.

비스트로 안은 남녀가 짝을 이룬 손님보다 혼자인 사람, 여자끼리, 또는 남자끼리 짝진 사람들이 많다. 자유로운 분위기 때문에 남자는 좋은 분위기라고 했던 것일까? 이들은 나름대로 이유가 있는 외로운 홀로 인생들일 것이다. 끌로는 비스트로가 홀 같이 아주 큰 것에 놀란다. 비스트로 안은 술 때문에 들떠있는 활기찬 분위기다. 식사만하는 곳이라면 이런 자유스러운 활력이 감도는 곳이 아닐 것이다.

끌로는 자리에 앉자 눈을 끄는 벽면의 그림들을 바라본다. 2면 벽면을 가득 채운 그림들은 한 사람의 작품이 아니다. 그림전시라도 하는 것 같이 여러 화가의 그림이다. 그 그림들은 하나 같이 대중들에게 잘 알려진 그림들이다. 그림을 그린 화가들을 보니 몇 나라의 대표적 화가들이다. 비록 복사품이라 할지라도 외국 사람들이 많이 들르는 곳이라 그들을 즐겁게 하려는 주인의 섬세한 창안일 것이다. 그리고 누구나 봐 온 익숙한 그림을 선택하고 있다.

디에고의 '나타샤 겔만의 초상'이 끌로의 눈을 끌고 있다. 혼합된 색의 그림 중에 흰 백합을 배경으로 한 흰 옷을 입은 여인의 초상화가 눈에 띤 탓일 것이다. 디에고는 벽화가로 알려져 있지만 저렇게 서정성을 가득 담은 '나타샤 겔만의 초상'은 벽화가로 가려진 디에고의 뒤에 숨은 일면을 알려주고 있다. 또 하나의 멕시코의 여류화가 프리다 칼로의 '두 프리다 칼로의 초상', 프랑스의 화가 로트렉의 '물랭루즈 콘서트 발', 앤디 워홀의 '마리린 먼로', 미국의 레이 존슨의 ' 제임스딘', 러시아의 말레비치의 '지상주의'가 걸려 있다.

일본의 관광객이 많은데 일본 그림이 없다. 한국관광객과 중국관광객이 없어서 두 나라의 그림이 빠져있는 것인지 아니면 주인이 무식해서 빠진 것인지 의아하다. 끌로는 '제임스 딘'을 바라보는 순간 가슴이 떨려오는 것을 참을 수 없어 한다. 제임스딘은 화가가 터프한 제임스 딘을 그대로 표현하고 있다. 꼬나문 담배에서 자신감과 냉소적인 태도, 벽에 비스듬히 기대고 팔 하나는 접어서 허리에 부치고 있다. 끌로를 가슴 떨리게 하는 것은 월남 피난 시절 보게 된 담배, '럭키 스트라이크'다. 그 미국 담배는 어린 시절 그녀의 눈을 강열하게 끌었던 것이다. 럭키 스트라이크 담배를 두개 그림 양쪽화면에 오브제로 크게 등장시켜고 있다.

남자는 끌로가 앉자마자 그림에 열중 하는 것을 기다리고 말을 하지 않고 있다가 그림에서 눈을 떼는 것을 보고 웨이터를 부른다. 그들은 만나서 여러 시간을 같이 보냈지만 다시 어떻게 말을 이어갈지 어떻게 시간을 보낼지 머뭇거리고 있다.

남자는 속으로 끌로가 벽의 그림을 쳐다 보는 것을 보고 빈틈없는 관찰을 하는 것 같아 어려운 여자일 것이라고 다시 단정한다.

한편 끌로는 남자가 결혼이라는 것을 염두에 두고 파리에 온 것이기 때문에 결혼을 생각하지 않는다는 것을 전해 주는 것이 좋을 것이라고 생각한다. 이때 남자는 끌로에게 그림에 흥미가 있는지 질문을 한다. 끌로는 미술도 전공했다는 말을 한다. 친구도 남자에게 끌로에 대한 이야기를 자세히 하지 않아서 모르고 있다. 끌로는,

주인이 손님을 많이 배려한 것 같아요.

저기 그림들을 보면 한 사람의 그림이 아니라 여러 나라 화가들의 그림입니다.

일본 관광객들이 많은데 아마 이 집에 잘 들르지 않는 것 같아요.

일본 그림이 없어요.

아, 그래요, 저는 이곳에 여러 번 왔지만 생각 없이 봤어요.

혹 이집 주인이 멕시코인이 아닌지요? 하고 끌로는 남자에게 묻는다.

글쎄요. 왜요?

멕시코 화가가 둘이나 있어서요. 아니면 주인이 공산주의자라 그런 것인지.

소련의 화가도 있어요.

제임스 딘 그림에 럭키 스트라이크 담배 그림이 있는데 그것을 보자 가슴이 울렁거려서 그림들을 자세히 보고 있었지요.

왜요?

럭키 스트라이크 담배는 우리 가족의 곤궁의 시대를 생각하게 해요.

그리고 럭키 스트라이크 답뱃갑 그림은 어려서부터 아주 좋아해요.

선생님, 이 집으로 안내해 주셔서 아주 큰 것을 얻었어요.

끌로네 가정도 월남한 피난민이고 더구나 그 당시 어려운 시대여서 어려운 생활을 하게 된다. 두 오빠가 직업을 가져도 곤궁의 형편을 피하지 못한다. 마포 포구에는 전쟁이 나기 전까지는 목재가 포구로 들어와 근처 공덕동에 운동장만한 나무장이 있었다.

그 안에는 목재소가 있고 목재를 사고파는 사람들로 각처에서 많은 상인들이 모여들었다. 가난한 피난민 부인들 몇 명이 나무장 안에서 좌판에 미군부대에서 나온 미국담배를 좌판에 놓고 팔며 틈틈이 그들은 목재로 사용될 나무에서 껍질을 칼로 벗겨 겨울 월동 준비를 하고 나머지는 이웃 피난민에게 나누어 주는 일이 있었다. 이렇게 가난한 피난민들은 가난을 이웃과 나누며 사는 아름다운 시절을 만들고 있었다. 아무나 나무장에 들어가지 못했고 나무장에서 담배를 파는 부인들은 나무장에 힘 있는 사람들을 아는 사이여서다. 끌로는 가끔 수뢰를 가지고 나무껍질을 얻으러 가는 어머니와 아버지를 따라 가는 일이 있었다. 좌판을 앞에 놓고 있는 부인들은 모두 이웃이었다. 이때만 해도 우리 민족을 백의의 민족이라고 할 만큼 아이들과 젊은이들을 빼고는 모두 흰색 한복을 입고 있던 때이다. 나무장에서 장사를 하고 있는 부인들도 흰색 한복을 입고 앉아서 좌판에다 담배를 놓고 있었는데 끌로의 눈을 끄는 담배가 있었다. 빨간색 원형의 그림이 있는 답뱃갑이 어린 그녀에게 깊은 인상을 주었던 것을 잊지 못하고 있다. 끌로는 어디서고 그 담배를 보면 눈을 번쩍 뜨게 했다. 그 후 오빠들로부터 담배이름이 럭키 스트라이크라는 것을 알았다. 럭키 스트라이크라는 영어 글자가 있었지만 영어를 읽을 줄 모르는 때였다. 그 담배를 볼 때마다 담배를 팔고 있던 부인들은 추위를 피하려고 나무가 쌓인 곳에 등을 대고 바람을 막고 앉아 있던 같은 피난민들의 가난한 시절의 풍경을 떠올리곤 한다.

어른이 되어서도 럭키 스트라이크 담뱃갑과 어린 시절 피난민들의 영상을 잊지 못하고 럭키 스트라이크 담배를 주제로 팝 아트로 몇 점을 그려서 전시에 발표한 일이 있다. 그런데 레이 존스가 이미 럭키 스트라이크 담배를 오브제로 팝 아트에 취급한 것을 발견한다. 레이 존스의 작품 밑에 1957년이라고 쓰여 있다. 이 당시 50년대 미술계는 팝 아트의 전성기를 형성하고 있던 때이다. 끌로는 레이가 럭키 스트라이크를 그림에 다루었다는 것을 전혀 몰랐는데 지금 이 비스트로에서 레이 존스의 그림을 보고 자기와 우연하게 공통된 주제에 놀라고 감탄하는 것이다. 지금 레이 존스가 러키 스트라이크를 취급한지 20년이 훨신 넘은 시기다.

선생님은 경상도가 고향이라 전쟁을 피할 수 있었으니 전쟁 피난민의 생활이라든가 이북 월남 피난민의 생활을 상상하시지 못할 겁니다.

우울한 이야기를 해서 죄송해요.

오늘 그림 이야기 많이 해 주십시오, 강의료를 내지요.

하고 남자는 웃으며 농담까지 한다. 그리고 다시 자신의 속을 드러내고 있다.

잃어버리고 있던 세상에 들어선 기분입니다.

왜 이집 주인이 공산주의자라고 생각 합니까?

디에고는 국제적으로 널리 알려진 공산주의자지요.

그래서 스탈린에게 쫓기던 트로츠키를 세계 아무 곳에서도 받아 주지 않았을 때 그를 받아준 것이 멕시코의 화가 디에고였지요.

그러나 트로츠키는 스탈린이 보낸 자객으로부터 낮에 독서를 하고 있는데 뒤로 침입해서 도끼로 살해돼요.

사르트르도 공산주의자였다는 것은 아시지요.

네, 알고 있어요.

그리고 그들은 계약 결혼을 했다고 하는데 무슨 뜻인지 모르겠어요.

남자는 계약 결혼이라는 의미에 대해서 냉소적인 비판을 하고 있다. 계약 결혼이라는 말 자체가 불어에 존재하지 않다. 그것은 일본 사람들이 만들어낸 것이라고 한다. 즉 일본제 불어라고나 할까.

그들은 친구 사이지요.

결혼한 부부가 아닙니다.

결혼이라는 규약에 매이지 않겠다는 것이지요.

부부는 아니고 사랑을 하는 친구지요.

시몬 드 보부아르는 멕시코계 미국인인 공산주의 작가인 넬슨 엘그렌과 사랑을 열열이 했어요.

저는 사르트르와 시몬 드 보부아르의 삶을 부러워하고 있어요.

끌로는 결혼에 대한 자신을 표현함으로 남자를 속히 자유롭게 하는 것이 필요 없는 여행을 하게 하지 않는 방법이라고 생각한다. 지성인들이 필요 없이 시간을 낭비할 필요가 없다고 생각 한다. 지성인의 행동은 합리적이라야 된다고 생각하고 남자가 탐지하는 시간을 낭비할 필요 없이 자유로운 마음으로 중동으로 가게 하는 것이 도리라고 생각하고 자신의 결혼에 대해 이야기를 하려고 한다.

사르트르와 시몬느 드 보부아르 사이를 부러워하신다고요?

남자는 의아해 한다. 끌로는 그들을 부러워한다. 사람들은 보편적인 길을 가는 것이 행복의 조건이라고 한다. 그러나 끌로는 감정은 흐르는 것이기 때문에 사랑은 변하는 것이라고 생각하고 있다. 결혼은 무한한 이해와 포용성, 인내심이 없으면 힘든 것이라고 생각하고 그런 자신이 없기 때문에 결혼을 생각하지 않고 있다. 어떻게 생각하면 겁이 있다고 할 수 있을 것이다. 그녀는 결혼을 하지 않는 이유를 이혼타입이기 때문에 결혼을 하지 않는다고 편하게 대답을 하고 있다. 끌로부터 자신의 결혼관 그리고 자신의 결점을 솔직하게 이야기하며 결혼을 생각하지 않는다는 긴 이야기를 들은 남자는 솔직한 면에 오히려 고마운 마음을 갖는다. 그리고 그녀에게 그런 태도에 오히려 끌리는 것을 느낀다.

내일 밤 비행기이니까 다시 만나서 점심을 같이 할 수 없느냐고 끌로에게 청한다. 끌로는,

이번에 파리에 온 목적은 선생님을 만나는 목적과 전시를 보는 것이었어요.

오전에 전시를 보고 만날 수 있어요.

전시도 밖에서 하는 것이니까 문을 여는 시간이 있지 않아 아침 일찍보면 돼요.

백남준의 'TV 정원'입니다.

선생님, 파리 오시면 세느강을 자주 가세요?

저는 세느강 변의 부키니스트에 들르는 것이 제 취미라 자주 가요.

아직 바또 무쉬는 타본 일이 없어요.

저도 아직 바또 무쉬를 타본 적이 없습니다.

바또 무쉬를 탈 필요를 못 느꼈어요.

시간 있으면 세느강 변을 걸으며 세느강 좌우를 바라보는 것이 더 한가롭고 자유스러워요.

선생님, 세느강의 물결을 유심히 바라본 일이 있나요?" 하고 끌로는 웃는다.

선생님, 프랑스와 사강은 '슬픔이여, 안녕!'을 발표하고 출판사 편집장과 결혼을 하고 곧 이혼 하고나서 하는 말이 결혼은 파리의 세느강의 물결만도 못하다는 이야기를 했어요.

그녀는 결혼이라는 것을 별 볼일 없는 것이라고 하평을 하고 있으나 저는 그렇지 않아요.

결혼은 좋은 것이라고 생각해요. 저의 성격을 잘 아니까 나를 판단하고 결혼에 관심을 갖지 않는 것이지요.

언제나 둘이서 긴장할 수는 없는 것이지요.

저는 결혼은 저에게 있어서 인내와 포용성, 이해가 있으면 할 수 있다

고 생각해요.

그것이 결여 되어 이혼타입이라고 자인합니다.

끌로는 작년에도 남자가 파리에 오는 길에 친구가 끌로를 만나라고 해서 파리 대학의 L교수에게 부탁했으나 브장송에 있는 끌로에게 연락이 닿지 않아 대신 자기와 데이트를 했다고 L이 알려주며 덕분에 멋진 데이트를 했노라고 알려 왔었다. 끌로는 처음부터 좋게 상대해주는 것이 지성인의 도리라고 생각하고 예의를 다하는 것으로 대하려고 결심한 것이다.

시간도 촉박하고 피로하지만 두 번의 만남을 승낙하고 대화를 그녀의 주변 이야기로 시간을 즐겁게 이어가려고 한다. 방학이면 파리에서 일을 하고 그 돈으로 주변 나라 여행을 끝내고 공부에 들어가는 이야기 등으로 혼자 이야기를 한다. 파리의 고달픈 생활도 안다는 이야기 등 처음 만난 사람에게 털어 놓은 것은 이 남자를 다시 만난다는 생각이 없더라도 자신을 만나러온 사람에게 최소한 자신을 알리는 것이 만나러온 사람의 목적에 도움을 주는 것이라고 생각하기 때문이다. 더구나 그녀 자신도 떠도는 방랑자라고 생각하고 있기 때문이리라.

끌로가 밤차를 타기 위해 리용 역에 도착했을 때는 차가 떠날 시간이 되어 뛰어 가야 했다. 기차 안에서 어제부터 남자를 만나서 바쁘게 보냈던 일을 다시 반추하며 쉬려고 눈을 감는다.

남자는 어제 사강의 결혼이야기를 끌로가 했을 때 조용히 듣고만 있어 사강을 모르는 줄로만 알았는데 자기는 사강의 첫 소설을 대학 4학년 때 읽었다고 해서 놀랐다. 아는 체를 하지 않는 묵직한 사람인 것이라고 추측한다. 그녀는 미테랑과 사강의 이야기도 늘어놓았다. 문학을 한 미테랑 대통령은 사강의 집에 초대되는 친구라는 이야기, 사강이 도박을 즐기고 있다는 이야기, 손을 심히 떨고 초조한 그의 얼굴이 불쌍하게 느껴졌다는 이야기, 외국 기자의 인터뷰를 비서가 주선하면서 인터뷰에 응하는 대가를 받는 초라한 모습은 결혼을 우습게 보는 그녀가 남자의 관용과 경제로 보호될 수 있는 결혼이라는 둥주리 안에 있다면 지금 같은 모습일까 하는 생각을 하며 끌로는 자신의 미래를 잠깐 떠 올려 보았던 기억을 생각한다. 그녀는 남자에게 너무 마구 떠들어 댔다. 침묵이라는 시간을 깨기 위한 시간의 장식이라고 생각하며 자신을 변호한다.

늘 그러듯이 가지고 다니는 작은 노트에다 시상이 떠오를 때 놓치지 않고 쓴 글 중에서 파리와 사강이 들어 있는 시를 다른 종이에 옮겨서 비행기 안에서 읽으라고 남자에게 준다.

파리의 연정

파리는
우울을, 고통을 가난을, 시련을,
사랑을 먹으며 살아도 즐거운 곳이다.
파리는 공허한 가슴을
끌어안으며
손짓하는 곳이다.
석고 같은 냉담한 얼굴에
낯설어 할 필요가 없다.
냉냉한 파리지앙들의 가슴 속에는
똘레랑스가 자리하고

세느는
두 팔로 파리를 안고 흐르고 있다.
많은 시인들이
많은 화가 들이
세느를 그리고 있다.
아폴리네르도,
사강도, 세느를 말하고 있다.
사강은
고독에 몸부림치면서도.
결혼이란 세느강의 물결만도 못하다고 한다.

세느는, 두 팔로 부키니스트들을 안고
유유히 흐르고 있다.
세상살이 중에 가장 검박하지만
지고한 삶을 살고 있다.
그들은 한 조각의 행복을 팔고 있다.
봉사하는 마음으로,
그들의 주름진 얼굴에
웃음 가득히 내 보이며
어제도, 오늘도, 내일도
한조각의 행복을 팔고 있다.

휴일
깊은 잠에 빠진 파리의 새벽
일을 나가는 하루살이의 고독을
나는 안다.
거리의 악사들,
지하철의 악사들의 삶도, 고독도 나는 안다.
휴일 새벽,

헐렁한 버스 안에, 헐렁한 지하철 안에
자리한 사람들은
이민자, 가난한 유학생, 망명자,
이들의 삶과 고독을 나는 안다.

휴일,
잠든 파리의 새벽,
고독은 아픔이다.
그러나 언제나 나를 부르고 있다.
파리는 나의 옷자락을 잡아당기고 있다.
파리에는 무관심의 똘레랑스가.
관심의 똘레랑스가 있기 때문이다.

끌로는 이 시 말고도 다른 시를 건넬까말까 하다가 남자가 솔직하게 이야기했던 것을 기억하고 자신도 과거에 대한 솔직히 표현을 한 시를 노트에서 또 베껴서 전했다.

끌로는 남자와 이야기 중에 솔직하고 순수한 면을 발견했다. 그의 솔직한 표현에 보답을 해야 할 것 같아서다. 순수의 계절 사랑했던 가슴을 표현한 또 한편의 시를 주며 비행기 안에서 읽으라고 전한다. 직선적으로 또는 직접 자신을 밝히기 힘들 때 글로 대신하는 것이 하나의 부드러운 방편이라는 것을 알고 있기 때문이다. 끌로는 옛 선비들이 시조를 통해 의사를 교환하던 멋 그리고 기녀지만 황진희도 얼마나 멋있는 시인으로 자신의 의사를, 사랑을, 실연을 남자에 대한 원망을 시로 표현해서 상대에게 전달하는 간접적 소통으로 사용했던가! 끌로는 황진희를 좋아한다. 그녀의 말년이 행복하지 않았지만 그녀는 사회의 속박을 벗어나는 방법으로 그 옛날 16세기에 기적(妓籍)에 가입해서 자유를 누리며 글을 쓰고 가야금을 하고 자유를 누리려 방랑의 길을 떠나는 생활을 했다.

끌로가 자신을 글로 표현해 자기를 알리는 표현이 옛날식 표현이라고 한들 무슨 상관이랴 하고 한 남자와 첫 사랑을 했던 이야기가 담긴 시를 종이에 베껴서 파리남자에게 전했다. 파리에서 만났던 떠도는 한 여자의 이야기를 시로 쉽게 들을 수 있는 것도 파리에서 보낸 같은 방랑자로서 가진 순간이고 잊어버리면 되는 자유스러운 산책이었다는 것으로 생각하면 된다는 뜻에서다.

4월이 오면
다시 살아나는 그림을 그린다.
서로가 가슴을 보이지 못하고
수줍어만 했던
계절을 그린다.

4월이 오면
들에도 담장에도
바이올렛은 또 피어난다.

보라 빛 아련한 나의 계절이 피어오른다.
보라 빛 바이올렛은
뿌리 채 뽑히어
하얀 편지지에서
수줍어 고개 숙여
말 못하고 있다.

4월이 오면
환희의 나의 계절은
다시 피어오른다.
고뇌와 고통의 시간이
서로를 갈라놓았지만
바이올렛 계절이 오면
다시 환희의 계절은 피어오른다.
세월이 두껍게 벽이 된
저 너머에
언제나 그는 아름다운 계절의
한 장(章)이 되어 있다.

4월이 오면
보라 빛 환상 저 너머에
언제나
청년으로 미소 짓고 있다.

4월이 오면
바이올렛을 찾아
들로 나간다.
그리고 멀리 뒤에 둔
세월을 찾아 헤맨다.
세월의 영상은
여전히 나에겐
물 오른 푸른 계절의
나를 지탱 해 주었던
외로운 날의 사랑의 계절이다.

끌로는 이틀 동안 너무 수다를 떨며 보낸 것을 한 편 부끄럽게도 생각하고 있다. 그리고 너무나 자신을 들어낸 글을 전한 것을 후회도 한다. 그리고 자조를 하고 있다. 그 남자도 사강도 자신도 세 사람은 편히 밟고 갈 수 있게 놓여 있는 레일을 그들은 마다하고 세상을 떠돌며 마지막 항구를 외면하고 방황 하는 방랑자 들이다.

기차 안은 책을 읽는 사람, 신문을 읽는 사람, 눈을 감고 있는 사람들이 있다. 그녀는 처음 만난 남자와 숨 가쁘게 보낸 시간을 눈을 감고 계속 반추를 하고 있다.

바람 불어와 일으킨 감정의 회오리

12월이 들어서면서 폭설이 자주 내린다. 브장송은 추운 고장이라 눈이 오면 쌓일 정도로 와서 온 세상이 백색 세계가 된다. 몽부콩의 설경은 아름답다. 집 주위가 아름다울 뿐 아니라 내려다보이는 전원풍경은 눈으로 덮여있어 바다에서 느끼는 시원한 기분을 가져다준다. 그 설경은 사람의 마음도 하얗게 만들고 있다. 세상을 뒤덮은 눈은 여기저기서 햇빛에 반사되어 반짝이고 있다.

끌로는 가슴에 요동치는 한줄기 샘이 억제를 벗어나는 기분을 느낀다. 설명할 수 없는 들뜬 마음에 기지개를 크게 펴본다. 감정이 흐르도록 물고를 내주고 있는 억센 힘에 내 맡기는 것이라고 용기를 내보기도 한다. 지나온 여로의 잔상을 눈으로 덮어 버리고 억제 할 수 없는 새로운 만남을 하얀 마음에 안아 보려는 강렬한 갈망을 눈이 내린 아침에 끌로는 순간적으로 숨길 수 없어 한다.

건너편 블루와의 대학 기숙사와 캠퍼스도 하얀 세계이다. 이른 아침이라 방학동안 남아 있는 학생들도 보이지 않는다. 프랑쉬 꽁떼에 거주하는 학생들과 유럽 국가에 살고 있는 학생들은 다 집으로 방학을 보내러 떠나고, 남은 학생들은 먼 나라에서 온 외국 유학생들이 떠날 곳이 없어 떠난 빈자리에 남아있는 학생들이다. 그나마 겨울 방학이 짧아서 아무데도 못 떠나는 학생들은 외로움도 짧다.

눈이 쌓여 길이 막힌 탓인지 아침마다 들을 수 있는 말굽 소리도 들리지 않는다. 까마귀와 까치 소리도 들리지 않는다. 눈을 보면 어린애들과 강아지들이 제일 즐거워한다. 이 나라에서는 작은 도시에서도 시골에서도 길에 나와서 노는 애들을 볼 수가 없다. 밖에 나오지 않는 애들이 눈을 보고 즐거워 날뛰는 것을 어떻게 볼 수 있으랴.

고향에서 어린 조카들을 데리고 눈싸움을 한 일을 조카들은 어른이 되어서도 눈이 오면 끌로를 기억하고 이야기를 되풀이한다.

어린 시절 이북의 추운 고장 눈 내리는 날 끌로가 뒤에서 잡고 가는 어머님 치마 자락은 겨울바람을 막아주던 그곳, 그때를 보고 있다. 끌로는 눈을 볼 때마다 이 광경을 보고 있다. 그래서 그녀는 그 광경을 글로 쓴다.

바람 소리
겨울 바람소리
그리움을 가져다준다.
꽉 잡은 어머니 손에 끌려
눈 내린 벌판을 서둘러 간다.

바람 소리
눈 내린 겨울, 바람 소리
그대 한 아름, 나의 품에 안겨
북녘의 고향을 가져다준다.

바람 소리
겨울 바람소리,
유년의 나의 귀를 때리는
전보대의 울음을 실어다 준다.
이제
그 울음소리
먼 고향에 묻힌
그리운 소리
어머니가 그립다.

프로스페는 점잖아서 내린 눈에 무관심해서인지 자기 집에서 웅크리고 들어앉아 있다. 오늘도 주인 의사는 어디로 갔을까 하는 것 같다. 우울해 보인다.

부지런한 헬가가 일찍 일어나 커피를 갈아 끓이며 내는 소리는 이 적막한 집의 아침을 알리는 신호이기도 하다. 커피 향기는 맑은 아침 공기를 뚫고 담을 넘어 길가까지 퍼져 나간다. 향기는 아침 일찍 산책하는 사람의 코를 자극해 향기를 놓칠세라 깊이 코로 공기를 마시게 한다.

헬가는 커피를 마시면서 ,

끌로, 비엔나에도 눈이 많이 왔대.

띠리와 노엘을 비엔나에서 부모님과 같이 보내며 스키를 타기로 했는데 네가 프로스페 때문에 가지 못해 미안한 기분이야.

아가타와 따리프의 스튜디오에 갔는데 그림이 많았어.

그런데 그림 하나는 종이로 덮어져 있어서 보여 달라고 하니까 보여 주지 않아.

아가타가 나오면서 아마 그 그림이 너 일거라고 했어.

헬가는 아가타에게 프로스페를 부탁하고 비엔나에 같이 가자고 한다. 그러나 그것은 끌로에게는 불가능한 것이다. 지도교수와의 랑데부가 있어 준비도 해야 되기 때문에 아무 곳에도 가지 못한다. 눈은 사람의 감성을 자극한다. 마음을 나약하게 하기도 한다. 끌로는 J와 사랑하며 함께 걸었던 계절을 생각하지 않겠다고 조금 전까지도 다짐하고 있었다. 그러나 끌로는 그에게 한 번 더 편지를 쓰고 싶은 마음이 일어나고 있다. 마음은 다시 헝클어지고 있다. 아름다운 설경 탓이라고 할 수 있지만 헬가 없이 며칠을 보낼 것을 생각하고 미리 외로움을 생각하고 있기 때문이다. 샹파뉴 거처는 학생들과 같이 살게 된 아파트로 된 기숙사이다. 그래서 외로움을 잊게 된다. 몽부꽁에서도 헬가와 같이 있기 전에는 책 속에 파묻히면 아무 생각도 나지 않았다.

따리프는 철도역에서 안개 낀 길에서 처음 만났던 끌로를 확인하게 된 후로 그가 만나고 싶어 했던 마음을 아가타에게 털어놓는다. 따리프는 그 여자가 아가타의 친구라는 소설 같은 이야기 같아 놀란다. 아주 가까이에서 찾을 수 있는 사람을 먼 곳에서 찾느라고 웃지 못할 그림광고를 낸 것이 너무 야단스러운 일이라고 아가타가 웃어댔다. 아가타는 11월 뚜쌩이 끼어 공휴일이 많이 있는 날 몽부꽁으로 따리프를 데리고 왔다.

끌로는 마주 앉아 가까이 따리프를 대해 자세히 관찰하고 있다. 그는 우람하다. 중동 사람들이 대개 강해 보이는 체구를 가진 것과 같다고 생각하고 있다. 그런데 피부색이 희고 어딘가 서구 사람 같은 분위기를 느끼고 있다. J도 건장하다. 그렇다고 체구 때문에 J인 줄 알고 뛰어간 것은 아니었다. 아가타는 병원에서 일을 해야 된다고 따리프를 놔두고 갔다. 프로스페는 아가타를 보고 반가워 뛰어오른다. 그리고 길 밖으로 나가서 있다가 차가 떠나자 어쩔 수 없이 프로스페는 안으로 들어온다.

끌로는 밖에 있다가 거실 햇빛이 들어오는 쪽에 자리를 따리프에게 안내하고 나서 자리에 앉는다. 두 사람은 서로가 만났으면 하는 기대를 가지고 있었지만 막상 마주 앉아서는 어색한 기분을 갖고 있는데 따리프는 먼저 파리에서 전시가 어떠했느냐고 질문을 던진다. 끌로는 백남준의 설치미술 전시를 직접 보는 것은 이번이 처음이라는 것을 말하며 공통적인 화제가 될 수 있다고 반가워한다. 자신도 무엇부터 이야기를 다시 시작해야 할지 망설이고 있다가 잘 되었다는 생각이 들어 편안해 한다.

'TV 정원'은 아이디어가 얼마나 아방가르드에 중요한 가를 입증하는 것이더군요.

어느 누가 TV로 정원을 만드는 아이디어를 낼 수 있었을까요?

숲 사이에 야자수 나무도 배치했더군요.

수백 대의 TV에서 영사되는 영상은 다 달라요.

아름답다거나 멋이 있다는 감은 갖지 못했어요.

그저 아이디어에 놀랐어요.

그래도 파리 사람들은 감탄을 하고 있어요.

저도 그렇게 느꼈어요. 카메라로 여러 측면에서 찍었지요.

기계를 이용한 작품이 숲과 나무들 사이에 있어 서정적이 됐어요. 'TV

정원' 이라는 제목처럼 서정적이더군요.

기계와 자연이 만들어낸 정원, 파리사람들이 아이디어에 감탄하는 것이겠지요.

특별히 백남준에게 흥미를 갖는 이유가 있나요?

저는 평면화를 구상으로도 반 추상으로도 그리는데 시리아 대학에 미국에서 영상학을 연구하고 돌아온 미술교수가 있어요

그 사람한테 많이 듣고 흥미를 가지게 되었지만 영상학을 연구하려는 것은 아닙니다.

이번 프랑스에 있으면서 필수로 써야하는 논문을 미술과 과학의 접목이라는 관점에서 영상학에 관한 논문을 쓰려고 합니다.

영상학이 어디까지 왔는가하는 동향을 개괄하는 정도로요.

아마 파리에 있는 대학이나 국립 도서관에 가면 영상학이나 백남준에 관한 자료가 많이 있을 겁니다.

파리에는 책방이 분야별로 전문적인 책방이 있어요.

백남준이 독일에서 미술활동을 시작했기 때문에 많이 알려져 있을거예요.

백남준이 한국인이지만 70년대 초까지도 한국에 별로 많이 알려지지 않았어요.

가끔 소식을 알리는 기사만 신문과 미술지에 나는 정도였어요.

나는 대학교 때 백남준이 일본에서 피아노 연주를 하는데 피아노를 도끼로 망가뜨리는 것이 그의 연주라고해서 놀라고 관심을 가지지 않았어요.

그러다가 강단에서 있으며 예술에 있어서 모방의 역할에 관심을 갖기 시작할 때 사람들은 백남준에 대해 천재성과 독창성만 부각시키는데 대해 제의를 하는 차원에서 연구를 하고 싶은 생각이 들었어요.

백남준의 '콰다카날 리퀴엠'이라는 비디오가 금년에 나왔는데 일종의 영상 행위음악이라고 평론가들은 말하고 있어요.

영화적 수법을 취하고 있더군요.

'TV첼로'에 나오는 샤로트 무어맨이 나오지요. 리퀴엠이란 진혼곡을 말하는 것이지요?

네, 맞아요. 2차 전쟁이 끝날 무렵 솔로몬 군도에서 연합군과 일본군의 전쟁 이야기로 전사자들의 영혼을 위로하는 것이지요.

그런데 70년대가 시각적 시대의 절정기라 전쟁의 이야기를 영상으로 보여주고 있어요.

그리고 아시다시피 50년 대 이후 오브제에 눈을 돌리고 있잖아요.

그리고 미술에 오브제가 등장하는 것과 같이 그 작품에서도 오브제가 상징적으로 많이 등장하고 있지요.

샤로트 무어맨의 행위음악, 백남준의 행위음악이 등장하지요.

진혼곡은 원래 베를리오즈의 '망자를 위한 대미사곡'을 말하고 있는 것으로 알고 있는데 그 곡이 나오나요?

아니요. 백남준의 '평화의 소나타'와 슈만의 '트로메라이 곡'이 나와요.

트로메라이 곡은 명랑한 곡이지요.

망자와는 무관한 음악이지요.

솔로몬군도 전쟁에 3만 5천 명이 참가해서 2만 2천 명이 전사한 것을 위로하기 위해서 '과다카날 리퀴엠'이라는 이름을 붙였지만 전쟁이 끝난 후에 망자를 달래러 오는 이야기지요.

전쟁이 끝난 후의 솔로몬군도는 전쟁을 잊은 평화스러운 곳이지요.

그래서 명랑한 트로메라이 곡이 등장하는 것 같아요.

어떻게 그렇게 자세히 기억하지요?

백남준을 말할 때 백남준의 예술이 독창성과 천재성만 칭찬하는데 그렇지 않다는 것을 발견하고 '백남준의 예술은 모방정신과 무방한가?'라는 주제로 책을 쓰다가 끝을 내지 못하고 프랑스로 오게 됐어요.

그래서 백남준에 대해서 저 나름대로 책을 쓰기 위해 공부를 많이 했어요.

백남준은 제가 발견한 것으로는 일생을 마르셀 뒤샹을 쫓아가느라고 애쓰고 있어요.

뒤샹의 예술도 정신도 모방을 하고 있어요.

그런 관점에서 책을 쓰고 있지요.

끌로, 저녁을 먹고서 제 스튜디오로 가서 '리퀴엠'이야기를 계속 해 주면 좋겠네요.

헬가가 비엔나로 가기 전 하룻밤 공부를 하지 않고 친구 띠리와 같이 차를 마시면서 오래간만에 이곳에서 밤을 보내자고 약속을 했어요.

다음 기회로 하지요.

따리프는 끌로에게 개인적인 질문을 한다. 한국에서는 무엇을 했느냐고 묻는다. 끌로는 의외에 질문을 한다고 생각한다.

그녀는 그가 자기 자신에 대해 자세히 설명을 했으니 별 이상한 질문이 아니라고 고쳐 생각한다. 아가타를 보내고 정원 벤치에 앉아 있을 때 아가타가 소개하며 빠진 부분을 자세히 이야기한다. 거실에 앉자 따리프는 시리아대학 미술과에 있다고 하며 브장송에 1년간 체류하고 파리에 갈 예정이라고 이야기한다. 그리고 자기 그림에 대해 고민을 많이 하고 있다고도 한다.

블루와 식당은 뚜쌩이 낀 긴 공휴일인데도 집에 가지 못한 학생들이 많이 와 있다. 타메르와 파트리시아가 보인다. 끌로는 따리프를 그 쪽으로 안내한다. 타메르는 터키에서 온 미술대학 교수다. 유머가 많아 늘 좌중을 웃긴다. 그리고 커피를 마신 다음 그 커피잔에 나 있는 커피자국을 보고 미래를 이야기하는 점을 봐주어 인기다. 식당에서 식사가 끝나면 시간이 있을 때 타메르 숙소에 모인다. 커피 점이 맞는지 안 맞는지는 별개의 문제다. 공부로 긴장을 풀고 떠들기 위한 시간을 가지려는 것이다.

끌로가 먼저 따리프를 파트리시아와 타메르에게 소개를 한다. 대학생 사회 특히 대학 식당의 분위기는 처음 만나도 언제나 몇 년 지기 같은 기분이어서 어울리는 것은 문제가 아니다.

헬가가 차를 가지고 끌로를 데리러 와서 끌로는 그들을 남기고 먼저 일어난다. 따리프는 끌로가 일어나자 아쉬운 기분인 것 같다. 오늘 그녀를 만나자고 한 것은 만나고 싶은 심정에서지만 그녀와 이야기 중에 앞으로 많은 것을 이야기할 수 있을 것 같아 속으로 즐거운 마음도 들었다. 미술에 대해서도 그녀와 화제가 무제한적인 것 같이 느껴진다. 서로 자극을 주고받을 것 같은 기분이다. 어학원에서 수업이 끝나면 대학 식당 그리고 카페에서 시간을 보내다 스튜디오로 들어가 신문을 읽는 것이 고작이었다. 아가타를 만나서 이야기 하는 것도 그녀가 일찍이 고향을 떠나서 고국에 대한 이야기도 통하지가 않고 더구나 예술과는 무관해서 언제나 화제를 제한할 수밖에 없다.

따리프는 이제 끌로를 어떻게 해서 자주 만나서 이야기를 할 수 있을 것인가를 궁리하고 있다. 그녀와의 대화는 지루하지 않을것 같다고 생각한다. 몽부꽁에 있는 사람을 만나러갈 수도 없고 대학 식당에 잘 나오지 않으니 만날 기회도 없을 것 같다. 몽부꽁에서 나오려면 아직도 한 달이 있어야 하는 그녀를 빨리 시내로 끌어내오고 싶은 마음이다. 그는 돌격적으로 그녀에게 접근을 하고자 하는 마음이 미술에 대한 이야기를 할 수 있다는 것을 구실로 삼는다. 그러나 한편 자신이 끌로를 만나고 싶어 하는 마음을 자신도 이상하게 느끼고 있다. 30여 년 넘게 자고 있던 마음의 폭풍이 몰아치는 기분이다. 그는 잔잔한 봄바람이 없었던 것도 아니다. 이렇게 강렬하게 마음속에서 억제할 수 없을 정도의 폭풍이 불어 회오리치는 것에 놀라고 있다.

그녀와 빨리 헤어진 것이 아쉽지만 왜 그런지 아주 유쾌한 기분으로 그는 거처로 돌아와서 불을 켜자마자 이젤 앞에 앉는다.

'한국의 밤'이 있은 후 샤날 학생 부장은 다른 외국 학생들에게 문화를 알리는 행사를 하라고 권유해 왔다. 시리아는 학생들이 많지 않아 이스라엘 학생과 합동으로 문화행사를 하라고 건의했다. 샤날 부장은 이스라엘과 시리아가 사이가 나쁜 것을 의식하고 화합하는 의미에서 합동으로 행사를 할 것을 권하여 그들은 나라 간에는 갈등이 있지만 이곳 두 나라 학생들 사이에서는 서로 친구가 되고 잘 어울린다. 이스라엘 학생들은 모두 의대 학생들로서 그들은 각자가 한 가지 악기를 다루고 있어 음악을 하는 데는 문제가 없다. 그러나 여학생이 한 사람도 없어서 불가피 아가타가 시리아 대표로 벨리댄스를 보여주는 것으로 결정이 되고 따리프는 그간 스케치한 그림들을 캔버스에 유화로 옮겨 일주일간 전시를 하는 것으로 결정을 한다. 샤날 부장은 이들의 계획을 보고 전시가 자주 없는 곳에서 따리프의 전시계획에 대단히 기뻐하고 있다.

따리프는 '한국의 밤'을 스케치한 것을 골라 캔버스에 옮기려고 이젤 앞에 앉아 스케치를 옮기려는 순간 끌로의 모습이 그의 생각을 흐트러지게 하고 있다. 그녀가 처음 만났을 때 기다리고 있는 사람에 대해서는 아는 것이 아무것도 없다. 그녀가 기다리고 있는 사람은 한국에 있는 것일까 아니면 프랑스에 있는 것일까. 자신이 가까이 다가갈 수도 없는 상황인지도 모른다. 일방적으로 다가갈 수 있다고 생각하고 있다. 날이 새면 몽부꽁으로 아침 산책을 핑계로 달려갈 생각을 하고 날이 밝기만 기다리고 있는 따리프에게는 시간이 멈춘 것 같이 느껴진다.

따리프는 그림을 옮기며 가지 않는 시간을 보내려고 이젤 앞에 다시 앉아서 생각을 바꾼다. 새벽 산책은 어렵고 저녁에 끌로를 스튜디오에 초대해서 이야기를 계속하고 싶은데 혹시 끌로가 거절할지도 모른다고 생각하고 헬가와 같이 초대해서 이야기를 계속하기로 계획한다.

따리프가 끌로를 자신의 스튜디오로 초대하려는 계획이 바뀌어 아가타가 시험이 끝나서 몽부꽁에서 보내기로 되어 따리프는 몽부꽁으로 간다.

따리프가 알리의 차를 몰고 슈크림을 사들고 몽부꽁으로 도착했을 때 프로스페는 그동안 몇 번 따리프를 봐서인지 차에서 내리자 뛰어 오르며 반가워한다. 닥터 떼브네가 그리워서 남자인 따리프를 반기는 것 같다. 따리프가 슈크림을 사온 것은 아가타가 오후 구떼(오후의 간식)를 먹는 시간에 항상 홍차와 슈크림을 먹는 것을 알기 때문에 슈크림을 생각해 낸 것이다. 아가타는 슈크림을 보자 얼른 하나 집어 들고 먹는다. 끌로는 차를 끓이기 위해 부엌으로 가는데 따리프가 따라 나서면서 자기가 물을 끓이겠다고 한다. 그는 주전자에 물을 끓이고 있다. 그는 자기 집 남자들은 부엌일을 돕는 습관이 되었다고 하며 자기 집에 여자는 어머니 혼자이기 때문에 프랑스인의 피를 받은 아버지가 어머니를 돕는 것을 어려서부터 봐왔다. 요리도 잘한다고 하며 끌로가 미안해할까 봐 설명을 길게 하고 있다.

스탠드라이트가 희미하게 켜진 거실은 밝은 달빛이 새어들어 오고 있다. 끌로는 거실의 불을 끄고 달빛이 들어오게 커튼을 열어놓자고 제의한다. 서양 사람들은 달에 대한 감성의 변화가 없다. 동양 사람들이 달에 대해 감흥을 하는 것을 이상하게 느낀다. 끌로는 따리프가 예술을 하니까 달에 대한 감성도 남다를 것이라고 생각하고 있다. 달빛이 비치는 거실이 좋지 않느냐고 묻는다. 그리고 로맨틱하지 않느냐고 묻는다. 그는 얼른 알아차리고 시리아의 광야에서 보는 달빛은 아주 아름답다고 한다. 그리고 불을 끄고 있자는데 동의한다. 아가타는 졸려서 달빛에 아무 관심이 없는 것 같다. 그녀는 밤을 새워가면서 산더미 같이 쌓아 놓은 복사물을 다 읽어야 했다. 끌로는 따리프와 이야기하다 중단한 '리퀴엠'에 관해서 이야기를 하자고 한 것이 아가타가 흥미 없어할 것 같아 다음 날로 미루어야 되겠다고 따리프에게 말하려고 하는데 먼저 따리프가 끌로에게 다음으로 약속하자고 하며 아가타가 자도록 일어선다. 어젯밤부터 '리퀴엠'을 구실로 끌로를 만나려는 기대는 거품이 된다.

정원에 비친 달빛은 안개가 없는 밤이라 더욱 투명하고 고향을 그립게 하고 있다. 따리프는 끌로가 달빛을 감상하는 것 같아서 얼른 시리아 사막의 달빛을 이야기하며 여름 삼촌이 있는 목장에서 어렸을 때 올리브 나무가 우거진 언덕을 삼촌과 같이 무리에서 벗어나 도망간 양을 찾으러 달밤에 헤맸던 일이 좋은 추억으로 남아서 가끔 삼촌과 양을 찾아 달밤에 헤맸던 이야기를 가족과 한다고 했다.

프로스페는 정원에 나온 식구들을 보고 집에서 나와 사람들이 있는 곳으로 온다. 따리프를 낯설어 하지 않는 프로스페가 사랑스러운지 그는 앉아서 프로스페의 목을 만져 준다. 프로스페도 따리프의 애무가 좋은지 가만히 앉아 계속 만져 주기를 원하고 있다. 그는 아가타가 있는 자리에서 의식적으로 끌로를 스튜디오로 와달라는 말을 일부러 한다. 시리아-이스라엘 스와레에 할 전시 작품을 선택하는데 도와 달라는 초대이다.

빨리 서로 헤어져야 하는 아쉬운 만남이었다. 따리프는 실제로 달빛이 좋은지 오늘 밤 아름다운 달빛을 즐기게 돼서 좋은 시간을 보냈다고 하는 말을 인사로 한다. 지역적으로 서로 다른 이방인이것만 따리프는 감성으로 나마 생각을 같이 하고 싶어 달밤을 즐겼다는 인사를 전하고 고요한 몽부꽁의 언덕을 내려간다. 그는 아쉬운 시간이었을 것이다. 두 여자들은 안으로 들어갈 때까지 몽부꽁의 고요를 깨뜨리며 내려가는 따리프의 차 소리를 듣는다.

끌로가 며칠 후 따리프의 수튜디오로 갔을 때 따리프는 언제 다 유화로 옮겨 놓았는지 20여개의 작품을 방 네 벽에 나란히 놓고 바라보고 있었다. 끌로는 '한국의 밤'에 합창단'의 모습을 큰 화판에 그린 것에 놀란다.

왜 '시리아의 밤'에 한국의 모습을 그렸나요?

아, 그건 샤날 부장이 외국학생들이 자국 문화를 홍보하는 페스티발을 창안한 것은 한국학생들이라고 하면서 감동을 하고 있어서 전시 후 '한국의 밤'을 처음 거행해서 샤날 부장사무실에 홍보차원에서 기증하려고 그린 것입니다.

대형 화판에다 화려하게 그려서 정말 페스티발 기분이 나요.

따리프, 고마워요, 브장송의 경치도 몇 개 있네요.

왜 브장송의 그림을 전시하려는 것이지요?

아무래도 모두가 익숙한 것에 흥미를 갖기 때문에 봉사 차원에서 몇 개를 옮겨 놨어요.

여러 개를 옮겨 놓을 수 있지만 우선 학생들이 매일 지나가는 거리를 세 점 그렸어요.

나도 처음 왔을 때 인상적이었던 곳을 택했지요.

께 스트라스부르는 정말 멋져요. 뽕 까노를 스트라스부르 부두를 배경으로 그린 것이 아니라 생 자끄 병원 쪽을 배경으로 그렸네요.

스트라스부르 부두는 독자적으로 그렸기 때문에 다른 곳을 배경으로 했어요.

그러니까, 브장송 그림이 네 점이나 있네요.

또 하나 있어요.

그것을 내놔도 될 것인지 그것을 끌로와 의논하고 싶어요.

따리프는 가려 놓았던 그림을 보인다. 그 그림은 화판 전체가 안개 아니면 운무로 보이는 분위기에 가방을 든 남자와 여자가 길에서 마주보고 있는 그림이다. 주위는 안개가 깔린 잿빛이다. 주위의 집, 건물에서. 아직 꺼지지 않은 가로등 아래, 멈추어 있는 버스 안에서 나오는 핑크색이 섞인 오렌지색 불빛은 주위의 잿빛 공간을 화려하게 밝혀주고 있다. 버스 안의 환한 핑크-오렌지색 불빛이 장관이다. 버스 전조등의 불빛도 길 위에 점점이 떨어져 있다. 끌로는 그림을 대하는 순간 에두아르 꼬르트의 그림이 떠오른다. 그는 파리의 거리 저녁풍경을 건물에서 비치는 불빛을 부각시켜서 그린 그림이 많다. 그가 그린 파리의 저녁 풍경의 불빛이 찬란하다. 주로 겨울 저녁 풍경이지만 화려한 불빛으로 하여금 파리거리를 포근하게 해주고 있다. 끌로는 에두아르 꼬르트의 그림이 연상되나 속으로만 생각하고 있다. 화가나 작가에게 다른 작가의 작품이 연상된다고 하는 것은 기분 좋은 일이 아니라는 것을 알고 있기 때문이다. 바로 이 그림이 에두아르 꼬르트의 파리의 밤풍경처럼 잿빛 공간과 대조되어 불빛이 찬란하게 나타내 보이는 점이다.

끌로는 처음 따리프를 만났을 때의 순간이라는 것을 알고

아주 시적이네요, 로맨틱하지만, 설명이 있어야겠어요,

버스 정거장 이름이 샹파뉴라고 쓴 것이 있지만, 제목을 '브장송에 도

착 하던 날' 이라고 하면 외국학생들이 자신의 모습을 떠올리게 되어 즐거움을 줄 것 같네요.

시리아의 그림은 제목이 있지만 그림 밑에 설명을 해 놓으면 이해에 도움이 될 것 같아요.

설명을 적어주면 타이핑은 내가 할 수 있어요.

끌로는 안개 낀 순간이었던 것까지도 표현하고 있는 것을 보고 화가의 전문적인 관심이 있는 정말 화가로서의 자질을 나타낸 사람이구나 하고 생각을 하고 있다.

시리아에 관한 그림은 몇 점이 되나요?

10여 점인데, 전시할 것은 모두 30여점이면 될 것 같아요.

앞에 있는 팀이 연기를 하는 바람에 우리가 당겨서 하느라고 시일이 촉박해요.

밤을 새우면서 그리고 있어요.

이스라엘 학생들 5명이 음악을 하니까 이스라엘에 대해서 그릴 필요가 없지만 이웃이고 시리아에 대한 그림만 내놓을 수 없어서 이스라엘의 '바위 사막'을 건조기와 우기 후에 갔던 일이 있는데 아주 인상적이여서 두 점 그리고 또 한 점을 준비 했어요.

다행이 이스라엘 친구가 홍보책자를 대사관에서 줘서 갖고 있었는데 그 책에도 바위사막이 나와 있어 참조했지요.

건조기에는 풀 한포기 없어요.

그런데 9월 짧은 우기에 비가 온 후에 사막에 풀이 나는 것을 봤어요.

그리고 수백 종의 꽃이 아름답게 피고 있어요.

한 점은 아무것도 없는 사막이고 그 사막이 초원이 되고 꽃이 펴 있는 같은 사막이지요.

우기에 아주 짧은 시간에 내리는 비가 산으로부터 폭포를 만들고 그 폭포는 산기슭으로 흘러가 숲을 만들고 오아시스를 만들고 있어요.

자연의 힘은 어디서 오는 것인지 자연 앞에서 침묵을 하게 돼요.

자연의 힘에 의해서 신앙적인 생각을 갖게 해요.

바로 이 그림이네요.

생명이 없는 바위 사막도 예술적이네요.

네, 내 그림이 예술적인 것이 아니라 자연이 예술적이라고 할 만큼 아름답지요.

건조기에 배고파 풀을 찾아다니는 동물들이 애처롭게 느껴져요.

그런데 우기가 있어 그들의 허기를 해결해주지요.

그리고 건조기를 위해 배에 저장하느라고 바쁘지요.

인간이 자연 앞에서 깊이 생각을 하게 하는 거룩한 장소이기도 합니다.

꽃이 핀 아름다운 장면을 내 그림은 따라가지 못해요.

특히 사막에서 느끼는 숭고한 아름다움은 표현하기 힘들어요.

광대한 사막의 엄숙하고 장엄한 아름다음에 감동을 하게 돼요.

끌로는 시리아를 그린 그림 중에서 기(旗)로 보이는 그림을 바탕으로 하고 그 위에 알파벳을 예술적으로 그려 넣어서 입체성을 나타낸 그림을 발견하고 무엇을 나타내려고 하는지 몰라 따리프에게 묻는다. 본래 끌로는 그림에 대해 작가에게 무엇을 나타내는 것인지를 묻기를 싫어한다. 그러나 시리아를 표현하려고 하는 목적이기 때문에 시리아에 대해 문외한이여서 묻고 있다.

국기와 함께 알파벳을 그린 그림이 있는데 왜 알파벳을 다루었나요?

알파벳의 기원이 된 곳은 시리아입니다.

정확히 말해서 시리아의 '우가리트'라는 곳이지요.

고대 유적이 많은 우가리트에서 고고학자들이 고대 유적을 발굴 하면서 도판 문서를 발견했는데 도판 문서에서 알파벳을 발견했어요.

그리고 고고학자들에 의해서 알파벳의 기원은 시리아라고 확정을 하게 되는 것입니다.

페니키아에서 알파벳이 만들어 졌다는 설이 있었지만 우가리트에서 도판문서가 발견됨으로서 알파벳의 기원은 시리아라는 것이 증거로서 확실해졌지요.

멋진 아이디어네요.

그리고 설명을 통해 지식도 나누워 주는 격이 되고 정말 시리아를 알리는 홍보가 되겠어요.

바탕에 그림은 시리아의 기인가요?

네 시리아 국기입니다.

알파벳을 입체적으로 세워 놓기도 하고 같은 모양으로 나열을 해서 입체감이 더 나타나요.

왜 A와 R을 크게 그렸나요?

내가 제일 좋아하는 글자입니다.

A자를 밑에서 위까지 화판을 지배하는 듯 마치 파리의 에펠탑을 연상하게해요.

'바로 그겁니다. 파리의 에펠탑에서 영감을 얻어서 A자를 중앙에 배치함으로서 에펠탑 같이 만들었어요.

A자가 여러 모양으로 상징화 시킬 수 있는 글자이지요.

R자는 그대로 예술적이고요.

그런 점에서 B자도 마찬가지지지요.

아랍어와 영자 알파벳의 시리즈를 꼴라쥬 형식으로 대형 화판에 여러개 만들어 발표한 일이 있습니다.

알파벳 도판을 보면서 문자가 완성되기까지 문자는 그림과 연결이 되었다는 것을 발견하게 되고 문자를 매개로 그림을 형성해 보고 싶은 의욕이 일어났어요.

따리프는 이스라엘과 시리아와 관련이 있는 그림을 그리려고 크로키를 해 논 것을 끌로에게 보여준다. 그것은 이스라엘 사람이었던 유다 벤허를 그린 것이다. 루이스 월리스의 원작 벤허를 읽은 것이 아니라 영화를 다섯번이나 본 것이기 때문에 장면도 기억하고 있다.

벤허를 다섯 번이나 보고 소설을 샀어요.

영어로 된 것이라 읽다가 말았어요.

벤허를 택한 것은 이스라엘과도 관련이 있지만 영화, '벤허'의 촬영은 대부분 시리아의 다마스크 부근에서 찍은 것이기 때문에 두 나라와 관련이 있어 영화에 나오는 벤허를 택했어요.

벤허도 이스라엘 사람이니까요.

영화에서 벤허가 나병환자들의 계곡에서 나병환자가 된 어머니와 누이동생을 데리고 나오는 장면이지요.

예수가 십자가를 지고 골고다 언덕을 넘어갈 때 벤허는 지친 예수를 보고 바로 그 자신이 노예로 끌려가서 고생할 때 목말라 하는 것을 보고 물을 주었던 사람이 바로 예수였다는 것을 알고 그를 도우려고 하지만 로마군인들은 예수도 벤허도 무참하게 때리지요.

그 모습이 처절해서 그것을 그리려다 말았어요.

그림의 배경은 예수의 전도를 듣기 위해 수천 사람들이 모여 있는 장면이 멀리서 보인다. 유화로 옮기려면 시간이 걸릴 것 같은데 완성이 될 것인지 궁금하다.

영화 벤허는 복수심을 버리고 용서의 마음으로 신께로 향하는 마지막 장면이 영화의 포인트지요.

왜 예수를 클로즈업 하지 않았나요?

벤허의 마음이 하느님께로 향하는 것을 뜻하기 때문에 예수를 클로즈업 할 필요가 없어요.

영화의 장면을 보면 벤허는 자신을 노예로 보냈던 사람을 죽이려는 복수심에 불타서 칼을 들고 다니지요. 그는 문둥병자가 된 어머니와 여동생을 데리고 나오다가 예수가 십자가를 메고 골고다로 향하면서 자신을 학대하는 사람들을 용서하라는 예수의 말을 듣고 가지고 있던 칼을 땅에 떨어뜨리고 복수심에 차 있던 상대를 용서하는 마음을 갖지요. 그 순간 어머님도 여동생도 문둥병이 낫지요.

이와 같이 용서를 하고 예수께로 향하는 이스라엘 사람인 벤허를 주인공으로 그렸기 때문에요.

예수가 있는 배경을 희미하게 한 것이 오히려 많은 것을 생각하게 하지요.

저는 그림을 보는 사람 각자가 각기 색다른 상상을 넓히게 할 수 있도록 하고 있어요.

'우가리트의 알파벳'이나 '하느님께로 향하는 벤허'는 이야기를 담은 그림이네요.

이야기를 담은 그림을 항상 그리고 있나요?

자국의 문화를 알리는 행사전시라 이야기를 담은 그림을 불가피하게 그릴 수밖에 없지요.

화가로서의 작가의 그림을 그릴 필요가 없지요.

최근 나의 그림은 눈으로 보는 대상이나 마음에 있는 상태 자체만을 즉물적으로 구성하고 있어요.

그래서 요새 내 그림은 제목이 없는 무제가 많아요.

보는 사람의 자유로운 상상에 맡기고 있지요.

아가타가 춤을 춘다고 하는데 아가타의 춤을 추는 모습을 그리는 것은 어때요?

포즈를 취해야 하는데 시간이 있을런지 모르겠어요.

옷을 만든다고 하더군요.

아가타가 벨리댄스를 추는 것을 본다면 아가타는 아주 유명해질 겁니다.

여섯 살 때부터 춤을 추기 시작했다고 해요.

닥터 떼브네가 온 다음에 축제를 했으면 좋을 터인데, 한 달 후에나 온다고 해요.

그가 아가타의 춤을 봤으면 해요.

그러면 한 달 후에는 끌로는 샹파뉴로 오나요?

아니어요. 좀 더 일찍 내려와요.

비워 놓았던 집이라 의사 어머님이 오셔서 정리하기 위해 며칠 후에 오신다고해요.

이제는 빨리 샹파뉴로 오고 싶어요.

매여 있는 기분이라 자유롭지 않아요.

짐을 지고 있는 기분이지요.

헬가와 같이 있어 다행이지요.

아가타가 벨리 댄스를 추는 모습을 꼭 그리세요.

홍보차원이니까 아가타도 반대는 하지 않을 것입니다.

알리 차로 나를 몽부꽁까지 데려다 줄 수 있지요?

아직까지 '리퀴엠'에 대한 흥미가 식지 않았으면 이야기를 계속할까요?

식다니요, 차를 마시며 이야기를 합시다.

따리프는 얼티와 언제 사다 놓았는지 타르트 두 쪽을 가져온다. 따리프의 집안은 할머니들이 프랑스 여자들이 여러 명 있어서 식생활 중에는 프랑스식을 따르는 습관이 내려오고 있다. 오후 간식을 위해서 타르트를 집안에서 만들어 먹는 것도 오랜 풍습이다. 끌로는 타르트를 집어 들면서,

어디까지 이야기를 하다가 중단 했지요?"

끌로가 백남준에 대해서 책을 쓴다는 것과 '리퀴엠'에 대해서는 전쟁 중 2만 2천 명이 죽었다는 이야기까지 했어요.

'리퀴엠'은 독창적인데 거기에도 뒤샹을 모방한 것이 있어요.

영화를 하는 제자가 파리에 있어서 그가 비디오를 가지고 있어서 파리에서 봤어요.

집필을 하기 위해 많은 도움이 되어서 기록하며 보았지요.

구성이 매우 아름답고 새로워요, 직접 봐서 느껴야하는 것인데 말로서 설명하기가 힘들어요.

벤허를 5번이나 봤다고 하니 영화에도 관심이 많을 것이라고 생각해요.

나는 책을 쓰느라 분석을 힘들여 했고 구성이 새로워서 일일이 기록해 놓았어요.

그런데 이곳에 비디오가 없으니 대강 생각나는 대로 이야기하지요.

영어로 된 것을 봤기 때문에 나도 백 퍼센트 이해했다고 생각하지 않아요.

다만 영상이기 때문에 나름대로 이해하지요.

가장 수확이 되는 것은 거기에 나오는 줄을 이용한 것이 있는데 그것이 바로 뒤샹이 테이프를 사용한 작품을 모방한 것으로 나는 이해해요. 그래서 내 책 주제를 위해서 큰 수확을 한 것이지요.

25만 피트나 되는 하얀 색의 나이론 끈으로 정글을 둘러쳐 놓았어요. 이유는 그 정글 안에 전사자들의 유골이 있다는 것을 알리는 것이지요.

이것은 설치미술로 봐야 해요.

뒤샹은 '초현실주의 이민입국 허가서'라는 일종 설치미술인데 흰색 줄로 만들었어요.

백남준이 뒤샹의 그 작품에서 영감을 얻은 것이라고 생각해요.

정말 백남준은 뒤샹을 따라가느라고 애를 쓰고 있어요.

그의 작품에는 유난히 시계와 끈이 많이 등장해요.

타르트가 더 있으니 더 먹자고 따리프는 차를 더 끓이며 타르트를 상자 째 가져온다. 그는 빵집에서 끌로를 위해 한 상자 사온 것이다. 밖에는 비오는 밤이라 지나가는 버스 소리가 크게 들린다. 그녀는 비오는 가을에 브장송에 와서 버스가 지나가는 소리가 독특하다고 느꼈다. 밤늦게 지나가는 소리는 외로움을 달래기도하고 외로움을 가져다주기도 했다. 아마도 그 소리는 한국에 있는 버스가 지나갈 때 내는 소리와는 다르기 때문이였을 것이다.

'리퀴엠'은 2차 대전의 전쟁 상황을 이야기하고 있어요.

이야기는 샤로트 무어맨과 퇴역한 해군 출신 로버트 에드워드라는 사람이 번갈아 가면서 이야기해요.

배경은 하늘과 땅, 샤로트 무어맨의 행위음악, 백남준의 행위음악과 원주민의 이야기가 깔려있어요.

이상의 장면들은 독립된 장면들인데 서로 교차해 등장하면서 전쟁이라는 통일을 만들고 있어요.

영화에서 사용하는 대위법이라는 기능을 염두에 두고 만든 것 같아요.

내가 '리퀴엠'이 영화의 대위법을 적용했다고 하는 것이 정확한지는 모르겠어요.

내가 보는 관점을 말하는 것이지요.

칼라로 나오나요?

아니어요, 흑백이지요.

제목이 진혼곡이니까 흑백으로 한 것 같아요.

진혼곡인 '리퀴엠'이라는 의미를 부각시키는 것은 진혼곡이라는 음악이 아니고 백남준의 '평화의 소나타'지요.

그리고 시각적인 의미에서 클로즈업된 검은 드레스를 입은 샤로트 무어맨의 장면 자체가 '리퀴엠'을 상징하는 것으로 봐도 될 것 같아요.

되풀이하지만 이 시대가 시각적인 면을 강조하는 절정의 시기잖아요.

금년에 만든 것입니다.

그래서 백남준이 의식적으로 샤로트 무어맨의 검은 옷을 상복의 의미로서 클로즈업 시켰다고 봐요.

진혼곡이라는 음악을 말하는 것이 아니지요.

샤로트 무어맨은 영화 시초부터 검은 드레스를 입고 화면 전체에 클로즈업되어 나와요.

검은 색은 죽음을 의미하는 것으로 생각이 돼요.

그녀는 녹슨 포탄을 옆에 놓고 백남준의 '평화의 소나타'를 연주하지요.

때로는 꽃다발로 첼로를 쓰다듬고 때로는 야자수 잎으로 첼로를 연주하며 영혼을 위로해요.

샤로트 무어맨은 화자로서도 등장하는데 전쟁의 이야기를 단편적으로 이야기해요.

그녀는, "그 이유를 알겠어요. 정글을 둘러친 그 의미를. 정글 안에 전사자의 유골이 있다는 것을 알리는 끈이라는 것을. 25만 피트의 나이론 끈이 정글을 둘러쳤어요"라고 말하지요.

따리프는 넋을 잃고 듣기에 열중한다. 끌로도 따리프의 열중에 최선을 다하며 그녀가 백남준의 예술에 대해서 모방적인 것을 찾아내려고 백남준의 작품과 미술 서적, 예술 서적을 열심히 찾아 연구했던 것이 보람이라고 속으로 생각하며 프랑스에서 공부하는 동안 잊고 있어야 했던 분야를 다시 이야기할 수 있다는 것에 흐뭇해하며 자신있게 설명할 수 있다는 것에 긍지를 갖고 있다

전쟁의 공포라던가 전쟁 장면은 등장하지 않나요? 하고 따리프는 묻는다.

그런 장면은 등장하지 않아요.

다만 화자들, 전쟁에 참가했던 군인들, 샤로트 무어맨, 원주민들의 이야기 속에서 전쟁의 장면이 나오지요.

전쟁에 참가한 연합군과 일본군인들, 하늘 위에 폭격기, 바다 위에 화염에 쌓인 전함, 전장의 파편들, 해골, 포탄들이 등장 합니다.

존 에프 케네디 대통령이 솔로몬군도에서 벌어진 전쟁에 참전했다고 해요.

끌로는 따리프가 작품의 구성에 대해서 까지는 흥미가 없으리라고 가정한다. 그리고 작품에서 느끼는 감성을 전달한들 동감을 할 것도 같지 않고 이미 늦은 밤이고 몽부꽁까지 알리의 차로 자신을 바래다 주는 것도 밤이 깊으면 서로 피로할 것 같아서 논문 쓰는데 혹 참고가 될지 몰라 나머지는 글로 전해 주려고 한다.

끌로는 몽부꽁으로 밤늦게 돌아와 헬가가 아직도 책상에 있는 것을 보고 잠자리에 들어가지 못하고 그녀도 내친 김에 '리퀴엠'에 대한 자기의 설명을 따리프에게 주려고 메모를 하고 있다. 그러나 한편 정말 따리프가 원할 것인지 의심이 든다. 다만 약속을 지키기 위해서 자기의 설명을 쓰려고 한다.

끌로는 한국에서 쓰다 중단한 자료들과 원고를 행여나 프랑스에서든지 미국에서든지 계속 쓰려고 가져 왔다. 그녀는 금년 '리퀴엠'에 대한 것도 비디오를 보며 책을 집필하기 위해 기록을 하고 신문에 난 평도 기록

해놓았다.

전쟁의 공포 같은 것이 작품에 없느냐고 따리프는 물었지만 스튜디오에서 말 한대로 그런 것은 없다. 끌로는 그에게 설명한 것이 불충분하다고 생각하고 글로서 정리해서 주는 것이 이해하기 편하고 논문을 쓰는데도 도움이 될 것 같다고 생각하고 보충을 쓰고 있다.

'솔로몬군도의 전쟁에 죽은 영혼들을 달래러 오는 이야기를 영화의 플래쉬백(flash back) 형식으로 과거로부터 이야기가 시작된다. 원주민의 얼굴에는 전쟁에 참전했던 사람들의 얼굴에서도 전쟁의 흔적은 사라졌다. 전쟁의 이야기 가운데 등장하는 원주민의 연주도 경쾌한 음악이다.

전쟁터였던 곳에서 발견한 헬멧을 재미로 쓰고 있는 애들의 장난기 어린 맑은 얼굴들은 전쟁과는 무관한 얼굴들이다. 그들의 얼굴에서는 전쟁의 역사를 찾아볼 수 없다. 전쟁의 아픔은 혹독하게 겪은 여인들의 얼굴도 마찬가지로 나타 있지 않다.

바다에 침몰한 전함은 녹이 쓸고 부패되어 있지만 그 주위를 헤엄치는 고기들은 전함과는 대조를 이루는 독립된 장면이 서로 교차적으로 전이된다.

화면이 전개되는 처음 "전쟁의 발단은 원유 전쟁이다. 그래서 자원이 있는 인도네시아를 일본이 먼저 침략 했다." 전쟁의 원인이 처음 설명되고 화자인 밥 에드워드는 "전쟁이 무슨 뜻이냐고요 ? 좋은 질문입니다. 전쟁은 세계가 두 쪽이 나는 것 같았고 지옥 같았어요." 그리고 원주민의 이야기도 같은 말을 한다. "나는 전쟁 때 다섯 살이었어요." 그러나 그들의 얼굴에는 전쟁의 고통은 사라져 있다. 하지만 이들의 이야기는 과거로 돌아가 비참했던 전쟁이 하늘에서 바다에서, 들판에서 전개되는 전쟁의 장면이 화면을 채운다.

샤로트 무어맨의 2만 2천명의 영혼을 달래기 위한 진혼의 행위는 아름답다. 샤로트 무어맨의 소매 없는 검은 긴 드레스의 모습이 변주곡처럼 화면에 등장한다.

영화가 시작되면서 등장하는 샤로트 무어맨의 모습은 밑에서 찍어서 인물이 크게 나와 클로즈업된다. 그녀는 사람 크기만 한 녹 쓴 폭탄을 옆에 놓고 백남준의 '평화의 소나타'를 연주한다. 2만 2천명의 영혼이 떠도는 섬에서 그녀는 첼로를 안고 꽃다발로 첼로를 쓰다듬는다. 그리고 때로는 야자수 잎으로 첼로를 연주하며 영혼을 위로한다. "그 이유를 알겠어요. 정글을 둘러친 테이프의 의미를. 정글 안에 전사자들의 유골이 있다는 것을 알리는 끈이라는 것을 25만 피트의 나이론 끈이 정글을 둘러쳤어요."

이 소리와 함께 정글을 둘러친 하얀 끈이 화면에 나타난다. 뒤샹의 '초현실주의 이민 입국허가서'가 연상된다. 백남준이 뒤샹을 미메스 한 것으로 생각할 수 있다. 미메스란 모방의 뜻은 예술 창작의 기본 원리로서 허용된다는 필요조건이라고 간주된다. 백남준이 모방하더라도 자기만의 형식을 달리함으로서 백남준의 예술을 독창성이라고 사람들이 편하게 말하는 것 같다. 정글을 끈으로 둘러친 설치 미술이라고 할 수 있을 것 같다.

해골이 쌓인 장면이 스크린에 가득차고 하늘에는 비행기가, 바다에는 전함이, 육지에는 군인들의 포성이 울린다. 텅 빈 벌판에는 샤로트 무어맨이 전사자들을 안은 것처럼 두 팔에 포탄을 안고 걸어온다.

"룬가 포인트에 케네디가 1943년에 도착했지요. 케네디는 코코넛 나무에 이름을 써 놓고 떠났지요."

원주민의 음성이 들린다.

"케네디는 어뢰정 복장으로 전쟁에 참전했지요. 그리고 이곳에서 일본군의 폭격에 의해 두 동강이 나서 부상자를 판자에 태우고 5Km를 헤엄쳐서 육지에 닿았어요."

샤로트 무어맨은 요셉 보이스가 전쟁에서 사용했던 펠트(felt)천으로 만든 케이스에 첼로를 넣어 안고 걸어간다. 그 케이스에는 보이스가 자주 사용하는 적십자가 그려져 있다. 백남준은 요셉 보이스의 예술을 찬양한다. 그래서 이 작품에 그가 전쟁에서 사용했던 펠트 천을 등장시킨 것으로 간주할 수 있다. 무어맨은 첼로를 높이 쳐들어 원주민 애들에게 흔든다. 화면이 전개 중 폭격소리가 멈추고 슈만의 '트로메라이곡'이 들린다. 이곡은 명랑한 곡이다. 백남준의 비디오의 제목이 '카다카날 리퀴엠'이다. 본래 리퀴엠은 19세기 낭만주의에서 나온 진혼곡이다. 베를리오즈 (Hector Berloze)의 '망자를 위한 진혼곡'은 낭만주의와 종교적인 것이 혼합된 음악으로 교회에서 전례(典例)에 맞지 않는다고 해서 사용되지 않고 이 곡은 세속적이고 애국적이라는 교향곡으로 전통이 이어져왔다. 어떻든 백남준의 리퀴엠은 망자를 위한 진혼곡이 아니라 백남준의 낯 서른 '평화의 소나타'를 샤로트 무어맨은 연주하고 있다.

비디오의 후반부 화면은 샤로트 무어맨이 솔로몬군도에 두 번째로 왔다고 하며 뉴욕에서 야유를 받은 'TV 브라'공연을 연주했노라고 이야기를 원주민에게 설명을 한다. 전쟁이 끝난지 한 세대가 지난 후에도 솔로몬군도에는 텔레비전의 존재를 모른다. 호기심에 아이들, 어른들이 모여든다.

샤로트 무어맨은 가슴에 아무것도 걸치지 않고 작은 텔레비전 모니터를 걸치고 나온다. 원주민들은 신기한 눈으로 바라본다.

두 번째의 솔로몬군도 방문은 전쟁의 아픔을 겪은 원주민들을 위로하자는 것일까? 케네디 대통령의 백악관 모습도 클로즈업해 화면을 채운다. 부상자를 끌고 5Km나 헤엄쳐 도달한 육지에서 그를 도와준 사람들이 백악관에 초대된다. 은혜의 보답으로 넥타이핀을 받는 원주민들의 모습이 나온다. 이 장면은 기록물을 끼어 넣은 것 같다. 원주민에게 넥타이핀이 무슨 소용이 있을까 그들은 사용하는 방법도 모를 것이며 필요 없는 것이다. 백악관 공무원의 생각 없는 무식의 소치다.

레드비취에서 샤로트 무어맨은 군복을 입고 총 대신에 첼로를 등에 업고 물속에서 나와 바닷가를 포복해간다. 맞은편에서는 백남준이 바이올린을 끈에 매달고 끌면서 고개를 숙이고 사념에 빠져 걷는다. 그들은 서로의 교차점에서 아무 말 없이 자기 갈 길을 간다. 이들의 침묵은 솔로몬군도 사람들의 전쟁 동안에 겪었던 고뇌를 대신 하는 장면 같다.

죽음에 대한 여러 가지 말, 여러 행위가 무슨 소용이 있을까? 백남준의 고개 숙인 침묵은 일류의 만행을, 인류의 잘못을 사고하고 회개하는 것으로 보인다. 샤로트 무어맨의 행위 역시 전쟁터에서 장병들의 고통을 체험해보려는 인간의 행위로 보여진다. 이들의 침묵이야말로 '리퀴엠'이다. 침묵은 죽음을 상징한다. 침묵은 종교적이다. 침묵은 가슴의 변화를 준다. '평화의 소나타'가 '리퀴엠'을 대신하지 않는다. 영혼을 달래러 온 인류의 바람은 평화다. 그래서 역설적으로 '평화의 소나타'를 연주하고 슬픔 대신에 명랑한 '트로메라이곡'을 연주한다고 볼 수 있다.

바닷가에 밀려 떠내려 온 임자 없는 손목시계가 여러 번 되풀이해 화면에 등장한다. 비디오가 끝날 무렵 시계가 여러 번 등장한다. 부셔 버린 바이올린은 인류가 빚은 재난에 대한 분노의 반성일까. 아니면 전쟁의 비극이 끊임없이 일어나는 인류의 역사 속에 음악 같은 것이 무용하다는 것일까?

백남준의 작품에 시계가 자주 등장하는 오브제다. 아무 의미 없이 등장하는 오브제에 불과한 것일까? 왜 시계를 강조하는 것일까? 시간은 해가 뜨고 지고 하는 원형의 길이를 숫자로 편리하게 구별하기 위한 기호일 뿐이다. 이렇게 되풀이되는 자연의 현상, 인간의 의식의 상태, 인간이 세상에 태어나고 죽고 하는 인간의 자연 현상도 되풀이될 뿐이다. 전쟁과 평화도 되풀이 되어 왔다. 자연의 현상이나 인간의 행위의 끝은 아무 일이 없었던 것 같은 원점만이 있게 된다. 펠릭스가 말하고 있듯이 마치 샤콘느 곡과도 같다. 시계 바늘의 움직임도 마찬가지로 되풀이될 뿐이다. 자연의 현상도 되풀이 될 뿐이다. 전쟁이 있던 자리엔 아무 일도 없었던 것처럼 존재한다. 시작하고 끝내고 하는 생성의 되풀이가 다른 것과 마찬가지로 있을 뿐이다.

샤로트 무어멘의 'TV브라'를 연주하러 솔로몬군도에 다시 오는 것도 전쟁의 아픔을 잊어버린 자연이나 사람들도 아무 일이 없이 평화롭다고 생각했기 때문일 것이다. 전쟁에 참전 했던 케네디대통령이 백악관에서 집무하는 모습이 여러 번 클로즈업 되어 화면을 채운다. 해가지고 다시 뜨

듯이 인간이 사는 모습도 자연의 현상과 마찬가지다. 원주민들의 환한 밝은 모습, 애들의 맑은 모습 뒤에 깔려있는 전쟁의 이야기 속에 전쟁의 영혼을 위로한다는 샤로트 무어맨의 아방가르드적 음악 행위가 아이러니하게 느껴진다.

달을 많이 클로즈업 시켜고 있다. 백남준이 동양 사람이라는 것을 나타내는 표증이라고 볼 수 있다. 서구인들은 달에 대해 노래하지 않는다. 동양 사람들처럼 달에 대한 감성이 없다. 전쟁의 이야기를 백남준은 서정적으로 표현하고 있다. 마지막에 여러 번 나타나는 임자 없는 손목시계, 부서진 바이올린이 파도에 밀려 움직이는 장면은 많은 것을 사고하게 하고 있다.

되풀이하지만 '리퀴엠'이라는 의미를 부각시키는 것은 진혼곡이라는 음악이 아니라 시각적 의미로 강조되는 검은 드레스의 샤로트 무어맨의 장면자체가 '리퀴엠'을 상징한다고 볼 수 있다. 그런 의미에서 백남준이 의식적으로 비디오 시작부터 시각적 차원에서 샤로트 무어맨의 의상을 상복의 의미로서 클로즈업 시켰다고 생각할 수 있다.

비참한 전쟁의 모습을 직접 보여주지 않는 전쟁의 이야기 그리고 한 세대가 지난 시점에서 아방가르드의 행위 속에 전쟁에 대한 페이소스 (Pathos)를 느끼게 하는 서정성의 비디오 예술이다. 백남준의 예술 이념이 가득 담겨 있고 그리고 그의 유일한 서정성의 예술이라고 간주할 수 있다.

끌로는 한국어로 쓴 것을 따리프를 위해 이틀이 걸려 불어로 옮겼다. 그러나 불어로 옮긴 것이 제대로 된 것인지 확인하고 수정을 하기 위해 헬가의 남자친구 띠리에게 부탁하려고 헬가를 동원한다.

끌로는 왜 백남준의 '카다카날 리퀴엠'에 열중하고 찬사를 하는지를 따로 자기 평을 한 다른 종이에 부언해서 따리프에게 전하려고 한다. 말로 설명해도 되지만 상대가 이해를 잘 하기 위해서다.

'내가 백남준의 '카다카날 리퀴엠'을 호평하는 것은 그 예술 작품 안에는 백남준의 예술 이념과 현대예술을 총망라한 면이 있어요. 전쟁이란 비극을 적나하게 표현한 것이 아니라 전쟁이란 비극 밑에 눈물이 흐르고, 비극의 고뇌가 소리 없이 깔려있어요. 비극을 서정적으로 표현했지요. 예술이 변천했어도 작품을 많은 사람들은 아직도 옛날 공식에 꾀 맞추어 만들려고 하지요. 이 작품에는 그런 공식의 기교에 의해 만들어진 것이 아니지요. 인간의 감성이 상황변화에 의해서 변화하고 있음을 보여주고 있어요.' 전쟁이 있고 죽음이 있었지만 평화가 아무것도 일어나자 않았던 것 같이 세상은 여전이 존재하고 사람도 영원히 존재하고 있음을 보여주고 있지요. 나도 이러한 현상을 주제로 작품을 쓰고 싶어 하지요.

끌로는 부언하는 말을 마지막으로 쓰고 나서 창문을 연다. 창문 옆에 붙어 있는 포플러나무에 집을 짓고 있던 까치 부부가 놀라서 날아가고 있다. 까치들이 놀랄까봐 그녀는 그들이 집을 짓는 것을 보고 난 후에는 항상 그 쪽으로 난 창문을 열지 않는데 오늘은 잊어버리고 창문을 열어서 까치들을 놀라게 했다. 그리고 그녀는 J를 생각한다. J와는 예술에 대해서 이야기를 한 번도 한 일이 없다. 가끔 프랑스영화가 한국에 오면 동행을 했다. 그는 '남과 여'를 같이 보고 주제곡이 음반으로 나오자 그녀에게 사서 선물을 한다. J는 이런 정도이다.

끌로는 자기의 물건과 함께 '남과 여'의 음반을 다락방에다 놓고 왔다. 귀국하지 않을 것이라고 생각하고 있었지만 다른 가족에게 넘기지 않고 두고 왔다. 그것은 언제까지 다락방에서 주인을 기다릴지 아무도 모른다. 끌로는 언제부터인가 미래를 결정하고 그것을 향해 나가려고 하지 않는다. 미래라는 것에 마음과 몸을 속박하고 싶어하지 않는다. 자유를 갈망하고 있을 뿐이다. 언제 무너질지 모르는 자유가 그녀의 미래인지 모른다. 불확실한 미래에, 불확실한 세계에 서 있다. 끌로에게는 예술을 만끽하고 허기진 예술혼에 영양을 공급하려는 자유를 위해 J를 따라 미국으로 직행을 하지 않았다. 그러나 그는 잊을 수 없는 존재로 있다. 사랑이 없는 대지는 공허할 뿐이다. 그래서 불확실한 사랑이라도 그녀 옆에 있어야 한다고 생각하며 허공에 손을 내미는 모순을 밟고 있다.

길을 잃은 J의 편지

끌로는 다시 상파뉴에 돌아왔다. 따리프와 자주 만나 미술에 대한 이야기로 외로움과 뜻밖에 갈게 된 K에 대한 분노를 삭일 수 있으면서도 J를 잊지 못하고 있다. 3년째 살고 있는 거처에 다시 돌아 와서 새롭게 느끼는 것은 고향에 온 기분이고 몽부꽁에서 느끼지 못한 아늑하고 홀가분한 마음을 가지고 있다. 해방감에 새털 같이 하늘을 나는 기분이다.

그녀는 방 한쪽 벽면 전체를 베이지색 포장지로 바르고 한가운데 엽서 한 장 크기의 두 남녀가 포옹하고 있는 모습을 그려 부쳤다. 그 그림은 작아서 가까이 가서야 그림의 형상을 확인할 수 있다. 벽 한 면을 포장지로 바른 빈공간은 그녀의 과거를 잊으려 노력하고 새로운 길을 찾으려고 하는 상징으로 벽면 한 면을 아무것도 없는 백지로 부쳤었다. 그것은 하나의 마음을 행위로 보인 그림이다. 그러나 J가 편지를 보냈다는 것을 6개월 후에 알게 된 후 빈 공간 한가운데에 남녀가 포옹하는 모습을 그려 부쳤다.

그와 사귄 기간은 순수의 계절이었다. 두 영혼은 사랑의 정점에 있다 해도 미래에 대한 비밀스런 약속 같은 것을 의논한 적이 없다. 두 사람의 관계가 가슴 속에 공허를 서로 채워주는 것만으로도 환희였다. 그래서 끌로는 두 영혼의 만남의 시절을 순수의 계절이라고 여기고 있다.

영은 미국에서 산월이 되어 한국에 계신 어머니를 찾아 와 있었다. 길에서 우연히 만났을 때 끌로와 J가 주말 비행기를 띄우러나가는 것을 보며 축하를 해주었다.

글로딜타! 참 멋지다. 열열이 연애를 하는 것을 보니 참 부럽다

J는 주말 풀기 어려운 수학문제를 몇 시간이나 걸려서 풀고 비행기를 띄우러 끌로와 같이 강변으로 나가는 길에서 영을 만나 다방에서 커피를 같이 할 때 영은 J가 잠깐 자리를 비울 때 격려하는 말로 부럽다고 했다.

영과는 대학교 시절부터 서로 가슴을 열고 못할 말이 없고 어려움을 나누는 지구상에 유일한 진정한 친구다. 영은 미국에서 보내는 편지마다 J에 대해 묻고 있다. 영에게는 지난해 여름 미국에 그를 보러 가는 계획이 있다고 전했다. 논문에 들어가기 전 그를 보러 가겠다고 했다. 끌로는 J로부터 편지가 끊겼다는 이야기를 하고 싶지 않아서 영에게 침묵을 하고 있었다. 아무 말 없이 여름을 남프랑스로 떠났다. 남프랑스에 간 동안에도 영은 두 번이나 편지를 보내왔다. 편지마다 J에 대한 소식을 알고 싶어 하는 편지다. J가 있는 아틀란타를 거쳐서 미니아폴리스로 오라는 것이다.

끌로는 그로부터 답장을 받지 못하고 남프랑스에서 여름을 보내고 브장송으로 돌아와서 1월에 한국으로 돌아가는 K에게서 J로부터 온 편지를 그가 갖고 있었다는 소식을 듣고 아연실색하고 있다. 편지는 샹파뉴 9번지로 와서 주소 불명의 편지로 놓여 있는 것을 보고 9번지에 살고 있던 K가 가지고가 책꽂이에 끼워 놓았다가 숙소를 옮기면서 분실을 했다는 것이다. J는 샹파뉴 7번지를 9번지로 썼기 때문에 잘못 전한 것으로 추측이 되지만 K는 편지를 가지고간지 여섯 달이나 있다가 한국으로 가면서 사실을 끌로에게 이야기 했다. 끌로는 불어로 심한 말을 해주는 것으로 끝을 냈지만 분노는 계속되고 있다. 성경 구절을 전부 외다시피 하셨던 끌로의 어머니는 사탄은 쉬지 않고 하느님을 향한 순수한 사람을 찾아다니고 있다고 하셨다. 죄를 짓지 말고 남의 죄를 용서하는 습관을 가지라고도 하셨다. 그리고 하느님이 용서하지 않는 유일한 사람은 용서하지 않는 사람을 용서하시지 않는다는 것이다.

용서받지 못하는 자가 될 망정 끌로로서는 K를 용서할 문제가 아니다. 도저히 이해할 수없는 기막힌 행동으로 남의 길을 막은 자의 너무나 터무

니없는 사건을 만든 사람을 알고 있었다는 자체가 수치스러운 일이어서 영에게 이야기하고 싶지 않았다.

끌로는 그 후 J에게 편지를 보냈지만 편지는 돌아와 아틀란타 주미한국대사관 영사에게 그의 주소를 묻는 편지를 냈다. 영사의 편지는 아틀란타를 떠난 것만 알 수 있지 옮긴 주소는 남기지 않았다고 했다. 학교를 다른 주로 옮긴 것 같다고 아틀란타 주 한국영사는 전해왔다.

끌로는 분노와 슬픔을 잊으려고 다가오고 있는 따리프에게로 의식적으로 향하고 있었다. 따리프가 끌로를 표현한 그의 그림을 보고 J를 잊겠다고 다짐을 한다. 과거를 지워버리려고 방 한쪽 벽면을 아무것도 그리지 않은 백지를 부쳐놓고 있었지만 감정을 쇠사슬로 묶어 놓을 수는 없는 일이다. 그녀는 편지가 왔었다는 소식을 듣고 엽서 크기만 한 종이에 남녀가 포옹하는 모습을 그려서 벽면에 부쳐놓은 백지 한가운데에 부쳐 놓는다. 그녀의 복잡한 감정은 방향을 잃은 듯이 걸어가고 있었다.

그가 미국으로 떠나기 전 마지막으로 비행기를 띄우고 난 후 저녁 노을이 물든 강가의 아름다운 풍경에 이끌리어 춤을 추며 백사장으로 스텝을 옮기었던 모습이 다시 살아나고 있어서 남녀가 포옹하고 있는 모습을 스케치한 것이다.

아니면 따리프가 끌로를 초대해서 아무에게도 보이지 않고 가려 놓았던 나상의 남녀가 춤을 추고 있는 모습을 보여준 그림에 자극을 받고 무의식적으로 J와의 춤이 겹쳐와 스케치한 것인지도 모른다. 따리프가 보여준 그림에 놀란 것은 끌로의 짧은 머리의 뒷모습이고 그녀는 한남자의 어깨에 손을 얹고 춤을 추는 모습이다. 둘은 나상의 모습을 하고 있다.

끌로! 처음 길에서 만났을 때 끌로의 짧은 머리밖에 기억이 나지 않았어요.

왜 나상으로 표현 했나요?

인간의 순수한 본능인 자연적 현상을 표현하고 싶었지요.

에덴의 두 남녀도 나상이었잖아요.

따리프는 끌로의 동의라도 얻으려는 듯이 심각하게 바라보고 있다.

끌로는 예술가의 솔직한 내면을 그대로 말하는 것 자체가 순수라는 것에 동감하고 있다. 그러나 그 순간 실제로 자신의 벗은 모습을 보여주는 것 같아서 얼굴을 붉힌다. 끌로는 따리프가 자신을 안고 싶은 심정을 인간의 자연적 현상이라고 말하고 있는 것도 이해하고 있다. 그렇다 예술가들은 솔직한 표현을 해야 한다. 때로는 솔직성 때문에 사회의 잣대로 비판당하는 것 자체를 그녀는 못 마땅해하고 있다. 따리프를 그녀는 같은 예술가로서 넘치도록 이해하고 있다. 두 남녀를 감싸안고 있는 공간은 안개가 짙게 내려앉은 운무의 현상이다. 길에서 처음 스쳐간 날 안개 속에서 만났던 것을 표현한 것이라고 생각하며 그녀는 마음속으로 기뻐하고 있다.

따리프는 끌로가 누구를 간절히 기다리고 있는 것을 알면서도 묻지를 않는다. 끌로도 J에 대한 이야기를 한 번도 하지 않았다. 샹파뉴로 온 이후 거의 저녁을 대학 식당에서 만나 같이 식사를 하고 카페나 따리프의 스튜디오에 들러서 시간을 보내고 있다. 이 좁은 도시에서 학생들은 같이 시내를 걷고 대학 식당에서 식사를 같이하고 영화관에 가는 것을 보며 둘 사이를 가까운 사이라고 생각하고 있을 것이다. 끌로는 따리프와 어디까지 갈 것인가도 생각하지 않는다. 다만 생각하지 않고 주어지는 순간에 순수의 감정을 교환한다는 미명을 모토로 하고 살자는 것이다.

자기 행동과 생각이 본능적인 충동에 따르는 것이 아닌가도 생각해 본다. 그리고 영에게 답장을 쓴다. 새로운 멋진 화가와 사귀고 있다는 새 소식을 알린다. 자신이 모순에 가득 차 있는 것을 생각하기도 한다. 끌로는 처음으로 흘린 눈물 때문에 마스카라로 범벅이 된 눈가를 거울을 보며 닦는다.

영은 끌로의 연정(戀程)의 행로를 낱낱이 알고 있다. 파리로 찾아온 남자에게 던진 시 '4월이 오면'은 끌로의 첫 사랑의 시다. 대학 때 시작된 20대의 연정(戀程)이다. 이 시를 영은 읽고 나서 주인공에게 보내라고 권고를 했다. 끌로는 주인공을 찾아가는 길을 어렵게 찾아서 본인에게 전했다.

그 시의 주인공은 보낸 시를 받아서일까 끌로가 두 번째로 연 개인전시회에 그는 다녀갔다. 지나가는 차안에서도 읽을 수 있을 만큼 전시를 알리는 현수막은 컸다. 우연히 보고 전시장에 왔었는지는 모른다. 전시에 찾아온 손님과 이야기를 하고 전송을 하고 들어와서 방명록을 보니 시 '4월이 오면'의 주인공이 'BJ !'라고 쓴 것을 발견한다. 끌로는 자기의 애칭을 써 놓은 것을 발견하고 흥분해서 밖으로 뛰어 나갔다. 그러나 모습은 보이지 않았다. 그날따라 전시장 관장은 끌로가 불문학을 한 것을 알고 하루 종일 샹송을 틀어 놓고 있었다. 그래서 끌로의 감정은 몸까지도 흔들어 놓아 전시장을 안절부절 서성거리게 했다.

끌로는 두 번째 사랑에 빠진 J와 사귀면서는 시를 쓰지 않았다. J와 관계된 모든 일에서 시상이 나오지 않았다. 그가 시라던가 예술에 대해 관심자체를 갖지 않아서인지 모른다.

매력을 느끼는 사람이 잡아당기면 쉽게 끌려가는 성격을 끌로는 자인하고 있다. 마치 배우 데보라카가 영화에서 쉽게 남자에게 흔들리는 연기의 모습이 자신에게도 있다는 것을 가끔 영에게 이야기 했다. 끌로는 그런 자기의 모습을 감정을 쉽게 뺏긴다고 표현을 한다.

J에 대한 끌로의 사랑은 열렬했다. 사랑의 종착역을 만들고 싶을 만큼 사랑에 빠졌다. 그 또한 열렬했다. 그리고 그는 뒤 따라 미국으로 오는 것으로 알고 있었다. 끌로는 스칼라쉽이 없이 미국으로 간다는 것이 시간이 흐르자 약해 갔고 프랑스를 거쳐서 갈 것을 결정하고 프랑스유학을 택한다. 프랑스에서 보낸 끌로의 편지를 받은 그는 놀랐을 것이다.

성격의 결함이라고 자인하는 끌로의 자기 판단인, 포용성 부족, 인내부족을 J와는 극복할 수 있다고 생각했다. 그렇다 사랑하는 사람과 떨어지고 싶지 않아서 같이 있으려고 하다보면 결혼으로 귀결되고 사랑 안에서 모든 것을 극복하는 것이라는 것도 잘 알고 있다. 지금 사랑할 수 있는 사람을 찾지 못하고 있고 실연을 당했다고 단정하는 절망에서 사르트르와 시몬 드 보부아르의 관계를 찬미하고 자신은 이혼 타입이니까 결혼을 염두에 두지 않는다고 파리로 온 남자에게 내뱉은 것도 그런 연유다.

영에게 J와 엇갈리게 된 일을 어떻게 설명할 수 있을까. K같은 사람을 알게 된 것 조차 창피한 일이고 불명예스러운 일이라고 생각하는데 그 이야기를 되풀이하고 싶어하지 않는다.

끌로는 그와 엇갈린 길 위에서 위로를 찾으려고 방황을 한다. 잊으려고 떠난 남프랑스 여행에서 다가 오는 펠릭스의 가슴을 알아차리고 순간적으로 슬픔을 가라앉힐 수 있었다. 그리고 여행에서 돌아와 그리워하는 사람의 그림자처럼 안개 속에 나타난 따리프의 가슴을 받아 드린 지금 어떻게 J를 찾아 나설 수 있을까. 논문에 짓눌리고 경제적으로도 짓눌리는데 어떻게 그를 찾아갈 수 있을까. 먼 길을 달려가서 만난다면 모든 변명이 필요 없을 것이다. 그리고 그들의 길은 제자리를 찾아갈지도 모른다. 그러나 그녀에게는 변명하는 의욕마저 사라져 가고 있다. 슬프지만 운명이라고 무게를 두고 스스로 구실을 찾고 있다.

끌로는 20대 때 사촌 오빠가 사업 실패로 답답해하던 사촌 올케가 점을 보러가면서 동행을 원해서 같이 간 일이 있다. 끌로도 점을 봐달라고 했다. 점쟁이는 명동에 끌로 같이 건강미를 가진 사람을 찾아 볼 수 없다고 하면서 24시간 일생 동안 연애를 하는 운명이라고 했다. 끌로는 그 말이 무슨 말인지 몰랐다. 그 말을 이해하려고도 하지 않았다. 따리프에게 새로 감정의 여로를 향하면서 운명에다 핑계를 해 본다.

밤은 사람의 마음을 강하게도 약하게도 한다. 감정의 기복이 심하고 이성보다 감정을 강하게 만들고 있다. 그래서 끌로는 밤에 논문을 쓰지 않고 있다. 논문은 논리가 중요하기 때문에 밤에 논리를 세우는데 감정이 끼어들기 쉬워 지장을 받는다. 편지도 마찬가지다. 밤에 쓴 편지를 아침에 읽으면 감정이 강하게 들어나 대담한 것에 놀라 찢어버릴 때가 많다. 끌로는 밤에는 주로 책을 읽는데 책도 읽을 수가 없어서 J에게 펜을 들었지만 감정을 정리하고 쓰기가 힘들어하고 있다. 쓰다 찢어버린 종이만 방안에 쌓이고 있다.

끌로는 J와 보냈던 계절을 돌아보고 있다, 그녀는 그를 만나면서 새롭게 태어난 듯한 기분을 가졌다. J는 예술이나 인문학과는 담을 싸고 있다. 그러나 그는 재직하는 대학 도서관에서 초과량으로 정리 되어 나오는 문학과 예술서적을 도서관 직원으로부터 구했는지 끌로에게 한 아름 식 가져다주곤 했다. 그가 옆에 있어 대학원 시절은 행복한 기간이었다. 그녀는 가장 행복한 때가 대학원에서 공부 할 때라고 이야기하고 있다. J는 끌로의 대학원 진학을 적극적으로 격려를 했다. 그들은 공통된 분야에 있지 않았다. 그녀의 분야에 깜깜한 그를 그녀의 감성으로 들어오라고 하는 것 보다는 그녀가 그의 분야를 이해하는 것이 대화를 활기차게 할 것 같아서 과학에 대한 지식을 쌓으려고 노력했다. J는 과학의 기초 지식이라고 하며 조지 가모의 '투 인피니티프 To Infinitif '를 끌로에게 주었다. 끌로는 그 책을 읽으며 공부를 했다. 그리고 일간지에 일주일에 한번 게재되는 과학 기사를 읽고 스크랩을 한다. 그리고 그가 당시에 J가 레이저 광선발명에 골몰하고 있어 레이저광선에 대한 지식을 갖기 위해 공부를 한다. 그는 타 대학 교수와 공동으로 오랫동안 연구 끝에 성공을 한다.

이들보다 앞서 서울에 있는 다른 대학에서 루비레이저를 발명하려고 했으나 성공을 하지 못했는데 J그룹은 성공을 한다. 그들이 레이저광선 발명이 성공한 것은 루이 암스트롱이 달에 갔다 온 이후다. 우주과학의 발달은 레이저광선이 큰 기여를 했다는 것을 알게 된다. 끌로는 과학 지식을 알아가면서 점점 그에게 빠져 들어가고 있었다. 그녀는 그가 발표하는 논문을 다 가지고 있다. 그것을 이해하지 못한다. 공식이 아주 예술적이어서 그녀는 수 페이지를 큰 글자로 복사를 해서 캔버스에 꼴라주하고 그 위에 2인무를 하는 남녀를 그려 넣었다. 이작품은 그녀가 개인전에 발표한 작품이기도 하다. 그리고 그가 미국으로 떠난 후에는 큰 화폭에 옮겨놓고 추억하는 그림이다. 이 그림도 서울 집 다락방에서 주인 없이 어둠 속에서 있을 것이다.

우정 속에서 자라나고 있는 아픔

나뭇가지 위에는 봄이 와 있는 것을 느끼는 2월인데 눈이 내리고 있어 음산한 날씨다. 1월은 '시리아-이스라엘의 밤'을 이유로 끌로는 따리프의 스튜디오에서 보내는 시간이 많다. 아가타가 시간을 내서 포즈를 취해준 벨리 댄스를 추는 모습을 그린 그림은 끌로의 눈을 끌어 한참동안 그림에 멈추게 하는 그림이다. 아가타도 그림을 보고 자신의 모습에 놀라고 있다. 끌로는 따리프가 전시할 그림을 보고나서 따리프에게 아가타가 춤을 추는 모습도 그리면 좋을 것이라고 한 것이 잘한 일이라고 생각하고 있다.

아가타는 따리프가 자신의 그림을 그려준데 대해 고맙게 생각하고 있다. 특히 전시 후에는 그녀에게 선물로 준다고 했다고 한다. 그래서 따리프에게 감사표시로 자기 집에서 따리프와 끌로를 초대하려고 한다. 아가타는 아침 일찍 학교 가는 길에 샹파뉴로 끌로를 찾아왔다. 이번 주 일요일 저녁은 식당이 열리지 않으니 일요일 저녁에 초대를 하려고 하는데 끌로가 어떤지 몰라서 직접 묻고 싶고 또한 끌로의 도움을 바라는 마음에서다.

아가타는 다른 때 보다 기분이 아주 좋은 것 같이 보인다. 들떠 있는 기분 같다. 항상 진중하고 말을 아끼는 편인데 오늘은 말의 속도가 빠른 것을 끌로는 발견하고 있다. 끌로는 아가타에게 그녀가 춤을 추고 있는 그림에 대해서 감탄하고 있다.

그림이 아주 멋지더라.

그런데 포즈를 정지 상태에서 크로키를 했을 터인데 머리카락이 실제처럼 휘날려서 더 멋지고 생생해.

옷을 입고 정지 상태로 포즈를 취했는데 따리프가 이미지를 포착해야 한다고 동작을 하라고 해서 아주 춤을 추었어.

음악도 없이 추었어?

음악 없이 추었어. 가능해.

추고 나니 따리프가 박수를 쳐서 나도 깔깔대고 한 참 웃었지.

참으로 오랜만에 추었어.

그런데 왜 웃는데 눈물이 나와서 또 한동안 울었어.

네 심정을 충분히 알겠다.

잊고 잊던 고향과 따리프가 순수한 시리아 인이 아니지만 그래도 따리프는 고향 사람이 아냐?

더구나 따리프는 따뜻한 가슴을 갖고 있고, 그래서 그런 것이지.

내가 우는 것을 보고 카페에 가자고 해서 같이 파스테르 광장 밤거리를 걸었어. 같이 시간을 보내고 내 숙소까지 바래다 주었어.

따리프는 아가타가 춤을 추는 것을 보고, 또 우는 모습을 보며, 그는 혼란해 한다. 자기가 알고 있는 아가타는 당차서 고등학교 때 프랑스로 와서 학교를 마치고 의대에 들어가 어려운 공부를 해나가는 아주 강한 여자로만 생각했었다. 그런데 유연한 몸으로 춤을 추는 모습에 감탄하기 시작했고 거기다 눈물까지 흘리는 것을 보고 마음이 흔들렸다. 그는 둘만 있는 공간에서 레일을 벗어 나갈 것 같아 떨리는 가슴을 억누르고 밖으로 나가자고 아가타에게 권한다.

따리프는 처음 브장송에 와서 아가타와 약속했던 카페에 들르지 않고 산책을 했다. 그래서 이번에는 그 카페에 들어가고 싶은 생각이 들어서 그녀를 그곳으로 안내한다. 끌로와는 대학 식당에서 식사를 하고 몇 번 같이 왔었다. 카페 안에는 남자들만 있다. 카운터에 서서 홀로 마시는 남자들도 여럿이 있다. 의자에 앉자 아가타가 띠잔을 마시자고 따리프에게 말한다. 아가타는 추한 자신의 모습을 따리프에게 보인 것을 부끄러워한다.

그들은 띠잔을 다 마실 때 까지 이야기를 하지 않고 각자가 상념에 잠긴 듯하다. 따리프는 왜 그렇게 일찍 고향을 떠났느냐고 입을 뗀다.

아가타가 10대에 고향을 떠난 것은 어머님의 의사에 따른 것이다. 카톨릭 신자인 어머님은 아버지를 설득해서 프랑스 유학을 보낸다. 아가타 어머니는 고등학교 교사로서 사회 활동을 하고 있다. 그래서 그녀는 여성의 사회활동을 적극 주장한다. 일찍이 경제적 여유가 있을 때 딸을 빨리 유학을 시킨다. 딸을 일찍이 유학을 시키려고 한 것은 자신의 미래에 대한 예감이 있어서일까 그녀의 어머니는 아가타가 대학 2학년이 될 때 세상을 떠난다. 알레포에 있는 할머니 댁을 방문하고 돌아오는 중 오빠가 몰던 차를 뒤에 오던 차가 박아서 뒷좌석에 앉아있던 어머니는 세상을 떠나게 된다. 다행이 오빠는 부상만 당했다.

따리프는 더 이상 아가타에게 고향 이야기를 묻지 않으려고 화제를 돌린다. 그리고 '시리아 -이스라엘 스와레' 이야기로 돌린다. 아가타는 따리프가 혼자서 너무 애를 쓰느라고 살이 빠졌다는 것을 느끼고 있다.

따리프, 살이 많이 빠진 것 같은데 그림 그리느라고 그런 것 아니예요?

그래서 그런 것 아니지.

그림이야 늘 그리는 것인데.

따리프는 천성이 그런 것처럼 그는 언제나 좋지 않은 일이 닥쳐도 남의 탓으로 이야기 하지 않는다. 그런 어진 성정은 아버지와 어머니로부터 물려받은 것이다. 아픔을 누가 주더라도 탓을 하지 않고 혼자 삭이는 버릇이 있다. 고통이 생기면 그는 차를 몰고 혼자 여행을 떠난다. 몇 년 사귀던 여자 친구가 돌연 만나지 말자고 해서 이유를 물었더니 새 친구를 만났는데 자신이 원하는 타입이라고 하며 돌아섰다. 그런데 어느 날 친족 모임에 사촌이 막 사귀게 된 여자 친구를 데리고 왔는데 바로 따리프가 사귀던 여자 친구였다.

따리프는 텐트를 차에 싣고 팔미라로 가는 사막으로 간다. 그는 사막에 텐트를 치고 마치 수도자처럼 텐트에 틀어박혀 이틀을 보내며 고독과 싸운다. 사막의 지평선의 일몰과 아침에 뜨는 찬란한 태양, 시시각각으로 변하는 형용할 수 없는 모래언덕의 색채, 밤 사막을 비추는 달빛의 아름다움, 언제 구성되었는지 거대한 모래 산, 그 산은 햇빛이 비추는 곳은 강열한 주황색이고 반대쪽 그늘진 곳은 검은 색으로 되어 있어 마치 입체화된 산으로 보인다. 모래알 만큼 많은 별들의 반짝임 그는 자기가 또는 인간이 사막의 모래알만도 못한 존재라는 것을 느낀다. 모래알은 수십억 년 전에 생성되어 앞으로도 영원히 존재할 것이다. 그런데 사람은 한 순간 지구상에 존재한다. 이 짧은 순간에 타인의 계획, 행복에 왜 아파해야 하나 자문하고 있다. 그는 여자 친구의 행위를 책할 일이 아니라고 묵상에서 깨닫는다. 고독이 그를 묵상하도록 한다. 모든 동작이 멈추어 있는 소리 없는 고요 속에 평화를 느낀다. 그리고 사촌형과 여자 친구의 행복을 빌어주어야 되겠다고 집으로 달린다.

누가 그를 사막으로 인도했을까? 그는 혼란한 마음이 들자 계획없이 사막으로 달렸다. 감탄하도록 아름다운 자연은 사람을 선으로 인도하는 능력이 있는 것이 아닐까? 따리프는 사막으로 온 것이 자신의 의사만이 아닌 것 같은 느낌을 아무에게도 말하지 않고 가슴 깊이 담아 두고 싶어 한다. 사막으로 갈 때와 돌아올 때가 이렇게 다를 수 있을까?

따리프가 집에 돌아와 얼마 후 사촌형도 자신이 겪었던 것과 같은 고통으로 괴로워하고 있었다. 여자 친구는 자기와 결혼하고 싶어 하는 새로운 사람이 나타났다고 하며 형을 뒤로하고 돌아섰다.

몽부꽁을 따리프가 찾았을 때 끌로가 불을 끄고 달빛을 즐기자고 했었다. 따리프는 달밤에 달아난 양을 삼촌과 찾아 헤맸던 이야기만 했다. 사막을 찾아 팔미라로 향했던 이야기, 사막의 아름다운 달빛을 경험한 일이 떠올랐지만 순간 밝히고 싶지 않은 신비의 경험을 자신만이 간직하고 싶어서 이야기하지 않았다. 사실 그가 경험한 달밤을 말로서 설명이 불가능했기 때문이다.

따리프는 작업 때문에 살이 빠진 것은 아니라고 했으나 실은 작업이 많기 때문에 피곤을 느끼고 있다. 따리프는 맥주가 피곤을 풀어주리라고 생각하지만 밤이라 아가타에게 묻는다.

아가타, 사실 피곤한데 맥주를 마시면 피곤이 풀릴 것 같은데, 아가타는?

좋아요, 나는 드미로 할테니 따리프는 큰 잔으로 하세요.

따리프는 오래 머무르지 않고 아가타가 안정을 찾은 것 같아서 그는 밤이 깊어가고 있고 아가타에게는 해야 할 공부가 많을 것 같아 나가자고 한다.

밖에는 거의 사람이 없는 어둠만이 깔려 있다. 아직 문을 열고 있는 비스트로와 카페가 있는 곳은 안에서 나오는 불빛으로 길을 훤히 밝히고 있다. 그리고 버스가 다닐 시간이라 버스 소리만이 적막한 거리에 퍼져 나가고 있다. 따리프는 아가타를 바래다주기 위해 거리를 걸으면서 버스 소리에 귀를 기우린다. 끌로가 말한 것처럼 정말 고요 속에 들려오는 버스 소리가 독특하다는 것을 새삼 느낀다. 버스 소리는 외로움도 가져다주고 깊은 밤 모두가 잠들어 있을 때 책에 매달려 있는 외로움을 잊게 해준다고 했다. 끌로는 소리에 남다르게 민감하다고 그는 생각한다. 따리프는 피곤이 몰려오는데 끌로를 만나고 싶은 충동을 느끼고 있다. 그는 그녀에 대한 모든 것을 의식하려고 한다. 새벽안개는 윤곽을 분간할 수 없을 만큼 짙게 깔려있었다. "아는 사람인 줄 알았어요."

숙소에 들어오자 끌로가 전한 '리퀴엠'에 대한 설명이 들어있는 봉투에 눈을 보낸다. 그녀가 '리퀴엠'에 대해서 아주 섬세하게 보고 느낀 평이다. 예술에 대해 소통이 가능하지 않는 환경에서 그녀는 귀중한 여자라고 따리프는 생각하고 있다. 왜 낯선 고장에 떨어진 첫날 스쳐간 여자를 만나고 싶어 했는지 자신을 돌아본다. 아무 이유도 없이 만나고 싶었을 뿐인데 이제는 그녀를 뒤로하고 앞으로 파리로 가는 것마저 포기하고 싶은 심정이 들고 있다.

아가타, 일요일 오후 초대하면 나도 시간이 있으니까 도와줄게, 그런데 음식을 뭐를 하려고 하는데?

그것도 아직 정하지 못했어.

뭐 좋은 아이디어가 있니?

시리아 음식을 만들지?

재료도 많이 사야하고 오븐이 있어야 해.

매일 식당에서 두 번 육식을 하니까 육식을 꼭 할 필요는 없고 따리프의 할머니가 프랑스 할머니여서 프로마즈 퐁뒤도 좋아할 것 같아.

만들기도 간단하고.

퐁드리에르도 스틱도 없어.

내게 있어.

장점은 한 그릇에서 같이 먹기 때문에 친근감이 생겨.

바게뜨와 프로마즈, 살라드 감으로 레띠유 한 포기, 백포도주 한 병, 바게뜨만 사면 돼.

바게뜨는 두 개 사.

알리가 온다면서?

나는 그로써리에서 후식용으로 과일을 사가지고 갈게.

아가타는 끌로와 초대계획이 원만이 끝나자 상기된 얼굴로 곧 학교로 직행한다. 끌로는 아가타가 들떠 있는 모습을 본 것은 처음이다. 늘 힘든 공부와 닥터 떼브네에 대한 불안이 그녀를 억누르고 있어서다. 아가타는 닥터 떼브네를 그녀가 의대에서 교수로 재직할 때 알게 된다. 닥터 떼브네는 늘 반듯하고 시험지는 거의 완벽해서 관심을 갖게 된다. 교수로부터 선택되어 특별한 관심을 받는다. 아가타는 공부가 어렵지만 교수로부터 특별한 관심을 받게 되어 공부에 즐거움도 갖는다. 아가타는 닥터 데브네로부터 가끔 레스토랑에 식사 초대를 받기도 한다.

교수가 병원을 내고 학교를 떠난 후 아가타는 병원에 잔일이 있을 때 도와주고 있다. 어려서 고향을 떠났고 어머니가 돌아가시자 재혼을 한 아버지와는 거리가 멀어지게 된다. 그녀는 닥터 떼브네의 아늑하고 품어 안는 넓은 마음에 사로 잡혀 부성애 같은 감정도 갖는다. 시간이 많이 쌓이는 동안 아가타는 교수를 존경하는 마음이 흠모로 가고 있다. 그러나 의사 떼브네의 주위에 많은 여자들이 있는 것을 알게 되며 한편 불안을 느끼며 교수에 대한 감정이 사랑의 감정으로 변하는 것을 자인하며 괴로워하고 있다.

그런데 끌로를 찾아왔을 때 늘 얼굴에 불안이 차 있는듯하던 분위기는 찾아볼 수 없이 그녀의 얼굴에는 생기가 돌고 있다. 끌로는 그녀의 밝은 표정을 읽고 다행한 생각이 든다. 그리고 끌로는 아가타가 따리프에게 향하는 마음으로 바뀐 것이 아닌가 생각한다. 끌로는 아가타도 따리프도 흔들리는 감정이 일어나 어떻게 진전되는 것인지 끌로는 불안한 마음이 일어나는 것을 억제할 수 없어 한다.

학생 생활에서 분위기를 바꾸는 기회는 구실을 만들어 붐을 만들고 있는 것이다. 가장 쉬운 방법이 숙소에 친구들을 초대하는 일이다. 자신의 생일이나 다른 친구의 생일, 또는 학위취득을 축하해 주거나 학위취득자가 자축하는 파티를 즐기고 있다. 작은 것이라도 먹는다는 것은 즐겁고 상대를 기쁘게 하는 것이다. 끌로는 학생 생활이라는 것을 핑계로 아무 장식 없는 식탁을 만들지 않으려고 노력하고 있다. 숙소 정원 잔디에 핀 민들레나 개나리, 바이올렛을 때에 따라 꺾어서 컵에 꽂아 같이 사용하는 식당의 식탁을 장식하는 것은 끌로다.

여름 여행에서 돌아와 따리프를 만나면서 언제나 그녀의 가슴은 뛰고 있었다. 그런데 오늘 아가타가 자기와 같이 가슴도 얼굴도 상기된 것을 본다. 그리고 끌로도 언제까지 이 상기된 자신의 모습이 계속될 것인가 의문이 들고 있다.

아가타가 떠난 다음 불안한 아픔이 생기는 것을 누르고 그녀는 포목전에서 자투리 천을 사다 만들어 사용하던 식탁보와 냅킨, 퐁드리에르를 아가타의 초대를 위해 찾아 놓는다.

슈코바는 알메리아에다 마음을 두고 와

끌로는 슈코바로부터 오는 부활절을 알메리아에서 보내자는 편지를 받는다. 끌로는 펠릭스로부터 긴 편지를 받고 자신이 그린 그림엽서에 간단하게 답신을 전하고 그 후 팰릭스로부터 편지를 받지 못했고 또한 끌로도 편지를 보내지 않았다. 펠릭스에 대한 특별한 감정을 느끼고 브장송으로 돌아왔지만 그 감정을 잊게하는 여러 사건이 일어난다. 그 중에 사건이란 J가 끌로에게 편지를 했다는 사실을 알게 되고 이 사실을 알기 전 다가오는 따리프의 마음을 그녀의 공허한 마음은 팔을 벌리고 받아드린다. 그리고 다시 가슴은 뛰고 있었고 뛰는 가슴은 자유롭게 흘러가게 내버려 둔다.

펠릭스와 슈코바는 그간 연락을 계속하고 있었다. 지난여름 어둠이 깔려 전기불이 환하게 밝힌 잔디밭 마당에서 펠릭스와 슈코바가 다정하게 춤을 추는 모습을 펠릭스의 아버지는 흐뭇해하며 눈을 그들로부터 떼지 못하고 있었다. 끌로의 마음속에도 저 한 쌍이 인생의 짝이 되었으면 하는 마음이 자연스럽게 일어났다. 더욱이 한 어린애가 또래들과 정신없이 놀다가 펠릭스가 춤을 끝낸 것을 보고 달려와서 춤을 추자고 매달렸을 때 펠릭스는 자기의 발위에다가 어린애의 발을 얹고 춤을 추는 모습이 아름다워 손님들의 시선을 끌게 하고 환호를 부르게 했다. 펠릭스는 슈코바의 세 살배기 딸도 사랑할 것이라는 것까지 끌로는 상상하고 어울리는 아름다운 짝이 될 것 같은 예감을 가진다.

슈코바의 편지는 펠릭스가 아버지가 부활절에 초대하는 것이니 끌로와 같이 오라고하는 것이다. 펠릭스의 아버지가 아들을 생각하는 것도 중요하지만 슈코바가 끌로에게는 고백하지 않았어도 마음을 이미 알메리아에 떨어뜨리고 온 것이리라. 니스를 찾았을 때 슈코바는 니스에 다시 오자고 끌로에게 제안을 했었다. 그것은 펠릭스에게 마음을 두고 있는 것일 것이다. 슈코바의 마음은 알메리아를 떠난 후에도 펠릭스에게서 떠나지 못하고 있었다. 그녀는 가을에 대학을 진학 하겠다는 말도 했다. 대학을 졸업할 나이에 대학에 진학하겠다는 것은 마음에 큰 전기가 일어나고 있는 것일 것이다.

끌로는 슈코바의 제안에 선뜻 답을 정하지 못하고 있다. 슈코바는 기차로 알메리아에 가자고 하면서 브장송을 들러서 하루를 보내고 차는 브장송에 놓고 가겠다는 것이다. 끌로는 그간 논문에 진전을 보지 못한 것도 이유지만 9월이면 따리프가 파리로 떠나면 남은 시간은 아쉬운 순간들이라 그 순간을 함께 무엇으로라도 함께 꾸미고 싶은 심정만이 가득하다. 끌로는 슈코바의 부푼 마음을 깨뜨리지 않기 위해 우선 슈코바에게 같이 가겠다는 의사를 전하려고 아침 일찍 우체국으로 나가려고 하는데 따리프는 알리의 차를 가지고 갑자기 찾아왔다. 끌로가 샹파뉴로 온 이후 따리프는 가끔 예고 없이 끌로를 찾아온다. 그는 샤뻴 드 롱샹을 보러 가자고한다. 가는 시간이 두 시간쯤 걸리니까 지금 떠나도 충분하다고 한다. 크로키를 하기 위해 캔버스도 몇 개를 가지고 왔다고 하며 몇 개 그려서 그의 아버지에게 보내려고 하고 있다는 말도 한다. 그가 브장송으로 떠나기 전에 그의 아버지는 르 꼬르뷔지에가 건축한 샤뻴 드 롱샹을 꼭 보라고 권했지만 아직 가지 못했다. 계획이 없었던 여행을 떠난다는 것은 여행 준비를 위해 애써야 하는 부담을 줄여서 한편 편한 산책이기도 하다. 따리프는 여행을 위해 미리 준비를 꼼꼼히 한 것 같다.

브장송을 떠나 한 시간을 달리다가 내려서 다시 지도를 보고 있다. 자동차가 멈추자 길옆 고목나무에 수십 마리의 까마귀가 앉았다가 놀라서 무리 지어 날아간다. 하도 큰 무리라 하늘을 뒤 덮을 것 같다. 어떻게 저렇게 많은 까마귀가 무리질 수가 있을까? 유럽에는 까치보다 까마귀가 더 많은 것인가. 끌로는 따리프에게 시리아에도 까마귀가 많은지 어리석은 질문을 한다. 그는 까마귀가 많은지 어떤지 모르지만 까마귀도 까치도 있다고 한다. 까마귀처럼 생긴 검은 새의 존재를 반가워한 적이 있는데 사막 여행에서 텐트에 홀로 있을 때 하늘도 땅도 생물이 없는 듯한 우주에 자기만 홀로 존재하는 고독감에서 몇 마리의 검은 새가 날아가고 있는 것을 봤을 때 반가웠다는 것이다. 그 새는 까마귀는 아닐 것이라고 했다.

까마귀는 하늘을 높이 날지 않고 오랫동안 날지 않는 새이기 때문에 다른 종류의 새였던 것이라고 하고 있다. 사막의 지평선이 시각마다 변하는 색채는 아름다움의 극치였다고 설명한다. 끌로는 왜 그가 사막 여행을 혼자 했는지 궁금했다. 따리프는 끌로가 궁금해 하는 것을 자세히 이야기하고 싶지 않지만 감추고 있던 귀중한 경험만을 끌로에게는 말하고 싶은 심정이 들었다. 누군가 그를 사막으로 인도한 것 같다는 말만을 했다. 그리고 그는 고독한 시간을 통해 자신을 돌아보는 기회였다고 전한다. 결과는 분노를 삭힐 수 있었던 여행이었다고 전한다.

드디어 하얀 건물이 그들의 눈에 들어왔다. 이야기대로 멀리서부터 주위의 공간에서 고딕성당과는 달라 돋보이는 백색 현대식 건물이라는 것을 확인하고 둘은 차에서 내린다. 공휴일이 아닌데도 많은 방문객들이 있다. 따리프는 도착 하자마자 성당건물에서 백여 미터 떨어진 길 가에 차를 세우고 가져온 접개 이젤을 꺼내지 않은 채 캔버스 몇 개만 꺼내 차에 기대어 크로키를 한다. 크로키를 얼른 하고 사진을 찍어 참고를 할 예정이다. 끌로는 옆에서 따리프의 멋진 작업을 보며 그에 대한 좋은 감정이 더해가는 것을 느낀다. 그녀는 따리프의 얼굴 모습을 햇빛 아래서 여기저기 관찰하고 있다. 그의 선한 모습에 가슴이 빨려 들어가는 기분이다. 영원한 사랑이 지속되었으면 하는 염원도 가져본다. 관광을 끝낸 젊은 사람 몇 명이 따리프의 크로키를 보기 위해 주위에 모여들었다. 그들은 독일에서 온 젊은이들이다. 대개가 스페인 말을 하는 관광객과 프랑스인이고 동양 사람은 끌로 혼자다. 따리프는 크로키를 끝내고 독일 청년 중에 제일 작은 청년을 택해 스케치 북에서 한 장 떼어내 초상화를 재빠른 솜씨로 그려서 준다. 청년들은 환호하며 고맙다고 일제히 따리프에게 인사를 한다. 다른 청년들은 자신들도 초상화를 그려달라고 할 것 같은데 화가에게 청을 하지 않는 것을 보고 끌로는 이들은 예술에 대해 뭔가 알고 있는 것이라고 생각한다.

끌로와 따리프는 성당 안으로 들어가 건축을 감상한다. 제대 앞에는 방문객을 위해 마련된 촛대 바디 위에 촛불이 켜있다. 초불을 보며 성스러운 분위기라는 생각보다 또 화재가 나면 어떻게 하나 걱정을 끌로는 하고 있다. 천정에서 내려오는 빛이 신비스러운 것이 특징이라고 들었는데 끌로는 그런 것을 느끼지 못하고 있다. 그녀는 따리프에게 신비스럽냐고 묻는다. 그는 신비라는 말 대신에 경이하다고 한다. 그는 건축이 단순하게 건축한데에 눈이 끌린다고 한다. 끌로는 백색 사방 벽에 여러 크기의 사각형의 창틀이 불규칙하게 난 유리창에 그려진 그림에 골몰한다. 그림들은 전통적 교회의 그림과는 아주 다른 것에 관심을 갖게 한다. 그려진 대상들은 해, 바다, 뱀의 머리, 산, 새, 여러 해저 동물들이 구상화로 그려져 있다. 실내가 어두우나 항상 창문으로 흘러 들어오는 자연 광선으로 조명을 이루고 있다.

미사집전을 할 때 한 사람이 부르는 노래가 코러스의 효과를 내도록 했다고 한다. 그렇다면 미사집전 때의 한 사람의 목소리는 어떻게 되는 것인지 끌로는 궁금해 하고 있다. 이렇게 건축가는 교회의 건축을 획기적인 개혁을 시도했다. 고딕식 석조 건물 대신 시멘트만으로 선과 면을 살려 극히 단순함을 살린 것은 기계생활에 시달리는 현대인에게 친근감을 주게 하기 위한 것이라고 설명하고 있다.

르 꼬르뷔지의 건축의 이념은 장식과 기념비적인 것에서 벗어나 기능적인 건축물에 있다고 하고 있다. 조명과 음향 효과를 중요시한 것이 롱샹의 교회라고 하고 있으며 건축가는 이 세상에 전쟁이 다시 일어나지 않기를 바라는 작가의 기원을 담고 이 성당을 건축했다고 전해진다. 길이 27미터의 백색 초현대식 시멘트건물이다. 지금 롱샹의 교회가 세워지기 전이 자리에 13세기에 수도원이 있었는데 몇 번의 전쟁을 통해서 파괴되었고 20세기에 와서 전쟁의 폭격으로 완전히 폐허가 되어 1951년 롱샹의 교회를 르 꼬르뷔지에가 건축한 것이라고 한다. 끌로는 1951년 이라면 고국은 이때 전쟁에 휘말리고 있을 때이고 더구나 사람들은 외방 세계를 알지도 못했던 시기에 한국에 온 미군들은 초가집들을 보고 가축을 기르는 축사냐고 물었다는 시기인데 이곳에선 집을 짓는데 기능이니 어떠니 한 것을 생각하고 속으로 쓴 웃음을 짓는다.

끌로는 성당 문을 나서면서 유리창에 그려진 대상이 교회와 어떤 관계가 있는지 건축가의 의도와 자신의 상상이 연결될 수 있는 것인지 풀어볼 과제를 안고 문을 나선다. 그러나 그녀는 그림의 대상들이 교회와는 관계가 없는 것이고 현대인을 위해 눈여겨보지 않는 자연에도 눈을 돌리라는 것이 아닌가하고 빠른 판단을 한다.

따리프는 문을 나오자 끌로에게 포즈를 취하라고 한다. 그리고 스케치북에 크로키를 한다. 이어서 카메라로 같은 포즈를 여러 번 찍는다. 그는 고딕 로마네스크 건축이 전공인 아버지가 극구 찬양하던 르 꼬르뷔지의 롱샹의 교회를 확인하러 온 것이다.

끌로는 차안에서 극히 단순하게 지은 건축을 사람들이 감탄하는 것이 이상 하다고 생각한다. 그녀는 따리프에게 감상을 물어본다.

따리프, 어때요?

건축 양식이 전형적인 건축이 아니라는 것이 특이 할뿐이지요.

13세기에 지었던 교회라고 하는데 유럽에 있는 수도원이 거의가 13세기에 지어진 것이 대부분이라고 해요.

시기적으로 종교적 어떤 사건이 있었던 것 같아요.

그렇지요.

그리스만 해도 이슬람교를 믿는 오스만 트루크 제국이 13세기 그리스를 지배하자 수도사들은 전부 산으로 피신하게 되지요.

그래서 수 십 미터나 되는 바위 위에다 수도원을 짓고 은둔 생활을 하지요.

그리스의 메테오라가 한 예지요.

어떻게 그렇게 자세히 알고 있지요.

대대로 내려오며 예수를 믿는 집안이기 때문에 들은 이야기도 있고 할아버지들도 아버지도 종교사를 많이 읽고 있었어요.

롱샹 교회는 평지에다 세웠지만 그리스의 메테오라는 수십 미터나 높이에 지어졌는데 어떻게 건축자재를 옮겼는지 궁금해요.

지금도 수도사와 수녀들이 있다고 하는데 제일 궁금한 것은 식수를 어떻게 해결하는지 모르겠어요.

바위에서 나오지 않을까요?

끌로는 모세가 지팡이로 바위를 때려서 물이 나오게 하는 장면을 영화에서 본 것을 기억하며 상상하고 있다. 그러나 후에 알게 된 것은 피신해 높이 있는 수사들에게 마을 사람들이 줄을 매서 식수를 올려 주었다고 한다.

따리프는 돌아오는 차안에서 빨리 유화로 옮겨 아버지에게 선물로 보내겠다고 한다. 그는 끌로가 포즈를 취한 것을 택해서 보내고 나머지는 카메라로 찍은 것을 현상해서 보낸다는 것이다. 끌로가 묻지도 않았는데 그녀가 있는 그림을 보낸다면 멀리 있는 자기에 대한 아버지의 상상이 확대되어 갈 것을 상상하며 자기도 아버지를 상상하며 즐기고 싶다는 것이다. 따리프는 아버지에게 하는 것이 아니라 마치 친구같이 대하고 있는 것이 아닌가 하고 상상한다. 많은 것을 가족에 대해 묻고 싶은 생각이지만 끌로는 더 나가지 않고 몽벨리아르에서 내려 저녁을 먹자는 제안을 한다. 따리프는 갑자기 길옆으로 차를 세우고 지갑에서 아버지의 사진을 끌로에게 보여준다. 끌로는 아버지가 자끄 시락과 꼭 닮은 것에 놀라고 있다. 그녀는 ,

어머나, 자끄 시락을 닮았어요.

그래요, 알리도 사진을 보여주었더니 그런 말을 해요.

끌로는 따리프의 아버지가 프랑스인의 어머니에게서 낳았다는 것을 잊고 있었다. 끌로는 이제야 따리프의 얼굴에서 특이한 점을 찾아낸다. 프랑스인의 피가 섞여있지만 눈썹이 넓고 숱이 많은 것은 중동 사람을 닮고 있다는 것을 발견한다. 해는 아직도 하늘에 있다. 차창으로 내다 보이는 들판은 겨울인데도 생명을 버티고 벌판 위에서 파란 모습을 하고 있어 눈을 즐겁게 하고 있다. 음산한 날씨가 겨울이 가지 않은 것 같이 느껴지는 것은 브장송보다 더 북쪽이라 기온이 낮은 탓이리라. 봄은 이곳도 개나리 가지에서 가는 겨울의 거름을 이미 밀어내고 들어 앉아 있다. 들 옆에 경계를 표시하기 위해 심은 나무들이 죽 늘어서 있다. 수많은 나뭇가지에 까마귀들이 잠깐씩 앉았다 날아가곤 한다. 고향도 그렇지만 사람 가까이서 사는 새들은 이곳도 까마귀와 까치다. 앞에 벌어지는 새들의 장면은 로베르 뼁제의 소설을 연상 시킨다. 로베르 뼁제는 자기 소설에서 죽음을 이야기하며 까마귀 까치들을 변주곡처럼 등장시켜고 있다.

까마귀는 그가 내는 소리가 음흉스러워서 혐오스럽다. 따리프는 졸음이 오는지 음악 디스켓을 꺼내서 튼다. 곡은 브라질리아 까르나발이다. 자신이 가지고 있었던 디스켓을 몇 개 찾아서 가지고 나온 것이다. 이곡은 작년부터 유럽 어디에서나 들을 수 있는 유행하는 곡이다. 끌로도 피곤이 밀려와서 쉬고 싶어 음악만 듣고 있다.

어둠이 깔린 잿빛 대지에 드문드문 있는 집에서 불빛이 보인다. 비록 그들은 연인으로서 하는 즐거운 여행이지만 저녁 멀리 있는 집에서 새어 나오는 불빛은 외로움을 더한다. 만약 다른 제 삼자가 같이 있다면 외로움은 덜 할 수 있다. 끌로는 일요일 오후 J와 서울 시외를 산책하고 어둠속을 달려 서울로 돌아올 때 촌가에서 나오는 불빛에 외로웠던 기억을 떠올리며 사색에 잠겨 있다. 말없이 있는 끌로를 본 따리프는 핸들을 왼손으로 바꾸어 잡고 오른 손으로 끌로의 어깨에 손을 놓는다.

몽벨리아르에 들어서 그들은 시내를 돌고 돌아 들어갈 만한 레스토랑을 찾는다. 그러나 저녁은 예약을 해야 들어가는 식당이 대부분이어서 불안해 하는데 웨이터가 먼저 "무쓔, 마담" 한다. 예약을 하지 않았다고 하니 예약을 하지 않아도 된다는 것이다. 먹는 장소는 어디고 즐거운 분위기다. 따리프는 창가에 빈자리를 안내하는 웨이터를 먼저 따라간다.

메뉴판을 든 끌로는 한 번 훑어 본다. 점심을 간단이 샌드위치로 해결했기 때문에 시장기가 들어서 고기류를 선택하려고 하는데 오늘의 특별 메뉴라고 한 것에 눈을 돌린다. 그것은 뿔레 오 에삐나르(시금치를 곁들인 닭 가슴살)다. 그녀는 따리프에게 자기는 무엇을 먹을지 선택했다고 한다. 따리프는 메뉴판에서 무똥 오 뽐무(감자를 곁들인 양고기)를 선택한다. 오늘의 메뉴에서 고기류는 세 가지 밖에 없다. 이 식당에도 수프는 없다. 대개 프랑스의 젊은 사람들은 수프를 즐기지 않는다. 대학 식당에서도 저녁에나 수프가 나올 때가 더러 있다. 음식을 주문하자 시간이 걸리지 않고 금방 나온다. 매일 몇 가지 음식을 요일을 바꾸어가면서 정해서 만들어 놓기 때문에 음식이 빨리 나오는 식당이다.

허기진 두 사람은 밤에 운전을 하는 것이어서 여유를 부리며 이야기를 섞어 음식을 즐기지 못한다. 끌로는 도로지도를 들고 몸브레남에서부터는 샹파뉴까지는 자기가 운전을 하겠다고 한다. 따리프가 피곤할 것 같아서 피로를 덜어주고 싶어서다. 따리프는 끌로의 말이 끝나자 손을 내밀어 끌로의 볼을 살짝 대며 "농!" 한다.

사실 벨 포르에서 브장송까지 먼 길은 아니다. 그런데 몽 벨리아르까지 왔으니 브장송은 더 가까이 있다. 따리프는 음식을 먹어서 기운이 난지 끌로에게 문을 열어주고 활기찬 모습으로 운전대에 오른다. 떠나기 전에 음악 디스켓을 골라 케이스에 넣고 튼다. 잠을 막으려는 것인지도 모른다. 끌로는 정신을 차리고 길 안내를 도우려고 한다. 낮에도 길을 가로 질러 뛰는 짐승들을 자주 만나게 되어 놀랄 때가 있고 피하려고 하다가 사고를 내는 일도 자주 있기 때문이다.

몽벨리아르를 벗어나자. 끌로는 베르나르의 집이 몽벨리아르에 있다는 것을 이제야 기억하고 있다. 어느 날 그의 자동차에서 싸리나무로 만든 대래키를 보고 그런 종류의 대래키가 어렸을 때 한국에도 있다고 했더니 유일하게 몽벨리아르에만 있다고 했다. 그는 집에 또 있다고 끌로에게 주었다. 몽벨리아르에 있는 대래키는 한 면이 납작하게 되어 있어 나무에 올라가 열매를 딸 때 옆구리에 편하게 차기위해 한 면을 평평하게 만든다고 했다. 끌로는 따리프가 졸까 봐 말을 시킨다.

따리프, 내방에 잡지를 담아놓은 빠니에를 봤지요?

본 것도 같은데요.

그 빠니에가 몽벨리아르에만 있대요.

내 친구 베르나르라는 프랑스애가 이곳에 사는데 집에서 과일을 담아오느라고 가져왔다가 나에게 준 것이지요.

베르나르라는 친구가 둘 있는데 이곳에 사는 베르나르는 브장송 시청에 근무해요.

독신이니까 대학식당에 와서 밥을 먹어요.

자주 식당에서 보고 어떤 때는 같은 식탁에 앉게 돼 친구가 됐지요. 또한 베르나르는 고등학교 카운슬러로 있으면서 학위를 하고 있어요. 이 친구는 엘리트지요.

친구의 친구여서 알게 됐어요.

끌로는 필요 없는 이야기를 따리프가 혹시 졸까 봐 계속하고 있다. 브장송에 들어오자 브장송은 몽벨리아르보다 크다는 것이 집들이 널리 퍼져서 비추고 있는 불빛으로 다시 느끼고 있다. 집에서 비추는 불빛은 하늘에서 반짝이는 별빛처럼 퍼져 있다. 끌로는 봄므레담까지 와서 따리프가 샹파뉴까지 계속 운전하겠다고 했지만 그래도 그녀는 자기가 운전을 하겠다고 한다.

시내에 들어설 때 안개가 짙게 깔려 있다. 브장송은 두강 때문에 다른 곳에 안개가 끼지 않는데도 안개가 밤하늘을 가리고 자욱하게 땅에 퍼져 있다. 오는 길이 브장송 같이 길을 분간할 수 없도록 안개가 내려앉았더라면 힘든 길이었을 것이다. 따리프는 안개가 또 꼈다고 하면서 "누 솜 라 앙코르(우리 처음 만났던 곳에 왔어요)."한다.

새벽안개는 윤곽을 분간할 수 없을 만큼 짙게 깔려 있었다. "아는 사람인 줄 알았어요". 끌로를 내려 준 따리프는 하룻밤 묵게 해줄 수 없느냐고 농담을 한다.

그들의 환희와 흘러가는 감정 사이에서

내린 눈이 아직도 그늘진 곳에 남아 있는데 며칠 전부터 안개비가 간간히 내리고 있다. '시리아-이스라엘 스와레'를 위한 따리프의 전시를 실내에서 할지 옥외에서 할지 두 나라 학생들의 의논의 결과는 날씨가 고르지 못해 실내에서 하는 것으로 결론을 지었다. 샤날 부장은 전시회가 없는 도시에서 일반인도 보게 하는 것이 좋겠다는 의견을 말해서 대학에서 보다는 시내 한 가운데가 좋겠다는 의견도 있다. 하루에 누구나가 또 모든 버스들이 통과하는 교통이 편리한 쌩 삐에르 광장 부근에 있는 곳에서 하는 것이 좋을 것이라는 주최학생들의 의견이다. 쌩 삐에르 광장의 성당이 좋을 것 같다고 끌로는 따리프에게 의견을 말한다.

프랑스의 성당이 그러하듯이 그 큰 쌩 삐에르 성당도 일요일 50여 명 정도가 미사에 참가할 뿐이다. 보통 날은 집전하는 신부와 보좌 신부만이 매일 미사를 드리는 정도로 비어 있다. 문을 평일에도 열어놓고 있어도 기도하러 오는 사람이 별로 없다. 유럽 다른 나라 교회들도 건물을 팔거나 다른 용도로 쓰며 문화 행사에 이용되고 있는 것은 그나마 다행이라고 볼 수 있는데 브장송은 그런 문화행사를 할 만한 공간이 시외에 있어도 공연을 버스나 자동차를 이용해서 보러 가는 것은 지장이 없어 성당이 문화행사에 이용되지 않는다. 개최국 학생들은 전시를 시내 중심가에서 떨어진 곳에서 열 경우 전시를 보기위해 일부러 버스를 타고 갈 학생들이 많지 않을 것이라고 결론을 내린다. 그리고 성당이 허락을 해준다고 해도 개최국 두 나라 학생들은 쌩 삐에르 성당 안이 어두운데다 전시하기에 조명이 맞지 않고 주위의 혼잡한 성물들로 그림을 죽인다는 결론을 내고 한 학생이 알게 된 로타리 클럽회장을 찾아서 전시 장소를 클럽 홀로 하기로 결정하게 된다. 그 장소는 바로 시내 한복판에 있고 현대식 건물의 홀이어서 전시하기에 아주 좋은 장소이다.

전시장소 때문에 여러 날 애를 먹은 따리프는 마침내 전시장소를 찾았지만 그림을 보러 오는 사람이 없으면 어떻게 하나 걱정을 한다. 그림을 보러오는 사람까지 염두에 두고 일을 시작했던 것은 아니다. 외국 유학생들의 행사에 참여한다는 뜻으로 밖에 생각하지 않았고 특별히 마음을 쓴 것은 시리아와 이스라엘을 보여주는 것에 고심했을 뿐이다. 그는 캠퍼스 내에서 전시를 할 것을 생각하고 있었다. 대학에서 학생들의 클럽 활동이 얼마나 중요한 것인지 알고 있다. 자신이 가르치고 있는 대학에서도 많은 학생들의 클럽이 있어서 각자 자신들의 취미나 전공 활동을 하는데 도움을 얻으며 학생들간의 우정을 나눌 수 있는 것을 잘 알고 있기 때문에 행사에 적극적으로 참가하고 있다.

광고에 능한 그는 전시 광고를 재미있게 만들어 요소요소에 부친다. 학생들의 소식을 들은 샤날 부장은 이런 행사가 지역사회 문화 운동에 이바지하는 것이라고 생각하고 지방지에 전시 홍보를 내주기도 했다. 이렇게 지방 대학생이 누릴 수 있는 기회가 이 작은 도시에 있는 것이다.

또한, 좋은 일은 로터리클럽에서 전시 기간을 2주간이나 해준 것이다. 따리프는 공연을 홍보하는데 도움이 될 것으로 생각하고 전시를 공연보다 일주일 먼저 연다.

따리프의 예견대로 행사 홍보는 전시를 본 사람들에 의해 입으로 공연 전에 알려진다. 특히 로터리클럽 회원들의 입을 통해 브장송의 인사들과 가족들에게까지 알려져 일반 사람들뿐 만 아니라 브장송 기관 사람들에게까지 전해져 점심시간과 퇴근 후에도 많은 사람들이 온다. 따리프와 개최국 두 나라 학생들은 고무된다. 따리프는 부푼 기분에 파리에 있는 동포 몇 사람과 대사관에 편지로 알리려고 우체국으로 향하다가 골목에서 달려 나온 벨로에 치어 쌩 자끄 병원에 이송되어 응급 치료를 받는다. 왼쪽 얼굴에 찰과 상, 왼쪽 팔 굽, 왼쪽 다리에 가벼운 부상을 당한다. 다른 곳의 부상은 중하지 않으나 팔꿈치에 상처를 입었다. 입원할 정도의 부상이 아니라 다행이다. 사고를 당해 당황한 따리프는 급히 떠오른 사람이 아가타여서 그녀에게 사고를 알린다. 아가타가 그날 오후에 쌩 자끄 병원에서 일을 하는 날이라 다행이었다.

아가타로부터 따리프의 소식을 들은 끌로는 아가타가 필요한 일을 해 주는 것을 알고 그녀는 시간에 매여서 수고하라는 말만 전하고 그를 찾지 못한다. 교수와 랑데부를 위해 그간 게을리 한 논문에 전념하여야 한다. 한편 그들의 감정의 변화가 있을 것 같은 불안한 느낌을 피할 수 없어 한다.

아가타는 벌써 전시를 보았다는 병원 의사도 있다는 것을 알리며 흥분해있다. 어떤 학생은 아가타가 벨리댄스를 하는 그림을 보러 간다는 농담 섞어 말하고 있다고 한다. 아랍계 학생들은 아가타가 누구냐고 하고 있고 의대 동급생들은 공연을 꼭 보러간다고 하는 이야기도 전하면서 아가타는 두렵다고 하고 있으나 들떠 있는 기분이다. 끌로는 아가타가 모르고 있던 이야기를 한다.

인도네시아 띠위가 춤을 추다가 치마가 내려갔는데 당황하지 않고 아주 벗어서 들고나가며 손을 흔들어서 박수를 받았어.

나는 전혀 몰랐어.

'한국의 밤' 밖에는 몰라.

너를 보러 가느라고 시간 내서 '한국의 밤'에 간 것이야.

후반에 급히 처리를 해서 다시 나와 춤을 계속해서 박수를 받고 그 이야기가 사람들을 즐겁게 한 사건이 되었지.

띠위는 파리 주재 인도네시아 대사관에서 아르바이트를 하다가 내려와서 참가한 것이었어.

많은 소수 만족으로 구성된 것이 인도네시아인데 띠위는 미인이야.

인도네시아는 200여 개의 종족으로 구성되었대.

아가타, 실수하지 않게 치마를 주의해서 입고 나와.

끌로는 따리프의 부상이 중하지 않는 것 같아서 아가타 집에 초대하는 날에 따리프를 만나고 공연을 보러 가는 것이 현명할 것이라고 생각한다. 이런 생각은 끌로의 진정한 마음에서 나온 것이라기보다 그들 감정이 서로를 향해 흐르고 있는 것이 아닐까 하는 아픈 마음에서 새로운 감정이 일어나기 시작했기 때문이다.

끌로는 롱샹에 따리프와 갔다 왔다는 이야기를 아가타에게 전해야 할 것 같아 따리프가 계획 없이 가자고 해서 갔다 왔다는 이야기만 한다. 아가타는 따리프가 늘 롱샹에 가야한다고 말하던 것이라 넓은 마음을 가진 아가타는 단순하게 생각할 뿐이다.

따리프에게는 뜻밖에 일이 생긴다. 로터리 클럽 회원 한 사람이 따리프의 그림을 사고 싶어 한다는 말을 듣고 어떻게 해야 될지 고심한다. 자기는 기성 작가이지만 순수한 마음으로 학생 활동으로 학교문화 행사에 참가하고 자기 나라를 홍보한다는 목적밖에 없었다. 고국에서 월급을 받고 있고 프랑스정부로부터 장학금도 받기 때문에 그림을 판다는 생각을 하지 않고 있었다. 민약 그림을 필면 그림을 필기위해서 전시를 한 것 같아서 샤나르 부장한테 상황을 이야기하고 자기의 뜻을 전한다.

샤나르 부장은 그림을 원하는 사람의 뜻을 들어 주는 것도 좋으리라고 생각한다는 것이다. 브장송이 상업 갤러리가 없기 때문에 원하는 사람에게 그림을 갖게 하는 것도 좋고 학교로서는 아무 방해가 되지 않는다는 것이다. 사실 복제품이 아닌 진본으로 유화를 가정에 소유한다는 것은 쉬운 일이 아니기 때문에 이번 기회에 갖고 싶어 하는 사람들이 생길 것이라고도 한다. 다만 행사가 끝날 때까지 그림을 판다는 이야기는 하지 않는 것이 좋을 것이라고 한다.

따리프는 샤나르 부장의 말을 들은 후 자기는 돈을 목적으로 생각하지 않고 가격도 정할 수가 없기 때문에 원하는 사람이 내고 싶은 가격을 정해서 가져가는 것으로 한다는 결정을 내린다.

한편 아가타는 댄스 복 윗도리에 단 스팡글이 화려하지 않아서 끌로의 의견을 묻는다. 그림에는 따리프가 스팡글을 살려서 화려하다. 그래서 아가타는 그림대로 윗도리를 스팡글을 보완하려고 하고 있다. 그녀는 벨리 댄스복은 화려한 스팡글이 돋보이게 한다는 것을 잘 알고 있다. 벨리댄스의 기원은 터키, 이집트 그리스라고 하지만 중동사람들은 자기들 지역이 춤의 기원이 되었다고 서로 주장하고 있고 원시종교적인 기원에서 시작한 춤으로서 그들이 추는 춤 가운데 가장 오래된 춤이라는 자긍심을 갖고 있다. 이집트를 비롯해 중동 여러 나라에서는 어릴 때부터 벨리 댄스를 추고 있어 아가타도 어려서부터 벨리댄스를 배웠고 따리프도 벨리댄스를 잘 알고 있다.

'시리아 -이스라엘의 밤' 공연 프로는 공연 직전에 극적이고 아름다운 사건이 일어난다. 의대에서 같이 공부하는 이스라엘 학생과 팔레스타인 학생이 있어 팔레스타인 학생을 음악 연주에 참가시켜서 팔레스타인 학생과 같이 음악 연주를 하게 된 것이다. 얼마나 아름다운 일인가. 실제로 밖에서는 팔레스타인과 이스라엘 두 나라 사이에 분쟁이 계속되고 있어 매일 테러로 양쪽에서는 사람들이 죽어 나가고 있는 현실에 우정을 나눈다는 것은 아름다운 사건이다. 어느 나라에서나 의대생들의 음악에 대한 재능은 알려져 있다. 왜냐하면 의학이란 분야가 건조하기 때문에 그들은 그들이 갖고 있는 재능이 없더라도 악기를 하나씩 다루는 훈련을 싸 오고 있다. 이스라엘 의대생중 작곡, 작사를 하는 학생이 있어 '우리는 친구다'라는 곡을 써서 그들은 합창으로서 '시리아-이스라엘의 밤' 공연의 서막을 연다. 개회사에서 팔레스타인과 세 나라의 밤을 계획하지 못했던 것을 유감으로 생각하며 공연 바로 직전에 팔레스타인 학생이 참가하게 되어 '우리는 친구다'라는 작사 작곡을 해서 합창을 하게 되어 공연 서막을 장식하게 되었다는 설명을 인사말에서 한다. 청중들은 설명이 끝나자 기립 박수를 공연이 시작되기 전에 하는 사건이 일어난다. 그래서 공연장은 시작부터 기대와 흥분으로 뜨거워진다.

아가타의 춤은 공연 순서 마지막에 추게 되어 있다. '시리아-이스라엘의 밤'은 홍보가 잘 되고 주중에 열려서 보러 오는 학생들도, 일반인도 많이 와서 브장송 극장을 가득 채운다.

'우리는 친구다' 합창을 세 나라 학생 전 인원이 부른 다음 이스라엘을 홍보하는 기록영화를 상영했다. 홍보 내용은 이스라엘 건국 후 세계 도처에 흩어져 있던 유대인들이 이스라엘로 돌아와 사막 곳곳에 공동 농장을 경영하며 생활하는 모습이다. 불모지에 초원을 만드는 키부츠의 생활상이다. 주로 엔게디의 키부츠를 소개하고 있다. 실제로 기부츠의 건설은 2차 전쟁이 끝나기 전 1920년대에 시작되었다고 하는 설명도 한다. 그다음 음악 연주를 시작했다. 바이올린과 비올라를 연주하는 학생들이 '슈베르트의 아베마리아'를 연주하고 기타를 연주하는 두 학생은 무스타키의, '너무 늦었어요', 자끄 브렐의 '느므 끼뜨 빠 ' 등 막 유행하고 있는 팝송을 부른다. 그리고 비틀즈의 '예스터데이'를 합창으로 하고 여섯 명의 악기 연주로 아랍의 고유 음악을 연주한다. 아가타가 나오자 인사도 하기 전에 관중들은 박수를 치기 시작한다. 처음 춤은 아랍 노래에 맞추어 추고 두 번째 춤은 서양 춤곡에 맞추어 추었다. 키가 큰 몸매에 춤에 따라 초록색 치마 아래가 원으로 향하며 움직이고 두 팔 아래서 은색의 그물망으로 된 윗도리에서 현란하게 반짝이는 색색의 스팡글은 두 팔이 움직일 때마다 그물에서 움직인다. 평상시 가리어져 있던 아가타의 열정을 그의 온몸이 표출시켜고 있었다. 따리프도 끌로도 놀란다. 아가타는 만인을 유혹하는 몸짓으로 춤을 추는 것 같았다. 벨리댄스를 잘 아는 따리프는 끌로에게 전문적 무희 같다고 하면서 사진을 계속 찍는다. 끌로도 활화산 같은 육체의 열을 지친 공부에 밀려 몸속에 담고 있다가 춤으로 표출시킨다고 생각한다. 닥터 떼브네가 봤으면 아가타의 저 모습에 마음이 움직이지 않았을까 아쉽게 생각하고 있다. 따리프는 아가타의 다른 진면목에 놀라고 있었다. 따리프는 아가타가 늘 할 말 이외에 말을 하지 않고 진중해서 말을 조심해야 했다. 그런데 지금 아가타에게서 나오는 정열에서 야릇한 감정을 갖게 하고 있다.

아가타의 춤이 끝나자 남학생들은 휘파람을 불어대며 아가타의 유혹적인 춤에 답하는 열정을 그들도 보낸다. 오늘의 행사는 마치 아가타를 위한 공연 같기도 하다.

예외로 샤날 부장은 마이크를 빌어 주최 측 국가의 학생들에게 고맙다는 인사와 더불어 관중들에게도 고맙다는 인사를 한다. 샤날 부장의 예외적인 행동은 아마도 그도 감동을 받아서 그런 것 같다. 끌로는 한국 학생들의 창안으로 계기가 되어 브장송 대학의 행사로 대학의 역사에 남게 된 것에 재삼 긍지를 갖는다.

공연 후 자축 파티에 끌로는 아가타가 같이 가자고 하지만 낄 입장이 되지 않은 것 같아서 망설이고 있는데 비올라를 연주했던 이스라엘 학생인 아지즈가 잡아끌어서 참가한다. 아지즈는 끌로가 밤 처음 브장송에 내려서 그를 처음 만난 학생으로 한국학생의 집을 찾아 끌로를 안내해 준 학생이다.

따리프에게는 예상치 않았던 일이 계속 일어난다. 전시 중에 있는 그림이 거의 다 팔렸다. 원하는 사람이 낼만한 가격을 정해서 가져가게 하기로 결정했다는 말을 맨 먼저 그림을 원한 로터리회원에게 전하고 공연이 끝날 때까지 사실을 말하지 말아 달라고 했다. 그러나 소문이 나서 로터리 클럽 회원 중에 여러 명이 원하는 그림을 선택해 자기들이 가져간다고 그림 명단과 원하는 사람들의 이름을 공연 전에 따리프에게 전한다.

따리프는 공연 후 자축파티를 위한 비용을 자기가 전부 부담하기로 한다. 30여 명이 들어갈 수 있는 아담한 카페 레스토랑 하나를 통째로 예약한 것이다. 자축 파티에서도 화제는 아가타의 벨리댄스였다. 중동 여학생들이 많지 않는데다 아가타의 등장은 개최국 학생들에게도 귀중한 인물이 되었다. 그들도 아가타의 춤에 반했다고들 하며 아가타를 향해 박수를 보낸다. 아가타는 자축 파티에서도 주인공이 되어 공연은 정말 그녀가 주인공이 된 것 같았다. 연주곡목 '우리는 친구다'라는 합창도 환호를 받았지만 그 외에 클래식 음악과 유행하는 가수들의 팝송으로 흥을 돕는 공연으로서 연주자와 관중 간에 호흡이 맞는 즐거운 공연이었다고 자평들을 하고 있는 자축 파티로서 서로 술잔을 부디치며 "앙 샹떼"를 외치는 소리가 조그만 식당 안을 훈훈하게 하고 있다.

파티가 끝난 후 따리프와 아가타는 숙소로 향하는 길이 같아서 끌로는 둘이 같이 가라고 하고 안개 낀 밤을 홀로 걸어 샹파뉴로 가고 싶은 심정이다. 감정이 흘러가 버리고 홀로 서 있게 될 것 같은 아픔이 그녀의 머리에서 떠나지 않고 있다. 안개 낀 길에서 마음을 달래고 싶은 심정에 알리가 차로 데려다 준다고 하는 것을 마다하고 안개의 촉촉한 감촉을 얼굴에 느끼며 몇 정거장을 걸어가려고 한다.

서성거리고 있는 그리운 두 얼굴

3월의 햇살은 성급한 사람들을 밖으로 불러내 옷을 벗기고 있다. 숙소 잔디밭에는 긴 침대용 접개 의자에 한 남자가 윗도리를 벗어버리고 누워서 강렬하지도 않은 햇볕을 쬐고 있다. 햇빛이 별로 없는 겨울 동안 사람들은 3월이 오면 벌써 옷을 벗고 다니는 사람들이 많다. 그것은 겨울 동안 햇빛에 갈증을 느끼고들 있었기 때문이다.

끌로는 오늘 아침, 아침 겸 점심을 먹고 있다. 햇살이 식당으로 들어와 식당을 환하게 비치고 있다. 창문을 통해 잔디밭에 누워 있는 사람을 보고 있다. 어디선가 또한 남자가 의자를 가지고 잔디밭으로 나오고 있다. 그 남자도 햇빛에 갈증을 느끼던 차 잔디밭에서 햇볕을 쬐고 있는 사람들을 보고 햇빛에 대한 갈증에 전염이 되어 나온 것일 것이다. 잔디밭 풍경을 보는 즐거움을 갖으며 아침을 먹는 끌로에게는 맛을 한층 더 하게 한다. 끌로는 막 불에 구워 만든 바게트를 사와 반으로 잘라서 배를 가르고 버터와 잼을 발라 한사발이 되는 홍차에 우유를 섞어 마시는 아침식사를 최고의 즐거움으로 생각하고 있다. 그리고 해가 나는 날 햇빛이 환하게 비친 식당에서 하는 식사는 몸과 기분을 상쾌하게 하고 있다. 같이 살고 있는 세 나라 학생들은 다 외출하고 그녀 혼자다. 이들은 학위가 목적이 아니기 때문에 즐기는 것이 우선이다.

고요가 흐르고 있다. 고요는 외로움을 증가시킬 때도 간혹 있지만 오늘 같은 날은 고요를 혼자 다 차지하는 느낌이어서 기분 좋은 날이다.

잔디밭에는 태양 볕에 갈증을 느끼는 사람이 하나, 둘 늘어나고 있다.

토요일 한가로움를 즐기기 위한 방도인지도 모른다. 잔디밭은 사백 여미터 길이의 정사각형으로 되어 있다. 민들레가 피는 계절이 다가오면 잔디밭은 노란 민들레꽃으로 덮여 있어 마치 노란 물감을 뿌린 것 같이 된다. 이 정사각형의 잔디밭 둘레에 5층짜리 현대식 아파트가 둘러서 있다. 이곳이 샹파뉴의 학생 기숙사이다. 시내가 옛 고도로서 옛 전통적 건물이 있다면 점점 늘어나는 인구와 핵가족화한 가정을 수용하기 위해 현대식 아파트가 시 외곽인 샹파뉴에 들어서 있다. 학생 기숙사를 비켜서 좀 떨어진 지역에는 그림 같은 빌라와 단독 주택들이 새로 지어져 있다. 여유 있는 사람들은 좀 더 편리한 아주 멋진 현대식 단독 주택을 짓고 살고 있다. 이 아름다운 집들은 집에 사는 사람도 지나는 행인에게도 눈을 즐겁게 하고 있다.

끌로가 거처하는 기숙사는 시멘트로 지어진 현대식 아파트로 프랑스 정부 장학금을 좀 더 많이 받는 외국학생들과 세금을 많이 내는 프랑스 학생들의 기숙사이다. 학생 기숙사를 피해서 좀 더 떨어진 곳 옆에는 소위 프랑스 서민층에서도 낮은 소득의 사람들이 사는 허름한 아쉬엘엠(H.L.M)이 있다. 이곳에는 이민 노동자 가족들이 많이 살고 있다.

학생 기숙사가 있는 길가 가로수에는 흔히 볼 수 있는 까치도 까마귀도 웬일인지 날아오지 않는 것 같다. 그러니 자연 그들의 울음소리도 들을 수 없다. 밖에서 애들이 떠드는 소리가 난다. 학생 기숙사 아파트 옆 공터에서 나는 소리다. 아쉬엘엠에 사는 애들이 주말을 맞아 모여서 노는 소리다. 아쉬엘엠에서 사는 애들만이 밖에 나와서 놀고 있다. 이 애들은 집안 사정이 비슷해서 친하게 되어 친구를 만들고 같이 밖에 나와 노는 것일 것이리라. 그래서 이들의 놀이를 하며 즐거워 외치는 소리가 들릴 뿐이다. 그리고 칙---하며 공기를 뚫고 독특한 소리를 내며 지나가는 버스 소리는 아침, 저녁 적막을 울리고 있다. 끌로는 밤늦게 들려오는 이 버스 소리가 그녀의 감정을 때에 따라 슬프게도 기쁘게도 변화를 시켜고 있다고 늘 생각하고 있다.

그녀는 어제 밤 60년대부터 75년까지의 지나간 파리 마치(Back Number)에서 흥미 있는 기사를 골라 표시를 하는 작업을 하느라 밤을 새웠다. 지난 여름 룹시안느에서 일할 때 한 마담이 준 잡지다. 평론에서 자주 언급되는 새로 생긴 철학 용어를 몰라서 애를 썼는데 그 용어의 발생 동기를 추측할 수 있는 기사를 발견한다. 그녀는 천사의 손이 마담에게 닿은 것이라고 생각하고 있다. 그래서 마담이 그녀에게 준 것일 것이라고 단정한다. 60년대 파리 마치는 끌로로서는 구할 수 없는 것이다. 그때는 서울에 있었기 때문이고 한국에 잡지가 들어오지 않았기 때문이다. 더욱이 그녀에게 보물 같은 존재인 우연히 손에 넣게 된 파리 마치에는 그녀가 전공하는 작가 로브-그리예가 프랑스에서 최초의 팝 아티스트였다는 기사도 있다. 그가 팝 아티스였다는 것은 책 어느 곳에서도 지금까지 밝혀진 바 없다. 어젯밤 그녀는 기사를 살피느라고 밤을 새웠지만 반도 못 끝냈다. 끌로는 3년여 동안 읽은 수백여 권의 책을 읽었다. 전공에 대한 필요지식, 예술에 대한 지식욕이 채워졌다고 생각하고 있다. 논문을 쓰지 않아도 될 것 같은 생각이 든다. 지식욕을 채웠다는 만족감에서 나온 생각이다.

창 밖에 잔디밭 사람들은 평온하게 여전히 햇빛을 즐기고 있다. 독서를 하는 사람, 누워있는 사람, 남녀가 다정히 서로 팔을 상대의 어깨에 얹고 앉아 있는 모습도 있다. 이런 모습은 보는 것만으로도 즐겁다.

주말의 풍경이 아름답다. 끌로도 식당에 들어온 햇빛을 즐기고 있다. 그녀는 우연히 얻은 지식에 대한 기쁨으로 온몸이 열이 오른다. 따뜻한 햇살도 열 오른 그녀의 몸과 마음을 긴 평화 속에 이제는 나른한 졸음으로 이끌어 가고 있다. 그러나 그녀는 졸음을 깨기 위해 진한 커피를 마신다. 그리고 파리마치의 기사를 계속 조사하고 있다. 서울에서 사상계 같은 책에서 세계 문화의 흐름을 간략히 다룬 것이 있지만 깊이 읽지 않았다. 그래서 50년대 이후 70년대에 이르기까지 세계 문화예술의 흐름에 감감했던 그녀는 여러 면의 현상을 알 수 있는 기사가 많아서 즐거워하고 있다. 사전에 실리지도 않은 새로운 철학용어를 알기위해 알만 한 사람에게 묻고, 책에서 찾으려고 애를 썼던 용어의 뜻을 발견한다. 파리 마치를 얻게 된 것은 우연한 일이지만 어떤 이의 도움이라고 두고, 두고 거듭 생각한다. 읽을 기사를 찾아 표시를 하느라고 눈이 흐려지고 있지만 보물을 찾았다는 희열에 불안한 아픔도 가슴 속 자리하고 있는 짙은 그리움도 잠시 잊을 수 있다. 끌로가 희열을 느끼고 있는 것은 학문에 대한 이런 경험으로 즐거움을 아는 사람은 이해할 것이리라.

끌로는 우편물을 받아놓고 뜯어보지 않은 편지들을 열어 볼 한가한 저녁 시간 기대를 갖고 읽는다. 그러나 스페인 알메리아에서 온 깜의 편지에는 슬픈 소식을 알려왔다. 캄보디아에 있는 부모님이 크메르 루주 정권에 의해 학살당했다는 것이다. 깜과 같이 공부를 하던 동포들이 고국에 아내가 있고 부모님이 계셔서 크메르 루주정권이 들어선 후 위험을 무릅쓰고 귀국을 한 학생들이 더러 있다. 모두가 귀국하자마자 살해되었다는 비보를 들었지만 깜은 부모님이 살아 계시겠지 하는 희망을 갖고 있었다. 무어라고 위로의 말을 전할지 끌로는 망설인다. 잊고 있던 고국이 항상 공산주의자들에 의해 여러 번 테러를 겪었던 일이 그녀의 머리에서 다시 살아나고 있다. 끌로는 프랑스에 도착해서 세계 지도를 보고 공포마저 느꼈다. 고국이 둘로 갈라져 북한은 공산주의라는 것을 알고 있지만 프랑스에서 보는 세계 지도에 북한이 붉게 그려져 있는 것에 놀랐다. 거대한 중공이 붉게 그려진 밑에 대롱, 대롱 매달려 붉게 그려진 것은 공포감마저 느끼게 했다.

다행이 프란치스코로부터 깜의 소식을 들은 펠릭스는 위로를 하기 위해 레스토랑에 깜과 프란치스코를 초대해서 위로의 이야기를 나누었다는 소식을 전한다. 이러한 펠릭스의 다정한 행동이 깜에게는 심리적인 위로가 되었을 것이다.

펠릭스는 프란치스코와 자주 만나고 프란치스코네 집에도 자주 간다. 사람을 좋아하는 프란치스코는 학생 때도 숙소에 친구들을 자주 초대하고 있었다. 이런 성향은 스페인의 햇빛을 받고 생활한 데서 온 밝고 유머

많은 기질로 만들어진 덕분일 것이라고 끌로는 늘 생각하고 있다. 펠릭스가 프란치스코와 자주 만나거나 프란치스코의 집을 자주 찾게 되는 이유는 프란치스코가 누구나 끌어안고 편안하게 하는 분위기 덕이다. 또 하나의 이유는 프란치스코가 아세아 여인을 부인으로 맞아서 호기심이 그의 감정을 그곳으로 끌고 가고 있기 때문이다. 소설을 쓰는데 상상의 고갈을 해결하기 위해 방황하는 시간이 길어지자 아내에 대한 그리움은 더 해간다. 프란치스코와 나누는 술이 또한 아내의 그리움을 덜어주고 프란치스코의 끝이 없는 유머가 펠릭스를 부르고 있다.

그는 쓰고 있는 작품의 진전이 나지 않을 때 상상의 고갈을 해결하기 위해 방황하는 시간을 많이 보내며 프란치스코 부부를 찾아가 보내는 시간의 위로가 아내를 잊는 순간을 주었으나 어쩐 일인지 엑스에서 만난 두 여자의 추억은 아내에 대한 고통을 더하게 했다.

그의 거실과 서재는 온통 대형으로 확대해서 뽑은 끌로와의 춤, 슈코바와의 춤, 어린애가 펠릭스의 발 위에 서서 매달려 추는 춤이 걸려 있다. 언제 동생 으게니아가 찍었는지 그것을 아주 크게 확대해서 펠릭스에게 가져다 준 것이다. 확대 된 끌로와의 춤은 마치 몽드리앙의 그림을 걸어 논 것 같다. 그녀의 옷을 몽드리앙의 그림을 패치로 표현했기 때문이다. 거실 문을 열면 어린애와 추는 사진을 보게 된다. 그 사진은 명랑하고 기쁨이 넘치는 분위기를 연출한다. 이 방에 우울이나 아픔이 있을 것이라고는 상상이 들지 않는다. 이 연출은 펠릭스가 아내에 대한 그리움을 염려하는 가족들에게 숨기려는 표면적인 표증이다.

그가 상상의 고갈이 왔다고 할 때가 있는 것은 누구의 말처럼 "작가들이 고난과 아픔에서 예술을 창조한다."는 경지에 들어서지 못하고 방황하기 때문에 상상의 고갈을 맞게 되는 것이다. 그는 작업을 계속하지 못하고 상상의 고갈이라고 자신이 단정하고 옆길로 들어서려고 가끔 핑계를 대는지도 모른다. 그것은 소설에 대한 것이라기보다 아내에 대한 아픈 마음을 예술로서가 아니라 사람 사이에서 오는 감정이 그를 움직이게 하고 있기 때문이다. 그는 지금 아픔을 해결하려고 사람을 찾고 있는 것이다. 어쩌면 더 나은 작품을 쓰려고 애를 쓰기 때문에 오는 방황인지도 모른다. 대중들이 좋아하는 작품을 쓰려고 하지 않는다. 자신이 의도하는 작품을 쓰려는 것이다. 세 개의 소설을 발표하기 전 그의 작품을 평하는 평론가는 한 사람도 없었다. 그러나 세 작품을 이름 있는 평론가가 그가 발표한 세 작품에 대해서 작가가 의도하는 소설의 특징을 바로 보고 작가의 특징을 규정진다. 평론가의 평이 올바른 판단이라는 것에서 펠릭스는 만족하고 있다. 평론가는 "그의 작품의 경향을 규정지을 수 있는 것은 세 작품에서 작가가 의도하는 주제가 반복되어 그의 직품에 패턴이 되고 있다고 하고 있다. 그는 소설에서 공통적인 반복은 삶과 죽음이 시작도 끝도 없는 원형적인 시간에 내재한 반복이라는 것을 구조로 표현하기 위해 꾸준히 노력하고 있다. 평론가는 작품 가운데 아름다운 감성이 작품 전체에 깔려 있어 읽는 사람으로 하여금 감각을 자극하고 있는 평이다.

끌로는 따리프를 만난 지가 오래다. 따리프가 바쁜 일정을 보내고 있는 탓이기도 하지만 끌로 역시 논문에 매달려야하기 때문이다. 따리프는 샤나르 부장 집에서 저녁을 초대받고 또 그림을 산 사람들로부터 저녁 식사에 초대 받는 일이 전시 이후 많이 있다. 따리프를 초대하는 사람들은 벨리 댄스를 춘 아가타와 함께 꼭 초대를 한다. 그들은 아가타가 동포라는 의미보다 따리프의 여자 친구라고 생각하고 함께 초대하는지 모른다. 끌로는 그들의 초대에 대한 말을 아가타와 따리프로부터 듣는다. 그녀는 자신을 깊이 생각해본다. 따리프의 연인도 아니고 그저 그녀의 마음을 잡아당기는 남자일 뿐인데 왜 불안해 하는 것일까 자책을 한다. 아가타는 끌로와 오랜 친구로서 서로 도우면서 살고 있다. 그녀가 닥터 떼브네를 연모하는 것이 안타까워 글로는 위로를 하기도 한다.

끌로가 따리프에 대해 집착하는 것은 마음에 대한 변화를 얻고자 하는 의식적인 것이 숨어 있기도 했다. J에 대한 사랑이 끊어졌다고 생각하고 누군가를 찾아서 집착하는 것으로 J를 잊는 길이라고 생각했다. 그래서 다가오는 따리프를 끌리는 사람이라고 느끼고 받아드리고 위로를 받으려고 한다. 그런데 그의 독특한 끌림에 사로 잡혀 집착하고 있는 것은 어떻게 할까!

오늘 주말도 끌로는 홀로 고요를 혼자 만끽하며 파리마치를 뒤적이고 있다. 민들레의 계절은 며칠 만에 급히 와서 샹파뉴의 기숙사 정원이 노랗게 바뀌었다. 주말인데도 그 정원에 앉아 봄을 즐기고 있는 사람들을 이상하게도 볼 수 없다. 빈틈없이 꽃으로 덮인 곳에 와 맑은 웃음을 짓고 있는 마치 어린애들 같이 웃는 얼굴 위에 앉아 있을 사람은 없는 것 같다. 민들레꽃은 어릴 때부터 익숙한 꽃이다. 어린 시절 이북 고향 집에도 이웃집 담에도 뛰어다니던 시골길 가에 피어있던 꽃이다. 그런데 프랑스에서도 민들레의 모습은 여전한 모습으로 끌로에게 어머님의 기억을 더듬게 한다. 질경이 같은 인생이라고 하며 민들레를 어머님이 사랑하는 것을 보고 자라 민들레에 익숙한 것이다. 어머님은 민들레의 성질을 늘 말하면서 자신의 생이 민들레 같다는 것이었다. 어머님의 뜻은 자신의 편치 않은 시집살이, 생활고에도 굳게 애들을 위해 살아남았다는 뜻일 것이다. 질경이나 민들레는 짓밟혀도 죽지 않고 살아나는 끈질긴 생명력을 말하는 것일 것이다. 민들레의 겉모습은 여린 어린애의 모습 뒤에 숨어 있는 성질이 그렇게 강인하다는 것을 누가 겉모습에서 생각할 수 있으랴.

정원에는 지금도 아무도 그 여린 어린애 웃음을 하고 잔디를 뒤덮고 있는 그 위에 앉아 있는 사람이 없다. 마치 노란 물감을 정원 전체에 뿌린 것 같은 모습은 벌써 여러 날 계속되고 있다. 하늘 위로 까만 작은 한 마리 새가 아주 유연한 날개를 놀리며 높이 날아간다. 새들은 몰려다니던가 아니면 짝을 지어 날아다니는데 뒤 쫓아 오는 새가 없다. 끌로가 못 본 사이에 이미 한 마리가 먼저 날아간 것일까. 방금 날아간 새가 앞에 간 짝을 쫓아가는 새인지도 모른다. 오늘이 삼월 삼짇날 프랑스에서도 따뜻한 지방에 갔다 오는 제비가 있을까. 끌로는 그 새가 제비인 것 같다고 생각을 하며 돌아가신 아버지를 생각하고 있다. 아버지는 제비가 돌아오는 날 삼월 삼짇날에 세상에 태어났다. 그녀는 불현 듯 떠오르는 아버지에 대한 생각을 글로 표현한다. 그녀는 시상이 떠오를 때 아무 종이의 여백에다 기록을 한다. 이 습관은 시인인 그녀의 어머니의 습관을 그대로 닮은 것이다. 그녀의 어머니는 시상이 떠오르면 잡히는 아무 종이의 여백에다 시를 써나갔다. 끌로는 논문을 위해 책을 읽으면서 인용을 할 문장을 적는 노트의 여백에다 아버지에 대한 그리움을 적는다.

삼월 삼짇날을 기억 하시나요?
강남 갔던 제비가
돌아온다는 날을 기억하시나요?
지붕 밑 한구석에
어미제비, 아비제비
천리 길 날아
갯벌 진흙 입에 물어다가
집 짓고
아들 제비, 딸 제비
예쁘게 낳아놓고,
지친 몸 하늘 날아
대지 위에서 얻은 먹이
입에 문 엄마보고
반가워 찌찌 노래하며
기뻐 입 벌린
노란 입술 빨간 목을
기억 하시나요?
아버님은 강남 갔던 제비가 돌아오는
삼월 삼짇날 이 세상에 태어났지요. (샹파뉴에서)

해는 서쪽 아파트 위로 옮겨가 끌로가 앉았던 자리는 이제 그늘이 졌다. 그녀는 발코니를 통해 들어와 비치던 거실 안 햇빛이 비치는 곳으로 의자를 옮겨 놓고 여전히 여백에다 기록을 하고 있다. 마음과 몸을 온통 논문에 쏟아 붓느라고 얼어버린 마음의 한 구석을 무심에 잠겨 햇빛에 녹이는 순간은 평화로운 졸음의 세계로 빠져 들어가는 순간이다. 이때 여백에다 기록 하는 작업은 넘쳐 흘러나오는 감성을 통해 기억 속의 세계와 사물을 다시 보는 순간이다.

조상들은 숫자 3을 제일 좋아하는 숫자로 여겼다. 1은 양으로 남자를 가리켜고 2는 음인 여자를 가리키는 숫자여서 1과 2를 합한 3은 완전한 숫자라는 것이다. 3월 3일은 3이 겹친 숫자로 삼월 삼짇날은 좋은 날이라고 생각해왔다고 한다. 그날 봄소식을 전하는 제비가 오는 것은 봄소식 외에 반가운 소식이 온다고 믿어오고 있다. 끌로는 혹시 J에게서 소식이 오지 않을까 삼월 삼짇날에 망상을 해본다.

삼월 삼짇날에 탄생해서일까 끌로의 아버지는 한국 전쟁을 제외하고 굴곡 없이 세상을 사셨다. 타고난 성격도 평온한 세상을 사시는데 한 몫을 했을 것이다. 끌로는 습관대로 아버님 생신날이나 기일에 영정 앞에 꽃을 꽂아놓고 촛불을 켜놓는다. 정원에 핀 민들레를 한 송이 따서 유리컵에 꽂아 놓았다. 침대로 들어갈 시간이라 영정 앞에 켜 놓았던 촛불을 끄고 포터블 턴테이블에 슈베르트의 아베마리아를 튼다. 그리고 잠자리에 든다. 음악은 다시 J에 대한 생각을 가져온다. 거기에 따리프에 대한 생각이 겹쳐 와 마치 두 남자가 턴테이블 위에서 음악에 맞추어서 서성거리며 돌고 있는 것 같다.

밖에서 벨을 두 번 연속해서 누르는 소리가 들려온다. 연속해서 벨을 두 번 누르는 것은 두 번째 방에서 사는 사람을 부르는 소리다. 끌로는 현관문을 연다. 뜻밖에 따리프가 서 있다.

밤은 감정을 강렬하게 만든다. 밤은 용기를 갖게 한다. 밤은 두려움을 없애준다. 밤은 부끄러움에서 벗어나게 해준다. 두 남녀는 강렬한 감정을 포옹으로 불태우고 있다. 안개 낀 밤 미처 볼레를 내리지 못한 방안의 두 연인들의 포옹으로 불타는 모습을 지나는 손이 본들 그들의 뜨거운 열은 부드러운 밤의 보호에서 여전히 불타며 춤을 추고 있다.

낯선 경험에 빠지고 싶어 따리프는 파리로 향하다

따리프는 아가타에게도, 끌로에게도 주말 파리에 간다는 말을 전하지 않았다.

파리로 향하는 기차에 따리프 맞은편 창가에 앉은 여인은 탁자를 펴고 간단한 먹을거리를 내놓는다 앞에는 어린애를 앉히고 정성들여 음식을 애에게 먹이고 있다. 음식을 많이 먹이고도 간식을 꺼내 또 먹이고 있다. 따리프는 여인을 보는 것이 아니라 자세히 관찰하고 있다.

순수한 프랑스 여인 같지 않나. 아마 프랑스의 식민지였던 마나가스카 여인 아니면 자기처럼 백인과 혼혈의 피가 흐르는 것 같기도 하다. 그 여인은 얼굴이 검은 빛을 띠고 있다. 어느덧 디종역에 기차가 선다. 여인은 거기서 내리고 있다. 여인이 내리자 남편인 늣한 백인 남자는 오랫농안 떨어져 있어 그리웠던 것 같은 모습으로 여인과 포옹을 길게 하고 있다. 어린애는 이들을 쳐다보고 있다. 한참 동안 포옹이 끝난 다음에야 어린애 아버지로 생각되는 남자가 어린애를 안는다. 그리고 어린애 얼굴에 자기 얼굴을 댄다. 남자는 어린애의 생부가 아닌지도 모른다고 생각이 든다. 그러나 그는 끌로가 한 이야기를 상기한다. 끌로는 프랑스에서 경험하는 이해가 가지 않는 일인데 부부가 다정하게 손을 잡고 어린애는 뒤에서 따라가는 풍경을 목격한다고 하면서 웃고 있었던 일을 떠올리며 그들의 행동도 극히 프랑스에서 보는 흔한 풍경이라고 따리프는 생각한다.

기차는 디종역을 벗어나자 양쪽에 전원이 펼쳐지고 있다. 풀밭에는 누런 소들이 띄엄띄엄 흩어져서 풀을 뜯어먹고 있다. 프랑스에서는 사계절

푸른 초원을 볼 수 있는 것이 흔한 일이다. 할머니의 친척 후손들이 살고 있는 브르따뉴에 귀국하기 전에 가보아야 한다고 할 때 끌로는 따리프에게 그곳을 가면서 단독 주택들의 지붕을 살펴보라고 했다.

지붕은 아르드와라고 하는 잿빛인데 거기에 맞춘 것인지 소들이 흑색 아니면 검은점과 흰점이 있는 소라고 했다. 그것 역시 프랑스인들의 독특한 미적 생각에서 이루어진 것 같다고 했다. 한편 브장송으로 오는 들에서는 소들이 누런색이고 지붕은 브장송의 지붕이 모두 붉은 색인 것처럼 프랑쉬꽁떼의 붉은색의 지붕과 누런 소의 색의 소도 의식적으로 조화를 시킨 것인 것 같다고 했다. 차창으로 보이는 들에는 하나같이 누런색의 소들이다.

따리프는 눈을 감는다. 왜 파리로 급히 가는지 자기도 모른다. 마치 도피 같은 여행이라고 생각이 든다. 2개월 가까이 전시준비를 서둘러 했다. 전시를 하면서 약간의 회의를 갖기도 했다. 그림을 사는 사람도 있었지만 전시 후로는 그림을 아예 맞추어 그려달라고 하는 사람도 있었다. 그림을 사랑하는 것은 좋지만 자신이 대학에 있는 예술가로서 그래야 되는가 하는 회의를 가졌다. 브장송의 조용하고 답답한 분위기에 벗어나고 싶은 심정이 난 것이다. 끌로와의 관계에 안심을 하면 할수록 함께하고 싶은 시간을 영원히 갖기를 원하는 몸의 열기를 벗어나는 것도 여행일 것이라고 단정한다. 그는 아가타의 변해가는 자기에 대한 집착이 강해지는 것을 느끼고 있다. 어려서 시리아를 떠나서 학구에 열심히하는 그녀를 격려하는 길밖에 다른 길은 없다고 생각하며 공부에 방해가 되고 싶지 않아 한다.

이러한 환경에서 끌로의 이야기가 자극이 되어 그는 파리 행 기차에 오른다. 끌로는 자극을 받기 위해 파리 그랑 빨레에서 하는 특별전을 보고 싶은데 떠나지 못한다고 했다. 미술가들의 예술에 대한 이론이나 설명에서 많은 영감을 얻게 된다고 했다. 그녀가 연구하는 작가들이 거의 다 미술과 관계된 이론을 이야기 하고 있기 때문이라고 했다. 연구하는 소설가는 미술가인 사람도 있다고 했다. 9월에는 '10주년 파리 비엔날레'가 열리는데 세계 젊은 작가들이 참가하는 전시라고 했다. 그녀는 '국제 아르 프레스 (예술 신문)'를 3년째 읽고 있다. 그녀는 73년 창간된 창간호까지 잡지사에 청해서 읽었다고 했다. 따리프는 끌로로부터 빌려 보며 현재 세계의 미술, 예술 흐름을 짐작할 수 있는 잡지라는 것을 알게 된다. 어쩌면 이 잡지를 읽고 파리에서 전시를 보며 자극을 받고 싶은 심정이 그를 파리로 등을 민 것이라고 마침내 귀결을 지면서 시계를 본다.

긴 사념에 잠겨 있는 동안 어느새 기차는 곧 리용역에 닿았다. 따리프는 차창 밖으로 보이는 활력 있는 파리 사람들의 모습에 자신도 몸의 활력을 느끼며 내릴 준비를 한다. 그는 파리에 도착해서 끌로와 함께라면 더 활기 찬 낯선 경험을 하는 여행일 것이라는 모순된 자신을 발견한다.

따리프는 '파리-뉴욕'전을 보기 위해 전철역에서 뽕삐두 센터로 가는 메트로의 지도를 살핀다. 몇 번을 왔건만 모든 것이 낯설다. 낯선 경험에 빠져 들어가고 싶어서 파리에 온 것이 아닌가. 그러나 약간 불안감이 스쳐가는 것을 피할 수가 없다.

백남준의 'TV 정원'은 여전히 전시가 계속되고 있다. 주말이라 관람객들은 더 많다. 기획전도 평면 화는 20세기의 세계적 유명한 작가들의 것이고 청년 작가들의 작품은 거의 다 설치 미술이다. 앤디 워홀의 평면화인 마리린 먼로는 눈에 띠게 확대되어 걸려 있다. 따리프는 설치 미술에 대한 중압감을 느끼며 전시장을 나선다. 백남준의 'TV 정원'도 설치미술의 흐름의 일환으로 영상 예술을 혼합한 기발한 아이디어라고 생각한다. 두 번째 보지만 언제 봐도 기발한 아이디어다.

광장에는 마술을 하는 사람, 역술을 하는 사람들, 춤을 추는 거리의 예술가들이 있어 사람들을 즐겁게 하고 있다. 남녀 한 쌍은 아크로바틱 댄스를 추고 있다. 여자의 빨간색 드레스와 남자의 검은색 옷이 조화롭고 아름답다. 어쩌면 떠나온 자기 나라에서는 공인된 예술가인지도 모른다. 파리에서 생계를 이어가기 위해 주말 광장으로 나온 것 같기도 하다. 따리프는 이런 풍경은 모두가 타국에서 파리로 와 생계를 위해 모여든 가난한 사람들의 자신들만의 예술이라고 자부하는 사람 같다고 생각한다. 그들을 인정하고 도움을 바라는 땅바닥에 놓인 모자에 감상의 대가를 넣어야 한다고 따리프는 발걸음을 옮긴다.

그들의 공연이 끝나자 그는 박수를 보내고 방문하려고 계획한 필제르 레미 갤러리로 걸음을 재촉한다. 이곳은 주로 프랑스와 미국 아방가르드들의 작품을 전시하고 팔고 있는 갤러리다. 불랑 망토 거리에 들어서자 옆에 나 있는 광장에서 사람들이 모여 무엇인가 구경을 하고 있는 것을 목격한다. 그는 무리 속으로 들어가 동양 청년과 서양 여자가 무언극을 하고 있는 것을 발견한다. 공연을 끝내고 무언극을 하던 예쁜 여자는 돈을 받으려고 바구니를 들고 구경꾼들 앞에 나서는데 따리프에게로 오자 그는 돈 대신에 국적을 묻는다. 이탈리아 학생이라고 하며 파트너인 동양 학생은 한국 학생인데 자기들은 8대학 학생이라고 한다. 따리프는 동전 대신 10프랑을 바구니에 넣는다. 시간이 있다면 그들과 커피라도 나누며 이야기를 듣고 싶은데 갤러리 문을 닫을 시간 때문에 그렇게 하지 못하고 연락처를 받고 돌아서야 한다.

필쩨르 레미 갤러리에서 아방가르드 전시 작품들은 따리프를 놀라게 한다. 전시를 둘러보는 동안 혼자 앉아 있던 여인이 따리프에게 다가오며 인사를 한다. 그녀는 명함을 전하며 다음 주에 화가들이 하는 정기 꽁페랑스가 있으니 참가하라고 한다. 그러면서 자기는 이 갤러리를 공동으로 운영하고 있는 베티나 레미라고 자기소개를 한다. 따리프는 명함을 받아들며 브장송에 살기 때문에 10월 이후 파리에 있게 됨으로 그 후에 참석하기를 희망한다고 하며 감사하다고 답한다. 여인은 화가냐고 묻고 있다. 따리프는 화가인데 시리아인이라고 하니 여인은 프랑스인인 줄 알았다고 하며 불어를 어떻게 유창하게 하느냐고도 묻는다. 그는 중학교까지 불어로 하는 학교에서 공부를 했다고 대답을 한다. 여인도 화가라는 것을 밝히고 있다. 따리프는 갤러리를 홍보하려고 하는 친절이지만 차가운 파리 사람들과는 다른 모습이라고 생각하며 갤러리를 나온다.

따리프는 여인이 준 명함을 자세히 읽는다. 그리고 무언극을 길에서 하던 학생이 적어준 연락처가 적힌 종이를 꺼내서 다시 읽는다. 요셉 남이라고 적은 종이에는 주소가 없고 전화번호만 있다. 정말 파리는 낯선 경험을 24시간 할 수 있는 곳이라고 생각한다.

다음 날 따리프는 그랑 빨레를 방문하고 동양인의 예술을 보고 싶어 주로 일본 미술을 파는 자네뜨 오스띠에 갤러리를 찾는다. 프랑스 인상파들이 일본 미술에 영향을 받았다고 하지만 자신은 별로 일본 그림에 흥미를 갖지 못한다. 몰라서 그런 것인지도 모른다. 그러나 그는 끌로를 만나면서 동양에 대한 것에 호기심이 일어나고 있어 특별히 찾아온 것이다. 이 갤러리는 20년 전에 개점한 시초부터 일본 그림을 집중적으로 모아 전시하고 팔고 있다. 주로 현대일본 회화인데 따리프는 일본인의 정서를 이해하여야 일본 그림도 이해할 것 같은 느낌을 갖는다. 그래서 일본그림에 감흥을 갖지 못하고 갤러리를 나온다. 특이한 것은 가격이 매우 저렴하다고 느끼는 것이다.

파리여행에서 따리프, 줄리앙 박스에 사랑을 담고 돌아오다

저녁 기차를 타야 하기 때문에 아침 일찍 서둘러 두 곳을 방문해서 남은 시간은 많지 않다. 그는 자네뜨 오스띠에 갤러리를 나와 어제 블랑 망토 가에서 보았던 화구 상점으로 가기 위해 뤼 드 리볼리로 가는 버스를 탄다. 줄리앙 박스를 사기 위하여 먼 거리를 다시 가는 것이다. 그는 줄링앙 박스를 다른 사람들에게 극구 칭찬하고 있으며 아주 좋아하고 있다. 그림 도구를 넣는 박스에 이젤까지 붙어 멋진 간편한 가방으로 되어 있는 야외 스케치용 목재 박스로 세계적으로 널리 알려져 있는 프랑스 제품인데 끌로는 모르고 있다. 그는 끌로에게 무엇인가 선물을 주고 싶지만 무엇을 줄 것인가 생각이 나지 않았다. 어제 뽕삐두센터 근처 골목에 있는 화구상점을 발견하고 선물할 생각이 떠올랐다.

줄리앙 박스를 든 그는 기분이 좋아 유쾌한 발걸음으로 오뗄 드 빌가로 향한다. 그는 끌로가 파리에 올 때마다 세느강 변의 부키니스트에 간다고 늘 말해서 그도 발길을 그리로 돌린다. 그녀는 그곳에서 원하는 책을 발견해 책을 저렴한 가격으로 사는 것은 행복이라고 했다. 그리고 부키니스트들을 존경하고 찬양하고 있다. 부키니스트들은 검박한 생활을 하고 있지만 그들의 삶은 지고하며 봉사하는 마음으로 비가 오나 눈이 오나 주름진 얼굴에 미소를 보이며 한조각의 행복을 판다고 했다. 따리프는 부키니스트들을 바쁜 거름으로 끌로의 말을 상기하며 지나쳐 나와 세느강을 바라본다. 세느강은 유유히 흐르고 있다. 그는 브장송에 처음 도착해서 아가타와 함께 두강을 산책 했을 때 유유히 흐르고 있던 두강의 영상이 떠올랐다. 석양은 세느강의 잔잔한 물결위에서 반짝이고 있다. 그는 두강이 흐르는 브장송으로 걸음을 재촉한다.

그가 브장송으로 가는 기차에 타고 밖을 내다보았을 때는 이미 어둠이 파리를 덮고 있었다. 저녁의 어둠은 외로운 나그네에게는 집을 그립게 하고 사랑하는 사람을 찾게 한다. 새벽안개는 윤곽을 분간할 수 없게 짙게 깔려있었다. 앞으로 뛰어서 오는 여자는 내 앞에서 길을 멈추고 "아는 사람인 줄 알았어요." 한다.

기차 안에 있는 사람들은 대부분 스탠드 라이트를 켜고 책을 읽고 있다. 따리프는 어제 뽕삐두 센터 매점에서 산 르몽드를 읽어야겠다고 가방에서 꺼낸다. 끌로는 자기 스튜디오에서 르 피가로를 보고 피가로를 읽느냐고 물어서 왜 그러느냐고 했더니 피가로는 늙은이들 즉 보수층이 읽는다고 하며 학생들이 피가로를 읽는 것을 보면 조롱을 당한다고 했다. 그러나 그녀는 피가로도 사서 읽는다고 했다. 사회면이나 문화면에 지엽적인 것은 르몽드는 취급을 하지 않는 것 같다고 했나. 브장송에서 한 때 활약한 유명한 소설가, 꼴레뜨의 탄생 주기에도 르몽드는 한 줄도 기사를 내지 않았는데 피가로는 주기마다 사진도 크게 내며 기사도 많이 다루고 있다고 했다. 사회면이나 문화면에 대중적인 지식은 피가로를 통해서 얻는다고 했다. 르몽드는 예술에 있어서도 하이아트에만 관심이 있는 것 같다고 했다. 그러나 프랑스에 대한 지식을 다양하게 얻기 위해서는 신문을 가려서 읽을 필요가 없다는 말을 하며 유명한 배우 이브 몽땅의 이야기도 했다. 몽땅은 초등학교도 마치지 못했는데 그는 많은 독서를 하고 있지만 신문에서 지식을 얻는다고 밝혔다고 했다. 그는 매일 열 가지의 신문을 읽고 있다고 하며 연기 도중 쉬는 시간에도 그는 신문을 가지고 와 읽는다고 하는 기사를 읽고 감동을 했다고도 했다.

따리프는 신문에서 제목만 보는데도 시간이 걸렸다. 기차 안 사람들은 한 사람씩 스탠드 라이트를 끄고 잠을 자는 사람들이 늘고 있다. 따리프도 2일간의 파리에서 강행군을 해서 피곤이 밀려온다. 그도 시계를 보고 스탠드라이트를 끄고 눈을 감는다.

따리프는 브장송 역에 내려서 택시를 기다리며 숙소로 가지 않고 샹파뉴로 가기로 마음을 바꾼다. 그는 줄리앙 박스를 끌로에게 빨리 주고 싶어서다. 사랑하는 사람들에게 용기를 주는 밤은 따리프를 더욱 샹파뉴로 향하게 밀고 있다.

따리프, 타인을 위한 길에 다시 들어서다

따리프는 연수 도중에 미국의 미술 동향을 연구하기 위해 미국으로 떠난다. 그는 미국의 화단이 급진적인 것은 알고 있었지만 이해하려고 하는 자신의 목적에 회의를 낳게 하고 있었다. 구겐하임 미술관에 들어서면서부터 계단입구에서 보는 낙서 같은 그림이 처음부터 미술에 대해 엄청난 혐오감을 갖게 한다. 성에대한 극단적인 표현이 그의 목적을 다시 생각하게 하고 있다. 성에 대한 표현은 그리는 행위가 시작할 때부터 동서고금을 막론하고 있어왔다. 그러나 현대에 와서는 성의 표현은 극단적이고 혐오감을 주고 있는 것은 무엇일까? 에로티즘에서 벗어나려는 노골적인 섹슈얼리티로 가는 심정은 인간이 갖고 있는 감추어진 성에 대한 자유의 발로라고 하더라도 너무 노골적이다. 현대화의 표현의 한계가 없더라도 혐오감의 표현까지 극대화하고 인간내면에 감춰진 본능을 수치심을 느낄 정도의 노출을 표현할 필요가 있을까. 그만큼 인간의 내면에 숨어 있는 성의 복잡성을 깨 발길 필요가 있을까. 진실을 진실하게 표현하려는 목적에서 혐오감까지 다루려는 것은 오래전 일이지만 구겐하임에 기획전은 지나치다.

따리프는 팽배해 있는 무개성적인 미니멀리즘의 유행에서 그는 굳건히 이미지의 회복으로 구상회화기법을 새롭게 고수하고 추상화에서도 표현기법을 연구하려는 목적이다. 3개월 간 미국, 이탈리아, 스페인, 독일을 거친 미술 여행에서 얻은 것은 정신을 차릴 수 없을 만큼 급변하는 새로운 형의 미술의 등장을 체험 한다. 놀라고 있는 것은 정신적인 변화이다. 자신의 미술에 대한 회의를 갖게 되는 것이다. 대가들의 불후의 작품들은 인간의 위대함을 느끼게 하고 있지만 자신의 미술은 자신의 사념과 시각적 표현 능력의 범위를 새롭게 하고 넓혀가는 것 이외에 아무 것도 아니라는 것을 깨닫는다. 한편 자신의 예술 행위가 영혼의 해방이라고 주창해 오기도 했다. 특히 심상을 추상화로 표현하면서 더 그렇게 주창해오고 있다. 그리고 그는 늦게야 자신이 화가로서의 삶은 오직 자신만을 위한 것이라는 것을 절감한다. 의대에서 미술로 옮겨올 때 따리프의 아버지는 차라리 건축을 하라고 했다. 그는 아버지가 건축가이기 때문에 건축을 하라고 권하는 줄로만 알았다. 1년간의 미술여행에서 결론을 낸 것은 독자적인 자기 세계를 정립하기 위한 다양한 조형실험을 하는 한계에 머물러 있을 뿐이라는 것을 재삼 느낀다. 자신이 이 길을 끈질기게 노력해왔다고 생각한다. 그러나 그 행위가 자기만을 위한 이기의 생활이라는 것에 있었다는 것을 깊이 생각한다. 시각 세계의 환희 속에서 자기만이 자족하는 삶을 보내왔다. 사람들은 일반적으로 자기가 하고 싶은 일을 하는 것처럼 행복한 사람은 없다고들 하고 있다.

그가 화가의 길을 걷게 된 것은 세기말 전환기의 시리아의 고고학자 및 학자와 예술가를 배출한 가정적 환경에 기인하여 아무 생각 없이 미술 세계에서 살게 된 것이다. 또한 그는 청년기 철학에 심취하나 그는 의학을 전공하려고 의과 대학에서 1, 2학년 기초의학을 끝내고 3, 4학년 임상학과 실습 분야를 다 끝냈다. 그러나 그는 의학이 자기에게 맞지 않는 분야 인 것을 깨닫고 뜻을 바꾸고 미술의 길을 걷는다.

이번 미국 여행에서 자신의 전문 분야에 대한 회의와 자신의 직업이 사회에 그리고 인간에게 무슨 효용이 있는가에 대한 회의를 느낀다. 불후의 명작들을 남긴 천재 화가들은 세기를 거듭해서 많은 사람들에게 감성의 영향을 주는 것을 안다. 그러나 그의 회의는 자신은 그런 화가가 못 된다는 것을 잘 알고 있는 탓일 것이다. 특히 닥터 떼브네를 비롯한 일군의 의사들의 아프리카에 대한 헌신을 직접 목격하며 화가로서의 자신의 삶은 일종 자신을 내보이려는 것에 지나지 않는 다는 것을 깨닫는다. 그는 의학을 선택 했을 때도 사람들을 위해 택한 것이 아니다. 그저 시리아에 많은 의사가 필요하기 때문에 의학을 선택했던 것이다. 의사라는 직업은 힘든 것은 물론 자신에게 맞지 않는 분야라고 생각이 되어 의사가 될 직전에 중단하고 자신의 삶이 되었던 그림의 세계로 돌아가고 싶었던 것이다. 가족들을 비롯해서 교수들, 그리고 친구들은 그의 행동에 놀란다.

따리프는 미국여행을 끝내고 브장송을 떠나기 전 알리의 여자 친구와 몇몇 이란 친구들과 차로 브장송을 지켜고 있는 성채에 소풍을 나섰다. 브장송의 7월은 여름이지만 덥지 않고 시원한 바람이 부는 화창하고 쾌적한 날씨다. 파리에서 온 알리의 여자 친구와 파리로 가는 자신을 위한 모임으로 씨따델로 산책을 떠난다. 해발 359미터 높이에 세워진 성채다. 두강으로 부터는 성채의 높이가 118미터가 되는 성벽이다. 성채에 올라오면 사방이 훤히 뚫린 하늘을 보게 되며 발 아래 흐르는 두강의 전 모습도 눈에 들어온다. 어떤 사람들은 이곳에 올라오면 답답한 마음이 확 티는 기분을 느끼게 되어 성채에 올라온다고 말을 한다. 이곳은 브장송 전체를 한 눈으로 바라볼 수 있는 곳이다. 이 성채는 이곳을 침략한 타 국가들의 힘에 의해 모습이 형성 되었다. 그리스-로마 시대에는 그들의 침입은 이 성채를 일종 종교적 장소로서 주피터 신을 위한 예식을 거행했던 곳으로 역사학자들은 추정한다. 2차 대전시 나치에 의한 애국자들이 사형이 집행된 곳이기도 하다. 그리고 레지스탕스의 강제 수용소가 있던 곳이다. 브장송 시에서는 전쟁이 끝난 후 비극적인 역사의 흔적들을 기념관으로 보존해서 후세에 보이고 있다. 스페인이 정복할 당시의 스페인의 물품들이 보관된 곳도 있다. 성채 안에는 지금은 방문객을 위한 스낵바가 요소요소에 있어 편리하다.

소풍의 즐거움으로 가득 찬 이들을 놀라게 했던 것은 구경을 끝내고 스낵바에서 점심을 먹고 더욱 기분이 들떠 있는 알리의 친구를 주차장에서 나오는 차가 치는 사고가 난 것이다. 따리프는 무의식적으로 의사가 갖는 반사 작용이라고 할까 넘어져 잠깐 의식을 잃고 쓰러진 친구를 응급 심폐호흡을 시켜 일으킨다. 따리프는 오래 전에 의대생이었던 것에서 오는 본능적인 행동을 했던 것이다. 그도 자신의 반사적으로 일어난 행동에 놀라고 있다. 그리고 그는 의과 대학을 너무 쉽게 중단 했다는 것을 생각한다. 지금 화가의 길에 회의를 느끼고 혼란한 갈등에 있는 그는 그런 생각을 할 수밖에 없는 심경이다.

외관상으로 상처는 입지 않았지만 사람을 친 차주는 병원으로 데려가는 소동을 부려야했다. 몇 시간의 검사 끝에 이상이 없다는 의사의 진단이 나오자 그들은 안심을 한다. 담배를 잘 피우지 않던 따리프는 친구에게서 담배를 얻어 입에 문다. 친구가 무사하다는 안심에서가 아니라 자신이 걸어온 길에 대한 혼란한 마음을 가라앉히려는 의도다.

따리프의 스튜디오에는 늘어난 몇 개의 여행 가방과 물병들, 며칠 동안 피어 쌓인 담배 꽁초가 눈에 띌 뿐이다. 그는 아가타를 만나고 싶어 문을 나선다. 만약 끌로가 파리로 떠나지 않았다면 끌로를 우선 만났을 것이다. 끌로가 없는 브장송에서 3주간 그는 외로움에 새삼 시달리고 있다. 적막이 감도는 여름 휴가철 이 고도에 그녀와 떨어져서는 안 될 것 같은 초조도 느낀다.

대학 식당은 여름 방학을 앞두고 저녁 식사를 하러 모여든 학생들로 화기애애하다. 따리프는 브장송을 떠나면 이 정든 식당을 떠난다는 것이 브장송을 떠난다는 것보다 서운한 기분이 더 들었다. 대학 식당에서는 언제나 학생들을 사귈 수 있는 열린 사교의 공간이다. 항상 학생들의 가슴은 열려 있는 곳이 브장송의 특이한 장소라는 것이 파리 대학이나 파리 대학 식당과 비교 되는 곳이라고 생각했다. 아가타는 식사가 끝나도록 오지 않는다. 따리프는 아는 학생들도 보이지 않아 무료하게 기다리는 것을 피하고자 매점에서 포도주를 사들고 자리에 앉으려는데 아가타가 미안한 듯 서둘러 다가온다. 그녀는 화난 웃음을 웃고 있고 그녀의 얼굴에 언제나 우울이 감돌고 있었는데 그런 기색은 사라졌다. 닥터 떼브네가 아프리카에서 돌아온 후 갖는 기분에서라고 따리프는 상상한다. 하여간 좋은 현상이라고 생각한다. 따리프는 아가타가 뿔라또를 가지고 식탁에 앉자마자,

아가타, 파리로 가지 않으려고 해. 하고 말을 꺼낸다.

아가타는 그렇지 않아도 닥터 떼브네가 귀국 후 같이 일하는 시간이 많아서 바쁜 줄 아는 그가 며칠 전에 만났는데 갑자기 만나자고 해서 궁금했다. 더구나 파리로 가기 위해 짐을 싼다고 하고서 파리로 가지 않는다는 말에 놀란다. 그는 이유를 묻지 말라고 하며 이곳 의대에서 공부하기 위한 것이 이유라고 하고 있다. 안정된 직업이 보장 되어 있고 어려서부터 자기가 좋아하는 미술 세계에서 살아온 그가 아무리 의학 공부를 중단한 그지만 삼십이 넘어 다시 전공 분야를 바꾼다고 해 반신반의하고 있다.

스크레따리아에 가서 입학 가능성을 물어봤는데 시리아 의대에서 학력 증명서와 성적 증명서를 가지고 오면 된다고 해.

그곳에서 4년을 한 것을 인정 해줄지가 문제야.

의대니까 인정이 될 거예요.

무슨 분야를 할 것인데요?

안과를 하려고 해.

안과는 9년이 걸려요. 다른 분야 보다 1년을 더 해야 해요.

수련 과정을 포함해서 9년이지요.

아가타는 몇 년을 더 해야 하지?

4년을 더 해야 의사 자격증 시험을 볼 수 있는 자격이 돼요.

내가 4년을 인정받으면 거의 같은 시기에 졸업을 하게 되겠네.

나 보다 1년 먼저 졸업을 하게 되나?

프랑쉬-꽁떼 의대 안과에 프랑스에서 유명한 교수들이 있어요.

그들이 국제회의에도 대표로 참가 하는 것으로 알고 있어요.

따리프, 이유가 뭐지요? 머리가 혼돈스러워요.

좋은 직업을 가지고 있고 특히 자기가 좋아하는 분야에서 일을 하면서 이제 길을 바꾼다는 것이.

길을 바꾼다는 결정은 확고해.

내일 아침 스튜디오를 다시 쓴다고 주인에게 이야기 해야겠어.

시간이 어떤지 카페에 가서 이야기할까?

아가타는 궁금해서 시간에 쫓기면서도 따리프의 제안을 받아드린다. 7월의 브장송의 밤은 낮보다 더 쾌적하다. 그들은 쾌적한 여름밤의 바람을 코로, 얼굴로, 가슴으로 느끼며 카페로 걸어간다. 쾌적한 바람은 따리프의 가슴에서 태동하는 새로운 뜻에 활기를 더 하고 있어 따리프의 걸음은 힘차다. 그는 나이라는 것은 그의 의지에서 벗어나 있다. 그의 힘찬 의지가 그의 우람하고 건강한 육체를 더욱 북돋고 있을 뿐이다. 아가타는 끌로에 푹 빠진 따리프를 알고 있기 때문에 혹시 끌로와 관계된 일은 아닌가 하는 생각도 한다.

따리프의 아버지의 편지는 어머님이 이제는 거의 색깔을 구별하지 못할 정도로 시력이 나빠졌다고 한다. 따리프는 그림에 종사하면서 색에 대한 남다른 감성을 갖고 있다. 사물이 색을 가진 것은 신비다. 사물에 색이 없다면 우주는 얼마나 삭막한 것일까 하는 가상의 세계도 상상해보곤 한다. 들판의 꽃들 수만 가지의 색을 각기 갖고 있는 새들은 얼마나 많고 그것들은 얼마나 아름다운가. 어느 날 한 여학생은 연구실 유리창으로 내다보이는 석양에 비친 아름다운 자연의 색을 바라보며 "교수님, 신은 분명 화가인가 봐요."하는 감탄사에 따리프는 자연을 볼 때마다 신을 생각해보기는 했지만 가슴을 울리는 그와 같은 표현은 생각하지 못했다. "신도 화가인가 봐요." 얼마나 멋진 표현인가. 자신도 색과 살고 색을 표현하고 색을 만들며 살아왔다. 그 여학생의 말은 자연의 색에서 느끼는 사색이다. 빛은 사물의 본색마저 변화 시킨다. 어머님의 눈에 나타난 황반변성증은 발달된 의학으로도 아직 그 병을 고칠 수 있는 의술이나 약을 발명하지 못했다고 한다. 아버님은 산책을 할 때도 주로 어머님에게 사물의 색을 설명해서 어머님이 상상할 수 있게 한다고 했다, 따리프는 생각한다. 눈에 문제가 있으면 화가가 될 수 없다. 다행히 그는 눈에 문제가 없어서 그가 하고 싶은 일을 해왔다. 자신과 일생 동안 관계된 빛과 색깔을 즐길 수 있었다. 눈으로 고생하는 사람들을 돕고 싶은 마음에서 그리고 눈에 대한 연구를 하고 싶어서 안과를 택한다.

그는 타인을 위한 길로 들어서려고 하는 결정을 하자 여름 미술여행을 하려던 계획을 취소하고 근무하고 있는 대학에서 처리와 의대에서의 성적 증명과 학력 증명서를 받아야 할 이유로 귀국길에 오른다. 그러나 큰 이유는 어머니 병의 상황이 어떤지 초조한 마음에서 직접 확인하고 싶어서다.

9월에 다시 밟은 브장송은 여전히 활기 차 있다. 새로 밀려온 프랑스 정부장학생들은 거리를 활보하며 새로운 세계에 대한 호기심으로 언제나처럼 이 시기는 가득 차 있다. 돈이 없는 학생들도 등록금 때문에 걱정할 필요가 없다. 프랑스정부는 외국 학생들에게도 프랑스 학생들과 동등한 대우를 한다. 나폴레옹 시대 때 선포한 국가의 이념인 자유, 평화, 형제애는 모든 인류에게 해당하는 것이다. 그들은 그들의 이념을 잘 지켜고 있다. 간혹 프랑스인이 외국인들에게까지 동등한 평등을 향유하게 하는 것에 불평을 갖는 사람도 있기는 하다.

2개월 만에 다시 밟는 브장송은 따리프에게 전과는 다르게 느껴지고 있다. 학생 신분으로 보내게 되는 곳이라 긴장이 들고 있다. 의대 진학허가서는 시리아에서 받았다. 필요서류를 시리아에 도착하자 의대로 보냈기 때문이다. 가족들은 시리아에도 의대가 있는데 무엇 때문에 프랑스에서 의대를 계속하느냐고 이의를 대며 섭섭하다고 하지만 언제고 자식의 뜻을 존중해 주는 부모들이여서 한결 가벼운 마음으로 집을 떠날 수 있었다. 특히 따리프의 아버지는 속으로 프랑스인의 피가 섞인 아들이 오히려 그곳에서 체질의 정체가 들어날 기회를 갖는 것도 좋으리라고 생각한다.

따리프는 그를 프랑스로 인도하고 있는 이유를 누구에게도 이야기하지 않고 있다. 프랑스에서 의대를 계속한다고 할 때 따리프의 아버지는 아들이 보내온 롱샹의 교회를 그린 그림 안에 있던 여자가 그의 머리에 떠오르지만 아들에게 어떤 사이냐고 묻지를 않는다.

2개월간 비워 두었던 스튜디오는 문을 열자 낯익은 자기의 물건들이 반가우나 웬일인지 외로움만이 자기를 기다리고 있는 기분이다. 아직도 한참 동안 얼싸안았던 어머니의 작별의 가슴의 온기가 몸에 남아 있는 것 같아 윗도리를 벗어 가슴에 안아 본다. 그리고 냄새를 맡아본다. 아버지보다 어머니는 따리프가 의과대학을 다시 계속 한다는 것에 격려하고 뿌듯한 기분을 갖는 것으로 보였다. 아들을 깊이 포옹하고 아들의 손을 잡고 여러 번 흔들어 보이는 것으로 아들을 격려했다. 따리프의 아버지는 이번 결정에도 할아버지들이 하시던 노래를 생각해라. 그러면 마음이 편할 것이다. 할아버지들의 노래란 프랑스 태생의 할머니들이 증조부의 교훈의 표본을 남편들이 되풀이하는 말을 프랑스식 표현으로 빗대서 노래를 부른다고 했던 것이다. 프랑스인들이 강조하기 위해서 되풀이하는 말을 '노래를 부른다'고 빈정대는 말이다. 조상들이 강조하는 교훈을 따리프 아버지는 할아버지들의 노래라고 유머로 말하고 있었다. 따리프는 선조 중에 누군가가 성경에 있는 말을 인용해서 새로운 일을 결정할 때 하시던 말이라고 들었다. 그 말은 "사람이 자신이 계획을 결정하더라도 그의 걸음을 인도 하는 것은 하느님이다 (잠언 6:19)."라고 하는 구절이다.

따리프는 먼저 가방에서 아버지와 어머니가 함께 찍은 사진을 책상 위에 놓는다. 두 분은 예루살렘 여행 때 찍은 사진이다. 따리프는 어머니가 선물로 준 아주 작은 고상을 책상 위 벽에 기대어 놓고 나니 혼자가 아니라는 느낌이 든다. 저녁 먹을 때를 놓쳐서 몹시 허기를 느낀 그는 벗어 놓았던 윗도리를 다시 입고 밖으로 나간다.

오뗄 듀 노르(북 호텔)에 이르러 그는 한 때 끌로가 이 호텔에서 일을 한 적이 있었다는 이야기를 들었다. 그는 마치 끌로가 프런트 데스크에 있기라도 한 것처럼 안을 기웃거려본다. 익숙한 거리지만 그는 외로움이 몸을 조이는 기분이다. 2개월이 넘게 끌로를 그리워했지만 식구들과 친구들 사이에서 사무치도록 그립지는 않았다. 그녀가 파리에서 브장송에 오려면 아직도 2주일을 기다려야 한다. 따리프는 끌로와 들렀던 환하게 불이 켜 있는 재스민 식당 앞에 와 있다.

식당 안은 아세아 사람들이 더러 눈에 띈다. 이 식당은 사람들이 많을 때는 식탁으로 안내하는 사람이 없다. 따리프는 2인용 식탁을 택해서 앉는다. 베트남음식을 잘 모르기 때문에 끌로와 먹었던 롤로프렝땅을 주문한다. 국물이 많이 있는 아세아 음식에 익숙하지 않은 따리프를 위해 프랑스인들도 잘 먹는 롤로프렝땅을 권했던 것이다. 따리프는 롤로프렝땅이 맛이 있었기 때문에 오늘도 다시 시킨다. 처음 이 식당에 왔을 때 어떤 음식이냐고 끌로에게 물었다. 전형적인 베트남 음식인데 이름을 프랑스에서는 프랑스식으로 부친 것이라고 했다. 쌀로 디스크 형으로 만든 마른 껍질을 물에 축인 보자기에 놓아 껍질이 수분에 녹아 부드러워지면 거기에 양념을 한 다진 고기를 넣고 둘둘 말아서 기름에 튀긴 것이라고 자세히 설명을 했었다. 찍어 먹는 소스는 비앙독스에 당근을 채 쓸어 넣어 만든 소스를 찍어 먹는데 소스 없이 먹는 것이 더 담백하다고 했다. 젓가락을 사용해 먹는데 젓가락이 불편하면 피자처럼 손으로 먹어도 된다고 했다. 따리프는 젓가락질을 애써하고 있다.

그는 식당에서 나와 어둑을 느끼며 숙소로 걸음을 재촉한다. 오뗄 드 노르에는 저녁 늦게 막 도착한 몇 사람의 여행객들이 프런트 데스크에서 수속을 하는 것이 불빛에 환하게 비친다. 그는 습관대로 안을 기웃거리며 지나간다. 서로 어깨를 얼싸 안고 지나가는 두 남녀의 모습이 늘 길에서 보는 풍경이지만 오늘 따라 더 아름답게 느껴진다.

홀로 걷는 이국에서 끌로가 파리에서 브장송으로 올 남은 2주일이 길게만 느껴진다.

따리프는 수업 프로그램을 검토하고 준비하는데 바삐 보내고 있다. 시리아 의대에서 4학년까지의 학력과 성적을 인정받는데 교수의 테스트 성격의 면담을 거쳐서 인정을 받았다. 대학병원에서 내과, 안과 임상 실습을 1년을 마치고 4년간 내과, 외과, 안과의 수련 과정을 이수하는 것으로 인정이 되었다. 그러나 따리프는 1, 2학년의 기초 의학과목과 실습 및 3,4학년의 내과 외과 임상 실습이 인정을 받았지만 불어로 의학 용어를 익히기 위해 전 과목에 대한 책을 다시 읽어야 한다. 수업 계획을 하고 가능한 시간에 이미 공부한 기초의학 수업을 청강할 수 있는지도 알아보려고 한다. 임상 실습 1년을 마치면 수련 과정으로 갈 수 있어 수업에 대한 무게가 반감 했다. 머리를 누르고 있는 압박감도 사라졌다. 누가 옆에 있으면 해방감마저 들 것도 같다.

따리프가 길을 바꾼 자신을 돌아본다. 처음 의학의 길에 들어섰던 것이 신의 손길은 아니었을까 하고 생각한다. 인생의 반은 아니라도 많은 시간을 그림에 종사하는 것은 자신만을 위한 길을 벗어나 애타의 길을 가야한다는 결정은 그의 몸속에 뜨거운 무엇이 인도 하는 것 같다. 이런 생각은 누구에게도 내 보이지 않은 가슴 깊숙이 자리한 또 하나의 갈망을 변명하기 위한 생각인지도 모른다. 그는 자기의 심정을 자신에게, 신에게 속삭이는 것에 그치고 있다. 그는 끌로에게 머물고 싶고 그녀가 안개 속에서 그에게 달려왔던 그 순간 그녀의 허망을 자신이 희망으로 바꾸어줄 수는 없을까 하는 갈망을 감추고 있다. 이런 생각은 그녀를 만난 후부터 머리를 떠나지 않았다. 그녀가 누구인지도 모르는 상태에서 마치 어린애의 순진한 생각 같았다. 그래서 그는 그녀를 만나려고 광고를 찾는 그림을 그려 까노 대학식당에 부쳤다.

그러한 그의 행동이 순진한 어린애 행동 같을지 모르지만 욕심 없는 그의 순수성에서 나온 거짓 없는 마음이다. 지금 엄청난 생의 전환을 결정한 것은 어떤 상황에서도 흔들리지 않을 각오가 돼 있다.

끌로에게 이런 자신의 심정을 내보일 용기를 내지 못하는 마음은 길을 바꾼 그의 결정과는 맞지 않는 행동이다. 그러나 신중한 사유에서 마음을 밝히지 못하고 있는 것이다. 끌로와의 파리에서 약속을 지키지 못한 이유를 시간이 없는 이유도 있었지만 깊은 생각이 그의 입을 꽉 닫게 하고 있다. 그러나 그의 몸속에 있는 뜨거운 열정은 불타고 있다. 그 열정은 그의 행동에 사명을 부과하고 있는 순수의 마음에서 불타고 있는 것이다.

비워 두었던 방에서 나는 독특한 냄새가 낯설게 하고 있다. 피로도 잠을 방해하고 있다. 새벽안개는 사람의 윤곽을 분간할 수 없는데 앞으로 뛰어오는 사람이 있다. 그녀는 내가 기다리는 사람이 아니어서 실망하며 "아는 사람인줄 알았어요."

따리프는 잠이 오지 않아 책을 읽으려고 스탠드 라이트를 켠다.

룹시안느의 여름

끌로는 부활절을 알메리아에서 슈코바와 보내기로 한 계획은 슈코바의 딸이 병이 나서 취소되었다. 슈코바는 알메리아에다 마음을 두고 와 가슴이 부풀러 있는데 딸의 병으로 부풀은 가슴은 꺼져버린다. 그러나 슈코바는 지난여름에 약속했던 것처럼 끌로는 동행하지 못하지만 여름 니스에서 펠릭스와 일주일을 보내고 알메리아에서 보내게 된다. 끌로는 펠릭스에 향한 슈코바의 열정이 녹아나기를 고대하며 프랑크푸르트로 돌아갈 때 파리로 둘이 오라고 하고 그녀는 파리로 떠난다. 끌로는 장학금 기간도 곧 끝나 일을 해야 한다.

끌로는 7월 브장송을 떠난다. 파리로 오는 따리프를 파리에서 재회 할 목적으로 파리에서 일을 구한다. 두 번째 오는 일터는 익숙해져서 아무 어려움이 없다. 맡은 일도 전에 하던 일이 주어져 새로 배워가며 하지 않아도 된다. 끌로는 이번에도 파리를 탐닉하려고 이곳에서 일을 택한다. 그리고 따리프도 브장송을 떠나 파리로 오게 되는 것도 큰 이유의 하나다.

누보로망 작가 로베르 뻥제가 말하는 파리를 아직도 다 체험하지 못했다. 로베르 뻥제는 파리에 대한 "어떤 샹송에는 저속한 것들이 있다. 파리는 나에게 있어서 세계에서 가장 지적인 도시 중의 하나이다. 파리가 환대하는 곳이 아니었다면 많은 지적인 사람들을 알지 못했을 것이다. 그러나 파리의 사람들은 무관심한 것 같다. 뉴욕이 인간적이고 친절한 것에 비하면 프라하는 지적이지만 친절하지 않다. 로마는 어떤가, 아름답다. 파리도 아름답다." 로베르 뻥제가 말하는 파리의 평은 하루 이틀에 본 파리의 평이 아니다. 그런 체험을 하려면 파리에 오래도록 살며 느껴야하는 것이리라.

끌로는 오후 5시간의 자유시간이 있어 파리를 산책하기에는 아주 좋은 곳이다. 우선 파리에서 석 달 동안의 산책도 파리를 아는데 도움을 줄 것이다. 일을 하는 학생들에게 독방을 주고 방에는 책상과 책장이 구비된 곳이다. 방학 휴가를 떠난 직원을 대신하는 것이라고 정규직의 일당 수당보다 많이 받고 있다. 프랑스의 복지제도의 합리적인 판단에서 만든 제도이다.

룹시안느는 파리의 생 라자르 역에서 기차로 40분 거리에 있는 곳이다. 풍광이 좋은 곳으로 이곳에 룹시안느 성이 있다. 17세기 후반에 세워진 것이다. 프랑스의 인상파 화가들 일부가 이곳에서 그림을 그림으로써 인상파의 산실이 된 곳이기도 한 장소이다. 이 성은 주인이 여러 번 바뀌는 고비를 거쳐서 이제는 이탈리아계 프랑스인이 호스피스로 경영하고 있다.

끌로는 이번에도 에브린느와 같이 하는 일이다. 백여 개의 방에 환자가 아닌 사람들이 묵고 있는 빠비용에 배치되어 우편물과 신문을 전하는 일이다. 이들은 환자는 아니지만 쇠약한 신체의 조건, 가족들이 돌볼 여건이 제한된 사람들이 세상에 머무는 마지막 정거장에 있는 사람들이다. 여름 휴가에 건강상으로 같이 가지 못하는 나이든 가족을 일시적으로 머물게 하기도 하는 곳이다. 개인각자의 식사의 취향을 존중하는 프랑스인들은 이곳에서도 나타나고 있다. 방마다 각자가 원하는 세끼의 식단을 주문 받는 일이다. 식당에 종사하는 사람들을 제외하고는 다른 사람들은 오후 한 시 반부터 7시까지 자유 시간이다.

끌로는 어머니로부터 브장송으로 온 편지를 같이 사는 베네주엘라 친구 로살바가 보내주어 반가워한다. 그러나 어머니의 글씨는 몹시 힘이 없어졌고 논리도 사라진 것 같다. 늘 빼놓지 않는 말은 '항상 같이 하시고 마음을 감찰하시는 천주께 거듭 간구하고 감사하라. 답답할 때에 간구하라. 내게 지혜와 인내 주소서 하고 간절히 간구하라는 말을 빠뜨리지 않은 것을 생각하고 안심을 한다. 편지 말미에 "이것이 유언이 돼도 괜찮다." 고 한 말이 몹시 걸린다. 끌로는 어머니의 달라진 모습에 오후 파리로 나가 산책할 힘을 잃고 있다. 책을 읽어도 들어오지 않아 침대에 누어서 담배를 계속 피고 있다. 열린 창문으로 고요를 뚫고 들어오는 테니스를 치는 공 소리는 힘차고 아름답다. 테니스와 이제 먼 생활에서 그것은 그리움이다. J는 언제나 끌로를 위해서 끌로가 받도록 공을 보냈다. 끌로는 창문으로 다가가 밖을 본다. 하얀 운동복의 힘찬 남자들의 모습은 그리움이고 다가갈 수없는 한계의 슬픔이라는 것을 느끼고 있다. 끌로는 그녀에게 따리프가 다가 왔다고 생각할 때가 많지만 그녀는 뻥 뚫린 가슴을 채우려고 오히려 따리프를 찾아 가슴에 안은 것이라고 자신에게, 하늘에, 속삭이고 있는 때가 많다. 따리프는 여름 미술 여행을 단념하고 귀국했다 온다는 짧은 말만 편지로 전해 왔다. 무슨 급한 일이 있을까. 궁금증이 불안으로 바뀌고 있다. 그의 귀국목적은 근무하는 학교에서 할 사무처리 때문이라고만 했다.

사랑은 순수한 것이기 때문에 믿어야 한다는 마음에 쓰라림이 또 오더라도 담담하자는 연습을 한다. 그녀는 창문을 통해 파란 하늘을 보며 불현듯 자신은 어머니를 생각하면 불효 같이 느껴져 어머니를 그리는 마음을 일기장에다 쓴다.

담배 연기 너머
창문 밖 파란 하늘에
흘러가는 구름을 보노라면
잊고 있던 생각들이
구름처럼 떠오른다.

담배를 들고
무심히 있노라면
한순간이나마 편안하다.

그래서
모두가 잊으려고, 기억하려고
담배를 사랑하는 것일까?

흘러가는 구름 위엔,
어머님의 얼굴이,
또 다른 얼굴이
흘러가고 있다.

이제 올해 들어
두 번째 어머님의 편지
기억이 몽롱해지시는 것일까?
앞뒤의 논리는 어디로 갔을까?
마치 어린애가 쓴 편지 같다.

구름도 담배 연기도
사라진
파란 창문엔 눈물이 흐른다.

밖에서는 아직도 사람들이 테니스를 하는 것 같다. 라켓에 부딪혀 내는 공 소리를 따라 그들의 힘차게 움직이는 모습이 떠오르고 있다.

끌로는 초기인상파들이 즐겨 그렸다는 룹시안느의 풍광을 탐닉하려고 밖으로 나왔다. 정원에서 마주친 샤또 주인 남자는 끌로를 보자마자 마피의. 봉주루! 하는 그는 몇 달 만에 집으로 돌아와서 서성거리다 다시 정부의 집에 묻혀 산다고 한다. 일하는 젊은 여자들에게 내 딸이라고 부르는 그의 친절은 일하는 사람들이 그의 삶을 다 알아서 계면쩍어서 그런 표현을 쓰는 것 같다고 속으로 웃으며 끌로는 테니스를 치는 소리가 나는 곳으로 발걸음을 옮긴다.

책 속으로도 들어 갈 수없는 불안한 마음일 때는 한가한 시간은 오히려 무거운 짐이 되는 날이다. 맑은 태양도 그녀의 마음을 짓누를 뿐 이다.

울창한 나무 숲속에서는 매미가 울어 댄다. 그 울음소리만이 익숙하다. 그 소리는 고향을 불러다주고 있다. 하늘은 너무 파랗다. 너무 파래서 가슴을 더 아프게 한다. 숲으로 들어가는 입구에 비어버린 생을 다한 고목의 등거리 위에 음흉해 보이는 까마귀 한 마리가 앉아서 두리번거리고 있다. 어머님의 편지에 나타난 맥이 없어진 것 같은 어머님의 상태도 마음에 걸려 불안한데 저 까마귀는 중환자들이 묵고 있는 별관에 세상을 하직할 사람을 알리러 온 증조 같아서 유쾌하지 않은 기분이다.

룹시안느에 온지 두 달이 지나서 아가타로부터 그녀에게 전해진 두 번째의 따리프의 편지를 받는다. 그 편지도 아주 간단한 편지다. 8월에 브장송에 도착해서 그곳에 있기로 했으며 그가 살던 스튜디오에서 보낼 것이라는 아주 간단한 소식이다. 끌로는 파리로 올 때 그런 변화에 대해서 아무 이야기도 그로부터 듣지 못했다. 파리에서 그와 만나 파리를 산책하는 기대는 물거품이 된 채 끌로는 오후 자유시간 파리를 홀로 산책을 해야 했다. 그리고 산책을 줄이고 아는 사람을 만나는 일도 줄이면서 숙소에서 논문을 위한 독서를 하고 있다.

9월 룹시안느를 떠나기 전 오후부터 다음날 일곱 시까지 자유시간이 있는 이틀을 파리 산책을 아주 크게 잡는다. 파리에서 따리프와 산책이 어긋난 여름을 보내며 어떤 일이 있어도 담담한 심경을 유지하려는 각오로 앞으로도 연습은 계속할 필요가 있다고 쓸쓸한 다짐을 하며 계획을 세운다. 다행히 9월에 열리는 10주년 파리 비엔날레를 보게 된 것이 행운이라고 생각하고 있다.

생 라자르 역에 도착해서 전철을 바로 타지 않고 기차역 근처 언덕 위로 길을 간다. 그녀는 이곳에서 잠깐 생 라자르 역을 내려다본다. 그녀는 모네의 '생 라자르 역' 과 똑같나 살펴보고 싶은 심정에서다.

지금의 역 모습도 모네가 그린 '생 라자르 역'과 다른 것이 없다. 차이라면 모네의 그림에 있는 생 라자르 역을 떠나고 있는 기차는 연통에서 검은 연기가 나는 것이 다를 뿐이다. 그녀는 오래간만에 시간 여유가 있어

한 번 시간을 누려 보는 장난에 지나지 않다. 파리의 모습은 100년 전이나 지금이나 변함없다는 것에 이방인들은 언제와도 낯익은 모습을 들어 내주어 그들을 반겨주어 낯설지 않다고 한다.

파리 비엔날레는 세계청년화가들이 참가하는 화가들의 전시다. 수많은 전시가 한 장소에서 전시되는 것이 아니라 여러 전시장에서 열리고 있다. 참가자 중에는 아세아에서는 일본 화가와 한국 화가가 있다. 한국 화가는 정재구라는 서울미대 출신으로 그의 작품은 설치미술인데 어디에고 전시 장소가 명기되지 않아 끌로는 무조건 설치미술의 일부가 전시되는 파리 시립 현대미술관으로 향한다. 그의 작품은 잔디밭인 옥외에서 전시되는 작품이어서 그 미술관부속건물 옆에 정원이 있기 때문에 그 곳으로 향하고 있다. 만약 그곳이 아니면 다른 작품을 보면 된다고 마음을 느긋하게 갖는다. 여러 전시장에서 나누어 전시되고 전시 일자도 다르다.

한국 작가의 작품은 설치미술로 옵티컬 아트다. 홍보지에 실린 것은 잔디밭에 몇 조각의 평면 유리판을 대각선으로 배치해 놓고 나무의 그림자가 태양의 위치에 따라 반사될 때 만들어 내는 뉘앙스 또는 현상을 연출하고 있다. 단순하고 아름답다. 제목은 무제다. 대구 출신이어서 관심이 간다. 왜냐하면 한국에서 최초로 현대미술 전시를 한 화가들이 대구 출신 화가들로 대구에서 처음 현대회화를 전시하는 역사적인 기록을 한국 화단에 남기게 되었던 것을 잘 알고 있기 때문이다. 파리 비엔날레에 참가하는 화가도 대구출신의 청년 작가로서 선배화가들이 걸어온 길을 계속 따르는 것이라고 생각한다.

끌로는 다른 전시장을 몇 군데를 돌아보며 평면화 작가가 한 사람도 없는 것에 놀란다. 모두가 설치미술 아니면 이름도 새로운 미술들이다.

퍼포먼스 미술을 새로 보며 미술의 범위가 어디까지인지 의구심과 호기심을 함께 갖게 된다. 현대미술의 흐름을 살피는 것으로 자족 하여야 할 것 같다. 토폴로지에 관한 미술. 빛과 오브제에 관한 것은 비교적 이해가 가능하다. 미국 작가로서 유명한 팀 리드의 작품을 보게 된 것이 큰 행운이다. 그의 작품을 알고 있었기 때문이다. 빛의 영상이라는 것인데 한국의 정재규의 작품과 맥을 같이하고 있다는 것에 친근감을 가졌다. 라인(줄)에 대한 작품도 많다. 이것은 듀상의 '초현실주의 이민 입국 허가서'가 기초가 되고 영감을 얻은 모방된 창작이라는 것을 청년작가들의 작품에서 읽을 수가 있다. 청년작가들이 평면화를 하지 않기 때문에 평면화를 하는 작가들은 시대에 뒤 떨어진 작가라고 해야 할 것 같다. 몇 년 전부터 미니멀 아트가 기세를 부리기 시작했는데 그 기세는 여전하다. 따리프는 미니멀 아트는 건조하고 비개성적이라서 혐오한다고 했다. 그는 언제나 구성적 이미지를 고집할 것인지 의문이다. 따리프가 그래서 고민을 하고 있는 것이라고 추측한다. 따리프가 이 전시를 보면 우선 고민부터 할 것이라고 생각한다. 끌로는 따리프를 위해 참가작가에 대한 출품작과 작가의 말이 실려 있는 홍보책자를 그를 위해 사가지고 나온다. 끌로는 자신의 그림도 뒤 떨어진 것 같은 느낌이여서 답답한 마음으로 전시장을 나온다. 오래 전부터 보려고 한 소련영화를 보기 위해 따바에 들러서 신문을 산다.

끌로는 긴 시간 자유시간이 허락된 둘째 날 일찍 생 라자르 역에 내린다. 우선 후낙에 가서 책을 살 예정이다. 그리고 봉삐두 센터에 가서 영화를 보면 하루가 다 간다. 룹시안느로 가는 막차를 타면 시간은 아주 많다. 파리에 있는 친구를 보고 싶지만 참는다. 좀 더 자유롭게 파리를 산책하고 싶어서다.

예술은 무엇일까? 무엇이길래 모든 번민에서 벗어나 몰아 지경으로 데려가는 것일까? 마음을 그렇게 순수하게 만들고 그 순간 증오도 사랑으로 끌고 가 용서의 기도를 하게 하는 것일까? 아마도 예술은 인생이 무엇인지 추구하는 영원한 미해결의 문제와 함께 지구의 생명이 다할 때까지 영원한 우리의 문제이고 희망으로 존재하는 종교의 성질을 가진 것이 아닐까. 끌로는 몰아지경에서 예술을 감상할 수 있었다는 데서 오늘 살아 있다는 실존의 행복을 느낀다. 영화관에서 나와 뮤제돔므(인간 박물관) 앞 벤치에 앉아서 다음의 행로를 찾아갈 메트로 지도를 보고 있다. 불현듯 몇 년 전에 서울 성트르에서 불어를 가르치던 마담 발장이 떠올랐다. 그녀는 굿을 보고나서 작두에 올라 춤을 추는 무당과 굿은 예술이라고 했다. 그리고 자기 돈으로 작두를 구해서 지금 끌로가 앉아 있는 인간 박물관에 기증 했다. 그녀는 굿이라는 것에 감격해서 다 같이 공유하려는 애타심의 발로였을 것이다. 그녀가 한국에 부임하자 고양이를 기르고 싶어 해서 끌로는 동대문 시장을 무더운 여름 고양이를 찾아 헤맨 일이 있다.

영화를 보고 나와도 여름 해는 석양을 넘지 않았다. 카페에 들러 남은 시간을 즐기고 싶어 긴 샤뜰레의 에스컬레트를 걸어오는데 메트로 전체를 울리는 우렁찬 아코디온 소리가 들린다. 끌로는 즐겁다. 주머니에 얼마 남지 않은 돈에서 그녀를 즐겁게 하는 거리의 악사들의 모자에 동전을 넣는다.

카페는 언제나 낮에도 사람들로 가득 차 있다. 끌로는 창가에 빈자리를 찾아서 앉는다. 자유시간 이틀을 유용하게 쓰려고 달렸다. 끌로에게는 아침저녁 기차를 타고 다시 메트로를 갈아타야 하는 산책은 숨 가쁜 산책이었다. 지금 카페에서 큰 숨을 내쉬고 쉬는 행복한 시간을 즐기고 있다. 전망 좋은 길모퉁이의 카페는 여전히 사람들이 들어오고 나간다. 카페 이름도 안보고 목이 좋아 그녀는 들어왔다. 그녀 앞에 자리가 비어 한 남자가 앉아도 되느냐고 한다. 그녀는 자리를 권하고 거리의 행인들을 바라보는 즐거움에 취해 있다. 후낙에서 산 책들을 꺼내 항목만 보고 숨이 막힐 정도로 뛰어 다닌 피로를 풀려고 책을 덮고 있다. 앞에 앉은 남자는 실례 한다고 하면서 끌로의 책을 보고서 로브-그리예를 연구하느냐고 묻는다. 자기는 끌로드 시몽을 연구한다고 하면서 우연히 누보로망을 하는 사람을 만나게 되어 반갑다고 한다. 너무 감사하다고 생각할 때 영혼도 가슴도 몸도 떨린다. 생각지도 않은 낯선 사람으로부터 그녀는 책을 받았다. 가끔 우연한 동일성을 가진 사람이나 우연한 만남은 이해도 설명도 할 수 없게 된다. 그저 소설이나, 영화 속의 주인공이 된 것 같은 느낌을 갖는다. 영화가, 소설이 상상으로 꾸민 것이라고 하지만 사실이 씨앗이 되어 상상으로 증폭하는 것을 눈감아 받아드리는 것이 아니겠는가? 여행을 끝내고 자기나라(네덜란드)로 가는 길에 파리에 들러 사람들을 만나고 지금 밤기차시간이 남아서 시내를 배회하는 중이라고 했다. 그는 자리가 없어 끌로가 앉은 자리에 같이 앉게 되고 내 책을 보고서 우연히 같은 분야를 하고 있는 사람을 만나게 되어 놀라 자기가 쓴 책을 준다. 카페를 나와 네덜란드 남자는 동부 역에서 떠나는 친구를 마지막으로 만나기 위해 그곳으로 향하고 끌로는 아직 시간이 많이 있어 파리에 처음 내려서 걸었던 룩셈부르 공원을 다시 걷고 싶어 그리로 향한다. 룩셈부르 공원을 걷는다는 생각을 바꾸고 룩셈부르 공원이 보이는 길모퉁이에 있는 카페로 들어가 자리를 잡는다. 카페 안은 아직 퇴근 시간인 일곱 시가 되지 않아 한가한 사람들이 담소를 즐기고 있고 혼자 책을 읽는 사람들이 있다. 이곳에서도 은퇴를 했을 법한 나이든 여자가 책을 읽으며 남은 인생을 즐기는 모습이 있다. 파리에 내린 첫날 끌로가 룩셈부르 공원에서 놀란 것은 11월 말인데도 공원에는 일년생 화초들이 피어있어 아름다웠던 것을 기억하고 있다. 조랑말을 타는 모습이 아름다웠다. 조랑말 주인은 엄마의 손을 잡고 차례를 기다리는 애들을 일일이 안아서 말에 태우고 있었다. 그 순간 끌로는 프랑스는 신구가 존재하는 곳이라는 것을 첫눈에 알 수 있게 했다. 끌로는 파리 도착 인상 깊었던 추억을 잊지 못해 룩셈부르 공원 이야기를 아니에게 했다. 아니는 막 나온 조다생의 샹송, 룩셈부르 공원을 크리스마스선물로 주어 추억으로 간직하고 있다. 끌로는 지금 룩셈부르 공원에 다시 와 있다. 공원은 들어가는 사람 나오는 사람으로 여전히 활기 차 있다. 바로 카페 앞 길모퉁이에 오래전부터 서 있는 관광객으로 보이는 남자가 누군가를 기다리고 있는 모습이다. 그는 바로 룩셈부르 공원 쪽에서 똑같은 노란색 등산복을 입고 역시 배낭을 메고 달려오고 있는 여자를 향해 기쁜 웃음을 지며 손을 흔든다. 그들은 이곳에서 만나자고 한 듯 두 사람은 얼싸안고 포옹을 한다. 아름답다. 똑같은 옷차림이 아름답다. 두 남녀의 기쁜 순간을 즐기고 있는 모습은 극치의 아름다움으로 그녀에게 느껴

진다. 한편의 영화장면을 보는 것 같다

끌로는 로베르 뻥제의 파리에 대한 평이 다시 떠오른다. 조금 전 네델란드에서 온 끌로드 시몽을 연구한다는 사람을 만나는 우연도 파리가 주는 분위기에서 온 것이 아닌가. 그렇다 세계의 지적인 사람을 만날 수 있는 곳이 파리다. 10주년 파리 비엔날레는 어떤가. 그 많은 세계 각처에서 온 청년예술가들의 작품을 볼 수 있지 않았나. 헤밍웨이가 살았던 시대도 보헤미안들을 환영 해주는 파리가 있었기에 그들은 파리에서 지적 동지들을 만나서 예술을 이야기하고 예술을 만들 수 있었을 것이다. 그녀도 보헤미안 기질이 있어 방랑하려고 하는 것일까?

끌로는 같이 브장송에서 온 볼리비아 친구 마르타와 일을 끝내고 언제나처럼 여행을 하자는 것을 취소하고 책을 한아름 산다. 그리고 일주일 먼저 룹시안느를 떠나기로 한다. 룹시안느에서 보내는 밤도 오늘이 마지막이다.

룹시안느에 돌아오니 샤또 위로 보이는 나뭇가지 사이로 둥근 달이 보인다. 추석이 가까워 오는 것일까? 어머니도 사랑하는 사람도 너무 멀리 있는 땅에서 외로움이 엄습해 오는 것을 끌로는 차가운 깊은 여름밤에 느끼고 있다.

숨어있는 여름 칸나의 정열

끌로는 따리프를 만나기 위해 까노의 식당으로 들어선다. 여름을 다른 곳에서 보내고 브장송으로 다시 온 학생들은 헤어졌다 다시 만나는 기쁨이 얼굴에 가득히 묻어나고 있다. 그들이 몸짓에서도 쉬고 돌아와 젊음이 더 발산하는 것같이 보인다. 끌로를 아는 학생들은 손을 흔들며 "살류!" "살류 "한다. 따리프는 먼저 와서 끌로를 기다리고 있다. 그녀는 반가움에 가슴이 뛰고 있는 것을 억제하며 냉정하려고 한다. 3개월 만에 만나는 따리프의 얼굴이 야윈 것을 발견한다. 그를 만나자 기쁜 마음에 의식적으로 담담한 태도를 하겠다는 생각은 없어지고 와락 얼싸 안고 싶은 마음이 앞선다. 여름을 파리에서 그를 만난다는 기대와 계획이 무너진데 대한 서운함은 사랑하는 사람 앞에서는 녹아서 살아질 뿐이다. 그녀는 브장송에 따리프가 있다는 것이 기뻐서 그가 브장송에 남아 있는 것에 대해 한마디의 이유조차 묻지 않는다. 예기치 못한 사랑하는 사람을 만난다는 것은 만남 자체가 더할 나위 없이 기쁨이고 행복이다. 무슨 말이 필요할건가. 오히려 따리프는 그간 파리에서 마음의 변화가 있어서 이렇게 담담한 것인가 불안한 감정이 든다. 식당이 아니라면 그들은 만나는 기쁨에 아무 변명이 필요없이 얼싸 안는 것으로 낯설어 할 필요가 없을 것이다. 따리프는 파리에서 약속을 어긴 것에 대한 감정의 표현인가도 생각하고 있다. 끌로를 마음 속 깊이 기다리며 힘든 새로운 환경이 그녀를 만나면 위로가 되고 도움이 될 것이라고 생각하고 있었다. 그녀에게서 처음으로 차가운 면을 발견한다. 그는 갑작스러운 변화를 하기까지 복잡한 심정을 한 마디로 멀리 있는 사람에게 설명할 길이 없었다. 긴 편지를 할 시간도 허락하지 않았다. 다만 자신의 길을 바꾸게 된 과정의 결과를 보여주면 된다고 생각하고 있었다. 드디어 끌로는 왜 파리로 가지 않느냐고 묻는다. 그는 대답 대신에 내일 할 일이 많아서 스튜디오로 일찍 들어가야 하니 나가자고하며 차로 샹파뉴까지 바래다주겠다고 한다. 끌로는 알리의 차가 아닌 것에 궁금증이 더해진다.

차가 알리 차가 아닌데.... 하고 끌로는 처음으로 궁금증을 말한다.

시간을 절약하고 그리고 몇 년간 이곳에 있기로 했기 때문에 차를 샀지요.

학위를 끝내고 가는 학생한테서 급히 살 수 있었어요.

몇 년 이곳에 있다니요?

나중에 이야기 합시다.

주말 내 스튜디오에서 만나요.

끌로는 의외에 말에 기쁘면서도 혼란스러운 감정이 인다. 따리프는 이번에도 간단히 말을 끝내고 이유를 설명하지 않는다. 그는 핸들의 손을 바꾸고 옆에 앉아 있는 끌로의 오른쪽 볼을 잡아 본다. 그는 가던 길을 멈추고 빈터에 차를 세우고 끌로를 포옹한다. 서로가 기다리던 벅찬 포옹이다. 익숙한 그녀의 니나리치 향이 그의 열을 더욱 불붙게 하고 있다. 따리프의 입술이 뜨겁게 움직임에 그녀의 입술도 열기에 녹아들고 있어 그를 안심시켜고 있다. 자기도 모르게 만나자 잠시 동안이지만 그녀의 꼬께뜨한 모습은 사라지고 차가운 행동에 조여 왔던 가슴의 응어리가 탁 트여 공기를 뚫고 사라진다. 그는 오른손으로 그녀의 손을 잡고 편안한 마음으로 핸들을 왼손으로 서서히 움직이며 샹파뉴로 향해 간다.

끌로는 따리프와 헤어져서 방으로 들어오자 밖으로 나가 그를 다시 만나고 싶은 생각에 안정을 하지 못하고 있다. 주말을 따리프와 함께 스튜디오에서 보내기로 했지만 주말까지는 너무 먼 것 같기만 하다. 냉정한 마음을 유지하려고 마음먹었던 의식적인 것이 어리석었다고 생각이 든다.

그간의 일어났던 일을 알고 싶어서 아가타를 찾는다. 아가타는 끌로가 묻지 않는 말을 비롯해 끌로에게 따리프가 계속 브장송에 있어 얼마나 행복하냐고 한다. 끌로는 왜 따리프가 브장송에 있느냐고 묻는다. 아가타는 끌로의 말에 놀라며 자기가 전해준 따리프의 편지에 설명을 다한 줄 알고 있었다.

네가 이유를 모르고 있었다면 만나서 직접 묻지 그랬어.

따리프가 타고 온 차가 알리의 차가 아니 어서 물었더니 몇 년 이곳에 있을 것이고 시간을 절약하기 위해 차를 샀다고 하더라.

끌로! 나는 네가 그렇게 차가운 애인지 몰랐다.

너희들 사랑하고 있잖아! 파리에서 돌아와 만났을 때 엉브라스는 했을 것 아냐?

끌로는 대답을 하지 않는다. 끌로는 담담한 태도를 하겠다고 작정 했었지만 마음 속 깊숙이 따리프의 포옹을 바라고 있던 욕망은 뜨거운 그의 포옹에 엉킴으로 가면 속에 가두어두려고 한 냉정의 연기는 벗겨져 사라졌었다. 그러나 따리프의 행동이 시간에 쫓기는 듯하고 어떤 변화가 왔는지 알지 못하기 때문에 아무 질문을 하지 않았다. 파리에서 따리프와 만난다는 기대가 컸었기 때문에 실망이 컸고 그의 편지는 사정이 생겨서 시리아로 급히 간다는 말 이외에 아무 말이 없었어. 그가 미술 여행에서 돌아와 파리에서 같이 보낼 생각으로 '10주년 파리 비엔날레' 전시도 갈만한 곳을 다 체크해놓고 기다렸어. 파리로 일찍 떠났던 것도 같이 보내게 되면 일을 일찍 그만두기 위한 것이었어.

끌로, 나에게도 자세한 이유를 설명하지 않았어.

그림에서 의학으로 다시 돌아온 것은 여러 이유가 있을 거야.

한마디로 그는 자기의 그림에 대한 재능을 믿고 그림으로 돌아갔었는데 자신의 재능에 한계를 느끼고 남을 위해 보람 있는 일을 하고 싶다고만 했어.

그림은 자신만을 위한 것이라고 해.

나도 거기에 대해 더 이상 자세히 묻지 않았어.

어머니의 눈과도 관련이 있을 거야.

이것은 내 추측일 뿐이야.

나는 처음부터 너와 관계된 일인가 했어.

그러나 밝히지 않는 일을 물을 수가 없지.

너에게 푹 빠져 있는 것은 그를 만날 때마다 느껴.

너를 떠나고 싶지 않아 해.

그러나 그것만은 아닐 거야, 어머님의 불치의 눈에 대해 근심이 많아.

프랑스까지 와서 어머님의 눈을 고치려고 했대.

어머님의 눈병은 아직 치료할 수 있는 의술이 발명되지 않았어.

따리프가 프랑스에 오기 전 아버님이 어머님을 데리고 파리에 왔었대.

그런데 지금 눈의 상태가 악화 됐대.

따리프가 의학을 하다가 그만둔 것에 대한 고민도 다시 하게 되었고, 안과를 연구하고 싶어 하는 것이 큰 이유일 거야.

끌로는 아가타의 말을 듣고 그림을 떠났다는 것에 아쉬움을 갖는다. 처음부터 그와 가까워진 것은 그림을 같이한다는 점에서 만나는 기회가 만들어졌다. 따리프도 끌로도 그림을 이유로 만날 기회를 의도적으로 만들며 가까워지려고 했다. 아직도 너에게 이유를 말하지 않는 것은 설명이 간단치 않아서 말하지 못하는 것일 거야.

따리프의 스튜디오에는 홍차를 위한 물이 가스롤에서 끓고 있다. 따리프는 끌로가 올 시간에 맞추어 물을 끓이고 있다. 그녀는 올 시간이 지났는데도 오지 않아 일단 불을 끈다. 끌로는 3개월 동안 만나지 못한 친구들을 보기 위해 브장송으로 온 후로는 식당에서 식사를 하고 있다. 학기를 맞아 브장송으로 돌아와 다시 만나게 되는 얼굴들은 하나 같이 기쁨에 차 있다. 각자의 가슴에 시련이나 작고 큰 고통이 가슴을 눌러도 누구도 그런 내색을 겉으로 드러내지 않고 있다. 식탁에 앉아 방학 동안에 일어났던 일을 서로 이야기 하느라고 시간 가는 줄 모르고 있다. 끌로도 예외는 아니다. 그녀는 식당을 나오며 시간을 본다. 따리프와 만날 시간이 넘어서 걸음을 재촉하고 있는데 건너편에서 아가타가 끌로를 부르는 소리 쪽으로 머리를 돌리는데 벌써 아가타는 반대편에서 끌로 쪽으로 오고 있다. 그녀가 가까이 오자 끌로는,

웬일이니, 오늘 토요일인데 닥터 떼브네 병원에 갔었어?

병원에 책을 놓고 와서 찾으러 갔었어.

너 멋진 옷 입고 어디 가?

끌로는 파리에 가면 저렴하고 멋진 옷을 파는 곳을 알고 있다. 그곳에서는 주문 옷도 취급하는 곳이다. 여름을 위해 A자형 흰색 민소매의 긴 원피스를 샀다. 끌로는 그 옷을 입어보고 거울에 나타난 자신의 모습이 돋보이는 것을 느낀다.

언니는 늘 끌로에게 흰 옷 아니면 검정 옷이 아주 잘 어울린다고 했다. 따리프도 흰 옷을 입고 만났을 때 마다 흰 옷이 잘 어울린다고 말하곤 했다. 끌로는 언니의 조언이 전부터 잘 어울린다고 자신이 판단하고 흰 옷을 즐겨 입고 있다. 그런 동생을 가까이 오래전부터 보아 오면서 흰 옷에서 돋보이는 것 같은 동생을 발견하고 한 말이다.

끌로는 파리에서 9월 음악 시즌이 있을 때 오페라나 콘서트 장에 간다고 해도 손색이 없을 것 같아서 평상복 겸 특별 행사에 입어도 무난할 것 같아서 마련한 것이다. 그러나 그 옷을 입을만한 일이 일어나지 않았다. 일터에서 나와 5시간 파리산책에 긴 원피스를 입고 나갈 필요가 없었다. 그녀는 기다리던 따리프를 만나는 날 그 옷을 입어본다. 여름 방학이라고 해도 얼굴을 태울만한 기회가 없어서 흰 얼굴은 변함이 없다. 그녀는 그 원피스를 입고 거울 앞에 서 본다. 흰 얼굴을 흰색 원피스가 더 희게 도와주고 있다.

따리프와 약속이 있어, 시간 있으면 같이 가?

따리프가 시리아에서 네게 줄 수브니르를 사왔다고 했어.

잘 됐으니 지금 가면 돼.

닥터 떼브네의 어머니가 몽부꽁에 오셔서 저녁을 같이 먹자고 올라오라고 해서 올라가야 돼.

저녁 먹을 시간이 멀었으니 들렀다 가면 되지.

아가타는 오랜만에 만나는 연인들을 자유롭게 하려고 그녀는 끌로의 말을 들은 척도 하지 않고 다시 오던 길에 차를 세워둔 곳으로 달아난다.

따리프는 끌로가 온 것을 알고 문을 연다. 끌로의 눈이 흰 드레스에서 더 반짝이고 있는 것을 느끼며 억제할 수없는 그녀의 니나리치 냄새가 따리프의 가슴까지 스며들고 있어 문을 닫자마자 그녀를 끌어 안는다.

9월의 해는 짧다. 조금 전 어스름한 잿빛으로 물들었던 창문은 완전히 까만색으로 물들어 있다. 따리프는 침대 옆 사이드 테이블에 놓여 있는 스탠드 라이트를 팔을 뻗어 켜고 침대에서 일어나 먹을 것을 사오겠다고 옷을 입는다

두 사람은 불타는 가슴을 내 보이고

따리프는 어둠이 깔린 캠퍼스를 한 아름 책을 팔에 끼고 나온다. 옆에 있는 생 자끄 병원을 바라보며 혹시 아가타가 저녁에 일을 하는지 모르겠다는 생각을 한다. 연구실에는 불이 환하게 켜있는 곳이 많이 있다. 의식하고 뜻을 실현하기 위한 학구는 어렵지만 재미를 갖는다. 그는 고국에서 4년간 배운 의학 공부가 대부분 영어로 된 원서를 통한 공부였기 때문에 불어로 공부를 한다고 해도 어려운 점이 없다. 그는 처음 강의를 듣는 교수들의 강의 방식과 프로그램에 순응한다는 것도 순조롭다. 어려운 것은 매일 실습과 강의를 듣고 잦은 시험, 많은 책을 읽어야하는 것이 힘든 일이다. 더구나 불어로 의학 용어를 알아야 하기 때문에 기초 의학 서적을 영어로 읽어서 익숙하다고 해도 그는 불어로 익히기 위해 밤을 새우는 것이 보통이다. 이렇게 그는 한 학기를 보내는 가운데도 시리아 -이스라엘 스와레로 사귀게 된 이스라엘 학생들, 그리고 팔레스타인 학생들과 친한 것이 학교생활에 도움도 되고 정신적으로도 도움이 되고 있다.

내일은 성인 축일이라 수업과 교수의 실습이 없기 때문에 밤에 늦도록 공부하고 느긋하게 늦게 일어나도 된다는 안도감에 휘파람을 불며 차를 몬다. 차는 스튜디오 앞에 세우고 빵집에 들러서 바게트를 사들고 허기를 채우려고 뛰어서 스튜디오에 들어선다. 뜻 밖에 아가타가 바게트를 들고 문 앞에서 따리프를 기다리고 있는 것을 발견하고 놀라며.

웬 일야? 하고 따리프가 묻자, 아가타는,

내일 수업이 없으니까 저녁을 같이 먹으며 이야기하고 싶어서 왔어요.

긴장을 풀려고요,

따리프는 키를 꺼내려고 손을 주머니에 넣었으나 키가 잡히지 않아 들고 있던 책들을 아가타에게 넘기고 다시 찾고 있다. 그는 바게트를 살 때 지갑을 꺼내면서 키를 카운터에 꺼내놓고 그냥 온 것을 깨닫게 된다. 배고픈 것을 해결 하려고 서둘렀던 것이 오히려 정신을 나가게 해서 반대로 일을 더디게 했던 것이다. 따리프가 키를 찾아 스트디오로 왔을 때 아가타는 땅에 다리를 쭉 펴고 아주 편안한 자세로 앉아 있는 것을 보고 애틋한 느낌을 갖으며 얼마나 쉬고 싶으면 저런 자세로 앉아 있을까 하고 생각한다. 따리프는 홍차를 마시려고 포트를 불에 올리면서 잠깐 눈을 감으라고 아가타에게 권한다. 피곤할 때 몇 초만 눈을 부쳐도 피로가 가시는 것을 알기 때문이다. 피로를 몰아내는 것도 홍차가 하고 있어 홍차를 준비 하는 것이다. 아가타는 잠깐 눈을 부치고 난 후 식탁에 준비해 놓은 빵과 치즈를 보며 미안한 듯이 벌떡 의자에서 일어선다. 따리프는 아가타가 미안해하는 것을 눈치 재고 아가타의 이깨에 손을 놓고 앉으라고 살그머니 어깨를 누른다. 따리프는,

이것 밖에 없어서 어떻게 하지?

괜찮아요, 따리프.

아가타는 까망베르 한 조각을 바게트 조각 위에 놓아 입으로 가져가면서,

따리프, 끌로가 다녀갔어요?

왜? 다녀갔어.

문을 열었을 때 니나리치 냄새가 풍겼어요.

니나리치를 뿌리고 있는 것은 끌로의 이미지잖아요.

아침을 같이 먹었어.

새벽 샹파뉴에 안개가 짙게 깔려서 밖으로 나와 블랑즈리에서 막 구워낸 바게트를 사가지고 안개 속을 두 정거장을 걷다가 차도 많아지고 바게트가 식을 것 같아서 버스를 타고 그랑벨에서 내렸대.

갓 구운 바게트를 아주 맛있게 먹었어.

빵뿔레 무쓰가 하나 있었는데 아침에 둘이 나누어 먹어서 저녁에는 아무것도 없네, 미안한데.

어제 저녁 아가타를 보내고 새벽까지 책상에 앉았다 잠자리에 들어서 늦잠을 자고 있는 따리프의 얼굴에는 중천에 떠서 내려 쬐는 햇빛이 가을 햇빛답지 않게 창문을 통해 강렬하게 닿는다. 그의 기분은 충분한 잠을 잔 덕분이기도 하지만 오늘 끌로를 만날 기대에 들떠있다.

끌로는 따리프와의 긴 포옹이 끝난 후에도 그의 품에 있다. 그녀의 눈에는 오랫동안 감추어 있던 색색의 여러 감정이 녹아 흘러내리고 있다. 따리프는 흘러내리고 있는 눈물을 손으로 닦아주고 일어나 스케치북에 그의 마음을 쏟아낸다. 그는 순식간에 그의 마음이 그려진 그림을 끌로에게 보여 주고 벽에다 부쳐놓는다. 그리고 다시 끌로에게 와 그녀를 끌어당긴다. 얼마나 오랫동안 그리워했던가. 한편 끌로는 이 남자와 그림을 매개로 끈이 이어졌는데 따리프가 그림에서 떠나 직업을 바꾼다면 앞으로는 어떻게 끈을 이을 수가 있을까 불안해한다. 끌로는 따리프가 그녀를 바라보지 않도록 손을 뻗어 얼굴을 돌려놓고 얼른 일어나 샤워실로 들어간다. 따리프는 그동안 여의치 않은 긴 침묵에서 오는 오해와 불안, 그리움, 고통이 사라져 평화 속에 눈을 감고 있다. 샤워 타월을 걸치고 나온 끌로는 그가 잠든 것 같아 깨우지 않으려고 의자에 앉는다. 따리프는 기다리고 있었던 것 같이 끌로가 걸치고 있는 타월을 잡아채 떨어뜨리고 그녀의 손을 힘차게 잡아당긴다. 따리프는 그녀의 몸에서 사라진 니나리치의 향 대신 그가 알고 있는 그녀의 체취를 맡으려고 숨 가쁘게 호흡을 재촉하고 있다. 그리고 털이 듬성하게 나있는 우람한 한 팔은 그녀를 꽉 조이고 한 손은 그녀의 얼굴 그리고 가슴 위에서 환희의 춤을 추고 있다.

고요한 방안에 시계 소리만이 들린다. 벌써 점심시간도 지나가고 곧 구떼 시간이다. 끌로는 빵을 사 오려고 소리 내지 않고 일어나 좀 전에 벗겨져 방바닥에 아무렇게 나 뒹군 옷을 입으려는데 따리프가 따라 일어나며 입으려는 옷을 이번에도 잡아채 방바닥에 떨어뜨리며 헝클어진 끌로의 머리를 두 손으로 더 헝클어지게 한다. 그리고 떨어뜨린 옷을 두 손으로 들게 하여 중간의 나상의 모습을 가리게 하고 웃음을 못 참을 때 허리를 구부리고 웃는 모습을 하도록 연출을 끝내고 얼른 스케치 북에 끌로의 웃는 모습을 그린다. 그리고 자신의 마음을 그린 그림 옆에 부쳐 놓는다. 끌로의 짧은 머리는 헝클어져 사방으로 뻗쳐 있다. 머리는 그 사람의 마음이다. 사방으로 뻗쳐 있는 끌로의 머리는 끌로의 겉으로 들어나지 않은 열정의 마음이다. 따리프는 끌로의 숨겨놓은 마음을 발견하고 기쁨에 차 있다.

빨라스 셉탕브르에서 저녁 후 따리프는 끌로를 샹파뉴까지 바래다 주고 돌아서서 곧 가려고 하지 않고 차에서 내려 끌로의 방까지 따라 들어간다. 그는 방에 들어서자 책상 옆 빈 벽에 새로 다른 그림이 그려져 있는 것에 눈이 휘 둥글해진다. 책상 옆벽 한 면 전부를 가득 채워 백지로 바르고 두 남녀가 춤을 추는 모습을 그렸던 그림은 사라지고 그 자리에 붉은 장미 한 송이가 그려진 그림이 벽 전체를 채우고 있다. 대단한 육감적 장면을 연출하고 있다. 그는 그 꽃을 보는 순간 그 꽃에 빨려 들어가는 기분이어서 아무 말도 하지 않고 서 있다. 몇 분 동안 말없이 서 있다가 그는 책상 위 그리고 방바닥에 풀어놓은 책들을 바라본다. 그는 새로 파리에서 사온 책을 아직 정리하지 않은 것이라고 생각한다. 정리를 못 한 것은 책장이 다 차서 들어갈 공간이 없어서 싸 놓은 것이다. 줄리앙 박스에는 붉은 장미를 그리기 위한 유화 물감이 몇 개 들어 있고 박스는 열려 있다. 그는 줄리앙 박스를 물감으로 가득 채워 주지 못한 것을 안타깝게 생각하며 마치 장미를 안으려고 하는 것처럼 양팔을 벌리고 가슴을 장미에 가져다가 대고 가슴으로 깊은 숨을 쉬고 있다. 그는 장미 속으로 차라리 들어가고 싶은 충동이 일어나고 있는 것을 참고 있다. 그는 눈을 감은 채 계속 서 있다.

흘러가는 구름 따라

따리프는 끌로가 논문 발표를 끝내고 아로제(축하연)를 할 때 수술 실습이 끝나자 달려왔다. 그는 따리프가 참석 못하리라고 생각했는데 축하파티에라도 끝나기 전에 참석한 것을 보고 기쁘고 고마운 마음에 흥분하고 있다. 논문 통과 축하로 따리프는 따로 저녁을 사기로 해서 끌로는 아가타와 헬가, 헬가 친구 띠리, 알리, 장 자끄, 장 미쉘 그리고 한국 학생 몇 명을 초대한다.

막상 목적을 달성하고 난 후 기쁨은 허탈감으로 바뀌는 경우가 흔하다. 끌로도 예외는 아니었다. 끌로는 저녁을 끝내고 샹파뉴로 따리프와 같이 온다. 허탈감은 그녀의 마음을 약하게 만들고 있다. 논문 발표를 준비하면서도 벌써 그녀는 학위취득 후의 문제를 생각하고 우울한 기분을 물리칠 수 없었다. 귀국을 택해야 할 것인가 아니면 따리프를 택해서 프랑스에 남아야 하는 것인가 하는 것이다. 결정을 하기 어려운 처지에서 왜 그녀는 강렬하게 따리프와 오래 같이 있고 싶어지는 것일까? 그러나 따리프는 학교에서 수술 실습과 오늘 끌로를 축하 해주기 위해 뛰어다녀서 피곤한 기색이다. 끌로는 같이 있고 싶다는 말을 하지 못하고 샹파뉴에 도착하자 가벼운 비즈를 하고 차에서 내린다. 따리프는 토요일 데리러 오겠다는 말을 남기고 간다. 따리프가 돌아가는 차 소리는 오늘 따라 멀리만 느껴지고 있다. 그녀는 피곤해서 그런 것이라고 자문해 본다. 방문을 여니 더욱 허전한 공기가 가득 차 있다. 헤어지자마자 따리프를 그리워하고 있다. 그녀는 피곤을 풀기 위해 샤워를 하려고 베누아로 갈아입었지만 그대로 침대에 눕는다. 피곤은 슬픔을 몰고 오고 있다. 눈물도 얼굴 위에 조용히 흘러내리고 있다.

충분한 잠은 약일까. 학위 받는 기쁜 날 미래에 대한 불안과 슬픔을 동반해서 영혼을 망가뜨렸던 악귀도 아침이 되자 밝은 빛 때문에 도망갔을 것이리라. 어제는 아침부터 비가 내려 불길한 예감까지도 갖게 했다, 불안은 혹시 세 사람의 심사위원 중에 한 사람이라도 논문 통과에 이의를 가지면 통과가 되지 않는 것이다. 끌로는 시간에 훨씬 앞서 옷을 입는다. 그녀가 논문 발표를 위해 집에서 보내 달라고 한 흰 저고리와 야들야들한 검은색 한복 치마를 입는다. 한국을 모르는 외국 학생들 중에는 우리의 서구화를 미국의 식민화로서 미국화 했다고 무식을 들어내며 얕보는 경향이 많았다. 그들의 마음속에는 가난한 한국의 독재정치라는 것에 멸시가 깔려 있는 그런 소리를 하고 있다. 그래서 끌로는 한국의 설날에도 한복을 입고 보여주기 위해 식당에 일부러 나가곤 한다. 자신의 생일 축하 모임에는 물론 한복을 자랑하고 있었다. 거울에 비친 그녀의 모습은 잘 어울리는 흰색 저고리로 인해 얼굴에서 빛을 발하고 주위를 흡수해서 돋보이고 있다. 젊음의 푸르름도 더 발하고 있다. 그녀는 긴 두 개의 흰 옷고름은 검은 치마위에서 낭만적이고 멋을 내주고 있는 것이라고 생각하고 있다. 걸을 때 바람에 날리는 옷고름은 멋을 더 해주고 있다. 이점을 외국 애들은 알 수 있을 건가. 하이힐을 신고 완전한 옷차림을 한다. 논문발표로 불안한 마음을 자신의 모습에서 자신감을 갖고 어느 정도 가라 안치고 있다. 어제 장 미셀과 장 자끄 형제가 그녀가 논문 발표문을 읽는 것을 녹음해 놓은 것을 다시 틀어본다.

논문 통과 후 지도 교수와 다른 심사위원들과 참석자들과 간단한 아로제는 그간의 어려움과 노력에 대한 즐거운 마감의 장식이다. 축하 잔을 들고 참석자들에게 감사의 인사를 하는 한복 차림의 끌로의 모습은 눈길을 끌고 있었다. 따리프는 끌로의 그간 알지 못했던 모습을 발견하고 사진기를 가져오지 않은 것을 아쉬워하고 있다.

충분히 쉰다는 것은 불안을 쫓아버리고 활력을 준다. 끌로는 볼레를 열고 창문도 열어 놓고 하늘을 본다. 비가 내리지 않는 날 하늘은 푸르다. 끌로는 어제와 달리 아침 활력을 찾아 많은 계획을 세운다. 우선 통과된 논문을 깊은 사랑을 가지고 기대하는 가족들에게 보내고 그동안 외국생활에 도움을 주었던 사람들을 방문하려고 한다. 어제 밤 샤워를 하려고 베누아까지 갈아입고서 피곤해서 샤워를 포기하고 베누아 차림으로 잔 그녀는 그대로 샤워실로 들어간다.

하루 종일 걸려 일을 보고 들어와도 따리프가 끌로를 데리러 올 시간은 아직도 너무 많이 남은 것 같이 느끼고 있다. 그녀는 벽 하나를 장식했던 한 송이의 장미 그림을 치워야 하겠다고 생각한다. 학생이란 신분으로 책 속에 쌓여서도 사랑을 나눌 수 있어 고뇌를 감당했던 행복의 계절은 앞으로도 지속 될 것인가 불확실한 미래만이 그녀 앞에 놓인 것을 인식해야 한다. 끌로는 일어나서 장미 그림을 주의해서 벽에서 벗겨낸다. 그리고 책더미 위에 접어놓는다. 이제 사랑의 계절을 건너서 현실의 바다로 떠내려 가야 할 것이라고 생각을 한다.

따리프를 만나서는 이제는 고통스럽지만 표면 뒤에 숨어있는 자신의 현실을 설명할 때가 닥쳤다고 마음을 정하고 있다.

재스민 식당에서 저녁을 한 끌로와 따리프는 스트라스부르 부두를 드라이브한다. 어둠이 깔린 강 위에는 건물에서 나오는 불빛이 떠서 반짝이고 있다. 우연히 그들은 스트라스부르 부두를 처음 도착해서 인상 깊이 박힌 장소로 좋아하고 있다. 따리프는 이 부두 건너편 새로 진 현대식 아파트에 살고 싶어 하고 있다. 그가 의사 자격증을 따고 브장송에서 일을 하게 되면 그렇게 하겠다는 것이다. 이 말을 들은 끌로는 속으로 왜 의사자격증을 따고도 프랑스에 남아 있으려고 하나 의문을 갖는다. 자격증 획득은 이제 1년 반 남았다. 프랑스에 있는 동안 가족 중에 세상을 떠난 사람들이 많아서 끌로는 학위 후에 영화를 좀 더 공부하고 귀국하려는 계획도 포기하고 귀국하려고 한다. 그녀의 마음속에는 따리프와 헤어지는 시기를 늦추려고 학위를 취득하는 년도를 맞추려고도 했다. 그러나 현실로 돌아가야 할 시간이 그녀에게 좁혀오고 있기 때문에 그렇게 할 수가 없었다.

이들은 사랑을 열열이 하고 사랑을 서로 확인하면서도 현실적인 문제를 피했다. 서로가 다른 현실에 있기 때문이다. 따리프는 사랑하고 지배하고 싶은 욕망이 끓고 있으면서도 끌로가 현실적인 환경에 따르겠다고 하면 사랑이 끊어질 것을 두려워하고 있다. 두려운 생각은 오히려 피를 끓게 하고 있다. 따리프는 길가에 차를 세우고 내리자고 한다. 강가 벤치에 자리를 잡는다. 둘은 오래간만에 여유 있는 시간을 즐기고 있다. 최근 2년간 끌로에게도, 따리프에게도 시간의 길이는 조금도 여유를 부릴 수 있게 길게 늘어나 주지 않았다.

연인들이 앉아 있는 플라타나스 위에 잠자리를 잡고 있는 비들기 한 마리가 그들의 소리에 대꾸라도 하는 듯, 아니면 잠을 깨웠다고 불평이라도 하는 듯이 굴굴 거리고 있다. 그늘도 연인과 사랑의 이야기를 하고 있는 것일까. 갑자기 비가 뿌린다. 비는 연인들이 서로를 갈망하게 하고 연인들을 더욱 묶어놓게 한다. 따리프는 끌로의 어깨를 감싸 안고 뜨거운 사랑으로 몰아가게 하는 다정한 비의 손길을 따라 숙소로 발걸음을 재촉하고 있다.

삼빠뉴로 오는 밤길 신호등을 기다리며 끌로는 서울에 9월전에는 들어가야 해요. 이 말에 따리프는 찬물을 가슴에 껴 얹는다고 느낀다. 드디어 끌로의 입에서 두려워하던 말이 나오누나 하고 가슴은 떨고 있다. 미치도록 그녀를 사랑하면서도 미래에 대한 자신의 결정을 밝히지 못하고 있다. 그는 끌로를 내려 주고 돌아서지 않고 방까지 따라 들어온다. 그는 자신을 황홀하게 했던 방의 분위기를 느낄 수 없다. 벽을 가득 채우고 있던 한 송이 대형 장미는 없어지고 빈 써늘한 벽만 보인다.

끌로, 장미는요?

뜯었어요.

이제는 짐을 싸야 하니까요.

끌로, 내가 여기서 있을 수 없으니까 끌로가 운전을 해서 나를 스튜디오까지 데려다줘요.

내일은 오후 연구 교수 발표 하는 세미나에만 참석하면 돼요. 그러니 오래 이야기를 나눌 수 있어요.

따리프는 문을 나오자 자동차 조수석에 앉는 것이 아니라 운전석에 앉는다.

나보고 운전을 하라고 했잖아요?

내가 운전 할 수 있어요.

따리프는 스튜디오에 들어서자 소파에 벗어 놓았던 옷을 치우고 끌로가 앉을 자리를 만든다. 그는 끌로가 앉자마자 포도주를 들고 와서 마주 앉으며, 다급하게

끌로, 1년 반만 브장송을 떠나지 말아줘요.

끌로 덕분에 모든 것을 이곳에서 이겨낼 수 있어요.

의학으로 다시 돌아온 것도 끌로가 내 옆에 있어 결심을 쉽게 할 수 있었어요.

안과의사가 된 후의 문제는 그때 문제고....

나를 위해 옆에 있어줘요.

따리프의 일방적인 성급한 말에 끌로는 아무 말도 하지 못한다, 한편 그가 나를 진심으로 사랑하는 것이라는 확인을 다시 하며 속으로 기쁜 마음도 든다.

따리프, 이곳에서 내가 할 것은 아무 것도 없어요.

파리라면 모르지만, 그리고 서울로 가야 돼요.

나도 파리를 버리고 이곳에 머물러 있잖아요.

미술학부에 등록해서 미술을 하세요.

미술사를 하면서 작업도 하면 돼요.

내가 처음 브장송에 도착해서 IUT 미술학부에 가보았어요.

따리프는 잔에 남은 포도주를 마시고 다시 한 잔 가득히 채운다. 그리고 책장 옆에 놓여 있던 박스를 가져온다. 그리고 끌로에게 열어 보라고 한다. 그 안에는 유화물감이 가득 들어 있다. 끌로, 내가 줄리앙 박스를 선물 할 때 그 박스를 물감으로 채워 주지 못했다는 것을 나중에야 깨달아 시간 내서 사다 논 것인데 전해 주지 못했어요. 끌로는 고맙다는 말을 하며 비즈를 하고 싶었지만 그럴 순간이 아니기 때문에 속으로만 깊은 고마움을 갖고 '멜시'라고만 간단히 한다. 사실 그녀는 프랑스로 향할 때 학위를 끝내고 J와 합류하기로 했으나 그렇지 못하게 되어 파리에 가서 영화를 공부하고 싶어 했다. 그 문제를 오랫동안 고민 해왔다.

따리프. 지금 뭐라고 대답 할 수 없어요.

시간을 두고 생각을 해야 돼요.

밤은 벌써 새벽 뒤로 숨어 들어가고 두 연인은 피곤해 냉정한 결말을 내릴 여유가 없다. 충분한 휴식이 그들의 명쾌한 결정을 내리도록 돼 줄 것이리라.

파리에서 돌아오는 기차 안에서 끌로는 따리프와의 관계가 서로 위하는 끈으로 엮어졌다는 것으로 규정하고 있다. 실연의 아픔이 저리도록 고독한 입장에서 따리프의 사랑은 아무 것도 걸치지 않은 맨 어깨에 실그 목도리를 두르고 따뜻한 감촉에 취하는 느낌이었다. 그녀를 사랑한다고 했을 때 그녀는 연민과 동정에서 일어난 감정일 것이라고만 생각했다. 그녀가 누군가를 사랑하는 사람을 기다리고 있기 때문에 자신을 그 사람으로 착각하고 달려왔던 것이라고 생각하고 그 사람이 되어 줄 수 없을까 하고 그는 끌로의 유혹을 바랐다는 따리프의 고백을 듣고 연민이나 동정은 사랑이 아니라고 그녀는 생각해 왔다. 그러나 그녀는 공허한 상태에서 누구와도 심리적 위안을 찾고 있었기 때문에 쉽게 사이가 좁혀 들어 갈 수 있었다.

파리 여행에서 끌로는 다짐한다. 이제는 따리프가 자신을 사랑하는 것보다 자신이 더 사랑하고 그로부터 바라는 것이 있다는 것을 혼자서 말하고 있다. 의지하는 것이 아니라 그가 지켜주기를 바라고 있는 것이다. 끌로는 사랑의 힘으로 확고한 계획을 하고 지금 브장송으로 오는 기차 안에 있다. 그 기차는 7년 전 한국에서 브장송으로 올 때 탔던 같은 시간에 오는 기차다. 그 때는 밤 외국에서의 공부에 대한 불안으로 가득 차서 내린다. 지금 그녀는 마치 익숙한 고향에서 자신있게 하고 싶은 분야를 자유롭게 더구나 사랑받고 사랑하는 사람 옆에서 다시 한다는 기쁨에 브장송으로 오는 기차를 내린다. 미술학부에서 공부를 하기로 결정하고 파리에서 방학동안 일을 하기 위해서 파리에 들른 것이다. 조금도 경제적으로 누구에게도 의지하고 싶지 않아서다.

그녀는 전처럼 시간 있을 때 오뗄 드 노르 프런트데스크에서 일하는 것도 예정 되어있다.

9월이면 생기발랄하고 기발한 아이디어에 차있는 젊음이 넘치는 학생들에 섞여 하고 싶은 공부를 할 것을 상상하고 그녀는 희망에 차 있다. 원래 그녀는 학부에서 미술을 전공하려고 했다. 그러나 문학을 대학에서 하고 그 후에 대학원에서 미술을 전공을 한다. 다시 이곳 대학원에서 미술사를 전공하기로 한다.

따리프는 끌로의 방에 벌써 많은 미술서적을 빌려다 놓고 읽는 것에 그녀에게서 또 다른 정열이 줄기차게 솟아나온다는 것을 발견한다. 자신도 안정을 하고 남은 기간을 학구로 보낼 것을 생각하며 기뻐하고 있다. 그 다음 문제는 그다음 문제로 생각을 피하고 있다. 언제나 끌로의 마음의 변화에 따라 이별이라는 것을 생각해야 한다는 것을 늘 불안해하고 있다.

학위에 전념한다기보다 하고 싶었던 것을 한다는 공부는 더욱 즐겁고 깊이 빠져들어 깊은 우물을 팔 수 있다는 것을 끌로는 잘 알고 있다. 한편 따리프를 위하는 것이 아니라 그녀를 위해 브장송 체류 기간을 자의로 연장한다는 것이라고 생각한다. 그리고 행운이라고 생각하고 있다.

끌로는 첫날 작업실에서 놀란다. 작업실에는 교수와 학생들의 옷차림, 나이가 구별되지 않는 것에 놀란다. 모두가 작업복 차림인데 학생들 중에는 수염을 기르고 있어 나이가 들어 보이는 학생들이 많다. 끌로가 알고 있는 장 폴은 몇 년간 식당에서 보이지 않아 졸업을 하고 브장송을 떠났나 했는데 비엔나에서 2년간 있다 왔다고 하며 파이프까지 물고 있다. 정말 외모로는 누가 교수이고 누가 학생인지 구별이 되지 않는다.

장 폴도 작업실에 나타난 끌로를 보고 놀라고 끌로도 장 폴이 아직도 졸업을 하지 않고 있어 놀라고 있다. 장 폴을 알게 된 것은 어느 날 저녁 식당에 장 폴과 같은 식탁에 앉게 되었을 때 옷에 물감을 묻히고 나와서 화가냐고 물으니 미술과 학생이라고 하여 알게 된다. 미술과 학생이라서 흥미가 있어 식당에서 만나면 같은 식탁에 앉기를 희망하고 그림에 대해서 화제가 오고 갔다. 하루는 방한복을 보이며 한국산이라고 하며 라벨을 보여준다. 라인이 오렌지색이여서 끌로가 좋아는 색이라고 했다. 어느 날 저녁 후 그림을 보여주겠다고 그의 화실에 초대받는다. 아주 큰 홀을 화실로 사용하고 있었다. 사방 벽은 오렌지색 페인트로 발라 놓아 놀랐다. 그 이유를 묻지 않았나. 수염까지 기르고 피이프를 사용하며 어른 티를 내려고 하는 것이 철없는 어린애 같다고 생각하고 있는데 벽을 끌로가 좋아하는 색으로 칠해서 놀란다기보다 웃음이 났다.

끌로는 장 폴과 같이 공부를 하게 된다. 그는 비엔나에서 그림 공부는 프랑스에서의 교수방법과 차이가 있다고 했다. 교수 중에는 미국과 독일에서 공부한 교수들이 많았다고 했다. 두 나라의 공통점은 그림은 자기가 자기의도대로 그리라는 것이다. 교수의 방법은 참고만 하고 자신의 의도를 개발 발전시키라고 하는 것이다. 교수는 학생들의 의도를 발전하도록 지도 할뿐이다. 교수는 학생들의 타고난 재능을 인정하고 방해를 하지 않는 데에 지도목적이 있는 것을 알게 된다. 끌로는 장 폴의 의미 있는 말을 듣고 유럽의 미술교육 방법을 이미 다 공부한 것 같이 느낀다. 이론 시간도 발표토론이 전부고 교수는 발표에 대해서 보충 하는 것으로 강의가 진행된다. 교수는 학생들의 그림을 돌아보며 지시를 하지 않고 무엇을 어떻게 표현하려는가를 묻고 방향을 제시해주고 학생들이 하려는 것을 밀어

주기만 하고 있다. 유명한 화가의 작품을 들고서 설명을 하고 평을 해주는 등 이런 것으로 강의와 작업을 돕고 있는데 끌로는 새로움을 느낀다. 미술에 대한 타고난 재능을 자신이 계발하도록 해 주고 있다.

자유롭게 공부를 할 수 있는데서 더 깊이 연구를 할 것이라고 생각하고 있던 끌로는 2년은 짧을 것 같이 느낀다. 끌로는 장 폴과 잦은 토론에서 많은 것을 얻는다. 끌로 보다 훨씬 아래면서도 끌로를 유머로 가지고 놀고 있다. 그는 젊고 두려울 것이 없다. 훤칠하고 미남이다. 유머로 여학생들을 리드하고 있다. 여학생들도 그를 따르고 있고 짝사랑에 빠진 여학생들도 있는데 아직 그는 여자 친구를 만나지 못하고 있다. 끌로가 브장송에 남아 있는 이유를 알고서는 이해를 하지 못하겠다고 한다.

여름 방학이 되기까지 한 학기를 장 폴이 있어 학교생활을 즐겁게 적응한다. 젊은 학생들 틈에 끼어 숙제와 발표 등으로 힘들어하는 끌로를 방해하고 싶지 않은 따리프는 장 폴이 옆에 있어 다행이라고 생각한다. 그는 끌로를 과장된 말로 하면 의심 없이 믿을 수 있는 구원의 여인이라고 생각하고 있다. 이제 따리프와 끌로는 숨을 돌리고 둘 만을 위해 숨 쉴 수 있는 시간을 즐기면 되는 것이다. 그러나 따리프에게는 방학 없이 연구에 몰두해야 한다. 의사자격 시험이 반년도 남아 있지 않기 때문이다.

이들이 사랑하고 각자의 일에 몰두하는 동안 시간은 붙잡을 겨를 없이 헤어져야 하는 피하고 싶은 현실도 화살 같이 그들에게 날아와 닿는다

끌로는 사랑을 간직한 채 브장송을 떠난다. 따리프는 드골 공항에서 비행 출구로 들어가는 끌로가 손을 흔드는 모습을 뒤로 하고 돌아서서 브장송 기차 안에서 현기증을 느끼고 있었다. 현기증은 건강한 사람이라도 극도의 정신적 충격이나 놀랐을 때 오는 증세다. 의사인 그는 자신에게 그런 현상이 오리라고 생각하지 않았다. 기차 안에서가 아니라 이미 끌로가 비행 출구로 들어가는 모습이 보이지 않자 실제로 눈이 캄캄한 느낌을 몇 초간 가졌다. 그는 자신을 의심한다. 의사자격증을 위한 무리한 공부에서 약해진 신체 때문이라고 생각하기도 한다.

그러나 그의 육체적 현상은 그 자신이 잘 알고 있다. 끌로와 잠시 또는 예측 할 수 없는 기간 동안 헤어져야 한다는 괴로움에 잠을 이루지 못하고 정신적 고뇌에 시달리고 있어 왔다. 끌로도 마찬가지로 고뇌에서 헤매다 브장송을 떠난다.

따리프는 혼자 있을 때 푸치니의 트란도트 중에서 '잠 못 이루는 밤'을 저녁 마다 습관적으로 끌로가 떠난 후 계속 틀어놓고 생활한다.그러나 그 음악은 자신의 심경을 더 심화 시켜고 있어서 독이 되고 있는 것이라고 단정하고 대신 끌로와 자주 듣던 '꽃밭에서'를 계속 듣는다. 그 노래는 마음에 변화를 가져오는 약이 되고 있다. 마음은 한결 명랑해지고 울적한 마음에서 벗어나는 기분이다. 새로 이사 온 숙소에 정리하지 않은 짐을 정리하며 스트라스부르 부두 쪽으로 나 있는 서재 벽 하나에다 끌로가 샹파뉴 거처에 그려 부쳤던 거대한 한 송이 장미 그림으로 채운다. 방은 명랑해지고 있다. 마치 그녀와 함께하는 기분이다. 그 장미는 거대한 모습으로 몸과 마음을 지배하고 있다. 마지 끌로와 함께 있는 기분이 든다. 경쾌한 기분이 든다. 웃고 있는 거대한 장미 탓일까? 결정을 못하고 있던 어머니 치료문제를 서둘러 결정을 하고 어머니가 편히 묵게 할 가구를 구비하여야 하겠다는 활기찬 기운도 솟아나고 있다.

그는 국제안과학회지에 발표된 논문을 통해 희망을 갖고 있음은 물론 의대 안과교수들도 시력을 회복하기 위한 기술을 연구한 지 오래다. 아직 확실한 성과를 이루지 못했지만 일군의 연구 교수들은 국제 안과 회지에 발표된 논문을 통해 고무되어 연구에 희망을 품고 있다. 앞으로 시력회복을 위한 인공망막 이식이 곧 실현 가능하다는 것을 발표하고 있다. 또한 앞으로 시력 회복기인 바이오 기기도 발명 단계가 진전 되었다는 희소식도 전해지고 있다. 따리프가 속해 있는 시력회복 연구팀도 그들 나름대로의 연구에 몰두하고 있으며 그들이 연구한 논문들을 발표회를 통해 이들 연구를 후원하는 후원자를 찾으려는 계획도 세우고 있다.

따리프는 어머니가 안과의사인 아들 옆에서 치료받는다는 것은 황반변

성증에 대한 완전 치료술이 아직 발명되지 않았다고 하더라도 심리적 위안이 될 것으로 생각하고 있다. 또한 유명한 안과의사가 같은 병원에 있기 때문에 우선 병이 심해 가는 따리프의 어머님을 치료받게 하는 것이 최선을 다 해보는 사명의 하나라고 따리프는 생각하고 있다. 그리고 시력회복에 대한 획기적인 연구의 혜택을 어머니가 받기를 희망하고 연구팀과 연구에 열정을 바치고 있다.

이별, 이별, 이별

고민하며 생각을 결정하지 못했던 근무학교를 옮길 것을 끌로는 결정한다. 결심은 마음을 평온하게, 평화롭게 한다. 그러나 정든 곳 어쩌면 일평생 이 고장에서 보낼 것이라는 생각도 가졌었다. 미련 없이 떠난다는 결정은 그간 정든 얼굴들을 이별해야 하는 아픔도 뒤 따랐다. 끌로는 이별, 이별, 이별 이라는 말을 오랫동안 입으로 되풀이하고 있다. 마치 이별을 하기 위한 이별의 연습이라도 하는 것 같다. 끌로는 손에 들어온 보잘 것 없는 물건이라도 쉽게 버리지 못하는 성격이 있나. 그간 살던 고장에서 정든 사람 그리고 학생들을 떠난다는 것은 쉬운 일이 아니다.

아카시아향기가 온 천지에 퍼져 후각을 즐겁게 하고 있다. 끌로는 강의가 끝난 오후나 주말 늘 같이 스케치 산책을 하던 미술과 교수와 몇 명 대학원 학생을 마다하고 토요일 홀로 들로 나간다. 그녀는 곧 이곳을 떠나기로 했기 때문에 이곳에서 스케치 작업에 대한 그리움을 벌써 예감하고 스케치 후 여러 해 동안 낯익은 곳을 자유롭게 혼자서 산책을 하려고 홀로 나간다. 감정은 떨림으로 무너져 흐르고 있다. 끌로는 이젤을 세워둔 채 구름이 흘러가는 먼 산을 바라본다. 그 구름은 흘러가다 실구름으로 변하는 가하면 어디서 몰려왔는지 다른 한 무더기의 구름에 덥혀 모습이 사라지고 있다. 그녀가 즐겨 그리는 구름을 오늘은 캔버스 전체를 구름으로 채우고 싶어 하고 있다. 구름의 움직임은 빨라진다. 맑은 하늘은 검은 구름으로 뒤 덮여 곧 비가 올 것 같다. 평상 때 5월의 날씨와는 다른 날씨다. 예상치 않은 날씨다. 혼자 나온 것이 후회 된다, 빗방울이 떨어진다.

화구를 챙겨 들고 급히 차에 오른다. 끌로는 운전하기 좋게 낸 길을 따라 빗속을 달리고 싶은 생각이 들어 달린다. 빗속에 굽이굽이 돌아가는 산등성이를 쫓아가는 길은 고독의 극치다. 주말인데 지나가는 차도 없다. 멀리 반대쪽에서 불을 켜고 오는 차도 산 밑에서 다른 방향으로 가고 있다. 기다리는 사람이 있어서 가는 것도, 만날 사람이 있어서 정해진 목적지로 가는 것도 아니다. 공허 속에 무한한 자유를 누리는 행사다. 얼마를 더 가면 유럽식의 샤레형 작은 호텔이 있다. 누가 그 곳까지 와서 묵는지 모르지만 그곳에 카페가 있어 자동차를 가지고 있는 사람들이 모여들고 있다. 마이카 족들을 생각하고 지은 샤레 같다.

비 때문에 낮인데도 카페 안은 어두워 불이 환하게 켜 있다. 끌로는 전망이 좋은 자리가 없어 사람들 사이에 자리를 잡고 앉는다. 다들 동행인들과 있는 모습이다. 산 속에 여자 혼자 쏟아지는 비를 뚫고 와 카페에 들어와서 앉아있는 모습이 그들에게 익숙하지 않은지 시선을 보내는 것이 불편해 그녀는 모르는 체 하고 벽을 바라본다. 어디가나 붙어 있는 유명한 한 화가의 늘 같은 추상화가 이 산골 호텔에도 있는 것에 놀란다. 폴록이 페인트를 뿌리듯이 이 화가도 검은 페인트를 던져 뿌리고 군데군데 묽은 노란색, 붉은색, 감청색 진한 검정색을 점점이 떨어뜨려 흘러내린 것 같은 형식의 추상화다. 전국에 식당, 홀, 카페, 기관 어디가나 이 화가의 그림을 볼 수 있다. 끌로는 얼마나 마케팅 기술이 있어 그렇게 많은 그림이 팔렸을까 하는 생각을 그 화가의 그림을 발견할 때마다 생각이 든다. 형태만 조금씩 다르지 사용한 색도 똑같다. 너무 많이 남발해 있고 똑같은 그림이라고 평하면 이름 없는 화가라서 질투가 나서 그런다고 할지 모른다.

비 오는 날 커피향기는 더 짙다. 한 잔의 커피를 위해 이곳까지 달려온 것은 아니다. 비가 와서 온 것이다. 빗속을 달리고 싶어 온 것이다. 창문으로 내려다보이는 밖에 풍경은 가랑비가 내리고 검은 구름이 일이나 있는 듯 서둘러 달려가고 있다. 오후가 조금 지났는데 밖은 어둡다. 끌로는 돌아 갈 길이 걱정이 된다.

언덕을 넘자 오던 비는 그치고 해가 난다. 집에 들어서 발코니부터 본다. 발코니의 패추니아를 문을 열어 놓고나가 걱정을 했는데 비가 한 방울도 오지 않아 아무 일이 없다. 산이 많은 지역에 날씨 변화가 잦지만 나가면 쉽게 스케치할 곳이 펼쳐 있는 곳을 떠나는 것이 아쉬워 빗속을 정처없이 달리게 한 것 같다. 끌로는 습관대로 줄리앙 박스를 거실 TV옆에 놓는다. 그녀가 줄리앙 박스를 화실에다 놓지 않는 이유는 따리프의 선물이어서 항상 같이 하고 싶어서다. 그녀는 쉬려고 음악을 틀어 놓고 눈을 감는다.

전화소리에 끌로는 낮잠을 깼다. 브장송에서 온 전화다. 문을 열어 놓은 채로 있어 밖에서 지나가는 차 소리에 상대가 잘못 듣는 것 같아 끌로는 큰소리로 외쳐 댄다. 한참을 그리운 사람의 목소리를 서로 듣는 환희를 즐기는 시간 하루의 우울이 있었는지 조차 생각마저 나지않는다.

앞산에는 저녁노을이 구름을 붉게 물들이고 있다. 따리프의 일굴도 있다. 끌로는 그리운 따리프에게 보낼 마음을 적는다.

노을이 막 어둠에 묻히어 갑니다.
앞산 봉우리에는
물든 구름이 떠 있고
산 뒤에 펼쳐 있는
신비의 빛은
온 세상을 물들이고 있습니다.

나는 그 빛깔에서
유년 시절
가슴을 설레게 하던
노을을 봅니다.

그리고 당신이 좋아 하는

색채의 화가
보나르를 생각합니다.
그 빛깔들은
하루의 나의 피곤도, 권태도
빨아들이고 있습니다.

온 하늘을 물들인
진홍의 휘장은
어둠과 함께 찾아온
당신의 위로의 목소리를
환영하는 것일까요?

저 진홍의 노을은
나의 마음을 싣고 있습니다.
편안한 마음을
둥 둥 떠 있는 마음을
당신을 그리는 마음을.

이제
산위에 펼쳐진
진홍색은
남빛으로 변했습니다.
그대여!
저 노을에
가슴 뛰는 나의 마음을 싣고
당신을 만나러 갑니다.

끌로는 서울에 근무지를 옮겨 생활하며 여름 방학에 브장송으로 가서 따리프와 합류한다. 여름 방학을 택하는 것은 유럽이 여름휴가 기간이 길고 휴가를 즐기는 흐름에 따른 것이다. 따리프는 의대에서 교수로 근무하며 환자를 맡는 일과 시력 회복 위한 특별 연구팀에서 연구에 몰두하고 있다. 둘이 만나서 헤어질 때 저린 가슴을 풀기까지 많은 고통을 감내 하면서 합류가 안 되는 것은 끌로의 고집 때문이다. 직업 없이 프랑스에서도 다마스크에서도 살 수 없다는 것이다. 끌로는 미안한 마음, 헤어져 있는 아픔을 따리프에게 편지로, 때로는 시로 그리운 마음을 달래고 있다. 그러나 서울을 떠나는 이별, 그리운 사람을 두고 떠나는 이별, 타리프와 되풀이 되는 이별을 먹고사는 삶이 그녀를 지치게 하고 있다.

방랑자들의 노래

안 마리 자바와, 파리에서 만난 남자, 그리고 끌로, 이들 셋이서 가끔 모임을 가진지도 8년이 되었다. 파리에서 만난 남자는 한국에 오면 끌로를 만난다. 이들의 만남은 처음 결혼이라는 것을 염두에 두고 만났던 것이다. 그 후 그는 끌로의 편지를 통하여서 끌로의 마음을 알아차렸지만 그녀를 만나고 싶은 생각에 서울에 도착하면 끌로에게 연락을 하고 있다. 그들은 만나서 가슴을 열고 대화를 할 수 있는 친구가 된다. 그래서 편안한 친구가 되고 서로 만나서 시간을 갖는다는 것만으로 한계를 긋고 있다. 여기에 안 마리가 끼어서 이들은 둥우리가 없는 공통된 방랑자라는 동류의식에서 유대를 이루고 편안한 모임을 갖고 있다. 안 마리는 한국에 처음 왔을 때 끌로와 같은 대학에서 가르치고 있었다.

그녀의 부모는 체코와 우크라이나계 미국인이다. 안 마리는 불문학을 전공하고 그녀는 세계를 무대로 대학에서 영어를 가르치고 있다. 세계를 여행하기 위한 방도로서 그런 생활을 하고 있다. 한국에서 계약이 끝나자 이번에는 오만에서 2년 가르치고 끌로가 있는 거처에서 가까운 서울에 있는 대학에서 계약제로 가르치고 있다.

주말을 끌로와 같이 보내기 위해 끌로의 집을 찾는다. 오늘은 파리에서 만난 남자도 오기로 되어 있다. 안 마리는 도착하자마자 하던 버릇으로 손님방으로 들어간다. 그녀는 파리남자는 오늘도 오느냐고 묻는다. 끌로는 파리남자가 늦게 도착해서 아무리 늦게까지 있어도 묵고 가라고 하는 말은 하지 않는다. 영화에서 보는 부부도 아침 자리에서 일어난 모습이 얼마나 보기 싫은가. 그런 모습을 보기도 싫고 그런 모습을 한 자신도 남에게 보이고 싶지 않다. 그녀의 철칙이다.

안 마리는 저녁은 자기가 한다고 한다. 스테이크에 곁들여 먹을 감자도 제주산을 사다 놓았다. 식탁에는 안 마리가 가져 온 포도주 병이 화려하게 빛난다. 흰색과 붉은 실로 짠 장미 레이스를 포도주 병을 싸서 아름답다. 그녀에게는 미에 대한 감각이 남다르다.

끌로는 핑크와 흰색을 혼합하여 짠 면 식탁보를 깔아 놓았다. 식탁에 놓인 나이프와 스푼, 포크, 차 스푼의 자루도 핑크색인 것으로 맞추어 놓았다. 냅킨도 핑크색으로 맞추었다. 요리하는 것을 싫어하고 요리 솜씨가 없는 끌로는 테이블 웨어와 식기류에만 관심이 있다. 그래서 그녀는 그런 것들을 사 모으는데만 관심이 있다. 핑크색 촛불도 하나 켜놓았다. 그녀가 늘 핑크색을 좋아해서 대학 때도 친구들은 '미스핑크'라고 불렀다. 친한 친구는 핑크색은 어린이가 좋아하는 색이며 성숙되면 다른 색을 좋아하게 된다고 하며 놀리기도 했다. 그러나 그는 색에 대한 호기가 변하지 않았다. 가구도 물건도 붉은 색이 도는 색을 즐기고 있다. 집안에 배치한 삼태기형 의자도 모두가 붉은 색이다. 그 위에 놓인 쿠션도 붉은 바탕에 흰 장미와 붉은 장미의 무늬로 된 것이다. 천장에 있는 전등을 사용히지 않고 스탠드라이트를 사용하는 그녀는 여러 개의 스탠드 라이트가 요소요소에 놓여 있다. 이것들도 핑크색 아니면 흰 바탕 갓에 핑크색 무늬가 있는 것들이다.

안 마리는 끌로가 파리에서 만난 사람이라고 늘 하기 때문에 그는 쉽게 빠리지앙이라고 부르자고 제안을 했다. 파리 남자는 자기가 좋아하는 독한 술을 들고 올 것이다. 안 마리는 맥주를 즐길 것이고. 파리 남자는 감자를 나이프와 포크를 사용하면서 감자 껍질을 베껴내고 안쪽의 살을 한 쪽부터 포크로 떠서 먹고 있다. 그는 끌로가 프렌치 소스를 만들어 무친 샐러드가 좋다고 하며 먹는다. 스테이크에는 손을 대지 않고 감자와 샐러드를 번갈아 먹고 있다. 그의 식탁매너는 아주 우아하다. 오랫동안 세계 사람들 사이에서 습관이 된 서구화한 태도일 것이다. 안 마리가 군 감자는 맛이 있어 끌로도 즐기고 있다. 그녀는 스테이크용 감자를 제주도에서 주문 해 놓고 손님을 대접할 준비를 해놓고 있다. 안 마리는 불의 온도를 적당하게 맞추어서 감자의 크기에 불문하고 늘 감자를 잘 구워 낸다. 끌로는 감자 크기에 따라 시간을 잘 맞추지 못해 늘 실패를 하고 있다. 어떻게 그렇게 맛있게 감자를 구워 내느냐고 하면 안 마리는 10세부터 요리를 배워서 잘한다고 답한다. 파리남자는 식사를 하는 동안 술이 아직 몸속에서 작용을 하지 않은지 말이 없이 두 여자의 수다를 즐기기만 한다. 끌로는 침묵을 깨뜨리기 위해 그리고 좀 더 친숙하기 위해 오늘은 우리 셋 모두가 방랑자인데 방랑자의 노래를 각자 부르는 것이 어떠냐고 제안한다. 끌로의 심중은 이제 방랑자의 여정을 끝내려고 한다. 파리 남자는 그간 간간히 자신의 방랑 생활을 이야기 했는데 또 무슨 방랑자의 노래를 부르자는 것인가 의심이 간다. 그리고 별로 맘에 들지 않아 대꾸를 하지 않는다. 이야기의 주제가 너무 독단적이라고 생각한다. 끌로는 오늘 멀지 않아 헤어지게 되는 이야기를 해야 되겠다는 뜻에서 방랑자의 노래를 부르자고 한 것이다. 그녀가 먼저 우리 셋은 세계를 떠도는 고독한 방랑자라고 했다. 그리고 동류의식을 가지면서 모임이 만들어지고 사이가 가까워졌던 것이다. 끌로는 서울 파리를 오고가는 생활을 한 지 8년이 되었다. 파리 남자는 서울에 오면 누구보다도 끌로에게 연락을 하고 싶어지는 것을 자신도 이유를 모른다. 그렇게 끌로에게 다가갔던 것이다. 처음부터 독신을 구가하는 그녀를 찾는 것이 편안한 이유라고 생각이 가서다. 솔직한 심정은 친구로 대할 수 있는 편안함에 이유를 댈 수 있었을 것이다.

안 마리는 맥주를, 끌로는 포도주를, 파리 남자는 꼬냑을, 각자가 즐기는 동안 침묵이 흐른다. 밤하늘에서는 헬리콥터 소리가 요란히 들려온다. 오늘도 군용기가 연습 비행을 하는 것 같다. 헬리콥터 말고 군용비행기가 낮에 보다 밤에 하늘을 날고 있다. 바로 집 위의 하늘이 비행기 길인 것 같다. 늘 비행기소리가 들린다. 적막한 곳에 비행기소리는 인적이 없는 적막감을 덜어 줄 때가 있다. 아마 지금 헬리콥터는 두 대가 지나가는 모양이다. 소리가 간격을 두고 이어지고 있다. 끌로는 캄캄한 하늘에서 헬리콥터를 몰고 있는 비행사는 얼마나 고독할까 생각한다. 두 대라면 좀 위로와 의지가 될 것 같다. 발아래 보이는 반짝이는 불빛이 오히려 더 고독을 가져다줄지도 모른다.

어둡기만 했던 파리 남자는 의외로 안 마리에게 오만에 얼마나 있었느냐고 입을 연다.

2년이요.

힘들지 않았나요?

저는 내 삶이 여행이라고 생각하고 있기 때문에 어려움과 불편한 것 다 각오하고 세계를 떠돌고 있어요.

안락한 삶과는 먼 것이지요.

기후와 생활이 어려운 점이 있는가하면 가도 가도 사막을 만날 수 있는 중동에서 여행은 힘든 여행이지만 겹겹이 만들어진 모래언덕이 시시각각으로 색이 햇빛에 변해 나타나는 장관은 말로 표현할 수 없는 것이지요.

머리에는 만상이 떠오르고 그 만상은 생동을 하지요.

지구의 아름다움을 맛볼 수 있다는 생각을 여기에서도 경험 하지요.

특히 아프리카는 사랑했던 사람을 찾아가고 있다는 생각에서 가슴을 뛰게 하고 있어요.

그녀는 일리아가 세상을 떠난 후 슬픔을 잊으려고 여행을 계속한다. 그러나 여행은 오히려 일리아의 영혼을 찾으러 여행을 떠나는 것 같다.

끌로는 안 마리가 술이 감정을 쏟아놓게 한다고 생각한다. 오늘 따라 지우지 못하고 가슴에서 생동하는 그림자를 보여주려고 하는 것에 놀라고 있다.

파리 남자는 안 마리의 삶에 호기심보다는 자신의 삶과 비슷한 것에 놀란다. 중동의 풍경과 기후를 경험한 것이 사이를 가깝게 하고 있다. 그리고 그녀의 외모에서 느끼는 부드러운 매력은 그녀의 생활과는 어울리지 않는 것을 느끼며 놀란다. 끌로는 안 마리와 오래 사귀고 있지만 자신의 삶이 안락과는 무관하다는 단호한 말에 놀라며 수긍을 하고 있다. 그렇다 그녀는 아프리카의 태고의 모습, 중동을 경험하고 경우에 따라 생활을 했다. 한국에 있는 대학과 첫 계약 때도 중국을 여러 번 갔다. 비행기로 가는 것이 아니라 인천에서 배를 이용했다. 배안은 중국을 오고가는 보따리 상인들로 발 디딜 틈도 없는 곳에 끼어서 고약한 냄새를 맡아야 했다. 왜 비행기를 이용하지 않느냐고 하면 내 생활은 경험하는 것이라고 간단히 대답하고 있었다. 그러나 끌로는 잊고 싶어 떠나는 여행이 잡을 수없는 그림자를 따라 방황하는 삶으로 생각하고 있었다. 그녀는 일리아의 영혼이라도 찾아 헤매는 것이 아닌가하고 늘 그녀를 바라보았다.

안 마리는 대학교 때 학교에서 돌아와 보니 한눈에 확 사로잡는 처음 보는 청년이 거실에서 책을 읽고 있는 것을 보게 된다. 그녀는 놀라는 순간부터 그 청년에게 반한다. 그 청년은 프라하에서 민주화가 일어나기 전 어수선 하고 소련의 침략을 예감하여 사람들이 프라하를 떠날 때 그도 프라하를 버리고 안 마리 아버지를 찾아 온 것이다.

일리아의 아버지와 안 마리 아버지는 화학 공학을 하기 위해 미국에 와서 유학을 한다. 공부가 끝나고 일이아의 아버지는 프라하로 가고 안 마리 아버지는 미국에 정주한다. 이들은 고등학교 때 수학 천재로서 수학 경연대회에서는 서로 경쟁이 되는 상대지만 우정은 어려서부터 계속되는 친구들이다. 일리아 아버지는 일리아가 체코를 떠나야 할 때 미국에 있는 친구를 찾아가게 한다.

안 마리와 일리아는 사랑에 빠진다. 안 마리의 대학시절 그리고 대학원 시절 둘은 사랑의 시절이었다. 일리아는 미국 이주 후 의사로서 인정이 되어 병원에서 일을 하게 되는 비교적 안정된 생활을 할 수 있었다. 그는 프라하에서 의사로서 생활하다가 미국으로 온 것이다. 일리아는 한 고고학자의 아프리카 탐사단의 의료진으로 참가한다. 그는 베이스캠프에 있지 않고 탐사대에 합류한다. 그들은 돌아올 시간이 지났는데도 영 돌아오지 않았다. 그들을 찾기 위해 수색대가 비행기를 동원해서 여러 날 수색 했지만 아무 흔적도 발견하지 못한다. 숲 속에서 발견한 고고학자의 수첩만 발견한 유일한 물건이었다. 수첩에는 : 태고의 원시림은 형언할 수 없는 자연의 아름다움과 엄숙한 위대함을 가지고 있다.

이것을 파괴하는 것이 문명인이라는 백인들이다.

배를 젓고 강을 따라 가노라면 어디서고 인간이 모르는 무엇이 튀어 나올 것 같은 두려움도 참고 있다.

잔잔하고 고요한 이 강에는 수만 년의 역사를 간직하고 있는 불가사의가 있을 것이다.

그 불가사의를 탐사한다는 것 자체가 인간의 파괴 행위라는 것을 깨닫게 된다.

수 만 마리의 이름 모르는 새들이 우리가 다가오며 내는 노 젓는 소리에 그들은 깃에서 놀라 날아가고 있다.

그들이 날아가며 내는 소리는 웅장하다.

웅장하다 못해 거룩한 느낌마저 든다.

그 웅장함에 우리는 소스라치게 놀랐다.

새들은 그들이 모르는 인간이라는 적에게 놀라서 달아난 것일까?

신문들은 이들의 기사를 대서특필했다. 그들을 찾는 것을 포기할 때까지 안 마리도 긴장하고 그들의 소식을 기다렸다. 어떤 신문은 아직도 아프리카에 식인종이 존재해 있어 그들에게 희생되었는지 모른다는 추측 기사와 강 속에 존재해 있던 큰 동물에게 공격당한 것이 아닌가도 하는 기사가 있었다. 그러나 수첩이 발견된 것은 밀림이었기 때문에 강에 존재한 동물에 의한 희생의 추측은 확증이 미약하다. 하여간 영영 그들의 행적은 미궁에 빠진 채로 남아있다.

일리아는 잠깐 동안 떠나는 탐사 여행인데 왜 안 마리의 아버지를 만나고 떠나려고 했을까 안 마리는 두고두고 그런 일리아의 모습을 떠올리고 있다.

탐사대와 합류하기 전 일리아와 마지막 만난 것은 교회에서였다. 안 마리는 기도를 끝내고 나오면서 자기가 가지고 있던 십자가 목걸이를 일리아에게 걸어 주었다.

탐사 사고의 기사를 읽고 뉴욕에서 일리아의 첫 사랑이었던 파라스케바가 안 마리에게 달려왔다. 파라스케바는 일리아 보다 먼저 체코에서 미국으로 왔다. 사실 일리아가 체코를 떠난 데에는 미국으로 이주한 파라스케바와 합류하려는 의도가 강했다. 안 마리도 그것을 알게 되지만 안 마리는 사랑에 빠진다. 안 마리와 파라스케바는 서로 만난 일이 있고 일리아는 파라스케바를 만나러 뉴욕으로 가기도했다. 안 마리는 고통스러웠지만 그들을 이해할 수밖에 없었다. 일리아는 안 마리에게서 얻지 못하는 향수를 파라스케바에게서 찾으려고 하는 것 같았다. 아니면 오랜 첫사랑을 서로 못 잊고 사랑하는데 지신이 끼어든 것이라고 생각하고 있다. 사랑의 감정이 강할 때 이성을 생각할 여지가 있을까.

파라스케바는 안 마리를 찾아와서 일리아를 만난 듯이 끌어안고 운다. 두 여자는 서로 위로하듯이 손을 잡고 놓지를 못하고 있었다. 파라스케바는 일리아가 팔라스케바를 찾았을 때 잊고서 놓고 간 일리아의 모자를 가방에서 꺼내 안 마리에게 간직하겠느냐고 묻는다.

여행은 언제부터 시작하셨나요? 하고 파리 남자는 입을 뗀다.

여행을 하기 시작한 것은 아주 어려서부터지요.

아버님이 여행을 좋아하셔서 따라다니기 시작했어요.

어머님이 일찍 돌아가셔서 아마 아버님은 저를 데리고 다닌 것 같아요.

안마리가 일리아와 여행을 마지막으로 한 것은 폐허로만 남아 있는 요르단의 고대 도시 페트라를 여행한 것이 마지막여행이다. 안 마리 아버지는 아내가 죽고 난 후 유대인의 세계를 알고 싶어 한다. 아내가 유대계 여서 마치 흔적이라도 찾으려는 것 같았다. 안 마리 아버지는 안 마리를 데리고 이스라엘을 거쳐 요르단의 페트라에 가려고 한다.

안 마리는 일리아를 설득해 셋이서 여행을 떠난다.

그리고 일리아와 여행을 많이 했어요.

처음은 일리아가 휴가를 얻어 미국을 여행하는데 동행하게 되었어요.

파리 남자는 자기가 먹는 꼬냑을 마시겠냐고 안 마리에게 권한다. 안 마리는 거절하지 않고 잔을 내민다. 안 마리는 맥주가 밥 같은 것이라고 생각하고 마신다. 그녀는 맥주를 좋아해서 세계의 맥주 맛을 다 안다고 했다. 그녀가 좋아하는 맥주는 노르웨이 맥주라고 한다. 노르웨이 맥주는 맥아가 많이 든 것이고 독특한 노르웨이 소나무를 섞어 만들어 독특한 소나무향이 난다고 한다. 그녀는 맥주의 역사도 읊어가며 맥주를 즐기고 있다. 한국 맥주는 싱겁다고 한다. 어떻게 보면 알코올 중독자가 아닌가 할 때도 있다. 그러나 그녀는 술을 아무리 많이 마시더라도 흐트러진 모습을 하지 않는다. 연구실이나 숙소도 한결 같이 깨끗하게 아늑하게 꾸미고 살고 있다. 요리도 잘하고 있다. 모두가 파리가 아름답고 좋다고들 하지만 그녀는 프라하가 더 좋다고 말한다.

끌로는 파리는 잠깐씩 들렀던 곳이지만 프라하에서 몇 년간 가르친 경험으로 프라하의 본 모습을 맛보고 아버지의 역사가 있고 자신의 연인이 자란 대지여서 그런 마음을 그곳에 둘 수밖에 없었던 평일 것이리라.

파리 남자는 끌로에게도 꼬냑을 권한다. 끌로는 잔을 내미는 내신에 저린 올리브가 다 없어진 것을 보고 일어선다. 올리브를 가지고 와서 그녀는 자신의 술이 좋다고 사양한다. 모임이 끝나면 그를 데려다 주어야 하기 때문에 취해서는 안 된다고 생각하기 때문이다.

파리 남자는 처음 만난 날 사르트르와 시몬느 보부아르의 삶을 부러워한다고 했는데 정확히 어떤 면에서인가요? 하고 끌로에게 묻고 있을 때 끌로는 이야기를 계속하려고 안 마리에게 양해를 구하려다가 안 마리도 사르트르와 시몬느 보부아르를 잘 알기 때문에 세 사람의 공통적인 이야기가 될 것 같아 양해를 구하지 않고 이야기를 계속 한다.

그 두 사람의 관계를 부러워한다는 뜻이지요.

존경에서가 아니라, 그들은 친구로 애인으로 관계를 유지하면서, 각자의 생활을 독립적으로 하고 서로 허용하는 자유를 누리지요.

사르트르는 여인들이 많았어요.

시몬느 보부아르는 그것을 탓하지 않았어요.

그녀도 미국작가인 넬슨 엘그렌과 20년을 연애를 했어요.

그 둘을 묶어놓을 수 있는 끈은 정치적 이념과 사회적 이념이 같다는 것이지요.

그들의 자유의 개념은 서로에게 관용이 포함되어 있는 것이지요.

그러면서 둘은 다방면에 대한 지식을 가지고 교류하는 친구지요.

문학, 연극, 미술, 영화 ,음악 등에, 계약 결혼이라는 것은 사람들이 부친 허명이지요.

불란서 사전에 그런 말은 없어요.

불란서 사람들에게 계약 결혼이란 말을 하면 그 말이 무슨 말이냐고 해요.

아마 일본 사람들이 부친 것을 한국인들이 따라 하는 것인가 해요.

시몬느 보부아르는 사르트르와 같이 여행을 하는 동안에도 넬슨을 그리워하지요.

그리고 넬슨에게 사랑의 편지를 보내지요. 사르트르도 다 알고 있고요.

파리 남자는 술이 취했는지 말이 많아진다. 이번에는 끌로에게

사르트르를 찾았나요? 라고 묻는다.

찾지 못했어요.

그러나 내가 진정 무엇을 원하는지 자문하고 있지요.

예전에 어떤 유엔 사무총장이 T,S 엘리오트를 이해하는 여자를 만나지 못해 결혼을 하지 못한다는 독신의 변명을 한 것과 같군요.

이 말이 떨어지자 안 마리가 웃어댄다. 그리고 그녀는,

그들이 세계를 누빈 나라들을 내가 여행하려면 죽을 때까지도 못 할거야.

너는 여행할 나라를 택해서 몇 년 가르치고 다음 다른 나라를 택하니까 시간이 많이 걸리지.

그들은 잠시 다녀오는 여행이니까 그렇지.

그래 맞아, 그들은 책을 쓰고 그것이 팔리면 몇 년을 인세로 살아가면서 여행을 하더라.

그들이 그렇게 인세로 살 수 있는 것은 프랑스라는 나라의 환경이 좋아서야.

안 마리, 보부아르의 <나이의 힘(Force de L'Age)>을 읽었지? 그것이 출간 첫해에 30만 부나 팔렸어.

나는 원문을 구하지 못해서 영국에 있을 때 영어로 읽었어.

끌로는 둘이만 이야기를 하고 있어 미안하다는 생각이 나서 파리 남자에게 말을 건다.

선생님도 한 때 실존주의에 심취하셨다고 하셨는데 시몬느 보부아르에 대해서 아시지요?

그저 페미니스트라는 정도 .

그녀의 내면은 다정다감하고 열정적이고 관능적이고 감정에 솔직한 여인이지요,

그런 면이 넬슨 엘 그렌과의 사랑에서 보여주고 있어요. 하고 안 마리는 말한다. 그녀는 계속해서

자기가 진정으로 사랑하는 마음을 얼마나 솔직하게 표현하고 있는지 놀랐어.

넬슨에게 보내는 편지를 보면 사랑 앞에는 자존심을 보이는 것이 아니라는 것을 알게 돼.

사랑하는 사람에 대한 있는 그대로의 감정을 표현하고 있어 전형적인 프랑스 여자야.

선생님, 모든 남자들이 프랑스여자와 연애를 하기를 바란다는 통계가 나왔어요.

그만큼 프랑스여자들의 의식이 감미롭다는 것이지요.

감정의 표현을 몸짓으로, 언어로 솔직하게 표출 한다는 것이지요.

그래서 남자들이 스르르 넘어가며 행복감을 느낀다고 해요.

시몬느 보부아르 역시 외적으로 강한 이미지를 갖고 있지만 내적으로는 프랑스여자지요

프랑스 여자를 사귄 경험이 없습니다. 하고 두 여자가 알고 싶어 하지도 않은 대답을 파리 남자는 말한다.

많은 나라의 여자들과 데이트를 한 경험이 있는 세월이 묻어 젊음을 잃어가는 얼굴을 한 중년, 그는 프랑스여자와는 사귄 경험이 없다는 것을 솔직하게 말하고 있다. 술이 아주 많이 취한 것인가? 끌로는 안 마리가 국물김치를 원할 것 같아서 국물김치를 가져다 놓는다. 안 마리는 국물김치를 주스 마시듯 간식처럼 먹는다. 그리고 땅콩과 건포도를 파리 남자 앞에다 놓는다. 좋아하는지도 모르고 내놓을 것이 없어서 내놓는 것이라 먹으라고 하면 강요 같아서 슬그머니 가져다놓고 있다. 그는 여전히 저린 올리브에 손을 대고 있다. 꼬냑을 너무 마시는 것 같아 끌로는

속이 쓰리지 않아요? 스테이크를 손대지 않으시는데 육수가 있으니 시원하게 국수 드실래요? 하고 물어본다.

그는 국수대신에 감자가 더 먹고 싶다고 한다. 안 마리가 군 감자를 그도 즐긴다고 생각하고 감자를 가져다 놓는다. 한편 끌로는 귀찮게 하고 싶지 않아서 사양하는 것이라고 생각이 들지만 그는 안 마리에게 특별한 관심을 가지고 있다는 것을 가끔 느끼기 때문에 안 마리가 만든 감자를 좋아하는 것을 일부러 보이고 싶은 것이라고도 추측한다. 안 마리도 호감을 갖고 있다는 것을 느낄 때가 많다. 주말 고독의 집에 오면 맨 먼저 묻는 것이 파리 남자를 찾고 있다. 파리 남자는 국수를 해주겠다는 것을 듣고 속으로 이 여자는 가르치고 그림을 그리고 하는 것 외에 살림하는 것이 싫어서 결혼을 하고 싶지 않다고 노래를 부르더니 매번 올 때마다 살림꾼 같은 모습을 보이는 것에 놀란다. 물론 손님을 맞으니까 예외일 것이라고 생각을 고치고 있다.

세 사람이 마시고 간간히 시간을 이어가기 위해 의미 없는 말을 하는

동안 밤은 깊어졌다. 요란하게 소리를 내며 지붕 위 하늘을 날아가던 비행기 소리도 그친 시간에 그들이 자리한 곳에는 어둠과 고요만이 담겨있다. 멀리 놓여 있는 스탠드라이트는 방안을 그윽하게 비추고 있지만 식탁 한 가운데 놓인 핑크색 초는 간간히 어두운 사색에 잠긴 세 얼굴들을 또렷이 나타내고 있다. 이들이 사색에 잠긴 순간 고요는 방안을 감싸고 있고 서늘한 공기가 가득 차 있다. 서늘해진 날씨 탓에 뜨거웠던 날 귀를 따갑게 하던 밤의 곤충소리도 짝에게 구애하는 새소리도 끊어져 있다.

끌로는 고요를 즐기면서도 때로는 참을 수 없어 안 마리를 초대하고 있다. 다행히 안 마리가 끌로와 주말을 보내는 것이 첫 번째 한국에 와서 2년 가르칠 때도 지금 두 번째 한국에 온 이후로도 주말을 끌로와 함께 보내는 것이 생활화 되어 있다.

가족이 언제 미국으로 이민 하셨나요?

하고 파리 남자는 안 마리에게 묻는다. 점점 그는 말이 많아지고 있다. 그는 자동차가 가솔린이 있어야 발동하듯이 술이 들어가야 말을 하기 시작한다. 보통 때는 과묵하기 그지없다. 방랑기 때문에 둥우리를 못 틀고 있는 것이 아니라 수줍어서도 결혼을 하지 못한 것 같다.

러시아가 유대인을 학대하기 시작할 때였어요.

어머니의 조상들이 보따리 하나만 들고 미국에 도착했어요.

영화 '지붕위의 바이올린' 을 보셨는지요?

우크라이나의 농촌 마을의 유대인의 생활상을 그린 것이 나와요. 그리고 그 당시 유대인들이 미국으로 이주하는 것이 나오지요.

마치 우리 어머니 조상의 가족사를 그린 것 같아요.

그 영화를 보지 못했어요. 라고 파리 남자는 아쉬운 듯이 대답한다.

끌로는 봤지?

그럼 영화관에서 보고, 집에서 TV로 보고.

거기 나오는 음악이 귀에 익은 '선 라이즈, 선 세트' 지 아마.

맞아, 유대인들이 즐기는 음악이야, 결혼식에서 춤을 출 때도 그 음악에 맞추어 춤을 추기를 즐기는 유대인들이 많아.

샤갈의 그림에도 제목이 똑같이 '지붕 위의 바이올린'이라는 그림이 있어.

아마 그도 유대인이어서 그런 그림을 그린 것 같아.

아니면 영화가 사갈의 그림제목을 딴 것인지...

안 마리아, 나는 영화, '지붕위의 바이올린 '같은 소설을 쓰고 싶어.

민족의 갈등, 사랑, 유머, 마을 사람들의 소박한 풍습 속에 페이소스가 흐르는 작품을.

그런데 지붕 위에서 바이올린을 연주하는 것에 대한 의문이 가시지 않아.

끌로 !그것은 유대인의 자존심이야.

우리 가족을 통해서 그들이 갖는 자존심을 느껴.

그들은 신앙에서 나오는 자존심이야, 터전인 마을을 쫓겨 가면서도 바이올린 연주를 하며 떠나자나.

누가 비극 속에서 연주를 해.

그들은 조상대대로 내래오는 깊은 자존심을 갖고 있어.

신앙으로서 슬퍼하지 않는다는 것이야.

영화 속에 우는 사람이 하나도 나오지 안 찬아.

쫓겨 가면서도 바이올린을 연주하며 같이 가자나.

끌로는 셋의 공통된 화제가 아니라서 거기에 대해서는 그만 두려고 한다. 잠깐 동안의 침묵이 피로를 푸는 것 같아 디스크를 틀어놓고 각자가 사색의 세계에 들어가도록 한다. 도밍고가 부르는 '영원한 사랑(A Love Until the End of the Time)'이 침묵하고 있는 세 사람의 가슴을 적시고 있다. 음악이 끝나자 파리 남자가 두 여자 앞에서 긴장을 하고 있는 모습이 역력해서 끌로는 자켓을 벗으라고 파리 남자에게 말한다. 너무 늦게 벗으라는 말을 한 것 같아 미안한 생각도 든다. 외국에서 초대받았을 때 주인이 자켓을 벗으라고 하기 전에 벗지 않는다는 예의를 그는 지켜고 있다. 끌로는 장차 한국을 떠난다는 말을 하려고 했으나 자신의 결정이 한국을 영원히 떠난다는 것은 힘든 일이기 때문에 변할지도 모른다는 불안한 마음이 도사리고 있어 계획을 말하지 않는다. 그러나 그녀는 오늘 방랑자의 모임에서 고백을 미리 해 두는 것이 도리라고 생각하고 있다. 셋의 모임의 유대는 자유를 누리려는 인생의 철학이 맺어 주어 모임을 즐겨오고 있다. 그녀가 한국을 영원히 떠난다는 것은 동지에게 배반이라도 하는 것 같은 감정을 갖는 것은 무슨 일일까. 그녀는 동류라는 것에 대해 연민의 정을 가지고 있다. 연민의 정은 무엇인가 부족한 것이 있다는 허전한 것에 다들 연민의 정을 갖고 있는 것인지 모른다. 이들 방랑자들은 모두가 약해서 둥우리를 만들지 못하고 밖에서 서성거리는 것이다. 그들은 거창한 변명을 노래하며 서로가 연민의 정을 주는 것일 것이다. 끌로는 따리프를 오래 동안 사랑하면서도 따리프와 결혼을 생각하지 않는다. 따리프는 직업상 프랑스에서 정착이 가능하나 끌로는 결혼을 하더라도 직업 없이 산다는 것은 나락으로 가는 것이라고 생각하고 있기 때문에 한국에서 살고 있다.

끌로는 자기가 한국을 떠나게 될지도 모른다는 이야기를 하지 않는 대신 안 마리에 대한 이야기를 꺼낸다.

안 마리, 너는 한국에서 계약을 끝내면 곧 터키로 가는 거야?

선생님, 안 마리는 말년을 터키에서 보내려고 집을 마련해 놓았어요.

안 마리, 아직 말년은 멀었는데 여행을 끝내려는 것은 아니지?

우선 쉬면서 그간 기록해 놓은 것들을 정리해 기행문을 쓰고 그 다음은 일리아를 주인공으로 소설을 쓰고 싶어.

안 마리는 일리아를 하루도 잊지 못하고 있다. 그녀는 일리아의 그림자와 살고 있다. 여행은 그의 영혼을 잡기 위해 떠나는 것이라고 여러 번 말했다. 파리남자는 왜 미국이 아니고 터키에서 말년을 보내려고 하지요? 하고 말한다.

터키에 외삼촌과 외할머니가 살고 있어요.

그들은 다 러시아에서 태어나서 러시아를 고향 같이 생각하고 있어요.

유태인이지만 이스라엘을 모르고 일생을 산 사람들이지요.

러시아가 가까워서 그곳을 택한 것이지요.

저도 미국보다는 그곳이 더 정이 들어요.

내가 그곳에서 정착하려고 하는 이유도 미국은 형식적인 예의를 주고 받는 것 이외에 인간의 끈끈한 정을 못 느껴요. 아무리 오래 같이 있어도 거리를 느끼는 것이 미국인들이지요.

나 같이 가족이 없는 사람은 구태여 미국에 매여 있을 필요가 없어요.

선생님, 아무 때나 터키에 오셔도 돼요. 기쁘게 맞아 드릴 수 있습니다.

끌로도 언제든지 따리프와 같이 와.

파리 남자는 뜻 밖에 안 마리가 계약이 끝나면 한국을 떠난다는 것에 서운한 마음을 미리 느끼고 있다. 외국 여자가 한국을 떠나는 것은 당연한 일이지만 그간 동류라는 유대의식이 한국에 오면 자주 만나게 되었지만 영원하리라고는 생각하지 않았다. 막상 이별을 예상하니 외톨이가 된다는 느낌을 갖게 하고 있다. 그리고 끌로에게 따리프와 같이 오라고 하는 것에 더욱 외톨이 같은 느낌을 갖는다.

대지에 뿌리는 눈물

문진으로 눌러 놓은 따리프의 편지가 열어 논 창문으로 들어온 바람에 날리며 소리를 내고 있다. 끌로는 다시 편지를 집어서 읽고 또 읽는다. 그리고 그녀는 벽의 그림을 본다. 그림은 이야기를 하고 있다. 사랑하는 사람이 가까이 없는 외로운 몇 년간의 삶 속에서 마치 연인의 사진이라도 꺼내 보기라도 하는 것 같이 그림과 살며 그림을 바라보아 왔다. 그림은 기쁨과 슬픔이 스며들어있는 사랑의 이야기를 갖고 있다. 그림 속에서 꺼내고 또 꺼낼 수 있는 끝이 없는 이야기가 솟아나오는 이야기의 우물이다. 그것은 아름다운 기억이다. 그것은 그녀의 상상의 우물이다. 그녀는 이제 그림을 내려놓아야 한다. 그러나 떠날 때까지 바라보고 이야기 속에 묻혀 있고 싶어 한다. 그림 속에서 물을 깃듯 꺼내서 이야기를 상상 속에서 꾸미고 변질시켜고 새로 만들어 기록해오고 있다. 그런 작업도 끝이 맺어 간다.

밖에는 폭풍이 일고 있고 하늘에는 검은 구름이 덮여있어 사나운 날씨가 계속될 것인가 보다. 그녀는 귀국 후의 생활이 사나운 날씨 속에서 살아온 것 같은 생각이다. 바람에 떨어진 낙엽은 몰아치는 바람에 거실까지 날려 들어왔다. 그리고 바람은 읽고 있던 편지들을 흩날려 사방에 떨어뜨리고 있다. 끌로는 좀 더 강한 폭풍을 몸에 맞고 싶어서 열어 놓았던 레이스 커튼도 열어 놓는다. 커튼은 바람에 밀려 거실 안까지 날라 와 심술궂은 춤을 춘다. 그녀는 창문을 닫는다. 검은 구름은 곧 굵은 빗줄기가 되어 내려 퍼 붓는다. 그녀가 이곳을 떠나는 것이 서러워서 몸부림치는 시위일까? 앞으로의 험한 행로를 예보하는 것일까?

비가 그치자 숲속 넘어 몇 겹의 산 왼쪽 어딘가에 황금빛 구름이 뭉쳐 하늘까지 올라와 피어오르고 구름 한가운데서 솟아난 무지개가 찬란히 모습을 드러내고 있다.

안 마리는 이 골짜기의 변화 많은 날씨를 좋아한다. 일요일 오후, 조금 떨어져 모여서 작은 마을을 이루고 있는 화가들의 집을 방문하는 것을 즐겨오고 있다. 특히 미국에서 공부하고 귀국한 C부부와는 말이 통해서 즐거운 시간을 갖곤 한다. 그곳 화가 누구에게나 열쇠를 맡기고 긴 여행을 떠날 수 있고 가슴을 맞대고 살 수 있다. 다 같이 "마음이 가난한 사람"이라는 것이 소통을 가능하게 하고 있다. 학교를 나오면 홀로의 고독이 기다리고 있는 이 허한 대지에 이들과의 소통은 위안이다. 끌로는 없는 가족이 마치 존재하는 가족 같이 가족들을 그리워하고 있다. 가족들은 모두 이 대지를 떠났다. 그녀의 언니는 두 딸들의 가족과 이집을 제2의 주택으로 삼고 주말이면 이집에 와서 살며 텃밭을 가꾸고 살았다. 남편이 이 대지를 영원히 떠나자 미국에 있는 자식들을 찾아 떠나간다. 끌로가 살고 있는 집은 그녀의 언니로부터 불하 받은 집이다.

그 후 이집은 고독한 사람이 살기 때문에 안 마리는 '고독의 집'이라고 부르며 그는 주말 이곳으로와 끌로와 사는 것을 즐기는 생활이 되어 있다. 지인과 작은 파티도 열며 고독을 두 여자는 헤쳐 나가며 즐기고 있다. 끌로는 자기의 전공인 불문학을 가르치는 것이 삶이고 운명적 사명이라고 믿으며 그 생활에 전념하리라 생각한 신념이 무너져 가는 것을 느낀다. 그리고 학생들에게 성실과 사랑을 다할 수 없는 자신에 회의를 느끼고 있고 무력감에 빠지고 있다. 그 무력감을 해결해주는 방법이 캔버스 앞에 앉아서 작업 하는 것이다. 그림이 잘 돼서 캔버스 앞에 앉아 있게 되고 그림이 되지 않아서 캔버스 앞에 앉아 있게 된다. 그런 가운데 한줄기 힘센 따리프의 사랑이 무력감을 해결해주고 정신을 지탱해주고 있다. 따리프의 사랑의 편지는 쌓일 만큼 계속되었다. 매년 여름마다 두 사람이 만나지만 서로에게 향하는 감정이 허물어지지 않게 묶어주는 사랑의 편지는 쌓여

갔다.

밖에는 다시 검은 비가 내리고 있다. 그녀는 따뜻한 가슴을 갖고 있는 그녀가 태어난 대지에 눈물을 뿌리고 떠나야한다. 검은 비는 세차게 쏟아지고 있다. 그녀는 신발을 벗은 채 안마당으로 나간다. 쏟아지는 세찬 비를 맞고 싶어 한다. 온 얼굴에, 온 몸에, 온 가슴에 비를 맞고 있다. 비는 가슴 속까지 뚫고 들어와 그렇게도 오래된 망설임의 덩어리를 씻어 내리게 하고 싶은 바람이다. 한편 그녀가 프랑스를 먹고 그녀의 성장은 25세에 머물러 있다고 하는 괴변을 육체로라도 스스로 확인하고 싶은 욕망에 내리치는 비를 맞고 있다. 그녀는 욕실로 가서 베누아로 갈아입고 거실로 들어가 적외선 전기난로를 켜고 앉아 앞에 있는 그림을 다시 쳐다본다. 아직도 이야기할 것을 꺼내려고 한다. 벽난로가 있지만 벽난로까지 피울 찬 공기는 아니다. 작년 따리프가 잠깐 왔을 때도 가을이라 춥지 않았지만 새벽까지 이야기를 하는 동안 찬 기운이 돌아 이 난로를 켰다. 따리프는 이 집에 도착한 첫 날 자기의 그림이 확대되어 그려져 거실을 차지하고 있는 것을 보자 끌로를 힘껏 끌어안는다. 두 사람은 불붙는 가슴이 꺼질 때 까지 긴 포옹을 했다. 따리프는 오랫동안 그림을 멀리하는 시간 속에서 살며 끌로에게 선물로 그려준 것을 잊고 있었다.

따리프는 의자에 앉자 다른 벽에 또 하나의 다른 그림이 있는 것을 바라본다. 수학공식 아니면 물리학공식 같은 화면이 아름답다고 생각한다. 마치 자기가 영어 알파벳을 매개로하여 그린 그림과 같다고 느낀다. 그 것은 자기 그림보다 더 아름답다. 영어알파벳은 누구나 다 아는 글자이지만 이 공식은 아무나 이해를 하지 못한다는 것에서 신비마저 가져다주고 있고 공식은 예술적이다. 공식이 깔린 화판에 두 남녀의 춤의 동작이 아름답다. 그림에 대해 묻고 싶지만 그는 참고 있다. 끌로가 자발적으로 이야기를 할 때까지 기다리고 싶다. 그러나 이야기를 하지 않아도 아무 상관이 없다.

이때 대문을 두드리는 소리와 함께 열린 문을 밀고 들어오는 사람이 있다. 끌로는 따리프가 있어 문을 잠그지 않았다. 누구와 함께 있다는 것은 얼마나 두려움을 멀리하게 하는가. 누구와 함께 있다는 것은 항상 두려움에 조이고 사는 사람에게 편안한 세계를 가져다준다. 들어온 사람은 옆에 살고 있는 화가부부다. 그들은 문이 열려 있어 들어온 것이었다. 두 연인들은 원하지 않는 침입자로 하여금 감미로운 포옹을 풀어야 했다.

끌로는 미처 줍지 못한 편지를 집어 들어 읽는다. 따리프는 아가타에게 선물을 하려고 오랜 만에 붓을 들었다고 하며 브장송 시내 파스퇴르 광장에 아가타가 남편 닥터 떼브네와 함께 아들 마르크를 데리고 앉아 있는 모습을 크로키 했던 것을 유화로 옮겼다는 소식이 있다. 끌로는 브장송에서 얼마나 파스테르 광장을 사랑했던가. 그곳은 그리운 곳이다. 그리고 사랑하는 사람과 친구들과 산책을 하던 곳이다. 브장송은 이제 점점 끌로에게 가까이 다가와 그녀를 부르고 있다. 브장송은 그녀에게 그리움의 고향이다. 브장송은 사랑하는 사람이 있는 그리운 고향이다.

나의 브장송
그리움이,
환희가, 슬픔이 교차 하는 곳.
실향은 누구에게나 있는 것
그래서 성숙이, 철학이, 예술이, 그리움이
잉태하게 되나보다.

나의 진정한 고향은
내 어린 시절을 보낸 북녘 땅이 아니라
나를 젊게, 그리고 어리게, 황홀하게,
슬프게, 기쁘게 했던 곳,
철학을 하게 했던 곳,
예술을 알게 했던 곳,
브장송이다.
어둠이 짙어지면
안개가 나를 아늑하게 안아 주던 곳

그리움으로 가득하다.
나의 브장송!
그대는 지금도
우정과 사랑과 자유를, 관용을
싣고 두강을 흐르겠지.

예술을 이야기하고
예술을 마시고
예술을 만끽 했던 곳
나의 브장송
스틱스(Styxe)에서
혼마저 필름에 불태우던
그리운 브장송
지금도 아득히
나의 가슴을 울렁거리게 하고 있다.

뽕 바땅을 흐르는
두 (Doubs)여!
뽕 까노를 흐르는 너!
나의 브장송을
이늑히 안고 있는 너!
나는 네 옆을 철학을 하며
유유히 다시 걷고 싶다.

어스름한 저녁
가로수에 깃든
비둘기들이
까노를 지나는 나의 머리위에
마음 놓고 싸대는
너의 배설물에도 나는 즐거웠다.

나의고향 브장송!
언제나 너는 손들어 나를 부른다.
아 비앙또!
나의 브장송!

고독의 섬을 떠나는 고백의 하얀 마음

하얀 마음을 안고
고독의 섬을 떠납니다.
이제야
철들어 고독의 섬을 떠납니다.
당신이 사무치게
그리워
고독의 섬을 떠납니다.

하얀 마음에
당신을 안으려고
고독의 섬을 떠납니다.

일그러진 마음도,
헝크러진 마음도
당신의 하얀 마음 앞에서
물들어 하얀 마음이 됩니다.

나도 당신을
하얀 마음에, 분홍색 마음에
안으렵니다.
당신은 나에게
그리움입니다.
사랑하고 사랑받는 곳으로

그리움을
나의 하얀 마음에 안으려고

이 고독의 섬,
방황의 섬을 떠납니다.

나의 하얀 마음은
여름 칸나의 마음 되어
그리움,
당신을 찾아
방황하던 고독의 섬을 떠납니다.

사랑 했고 사랑해서
고독의 섬을 떠납니다.

끌로, 드골 공항에 J와 같이 내리다

따리프의 기분은 하늘을 오를 것 같다. 자기와 같이 하기 위해 결정을 하고 내일 새벽에 드골 공항에 내리는 끌로를 맞으러 파리로 떠나기 위해 아침부터 서두르고 있다. 그는 자리에서 일어나자마자 '꽃밭에서'를 틀어 놓고 창문을 연다. 짙은 안개가 시내를 덮고 있다. 두강 수면에서 피어올라 건너편 건물 중앙까지 올라와 건물의 아래 부분의 윤곽이 보이지 않는다. 달리는 자동차들도 안개등 아니면 전조등을 모두 켜고 달리고 있다. 동이 트지 않은 새벽안개 속에서 자동차 불빛만이 흔들리며 반짝이고 있는 것이 마치 애들이 불장난으로 불지팡이를 휘두르는 것처럼 흔들리며 움직이고 있다. 따리프는 아침 출근을 했다가 저녁차를 타려고 아침 일찍 서두르고 있다. 그는 서재 안 두강 쪽으로 난 벽 하나를 장식하고 있는 장미를 바라본다. 장미는 여전히 생기를 발하고 있다. 시간이 갔어도 햇빛이 들지 않는 벽 쪽에 부쳐있어 색이 바라지 않았다. 사실 그림은 이 집으로 이사 와서 부친 것이기 때문에 끌로는 그 간 브장송에 왔어도 장미를 볼 기회가 없었다. 그녀는 장미그림을 자신이 그렸다는 것도 시간이 오래 흐른 지금 잊어버리고 있을 것이다.

따리프는 출근하면서 늘 지나는 거리가 마치 오늘 처음 보는 낯선 거리 같이 새로워 보인다. 다행히 오늘은 환자를 보는 날이 아니어서 피로를 느끼지 않고 유쾌한 기분으로 파리행 저녁기차를 탈 것 같은 기분을 상상하며 출근을 하고 있는 것이다. 두강을 벗어나도 안개는 시내의 길 위에 짙게 내려 앉아 있고 아직 상점을 연 곳이 없어 안개 때문에 거리는 더 한가 해 보인다. 일터로 가는 어려운 사람들만이 아침 일찍 분주히 걸음을 서두르고 있고 불을 환하게 켜놓은 빵집에는 사람들이 들락거리고 있다. 따리프가 일찍 평상시보다 연구실로 나가는 것은 내일 저녁에 돌아와서 다음 날 강의와 환자를 봐야 하기 때문에 준비를 해 놓고 가려고 하기 때문이다. 오후에는 아가타의 아들 마르크의 눈을 치료할 계획도 있어서 더 서둘러야한다. 이렇게 바쁘게 움직이어야 하지만 그는 한없이 즐거운 마음이다.

따리프는 드골 공항에 친구차를 같이 타고 왔다. 친구를 대기해 놓고 끌로가 나오기를 기다리고 있다. 알림판에는 서울에서 오는 비행기가 늦는다고 알린다. 시간은 더 더디 가고만 있다.

따리프는 끌로가 나오는 것을 발견하고 기쁜 마음에 친구의 출근을 걱정하고 있던 초조감도 사라져 버린다. 그는 손을 흔든다. 끌로는 혼자가 아니다. 끌로 옆에 동양 남자가 같이 나오고 있다. 그 남자는 남자 아이를 데리고 있다. 끌로는 따리프를 보자 의식적으로 날려온다. 같이 나오던 남자는 이들이 반가워 인사를 하는 동안 무안해 하는듯하다. 끌로는 어딘가 과장된 행동을 하고 있다. 따리프는 친구가 기다리고 있는 곳으로 가자고 끌로를 인도하며 끌로의 가방을 자기가 끌고 가려고 하는 순간 그녀는 아직도 무엇인가를 기다리고 있는 것 같이 서 있는 함께 나온 남자를 다급하게 따리프에게 소개하려고 그 남자에게로 따리프를 끌고 간다.

따리프! 당신을 바로 이 사람인줄 알고 아침 안개 낀 날 당신에게로 달려갔던 거예요. 따리프는 머리를 때리는 느낌을 감추려고 한다. 얼떨결에 그는 손을 내민다. 그는 비극이 오는 것이라고 생각한다. 그들은 어색한 악수를 교환 한다. 모르는 사이에서 이들은 아무 할 말이 없다. J는 끌로와 헤어져야 하는 안타까움에 끌로를 따라 따리프가 기다리는 곳까지 따라왔던 것이다. 끌로도 늦게 나온 데다 아쉬움에 마지막 인사를 하지 않고 그냥 따리프가 기다릴 것 같아 그곳으로 온다. 끌로는 몸 둘 곳을 몰라 불안해서 자연스러운 행동을 하지 못하고 있다. 그녀는 숨김없이 사실을 말했다.

아침 안개는 윤곽을 분간 할 수 없이 짙게 깔려 있었다. "아는 사람인줄 알았어요."

따리프는 출근해야 하는 친구를 위해 오래 머무를 수 없어 종이에다 연락처를 써서 J에게 전한다. J도 따리프의 연락처를 받고 비지트카드를 따리프에게 전할가하다가 자신도 종이에 연락처를 적어서 전한다. 이 두 남자는 무엇 때문에 연락처를 교환하는 것일까? 이 밖에 다른 행동을 할 수 없는 상황이라 그러는지도 모른다. 따리프는 기다리는 친구가 자신들을 리용역까지 데려다주고 출근을 하여야 하기 때문에 무의식적으로 연락처를 주고 떠나려고 하는 것일까? 끌로는 떨리는 가슴과 불안, 안타까움을 억누르고 억지로 태연함을 연기하며 J의 아들의 손을 잡아주며 헤어지는 인사로 빠이! 하고 다시 J에게로 향해 손을 내밀어 악수를 청하며 잘 가라는 인사를 한다. 그 순간 따리프도 뜻 밖에 일에 불안한 마음이지만 겉으로 나타내지 않고 끌로를 안심시키는 말과 행동을 하려고 한다.

끌로는 차가 올 때까지 앞에 보이는 하늘을 본다. 하늘은, 우주는, 세상은 오직 세 사람만을 위해 존재하고 있다. 그러나 하늘은 왜 이렇게 막막해 보일까. 세상은 침묵하고 있다. 세 사람 외에 아무도 보이지 않는다. 아무 것도 볼 필요가 없다. 그들만을 위해 존재하는 우주를 본다. 그들은 영원히 나를 사랑하고 있다는 환희에 하늘 위에서 춤을 추고 싶다. 하늘은 세 사람의 사랑으로 덮여 사랑의 비가 막막하기만 한 하늘을 뚫고 내리고 있다. 두 사람은 그녀를 뜨겁게 안고 있다. 이 순간까지도... 그녀도 두 사람을 뜨겁게 사랑하고 있다. 운명이라는 예기치 않은 바위가 긴 세월 그녀를 덮쳐 버려 왔다. 그 바위를 안간힘을 하며 쳐들려고 몸부림을 쳐왔다. 하늘을 날자 !운명을 타고 하늘을 날아 사라지고 싶다.

이 두 남자는 혼란한 기분에서 고통의 환희의 꿈을 꾸며 하늘을 날고 있는 끌로의 마음을 상상 못하고 있다. 미안한 마음이다. 여인의 욕심을 순수한 두 남자들은 상상 못할 것이리라. 두 사람을 사랑하고 있는 여인의 욕심을, 그녀의 고통을, 환희를, 하늘 위 구름 속으로 몸을 피하고 싶은 마음을....

차안에서 내다보이는 풍경은 아침을 시작하는 출근 차들로 활발한 기운을 거리에 뿌리고 있다. 그들은 먼동이 텄지만 전조등을 켜고 달리고 있다. 두 사람은 영원히 같이한다는 기쁨에 들떠있어야 했다. 그러나 둘 중 한사람도 표면에 그 기쁨을 내보이지 못하고 있다. 침묵만이 차 안을 지배하고 있다. 운전을 하고 있는 친구도 분위기가 자연스럽지 않은 것에 그는 백미러로 두 사람을 쳐다본다. 우연히 맞이하게 된 사건 앞에 당황한 내색을 감추고 있다. 따리프는 자연스럽게 행동을 한다. 그는 어쩌면 끌로를 잃을 지도 모른다는 불안감이 든다. 따리프는 서울의 날씨가 어떠냐고 말을 꺼낸다. 그리고 비행기 착륙이 왜 늦었는지 중요하지도 않는 말을 한다. 이런 말들은 태연한 모습을 일부러 보이려고 하는 꾸밈이다. 침묵을 깨보려고 하는 모습이다. 따리프도 끌로도 아직도 달아오르고 있는 얼굴과 가슴을 꽉 막아버린 무서운 딩어리를 답답한 차안에서 풀 수없는 것을 안타깝게 느끼고 있다. 마침내 따리프는 끌로에게 피곤할 터이니 눈을 감고 잠을 청하라고 한다. 그리고 그는 운전을 하고 있는 친구에게 일상의 말을 건넨다.

아직 브장송으로 가는 기차는 기다려야 떠난다. 리용역은 수많은 시간이 흘러갔음에도 변한 것이 없다. 끌로는 15년이 넘도록 이 기차역을 드나들었다. 예나 지금이나 변함없는 것에 편안한 마음을 주고 있어 아직까지도 떨리는 마음을 가라앉혀주고 있다

따리프는 창가 자리에 끌로를 안내하고 통로 쪽 자리에 앉으면서 사바?(괜찮아요?)한다.

J와 같이 공항에 내리게 된 것을 보며 당황해 궁금할 것 같건만 일절 내색을 하지 않은 채 오히려 끌로에게 그녀의 심경이 괜찮은지를 묻고 있다. 따리프는 끌로가 기다리고 있는 사람이 있었다는 것을 잘 알고 있다. 그 후 수년이 흘러갔어도 기다리고 있었던 사람이 어떤 사람인지 모른다. 그

는 그녀가 기다리고 있었던 사람을 대신하고 싶을 정도로 끌로를 사랑하고 있다. 그러나 지금 그의 머리에는 비극이 시작되는 것 같은 불안을 느낀다. 서울의 그녀의 집 거실에 있는 물리학 공식을 바탕으로 하고 남녀가 춤을 추고 있는 그림은 그녀가 기다리고 있는 사람의 이야기 일 것이라는 것을 상상하고만 있었다.

끌로는 어디서부터 J와 같이 공항에 내리게 된 것을 이야기해야 하나 망설이다가 비행기 안에서 만나 짧기만 한 시간을 J와 같이한 상황을 필름 돌리듯이 돌려서 이야기하고 싶어진다. 수없이 기차를 타고 지나는 길에서 즐겨보던 풍경이 눈에 들어오지 않는다. 풍경을 즐겨 볼 마음을 J의 그림자가 가리고 있다. 어제 밤 J를 만나면서부터 놀란 심정은 따리프의 옆에서도 가라앉지를 않는다. 그리고 생각은 비행기 안에서 J를 만나는 사건에 머물러 있다. 끌로는 입이 떨어지지 않아서 따리프에게 미안한 생각에 핸드백에서 읽다만 코리아 헤럴드를 꺼내 서울 소식을 짐작하라고 따리프에게 건네준다.

끌로는 비행기 안에서 비행 착륙 시간이 많이 남아서 눈을 감고 있는데 뒤에서 비제이(BJ)! 라고 부르는 익숙한 소리에 소스라치게 놀라 뒤를 본다. 그 사람은 J였다. 머리를 때리는 아픔이 계속되고 멈추지 않아 쓰러질 것 같아 아무 말도 하지 못한다. J도 말없이 그대로 얼어붙은 듯 서 있다. 그러더니 앞으로 간다. 그는 맨 앞 영화 스크린이 있는 앞줄 자기자리로 가서 승무원이 아이를 위해서 마련해준 어린이용 접개 침대에 아이를 눕힌다. 그리고 끌로를 데리고 와서 아이가 앉았던 자리에 끌로를 앉도록 한다.

기내 안에서는 드골 공항 착륙이 심한 기류 때문 예정된 시간에 착륙하지 못하고 늦어진다고 알린다. 다행이 늦어지는 착륙 시간 덕분에 이들의 제한된 만남의 시간도 늘어나게 되고 있다. J가 떨고 있는 것이 확연하게 끌로에게도 전달되고 있다. 그는 끌로의 손을 꽉 잡고 놓지 못하고 있다. 끌로도 떨고 있다. J는 승무원에게 냉수를 주문한다. 다시 한 잔을 더 주문한다. 얼굴까지 불붙고 있는 불을 냉수로 꺼보려고 하는 것이다.

비제이! 아직도 프랑스에 있어? 하고 마침내 J는 입을 연다. 끌로는 여러 말을 할 기분이 아니어서 "그래요"라고 대답한다. 어떻게 긴 이야기를 설명할 수 있을까. 그리고 설명할 필요가 있을까? 두 사람을 연결할 다리가 설사 앞에 놓인다 한들 다리를 건널 수 없는 상황인데. 어린 아이는 아빠가 옛 연인을 만나 떨고 있는 것을 알 리가 없다. 편안히 자고 있다. 사랑이 남아 있는 것이 무슨 도움이 될 수 있을까?

끌로는 J에게 10여 년 전 안개 낀 아침에 앞으로 오는 사람이 당신인줄 알고 달려가서 잠깐 스치는 만남이었던 사람이 공항에서 기다릴 것이라는 이야기를 시간이 흐른 다음에야 말한다. 헤어져야 하는 시간이 다가오기 때문에 입을 열었다. 그들은 잡고 있는 손을 떼지 않고 있다. J는 끌로에게 프랑스에 아직까지 있느냐고 물으며 자신은 아들을 외가에 데려다 주느라고 파리에 온 것이라고 한다. 아내가 세상을 떠나서 혼자서 애를 키우기 어렵고 또 아들도 엄마가 없어서 외로워 해 파리에 있는 외가에 데려다 주기위해 서울에 들렀다가 파리에 오는 것이라고 한다. 끌로는 이제야 어린아이에게 관심을 갖는다. 처음 잠자는 애를 보고 순수한 한국애가 아니라는 것을 느꼈지만 떨고 있는 그녀는 애에게까지 마음을 가질 여유가 못됐다. 비행기가 곧 드골 공항에 착륙한다는 아나운스멘트가 나오자 J는 끌로를 감싸 안는다. 그리고 한참 그들은 침묵하고 있다. 비행기가 착륙하자 끌로는 당황한 가슴은 헤어져야 한다는 슬픔에 몸이 굳어지는 것을 느낀다. 그녀는 떨어지지 않는 걸음으로 비틀거리며 짐을 꺼내러 제 자리로 돌아가자 J는 아들을 자리에 앉힌다. J는 끌로와 같이 나오려고 뒤에서 마지막으로 나오는 끌로를 기다리고 있다.

따리프는 브장송으로 가는 기차 안에서 끌로가 J와 같이 공항에 내리게 된 설명을 듣자 다시"싸바, 끌로? "라고 끌로에게 말한다.

따리프는 집으로 향하는 자동차 안에서도 끌로의 혼란한 심경을 이해하려고 하며 오히려 안정을 시키려고 한다. 따리프는 핸들을 잡고 있는

손을 바꾸어 한 손을 끌로의 어깨에 얹고

끌로, 즈 뗌므 (사랑해요.).라고 한다.

J에 대한 사랑과 그리움은 그녀의 가슴 속에서, 머리에서, 맴돌며 사라지지 않을 것을 잘 알고 있다. 그러나 따리프에게 이야기를 한 후 끌로는 넘치도록 그녀를 사랑하고 있는 따리프의 마음이, 브장송의 하늘이, 두강이 변함없이 그녀의 가슴을 품어 주고 있는 것을 느끼고 있다.

끌로는 차를 몰고 가는 따리프의 옆에 앉아서 두강에 떨어져 반짝이는 불빛들을 반갑게 다시 보고 있다. 그리고 그녀는 영원히 따리프의 사랑의 바다에 기착할 것이라고 스스로 다짐하며

나의 사랑 브장송이여!

나의 사랑이 있는 브장송이여!

하고 부르고 있다

안 마리, 끌로, 아가타, 따리프 그리고 운명의 그림자들

끌로와 안마리는 브장송에서 재회를 하고 있다. 안 마리는 '일리아의 이야기' 끌로는 '원무를 추는 사람들' 집필을 끝내고 자축하기 위해 재회를 한다. 자칭 방랑자라고 했던 세 사람 중 한사람이 돌연히 가버린 마지막 예식에 참석한 후 얼마 있다가 둘은 각기 브장송으로, 이스탄불로 발길을 돌렸었다.

파리 남자의 고향 합천 황매산에 철쭉꽃이 만발해 산들을 온통 붉게 물들이고 있는 봄, 황매산 건너편 그래도 철쑥꽃이 드문드문 펴있는 그늘진 낮은 산자락에 쓸쓸해 보이는 그의 부모님 무덤 옆에 파리남자를 묻는 예식 이었다. 안 마리와 끌로는 해질 무렵 서울로 돌아오는 버스에서 한마디도 말을 할 수가 없었다. 살다 가는 것을 처음 겪는 것도 아닌데 그들은 슬픈 심정 이였다. 늘 냉정하고 모든 일에 담담한 안 마리가 더 슬픔에 잠겼다. 끌로는 떠나간 일리아의 영상이 겹쳐와 그녀를 더 슬프게 하는 것이라고 생각한다. 돌아오는 버스 안에서 내다보이는 석양이 그들의 마음을 더 아프게 해 끌로는 그 심정을 습관대로 종이에 쏟아 놓는다.

태양은
하얀 영혼을 찾아 흘러가고 있다.
태양은
잿빛 너울을 쓰고
타다 남은 빛을,
나의 얼굴에

잿빛 다다(多多)의 지붕 위에 뿌리고
하얀 영혼을 찾아 흘러가고 있다.
태양은 화려한 붉은 빛을
산과 들, 숲,

연기(演技)의 가면을 쓴 나의 얼굴에 뿌리고
떠나고 있다.
태양은 잿빛 너울을
하얀 영혼이 떠난 자리에
벗어 던지고
마지막 황홀한 빛을
등에 업은 채 떠나고 있다.

태양도 하얀 영혼도 떠난
빈자리엔,
태양이 버리고 간
잿빛 너울만이
눈물 되어 고여 있다.
잿빛 너울은
연기의 가면을 쓰고
빈자리를 헤매는
나의 얼굴에도
눈물 되어 흐르고 있다.

끌로는 따리프와 같이 저녁 식사를 할 때까지 안 마리가 여독을 풀도록 잠을 자라고 하고 거실에서 소설의 집필을 다시 읽고 다듬는 중이다.

안 마리가 피로를 풀고 거실로 나온다. 끌로는 커피를 끓이려고 부엌으로 가는데 안 마리는 부엌에서 커피를 마시자고 따라 들어온다. 그녀는 자칭 방랑자라고 부르자고 하며 방랑자모임을 주최했던 끌로의 변화를 보면서 자신은 이스탄불에 정착하고 있지만 떠돌이의 광기는 버릴 수가 없다고 하고 있다. 일리아의 영혼에서 벗어나지 못해 그의 영혼을 잊으려고 방황하는 것이 끌로에게는 아직도 그의 영혼을 찾아 헤매고 있는 것 같이 보인다. '일리아의 이야기' 집필을 끝내고 이제는 세계를 떠도는 광기가 해소 되었으리라고 생각되지만 그녀는 일리아의 이야기를 끝내고도 일리아의 흔적을 더 확인하고 싶어서 프라하에 들렀다가 끌로를 만나러 브장송으로 온 것이다. 창 넘어 스트라스부루부두의 건물은 햇빛에 유난이 환하게 빛나고 있다. 부둣가를 걷는 사람들이 보이지 않는다. 일하는 시간이라 산책객들이 없는 모양이다.

끌로, 나는 파리 남자의 마지막 예식에서 돌아와서 얼마나 눈물을 흘렸는지 몰라.

이런 이야기는 너에게 말한 적이 없어.

다음날 강의에는 검은 안경을 쓰고 강의를 했어.

학생들에게는 눈병이 나서 검은 안경을 썼다고 변명 했지.

그리고 맥주 대신 꼬냑을 사서 며칠간 마셨어.

내가 파리 남자를 만난 것은 너보다 오래 되었는데, 너는 왜 그렇게 슬퍼했어?

마치 네가 그가 즐기던 꼬냑을 마셨다고 하니 망자에게 제주를 바친 것 같구나. 하기는 파리 남자가 처음 나를 만나러 파리에 왔을 때 내가 브장송에 있고 그가 파리에 체류할 시간은 제한되어서 나를 찾아날라고 부탁했던 파리4대학에서 한국어를 가르치고 있는 L교수가 나대신 그와 데이트를 했다고 전해왔었지. 파리 남자가 죽고 난 다음 L이 한국에 왔을 때 그가 갔다고 했더니 그 말을 듣고 부적을 써서 정원으로 나가서 태우며 주문을 중얼거리더라. 그녀는 서울 명문대 출신 재원인데 미신에 아주 깊이 빠져 있는데 프랑스에 가서는 더 하더라. 프랑스 사람들이 미신을 믿는 사람들도 많이 있고 미디어에서도 미신, 운명 같은 신비한 것을 다루고 있잖아.

안 마리, 파리 남자는 너에게 관심을 갖고 있었어.

네가 한국을 떠난다고 할 때 아주 슬퍼보였어.

네가 나에게 따리프와 이스탄불에 오라고 했을 때 아무 반응이 없더라.

체념을 해서 그러겠지.

끌로의 말을 듣고 있던 안 마리는 갑자기 초가 있느냐고 묻는다. 그리고 꼬냑이 있는지도 묻는다.

맥주와 포도주만 있어.

안 마리는 초를 켜놓고 맥주를 잔에 따라 놓고 추모하는 시간을 갖자고 한다.

추모하는 기도는 각자가 하자.

가톨릭은 망자를 위한 기도가 많은데 나는 하나도 외우지 못해.

끌로는 기도를 끝내고 웃고 있다. 그녀는 마지막 예식에서 돌아와서 슬픔을 시로 토해 내야 할 정도로 슬펐지만 이제 그녀는 슬퍼하지 않는다. 그가 간지 벌써 오래 되었고 변한 생활이 그를 잊게 하는 것일 것이다. 외국에서 우스운 짓을 한다고 속으로 생각하며 웃는 것이다. 둘이 만난 것이 기뻐서 하는 애들 놀이 같다고 생각하고 있다.

끌로, 이곳에 정착할 것이니?

끌로는 한국을 떠날 때 이스탄불에 있는 안 마리에게 불확실한 미래에 대해서 긴 설명을 할 수가 없었다. 다만 학교생활에 흥미를 잃고 있을 때 따리프를 만나러 자주 프랑스를 가고 싶은 생각이 더해 갔지만 생활영역을 포기하고 프랑스에 정착한다는 것은 모험이라는 것을 알기 때문에 확신 있는 결정인지 자신도 의문을 하고 있었기 때문이다. 죽음에 대한 상념이 그녀를 압박하는 시간이 점점 늘어난다. 지구상에서 모두가 헤어지는 운명이고 헤어지면 서로 그리워 애타하는데 왜 지구에 있을 때 만나지 않고 그리워하며 시간을 버리는가 하는 생각이 떠나지 않고 있어 그녀는 방랑을 그쳐야 한다고 생각하고 있었다. 어느 날 밤 홀로 맑은 공기 속에 하늘에 깔려있는 무수한 별을 보며 외로움이 더해지고 따리프가 그리워지는 것을 참을 수가 없어한다. 밤하늘의 별도, 낮에 흘러가는 구름도 사랑하는 사람과 보며 감상할 수 있는 최상의 즐거움을 왜 피하려고 하는 것인가 그녀는 황급히 서둘러 그리워하는 사람을 찾아가고 싶어진다. 더구나 이런 상황에서 친족들도 더러는 저세상으로 더러는 이국으로 자리를 영원히 옮긴 후 고독은 더해만 갔다. 안 마리가 못 오는 어느 주말 홀로 주위를 산책하며 그녀는 단호한 결정을 한다. 고독이 그녀를 따리프에게로 강렬하게 끌고 갔다. 고독은 그녀를 엄습했다. 마치 홀로 세상에 있는 기분을 느낀다.

고독의 섬
홀로 고독을 밟고 있다.
기나긴 여행길
정착 역, 고독의 섬
바람 불어 떨어진,

고독의 섬.
홀로 고독을 밟고 있다.
휘 몰아치는 바람에
부딪치어 내는
떨어진 마른 잎새 소리,
나를 위로한다.

나의 고독의 발밑에는
파란 잡풀 새싹이 어른 땅을 비집고
나를 쳐다 본다.
저 너머
트럭, 버스 소리마저 그립다.
찢겨진 옷 안의 나의육체
그리워하는 소리 들려온다.
사람들이 거기에 있다.

이스탄불에 먼저 정착한 안 마리에게는 따리프와 함께 하기위해서 한국의 생활을 정리하고 프랑스로 떠난다고만 했다. 그리고 브장송에 와서 안 마리에게 보낸 편지에는 J를 파리행 비행기에서 만났다는 사건을 간단히 전했었다.

따리프는 나를 위해 프랑스에 정착 하려고 하지만 나는 그렇지 않아.

나를 위해서뿐만 아니라 그가 속해 같이 연구하는 시력회복을 위한 연구 때문에도 프랑스에 있으려고 해.

따리프의 생활에 방해가 되고 싶지 않아.

이곳에서 연구를 더하고 시리아로 가는 것이 좋을 것 이라고 나는 생각해.

그가 미술을 포기하고 의학으로 다시 돌아온 것은 자기 인생에 다른 사람들을 위한다는 사명감에서 나온 것이야.

프랑스인의 피를 받았다고 하지만 엄밀히 그는 시리아 사람이고 의학을 처음 시작할 때 그 나라에 의사가 필요해서 의학을 선택했대. 시리아에서 일을 하는 것이 더 의미가 있다고 생각해.

그가 자기 나라로 가면 너는 ?

그곳에서 일을 찾지 못하면 내 생활도 엉망일 것 같아.

따리프는 내가 그곳에서 충분히 가르칠 수 있다고 하는 말을 내가 서울에 있을 때 전해 와서 그와 합류 한 거야.

격려 하는 뜻에서 내 불어 실력을 높이 평가하는 것 같아.

불어로 기초교육을 받은 사람들이 많으니까 내 실력이 문제야.

그는 내가 학위를 해서 높이 보는 것이야.

나의 전공 분야를 가르치는 것은 문제가 되지 않을 것 같기도 해.

따리프는 계획이 구체화 할 때까지 브장송에 전시가 거의 없으니 전시를 하는 것도 브장송 사람들을 위해서도 좋은 일이 될 것이라고 하고있어.

나도 그렇게 생각이 가서 작년에 이곳에 도착하자 전시회를 목표로 그림을 그리고 있다가 지금 다른 일 때문에 중단 했어.

그리스 출신 안과의사인 동료가 시외에 있는 요양원에 진료를 정기적으로 나갔었는데 일이 있어 따리프가 대신하고 있어.

따리프는 그곳에 갔다 와서 너무 심난해서 잠을 자지 못했대.

이유는 철도 역장이었던 한 노인이 돌볼 가족이 없어 퇴직 후 병이 들고 불편해서 요양원에 있는데 눈도 점점 나빠져서 이제는 물체도 분간 하지 못하고 있는 사람을 본 것이다. 대개 의사들이 환자에 대해 담담한데 따리프는 어머니 병과 연관시켜서 심리적 영향을 받아 충격을 받은 것이다. 그곳은 여러 명씩 또는 독방에 나누어 요양 실에 있는데 사방 벽에는 아무것도 없는 흰 벽이어서 아주 써늘한 기분이다. 창문으로 내다보는 풍경도 아무것도 없는 빈 벌판뿐이다, 산도 나무도 보이지 않는 황막한 빈 벌판이 있을 뿐이다. 시에서 운영하는 데 각자가 돈을 내고 있어. 재정 문제가 있어서일까 정서적 환경 같은 것은 생각할 여유가 없는 것이라고 생각 된다, 요양원 사람들은 병을 치료하는 것도 아니고 움직이기 힘들어하는 사람들과 세상 떠나기 전 돌 볼 사람이 없어서 마지막 거처로 삼고 있는 사람들도 많이 있다. 따리프는 요양원 사람들의 정서에 그림으로서 도움을 줄 수 있나 끌로와 같이 아반느 요양원까지 동행한다. 샹파뉴에서 차로 15분쯤 가면 되는 곳이다. 아무것도 없는 벌판에 세워진 마치 형벌의 땅위에 세워진 세상에서 마지막 날을 기다리는 종착역 사람들이다. 중환자들이 있는 병실이 아니고 돌볼 사람이 없는 나이든 사람들이 대부분인 곳이다. 따리프는 사람들이 있는 방에다 장식적인 그림을 부쳐놓으면 정서적으로 도움이 될 것 같아서 원장에게 의견을 물어 본다. 그의 의견은 환영을 받는다. 끌로는 완성된 그림을 하나 안 마리에게 보여준다. 끌로는 꽃 그림으로 장식적인 화려한 그림과 프랑스의 풍경을 그린 것을 꺼내 보인다.

그림을 본 안 마리는 이스탄불에 있는 집에 부쳐 놀 그림을 부탁한다. 그렇지 않아도 브장송을 안 마리가 떠날 때 선물로 그림을 주려고 계획하고 있는 중이다.

따리프는 그리스 의사 친구가 다시 계속 요양원 안과 치료를 해도 시간 내서 자기도 참가한대.

따리프는 시간이 없어서 연필 크로키만 하고 있어.

병원에도 스케치 북을 놓고 크로키를 하고 있어.

자다가도 일어나서 자신의 마음을, 꿈을 추상으로 크로키 해.

이번 여름휴가를 내서 다마스크에 가기로 했어.

의사직업을 가진 후 두 번째 가는 거야.

벌써 의사가 된지 8년이 넘었어.

자신이 고국에서 일을 한다는 것은 아무 문제가 없는데 내 직업 때문에 같이 가기로 했어.

내가 불문학을 가르칠 수 있기를 바라고 있는데 다마스크에 있는 대학에 필요서류를 보내라고 해서 5개월 전에 보냈는데 답이 왔어.

이렇게 실제로는 방랑이 계속 되는 것 같아.

그가 브장송에서 의학을 한 것은 나와 떨어지기 싫어서야.

또 한 가지는 프랑스인과 시리아인의 양쪽 정체성을 다 갖고 싶은 심정도 작용을 한 것 같아.

점점 프랑스인 입장에서 이야기를 할 때가 있어.

나는 내가 잘 알다시피 학위가 끝나자 귀국이냐 따리프냐 힘든 상태에 있었어.

미술학부에 등록을 하고 미술을 공부하며 따리프가 의사가 될 때가지 있었지.

직업 없이 어떻게 프랑스에서 보내.

귀국 후 너도 잘 알듯이 거의 8년을 서울, 브장송을 왔다 갔다 했어.

그야말로 방랑자의 생활이었지.

안 마리, 너는 대단해, 20여 년을 방랑하고도 정착을 결단하지 않았으니.

끌로, J는 아주 잊을 수가 있어?

하고 묻기 어려운 질문을 한다. 끌로는 안 마리의 질문에 대답을 분명하게 하지 않는다. 그녀는 잊을 수밖에 없기 때문에 잊을 수 있다는 말을 내뱉는다. 그는 결혼을 했을 것이라고 생각하고 있으면서도 행여나 자신과 같은 상황이기를 바라고 있었다. 그러나 눈으로 그의 상황을 확인

했다.

잊을 수 있어.

J도 맑은 사람이지만 따리프는 내가 방황할 때 붙들어 주어 지탱할 수 있었어.

그는 논문을 쓰도록 격려를 해주었어.

이런 것들 때문에 잊을 수 있다는 것은 아니야.

따리프는 끌리는 사람이었고 깊이 사랑하고 있어.

드골 공항에서 셋이 헤어져야 할 때 따리프는 J에게 자기의 연락처를 전했어.

나를 위해서 그런 것이야.

안 마리는 끌로가 흥분하며 떠는 것 같아서 말을 바꾼다.

끌로, 소설은 어디서 출판 할 거야?

서울에서 해야지, 우선 출판사를 찾아야 해.

원고를 천천히 다듬어야 하고.

읽어도, 읽어도 손댈 것이 많이 나와.

안 마리, 너는?

영어로 썼으니까 물론 미국에서 해야지.

독자 수도 미국이 많으니까.

터키는 여러 가지로 한계가 있어.

돌가(街)에 있는 메르큐르 호텔 레스토랑에 아가타, 안 마리, 끌로, 따리프, 이들의 얼굴에는 샹들리에 불빛이 내려 비추어 얼굴에 깃든 재회의 기쁨을 한 것 돋우어 주고 있다. 그러나 전형적인 아랍미인, 아가타의 얼굴빛은 눈이 부시게 환한 옷 속에서도 남편이 같이하지 못해서인지 그늘이 져 있는 것을 끌로와 따리프는 감지하고 있다. 그래서 기쁜 자리이지만 말을 골라서 해야 된다고 마치 둘은 무언의 약속이라도 한 듯이 주의하고 있는 편안치만은 않은 분위기다. 따리프는 자신 있는 직업인으로 세 여인들을 우아한 식당에 초대하는 것이 그를 더 자신 있게 하고 있다. 그는 오늘 저녁 세 여인을 위해 멋과 예의를 가추고 나왔다. 아빼리띠프는 레스토랑에 오기 전 집에서 마르띠니를 마시고 나왔다. 따리프는 식사와 곁드릴 술을 무엇을 원하는지 안 마리에게 묻는다. 안 마리는 주빈으로 원하는 음식을 먼저 고르라고 청했을 때 메뉴판에서 이미 결정을 한 음식과 어울리는 붉은 포도주를 마셔야 하겠다고 생각하고 있었기 때문에 음료판에서 의논해 고르는 것만 남아 있다. 안 마리는 중국 음식을 프랑스식으로 변화 시킨 까이 오 주느비에르를 결정해서 모두 그것을 먹어보기로 한다. 중국 사람들이 즐겨먹는 오리새끼를 향신료인 주느비에르 열매로 만든 소스를 곁들여 오븐에 구운 것이다. 대접을 후하게 하는 것이 습관화된 시리아인의 철칙을 이번에도 따리프는 지키려고 한다. 그는 포도주를 고급으로 대접하고 싶어 하고 있다. 안 마리는 음료판에서 고르는 역할도 해야 한다. 그녀는,

여기 재미있는 술 이름 있어요.

라 비블르 듀 벵 (la Blble du vin 술의 성서)인데, 설명이 장관이네요.

설명은 술 전문가들, 술 제조인 , 술 저장인, 술의 대가, 심지어는 작가들이 꼽은 좋은 술로서 이런 설명은 세계 인명사전에 나온 말이라고 하네요. 가격은 400프랑. 술 이름이 ‘ 술의 성서’ 라니....

모두들 이름에 폭소를 한다. 이번에는 아가타도 웃음이 전염되어 같이 웃는다. 끌로도 안 마리도 프랑스에서나 다른 유럽 나라에 있는 그 많은 포도주 맛을 모르기 때문에 그들은 기회가 있을 때 흥미 있는 술 이름을 고르는 일이 그들의 습관이고 재미의 하나다.

예수시대에는 포도주 없이 잔치가 성립 되지 않았고 포도주가 예수의 피로 상징 되는 것을 생각할 때 포도주는 성스러운 것이라고 해야 마땅하지 않을까. 따리프는 비블르 듀 벵을 각자의 술잔에다 따라 준다. 프랑스에서는 절대 술을 여자가 다루지 않는다는 것을 그는 일찍이 연습해왔기 때문에 자신이 술을 세 여자에게 따르는 일을 하고 있다. 그는 가정에서 식탁에서도 술을 따르는 것 역시 남자의 몫이라는 것을 잘 알고 있다.

시리아가 술을 금기하는 이슬람 국가이지만 오랜 프랑스의 지배 하에서 오는 풍습이 가정에 스며들어 유럽 화 한 가정이 많다. 또한 카톨릭 교인들이 프랑스 지배 하에서 많이 생겨나 있는 원인이 술을 즐기는 사람들이 많다. 특히 따리프는 가정에 프랑스 사람인 가족이 여럿 있었고 아버지도 프랑스 사람 사이에서 나서 프랑스에서 교육을 받고 프랑스식 식습관이 배어있다. 끌로는 유난이 식탁 예의를 중요시하는 까다로운 성격의 소유자로서 따리프의 식탁 예의에 반하고 있고 오히려 따르프로부터 식탁에 대해 많은 것을 배우고 있다. 네 사람은 술잔을 들고 안 마리의 방문을 환영한다. 각자의 접시에 놓인 새를 포크와 나이프를 들고 정교하게 해부라도 하는 듯이 살을 떼어내 입으로 가져들가고 있다.

안 마리는 따리프를 한국에서 처음 봤을 때도 대하기 편안한 사람으로 알고 있었는데 그를 만날수록 그런 느낌은 더 강하게 느끼게 한다고 생각하고 있다. 서양 남자들이 다 그러듯이 여자를 리드하고 보호하려는 성향이 다분하다. 그래서 안 마리는 자기보나 젊은 남자에 대한 믿음을 갖게 해줘 더 편안 한 기분이다. 따리프는 술잔을 안 마리에게 내밀면서 반갑다는 뜻을 다시 표현한다. 안 마리는 파리 남자에 대한 평을 끌로가 했던 것이 떠오른다. 파리 남자는 여자를 사랑할 마음 자제가 없는 남자인데 결혼은 무슨 결혼을 할 수 있느냐는 것이다. 그는 책임도 아예 갖고 싶지 않아서 방랑할지 모른다고 했다. 그 남자는 우리 두 여자의 보호를 받아야할 남자 같다고 했다. 그 말이 옳은 판단인지도 모른다. 밖에서 떠돌다가 한국에 와서 집에 있으면 마치 관 속에 들어앉은 기분인 것 같다는 남자가 가정이 왜 필요할까 하는 의문이 들었다. 끌로는 그가 급히 떠난 것을 두고 행복한 사람이라고도 했다. 나이 들어 누워 있을 때 누구하나 돌볼 사람을 마련 못한 그의 죽음은 행복한 죽음이라고 한다. 게다가 나이 들어 사귄 두 여자 친구가 슬퍼해주니 행복한 사람이라고 한다. 안 마리는 지금 따리프를 보며 비교가 되어서 그를 돌아보고 있다. 끌로가 기다리라고 있는 사람을 대신해주고 싶었다고 한다는 것은 마치 성자의 인격 같다. 이성의 사랑에 성자라니 그것은 어쩌면 가려진 위선이 아닐까. 어떻게 감정이 흘러갈지 모르니 두고 볼일이다. 안 마리는 따리프가 좋은 사람이라고 하면서 왜 이런 나쁜 생각을 하는지 속으로 아니라고 머리를 돌리면서 술잔을 들어 입으로 가져가고 있다.

이때 식탁에 잠깐 침묵이 돌고 있는 것을 깨뜨리기 위해 따리프는 의대에 요르단 출신과 그리스 출신이 있어요. 하고 말을 시작한다.

요르단 출신은 신경과이고 그리스 출신은 안과의사입니다.

요르단 출신 의사는 성 요한이 갇혔다가 목이 잘린 곳이 있다고 하는데 그 곳에서 나서 자랐다고 해요. 그는 이스라엘로 이주해서 그곳에서 살다가 프랑스로 유학을 왔다고 합니다. 이때 안 마리는,

나도 세례자 성 요한이 참수된 곳을 다녀온 일이 있어요.

끌로, 내가 그곳에서 찍은 사진을 요르단에서 보냈잖아?

그래 가지고 있어.

안 마리는 세례를 받았지만 종교에 별 관심이 없다. 일리아가 프라하에서 종교에 한동안 심취하게 되었던 것을 이해하고 동정 했던 것이다.

우리집안 어른들이 터키의 수도원에 대한 관심이 많았어요.

그래서 터키 수도원에 대한 지식은 좀 가지고 있었지만 세례자 성 요한이 목이 잘린 곳이 요르단에 있다는 것은 그 친구로부터 들어 알게 됐지요.

끌로는 아가타와는 아무관계 없는 대화가 이어져서 아가타에게 애 이야기를 한다.

마르크는 내년에 유치원 갈 나이지?

닥터 떼브네를 꼭 닮았어.

아빠 이름을 따서 마르크라고 한 거야?

마르크가 그렇게 지었으니까, 무언가 일찍이 예감을 한 것 같아.

아가타는 속으로 하고 있던 생각을 밖으로 내뱉는다.

그렇게 너를 사랑해서 도우면서도 오래 동안 불안하게 하더니 네가 의사가 되니까 벼락 같이 청혼을 한 것 등 자기가 갈 것을 예감 했나봐.

결혼 후에 내가 불안하고 고통스러워했던 자신의 행동은 병이라고 고백 했어.

병명도 자기가 말 했어.

일종 '섹슈얼 톡시캔'(성 중독자)이래, 이런 환자는 마음에 드는 여자를 거리에서 봐도 쫓아가서 만나려고 하는 충동이 생긴대.

이상 호르몬 관계 때문이래.

끌로는 아가타가 토할 수없이 품고만 있던 괴로운 생각을 이왕에 말이 나왔으니 토하라고 한다.

아가타, 그런 류의 사람들은 유명한 사람들 중에도 많아.

미국의 유명한 배우 MD도 그런 류의 사람이라고 하더라. 그런데 그의 아버지 KD는 그러지 않았어.

어머니가 프랑스 여자인데 혹시 어머니 쪽에 그런 DNA 가 있었지 않았을까?

따리프, 여기에 대해서 한마디...

나는 잘 몰라요, 분명히 말 할 수 있는 것은 그런 성향을 가진 사람이 나쁜 면이 더 강하다면 큰 범죄자가 된다는 것은 말할 수 있어요.

닥터 떼브네는 좋은 면이 더 많았지 않아요?

지식인들, 천재들 중에도 많아요.

2차 전쟁 때 암호 푸는 기계를 발명해 연합군의 승리에 기여했던 유명한 영국의 수학자 알렌 튜렝 교수도 성적 이상자였어요.

성적 이상자는 자의에 달린 것이 아니라 일종의 병이지요.

그러니까 이들을 나무라든가 흉을 봐서는 안돼요.

아가타가 의사가 될 수 있었던 것은 닥터 떼브네의 덕이 크지요.

그가 얼마나 아가타를 격려하고 사랑했는지를 생각하면 오늘의 아가타는 닥터 떼브네가 만들어낸 것이지요.

그는 부모로부터 받은 유산을 전부 처리해서 탄자니아에 병원을 짓는데 기부 했잖아요.

이 때 안 마리는 따리프의 말을 듣고서,

아가타가 의사가 될 때까지 기다려서 의사가 된 후에 청혼을 한 행위는 존경스럽네요.

그렇게 해서 스승으로서도 존경을 받게 하니...

따리프는 비어 있는 술병을 보고 다시 청하려고 하면서 이번에는 아가타에게 묻는다. 아가타는 안 마리를 위해서 맥주가 가능하면 맥주를 청해도 되는지를 세 사람에게 묻고 있다. 운명을 믿고 있는 끌로가 한 마디 운명에 대한 이야기를 꺼낸다.

한국의 유명한 역학(易學) 철학자인 교수의 운명론을 쓴 책을 보면 일반적으로 운명을 개척할 수 있다고 하는 설을 부정하고 있어.

그는 개척할 수 있다는 설을 수긍하려면 운명 대 개척은 7대 3으로 보고 3은 개척 대신에 자선이나 대접으로 운명을 해결하라는 것이야.

나의 운명을 당사주로 본 일이 있는데 거기에는 갓을 쓴 선생이 학생들을 가르치는 그림이 나와.

그러니까 나의 운명은 선생이지.

개척이라는 일반적인 사고는 운명 자체에 충실하는 것이 개척인 것 같아.

선생이 운명이라면 어떤 급의 선생이냐는 것이 개척에 달린 것이라고 생각해, 역학자의 말과는 다르지만.

아가타, 어때?

나는 운명론자야, 아가타도 모든 것은 운명을 밟는 것으로 생각해.

나는 선생이 운명이라고 하니까 다마스크에서도 가르칠 수 있는 운명이 기다리고 있을 거야. 라고 농담 섞인 말을 하고 웃는다. 아가타는 슬퍼 보이는 얼굴을 하며.

끌로도 따리프도 다 떠나면 나는 정말 홀로네.

아가타의 말을 듣고 따리프는 유머로,

아가타도, 운명은 몰라, 아가타가 의사가 운명이라는 것을 수긍 할 때 어디에서 의사 생활을 하느냐의 3퍼센트는 당사자의 몫이니까 다마스크로 와.

모두들 운명론자가 된 듯 웃는다.

안 마리, 브장송을 떠나기 전에 몽부꽁에서 식사를 같이하고 다시 운명에 대해 바바르데하면 좋겠네요.

따리프, 오늘 오전에는 친구였던 한 남자가 급히 떠난데 대해 이야기를 했어요.

그런데 밤에는 또 닥터 떼브네의 서거를 이야기하네요.

언제고 시간내서 아가타를 위로하는 도움을 주고 싶었는데 우연히 끌로가 운명론으로 귀결하는 말로 위로를 해서 즐겁네요.

식당 한쪽 플랫 홈에 피아노가 놓인 자리엔 검은 정장을 한 남자가 피아노를 치기 시작한다. 마음에 담아 놓고 슬퍼만 하던 아가타도, 위로의 말을 위해 운명론자라고 자칭하며 자신의 비밀을 털어놓았던 끌로도, 듣고만 있던 안 마리도, 따리프도, 그들은 눈을 끌고 있는 검은 정장차림의 수려한 한 남자가 치고 있는 피아노 소리로 향한다. 음악에 심취하고 있던 따리프는 연주자가 일어서자 기다렸다는 듯이 일어나서 피아노에 앉는다. 앞에 연주한 음악이 실내를 가라앉게 했던 분위기를 바꾸기 위해 그는 경쾌한 재즈곡을 연주한다. 사람들의 얼굴에도 경쾌한 기색으로 펴져 나가는 모습들이 샹들리에 아래서 밝게 나타나고 있나.

끌로의 그림에 담긴 피카레스크는 두 사람의 시작을 알리고

토요일 오후 끌로는 거실에서 음악을 들으며 쉬고 있는 따리프에게 화실 뒤 편 보이지 않는 곳에 놓았던 그녀가 그린 50호 짜리 그림을 내 보인다. 따리프는 화면을 보자 이야기가 가득 찬 그림이라는 것을 즉각적으로 판단하고 있다.

그림을 지배하고 중앙에 우뚝 서 있는 여인은 아름답다. 여인의 극치다. 그녀는 바이올린을 옆에 세워놓고 한손으로 쥐고 환이 웃는 얼굴에 화려한 꽃다발을 안고 있다. 그녀의 웃는 얼굴은 화려한 꽃이 더 아름답게 해주고 있다. 얼른 보기에 그녀는 보디첼리의 '천지창조의 비너스'를 연상하게 한다. 그러나 그녀가 딛고 서 있는 것은 조개가 아니라 보자기로 무엇인가 네모의 볼륨이 있는 것을 싼 것에 서 있다. 보디첼리의 '비너스의 탄생'에서 비너스가 현실성이 없는 여인이라면 이 여인은 바로 내 옆에서 보는 살아 있는 현실의 여인이다. 볼륨이 있으면서도 균형 잡힌 몸에 꽉 들어맞는 원피스는 여인의 아름다운 육체를 들어내고 있다. 역시 나상의 비너스 보다 더 유혹적이고 우아하다. 물결치는 숱 많은 검은 머리는 어깨에 다 있고 그녀의 얼굴을 더욱 돋보이게 하고 마음을 설레게 한다. 그리고 여인의 주위에는 천사의 모습을 한 어린이 세 명과 남녀 세 쌍이 나상으로 손을 잡고 원을 만들고 춤을 추고 있다. 마티스의 작품 '춤' 과 같다.

끌로는 마티스가 나상의 원무를 그린 의도도 자기와 같은 뜻에서 그렸다고 생각해본다. 원무의 동작은 시작과 끝이 없이 계속 전개된다. 그저 같은 동작으로 원을 도는 춤이다. 펠릭스의 소설 '샤콘느 곡'도 원무와 같은 성격이다. 같은 음이 되풀이하는 곡이다. 펠릭스는 뚜렌느에서 마을사람들의 일상의 느린 생활이 되풀이 하는 것을 보며 샤콘느곡이 연상이 되어 그들의 이야기를 소설로 옮기며 제목을 '샤콘느 곡'이라고 했다고 말했다. 끌로는 따리프와 사랑의 이야기 그리고 주위의 아가타와 마르크, 펠릭스와 슈코바의 이야기를 그림으로 표현한다.

인물들, 아라비아의 건물들이 있고 무수히 난 창문에는 사람의 눈이 창문을 채우고 있다. 하늘이 닿는 오른 편 위쪽에는 몇 개의 샤또와 초생 달이 떠 있고 왼편 노을이 진 공간에는 희미한 베일에 가려진 알 수없는 회색 네모진 물체에서 뿌려져 내려오는 물건들은 마치 꽃송이처럼 보인다,

그 물체들은 여인이 딛고 서 있는 보자기로 싼 상자 같은 것들이 떨어지고 있다. 여인이 서 있는 보자기로 싼 상자 아래에는 화려한 꽃이 피어 있는 대지다.

끌로는 따리프가 그림을 다 보고 생각을 끝낼 때까지 기다리고 있다가 따리프가 트로메라이곡을 바이올린으로 연주한 녹음을 튼다. 한편 전축에는 드보르작 유머레스크를 튼다. 양쪽에서 나오는 음악은 다소 불협화음으로 들리나 마치 합주곡처럼 하나의 곡으로 들린다. 끌로는 볼륨을 낮게 해 놓고 따리프를 일으킨다. 그리고 따리프의 그림 '뻥쎄'에서처럼 춤을 추는 자세를 취하고 음악에 맞추어 제자리 발걸음을 하며 그림을 감상하고파 한다. 따리프는 자기의 어깨에 놓고 있는 끌로의 손을 살그머니 잡아내려 놓고 그녀의 옷을 부드럽게 벗겨서 바닥으로 내려가도록 천천히 손을 옷에서 뗀다. 그리고 자신도 옷을 벗는다. 순수한 마음이 되어 그림에 몰입하고 싶어 하는 것이다. 그의 어깨에 얹은 그녀의 손의 감촉은 오싹 하도록 떨리게 하며 등 뒤로 흘러내린다. 그가 그린 '빵세'의 남녀처럼 그들은 나상의 모습으로 두 가슴을 맞댄 채 언제까지나 서 있다. 따리프는 거실에 소리가 가득 차도록 방금 끌로가 줄여 놓은 음악을 크게 해놓는다. 두 곳에서 나오는 음악은 거실 공간을 소리로 팽팽하게 하고 있어 창밖에 있는 나무에서 떠들어대는 새 소리도 들어올 수 없게 만든다.

긴 시간 동안 음악은 그들을 감싸 무아지경으로 들어가게 했음에도 음악이 멈추자 그는 전축을 다시 틀고 다음은 녹음기를 다시 튼다. 끌로는 얼른 방으로 들어가 까운을 입고 따리프의 까운을 들고 나온다. 음악은 다른 소리가 전혀 없는 거실을 여전히 가득 채우고 있다. 끌로는 따리프가 아직도 그림에 몰두하는 것 같아 아무 말도 하지 않는다. 음악이 끝나서야 따리프는 끌로가 거실에 있는 것을 알고,

끌로, 그림의 이야기를 직접 듣고 싶은데요.

라고 한다. 그는 서울에 자기의 그림과 같이 있던 물리학공식이 있는 그림에 대해서 묻고 싶었지만 묻지 않고 있었다. 그러나 이번만은 이 그림에 대해서 묻고 싶은 심정이 강하다.

이 그림은 내가 쓰고 있는 소설, '원무를 추는 사람들'에서 우리 둘의 이야기와 연관이 없는 독립된 여러 이야기 같지만 실제로는 우리의 이야기와 관계되는 사람들의 이야기들이지요.

수세기 전에 소설에서 사용하던 피카레스크라는 형식의 소설이 유행했는데 내 소설에서 이야기들을 피카레스크의 형식을 빌어 그림으로 적용해 보려고 한 것이지요.

영화를 하는 사람들은 아주 쉽고 자연스럽게 표현할 수 있을 것 같이 느껴요.

글로 표현 하는 것에 나의 능력의 한계를 느끼기도 했으나 새롭게 하기 위해 그림으로 표현 했어요.

소설이 끝나는 맨 마지막 장에 삽화로 넣든가 소설의 표지로 사용하면 어떨까 해요.

인쇄를 위해 사진을 찍어야 해요.

이제 그림에 대해 자세히 설명을 해줘요.

그림의 중심은 물론 우리 둘의 이야기지요.

그리고 우리가 사랑하고 있는 사람들의 죽음과 생이 흐르고 있어요.

아이들은 생을 이어주는 역할을 하고 있지요.

그래서 죽음은 존재하지 않고 시작만 있는 것 같지요.

원무가 바로 그런 동작이지요.

자연 현상도 원형의 동작을 하고 있다고 봐요.

세 아이들은 아가타와 떼브네의 아이, 헬가와 띠리의 아이, 펠릭스와 슈코바의 아이들이지요. 남녀가 구별 되지 않게 그저 어린이라는 뜻으로 웃고 있는 천사의 모습처럼 표현 했어요.

어른들은 세 아이들의 아버지이고 어머니들인데 모두 나상으로 했어요.

마티스가 자기의 작품 '춤'에서 춤추는 사람들을 왜 나상으로 했는지를 이제 알 수 있어요.

왼편 노을이 물든 하늘에 희색 네모진 물체에서 눈송이처럼 뿌려지는 보자기에 싼 선물 상자들은 떠나는 사람이 주는 선물이지요.

보자기는 전달의 역할을 하는 것으로 한국인의 전통이지요.

한국인에게는 보자기는 귀중한 사람에게 귀중한 선물을 싸서 전달하는 도구의 역할과 전달의 의미를 갖고 있어요.

여인이 딛고 있는 보자기로 싼 물체 위에 있는 것도 보자기가 갖는 같은 뜻이지요.

닥터 떼브네의 선물이 귀중하다는 의미에서 선물을 보지기에 싼 것이지요.

기쁨을 상징하는 것으로 선물 상자들이 떨어지는 모습을 꽃송이의 이미지로 표현 했어요.

회색 네모진 물체는 닥터 떼브네의 죽음을 상징하는 사고의 차지요.

죽음을 사물로 표현 했어요.

죽음과 선물은 무슨 관계가 있지요?

죽음은 생명을 잇게 하고 있어 사실 죽음은 무형으로 존재하지요.

생명과 죽음은 별개의 것이 아니라는 것을 말하고 싶었어요.

아가타에게 마르크라는 아이를 선물 했지요.

그것을 생명의 상징이어서 아름답게 그의 죽음을 표현하고 싶었어요.

음악을 들으며 그림을 감상하자고 했을 때 음악이 트로메라이 곡이라서 뭐 생각나는 것이 없었어요?

아, 금방 느꼈지요, 백남준의 '리퀴엠'을 모방 했구나 했어요.

나는 모방은 독창성의 어머니라고 생각해요.

영감이라는 것 자체도 독창성을 자극하는 모방의 일종이지요.

모방은 죄가 아니어요.

예술을 내려오는 공식대로 따르라는 것은 일종의 죄지요.

더구나 낡은 잣대로 재려는 평자는 작가의 독창성을 뭉개버리는 격이구요.

우리의 이야기의 제목을 '원무를 추는 사람들' 이라는 것도 펠릭스의 소설 '샤콘느 곡'에서 영감을 얻은 것이지요. 원무를 추는 사람이라고 한 것은 영감이지 모방이 아니예요.

테마는 같으나 방식이 다르니까요.

백남준의 '리퀴엠'에서도 아무 것도 일어나지 않은 것 같은 그저 세상은 영원히 존재할 뿐이라는 것을 느끼게 하고 있어요

'리퀴엠'의 전쟁의 죽음도 새로운 생명으로 가려져 있지요.

죽음을 상징 하는 것을 샤롯트 무어맨의 검은 옷으로 표현 했을 뿐이지요.

'리퀴엠'에서 명랑한 트로메라이 곡을 연주해서 그대로 해봤어요.

당신이 연주한 트로메라이 곡이 있으니까 쉽게 틀어놓았지요.

모방의 틀을 벗어나려고 드보르의 유머레스크를 동시에 틀고 그림을 보자고 제의한 것이지요.

영상뷸에서 영감을 얻었어요.

닥터 떼브네가 아가타를 사랑 했으나 괴로움을 많이 주었잖아요.

그러나 그의 죽음을 아름답게 표현하고 싶었어요.

아가타는 토요일 언덕을 내려가는 닥터 떼브네의 차를 바라본다. 학생시절 여자 친구인 마담 R이 가진 롤스로이를 운전하고 싶다는 이유에서

마담 R을 만나러 가는 길이다. 아가타는 근교 가까운 곳에 가서 저녁을 먹는 것으로 생각했다. 마담 R은 결혼 전에도 후에도 친구로서 만나고 있기 때문에 자연스럽게 생각하고 있었다. 그러나 남편은 그날 밤 돌아오지 않았다. 아가타는 비가 내리고 있어 위험해서 돌아오지 못하는 것이라고도 생각을 한다. 또 고장이 나서 수리를 하노라면 시간이 걸리고 또 수리를 하지 못하는 곳에서 고장이 나서 못 돌아오는 것이라고 상상한다. 아가타는 초조가 분노로 변해서 그들이 사고를 당했으면 하는 마음도 갖는다. 상상은 증오와 불안을 증폭 시켜 자동차가 굴러 떨어지는 장면도 상상한다. 심지어 굴러 떨어진 자동차는 불이 나고 주위의 덤불을 태우는 불길이 그가 있는 방까지 환하게 비치며 탁탁 소리를 내고 있는 것을 듣고 깜짝 놀라 자리에서 일어난다.

다음날 일찍 아가타는 전화를 받는다. 그 전화는 닥터 떼브네가 사고를 당했다고 알리는 전화다. 아가타의 상상대로 그들이 탄 차는 비가 온 뒤 캄캄한 밤길에서 고르지 못한 모퉁이에서 미끄러져 낭떠러지로 추락한다. 우연히도 펠릭스의 아내 사비나가 탄 자전거가 바위에 부딪치어 벼랑으로 떨어져 죽음을 맞듯이 닥터 떼브네가 몰던 차도 낭떠러지로 추락하여 죽는다.

그림에 있는 여인은 누구지요?

여인은 그냥 여인이지요.

말하고 싶은 것은 죽음을 잊게 하는 것은 생명이 이어지기 때문인데 생명을 만드는 것은 여인이잖아요.

여인을 보자기 위에 세워 논 것도 하나의 상징이지요.

이렇게 영원히 생명이 계속하게 하는 존재로서 상징을 여인으로 택한 것이지요.

바이올린은 무슨 뜻이지요.

음악을 상징하는 것으로 했어요.

음악은 슬픔, 기쁨, 증오 등 인간의 감정, 감성을 자극하고 위로하고 이런 기분은 예술을 낳게 한다는 것으로 등장 시킨 것이지요.

음악과 자연의 소리가 없는 세상은 없잖아요.

내가 여인을 그려놓고 아름다움에 감탄 했어요.

세상에서 최상의 아름다움은 여인의 미소가 있는 여체라고 생각해요.

그런데 내가 표현하려고한 점이 잘 표현 된 것 같아서 즐거워하고 있어요.

이 그림에서 여인은 곧 환희를 상징하고 있어요.

아름다워요?

아주 아름다워요, 활짝 웃는 모습에 압도되네요.

오른편 하늘 아래 샤또, 초생 달은 당신의 '빵쎄'에서 가져온 것이고 아랍 건물의 많은 창에 있는 사람의 눈들도 당신의 그림에서 가져 온 것이지요.

그리고 당신의 '빵세'에 슬퍼 보이는 남자를 클로즈업하고 있는데 나도 그 사람처럼 슬퍼 보이는 한 남자를 크게 그려놨어요.

우리의 사랑에 한 사람이 슬퍼하고 있을 것 같아서지요.

이렇게 나의 피카레스크의 구성 요소들 중에는 다른 작품의 파편들을 차용해서 만든 것이지요.

당신, 왜 창문을 사람의 눈으로 채웠지요.

10년 전에 그 그림을 보면서 이해 할 수 없었어요.

다만 창문을 통해 사물을 보게 되는 것이니까 거기에 눈을 그린 것일 것이라고 상상했지요.

지금은 다르게 해석을 하고 있어요.

당신의 예견된 무의식의 표출이 아닌가하고요.

왜지요?

당신은 그림에서 떠나서 눈을 다루는 안과 의사잖아요?

10년 전에 그린 그림에서 내가 왜 창문을 눈으로 채웠는지 모르겠어요.

아무 생각 없이 그려 넣었을 것 같아요.

끌로는 따리프가 여전히 그림에 몰두하고 있는 것을 보고 마실 것을 가지러 식당으로 들어간다. 끌로는 민트차를 건네며 따리프에게로 다가가 옆에 앉는다.

따리프!

당신이 의사의 길을 택한 이유를 잘 알고 있어요.

그런데, 지금 불현듯 의사에 관한 기사를 읽었던 것이 떠오르네요.

비오 신부는 환자들의 구원의 신부로 추앙을 받는데 그는 의사들이 모인 자리에서 의사가 환자의 침상에 사랑을 가지고 가지 않으면 의술이 의미가 없는 것이라고 말 했다는 글을 읽었어요.

따리프는 알았다는 듯이 일어서 끌로를 감싸 안고 해질 무렵 강렬한 햇빛이 창문으로 반사 되어 그림의 색깔을 변하게 하는 것을 막기 위해 해가 들지 않는 곳으로 그림을 옮겨 놓는다. 그는 다시 음악을 튼다. 그 음악은 그가 좋아하는 '꽃밭에서' 다. 그리고 기분이 좋은 듯 아직도 서투른 발음으로 노래가사를 따라 부른다. '꽃밭에서'는 끌로가 즐겨듣고 있는 것을 그가 들으며 곡이 좋다고 해서 가사를 번역해 주었다. 그는 가사 중에 '고은 빛은 어디에서 났을까' 하는 가사에 두 어깨를 올리며 부르고 있는 것은 그 가사가 마음에 들어서다, 화가이어서 그 말이 그의 마음을 사로잡은 것이라고 끌로는 생각하고 있었다. 차안에서도 그 노래를 듣고 있을 때도 '고은 빛은 어디에서 났을까'에서는 끌로를 향해 웃으며 양 어깨를 올리며 따라 부르곤 한다.

꽃밭에 앉아서 꽃잎을 보네
고은 빛은 어디에서 났을까
아름다운 꽃이여, 꽃이여
이렇게 좋은 날엔 이렇게 좋은 날엔
그님이 오신다면 얼마나 좋을까
꽃밭에 앉아서 꽃잎을 보네
고운 빛은 어디에서 왔을까
아름다운 꽃송이

루–루 루루루루루–루루
루–루 루루루루 루–

이렇게 좋은 날엔 이렇게 좋은 날엔
그님이 오신다면 얼마나 좋을까
꽃밭에 앉아서 꽃잎을 보네
고운 빛은 어디서 났을까
아름다운 꽃송이

루– 루 루루루루루 루–루루
루–루 루루루루 루–

석양을 넘고 있던 해는 두(Dous) 강물로 들어갔다. 음악도 멈추었다. 그들도 스텝을 멈추었다. 윤곽을 분간 할 수없는 어둠 속에서 여전히 그들은 꼭 껴안은 채 다시 스텝을 계속 한다. 오랫동안 스텝을 계속해도 두 사람의 마음은 서로에게 다 하지 못하는 것만 같다.

캄캄한 밤, 두 강물에서 잠을 자고 새벽 지평선을 찾아 다시 나온 해는 오늘도 못다 해서일까 아직도 사랑의 춤을 추고 있는 연인들을 보고 환한 웃음을 지으며 창문을 두드리고 있다.

원무를 추는 사람들에 있어서 작중인물들의 시각이나 생각의 전이는 사물이 감성에 영향을 주고 있다는 것을 느끼고 있는 발로에서 온 묘사다. 나의 시나 수필에서도 이러한 관점이 연관된 나의 전형이 깔려 있다.

학문과 예술 활동

조병옥

프랑스문화와 문화정책
러시아, 소비에트의 문화와 문화정책
로브-그리에, 문학과 작품해설
백남준의 예술은 모방정신과 무관한가?
Le Français
영화사
영화미학
발레의 역사
오페라를 위한 베르디의 라 트라비에타
오페라를 위한 프로스페 메리메의 카르멘
던칸의 현대무용과 크로스오버 아트
모래시계 (SBS)
시, 아홉이 둘, 장남순 (어머니)과 공동 발표
자전적에세이, 구름은 바람에 날리고(프랑스를 먹고 나의 성장은 25세에 머물다)

개인전 다수, 단체전 다수

이화여자대학교 영문학과(학사)
한국외국어대학교 프랑스어과(석사)
공주사범대학 미술과 서양학과(석사)
프랑쉬꽁떼대학교 불문학과(누보 로망, 박사)
공주사범대학 및 공주대학교 인문대학에서 불문학 가르침
공주대학교사범대학 미술과에서 현대서양미술론 가르침

원무를 추는 사람들

초판 1쇄 발행 _ 2017년 8월 31일

저　　자 • 조 병 옥
발 행 인 • 정 현 걸
발　　행 • 신 아 사
인　　쇄 • 토탈프로세스
출판등록 • 1956년 1월 5일 (제9-52호)
주　　소 • 서울시 은평구 통일로 59길 4(2층)
전　　화 • 02)382-6411 · 팩스 02)382-6401
홈페이지 • www.shinasa.co.kr
E-MAIL • shinasa@daum.net

ISBN 978-89-8396-247-8(03810)

정가 13,000 원